«Обыкновенная история»
A Common Story
Иван Гончаров
Ivan Goncharov

A Common Story
Copyright © JiaHu Books 2015
First Published in Great Britain in 2015 by JiaHu Books – part of Richardson-
Prachai Solutions Ltd, 34 Egerton Gate, Milton Keynes, MK5 7HH
ISBN: 978-1-78435-167-0
Visit us at: jiahubooks.co.uk

Как жить?
(вступительная статья)

Писатели двумя способами исследуют жизнь – умственным, начинающимся с размышлений о явлениях жизни, и художническим, суть которого – постижение тех же явлений не умом (или, вернее, не только умом), а всей своей человеческой сущностью, или как принято говорить, интуитивно.

Интеллектуальное познание жизни приводит автора к логическому изложению изученного им материала, художническое – к выражению сущности тех же явлений через систему художественных образов. Писатель-беллетрист как бы дает картину жизни, но не просто копию с нее, а преображенную в новую художественную реальность, отчего явления, заинтересовавшие автора и освещенные ярким светом его гения или таланта, предстают перед нами особо зримыми, а иногда и зримыми насквозь.

Предполагается, что истинный писатель дает нам жизнь только в виде художественного ее изображения. Но на деле таких «чистых» авторов не так много, а может быть, и не бывает совсем. Чаще всего писатель является и художником и мыслителем.

Иван Александрович Гончаров издавна считается одним из самых объективных русских писателей, то есть писателем, в произведениях которого личные симпатии или антипатии не выставляются в качестве мерила тех или иных жизненных ценностей. Он дает художественные картины жизни объективно, как бы «добру и злу внимая равнодушно», предоставляя читателю самому, своим собственным умом вершить суд и выносить приговор.

Именно в романе «Обыкновенная история» Гончаров устами сотрудника журнала излагает эту мысль в самом ее чистом виде: «... писатель тогда только, во-первых, напишет дельно, когда не будет находиться под влиянием личного увлечения и пристрастия. Он должен обозревать покойным и светлым взглядом жизнь и людей вообще, – иначе выразит только свое *я* , до которого никому нет дела». А в статье «Лучше поздно, чем никогда» Гончаров замечает: «... я о себе прежде скажу, что принадлежу к последней категории, то есть увлекаюсь больше всего (как это заметил обо мне Белинский) „своею способностью рисовать".

И в своем первом романе Гончаров нарисовал картину русской жизни в небольшой деревенской усадьбе и в Петербурге 40-х годов XIX века. Разумеется, Гончаров не мог дать полной картины жизни и деревни и Петербурга, как вообще ни один автор не может этого сделать, потому что жизнь всегда многообразнее любого ее изображения. Посмотрим, получилась ли изображаемая картина объективной, как этого желал автор, или какие-то побочные соображения сделали эту картину субъективной.

Драматическим содержанием романа является та своеобразная дуэль, которую ведут два главных ее персонажа: молодой человек Александр Адуев и его дядя Петр Иваныч. Дуэль увлекательная, динамичная, в которой успех выпадает на долю то одной, то другой стороны. Поединок за право прожить жизнь согласно своим идеалам. А идеалы у дяди и племянника прямо противоположные.

Юный Александр является в Петербург прямо из теплых материнских объятий, с ног до головы одетый в доспехи высоких и благородных душевных порывов, является в столицу не из праздного любопытства, а с тем, чтобы вступить в решительный бой со всем бездушным, расчетливым, гнусным. «Меня влекло какое-то неодолимое стремление, жажда благородной деятельности», – восклицает этот наивный идеалист. И на бой он вызвал не кого-нибудь, а весь мир зла. Этакий маленький доморощенный донкихотик! И ведь тоже начитавшийся и наслушавшийся всяческих благородных бредней.

Тонкая ирония Гончарова, с какой он описывает в начале романа своего юного героя – его отъезд из дома, клятвы в вечной любви Сонечке и другу своему Поспелову, первые его робкие шаги в Петербурге, – именно этот весьма насмешливый взгляд Гончарова на своего юного героя делает образ Адуева-младшего милым нашему сердцу, но уже заранее предопределяет исход борьбы племянника и дяди. К истинным героям, способным на великие подвиги, авторы не относятся с иронией.

А вот и противная сторона: столичный житель, владелец стекольного и фарфорового завода, чиновник особых поручений, человек трезвого ума и практического смысла, тридцатидевятилетний Петр Иваныч Адуев – второй герой романа. Гончаров наделяет его и юмором, и даже сарказмом, но сам не относится к этому своему детищу с иронией, что заставляет нас предполагать: вот он, истинный герой романа, вот тот, на кого автор предлагает нам взять равнение.

Два этих характера, заинтересовавшие Гончаров, были ярчайшими типа своего времени. Родоначальником первого явился Владимир Ленский, второго – сам Евгений Онегин, хотя и в сильно преображенном виде. Замечу здесь в скобках, что и холодность Онегина, его опытность терпят точно такой же крах, как и опытность и значение жизни Петра Иваныча Адуева.

Еще смутно ощущая цельность своего романа, Гончаров пишет: «...в встрече мягкого, избалованного ленью и барством, мечтателя-племянника с практическим дядей – выразился намек на мотив, который едва только начал разыгрываться в самом бойком центре – в Петербурге. Мотив этот – слабое мерцание сознания необходимости труда, настоящего, не рутинного, а живого дела в борьбе со всероссийским застоем».

Гончарову очень хочется взять себе в образец именно этого человека «живого дела», и не только себе, но и предложить его вниманию читателя именно в качестве образца.

С каким блеском написаны диалоги дядюшки и племянника! Как спокойно, уверенно, безапелляционно разбивает дядя своего горячего, но не вооруженного страшным оружием логики и опыта племянника! И каждая критическая фраза убийственна, неотразима. Неотразима оттого, что он говорит правду. Тяжелую, иногда даже обидную и беспощадную, но именно правду.

Вот он высмеивает «вещественные знаки... невещественных отношений» – колечко и локон, подаренные Сонечкой при прощании уезжающему в столицу любимому Сашеньке. «И это ты вез за тысячу пятьсот верст?.. Лучше бы ты привез еще мешок сушеной малины», – советует дядя и швыряет в окно бесценные для Александра символы вечной любви. Александру кажутся дикими и холодными слова дяди и его поступки. Может ли он забыть свою Сонечку? Никогда!..

Увы, прав оказался дядя. Прошло совсем немного времени, и Александр влюбляется в Наденьку Любецкую, влюбляется со всем пылом молодости, со свойственной его натуре страстностью, безотчетно, бездумно!.. Сонечка забыта совершенно. Он даже не только ни разу не вспомнит ее, но и забудет ее имя. Любовь к Наденьке заполнит Александра целиком!.. Конца не будет его лучезарному счастью. Какое тут может быть дело, о котором твердит дядя, какая работа, когда он, можно сказать, денно и нощно пропадает за городом у Любецких! Ах, уж этот дядя, у него на уме только дело. Бесчувственный!.. Как у него язык поворачивается говорить, что Наденька, его Наденька, это божество, это совершенство, может его надуть. «Она обманет! Этот ангел, эта олицетворенная искренность...» – восклицает юный Александр. «А все-таки женщина, и, вероятно, обманет», – отвечает дядя. Ох, эти трезвые, беспощадные ум и опыт. Тяжело!.. Но правда: Наденька обманула. Она влюбилась в графа, и Александр получает отставку. Вся жизнь сразу же окрасилась в черный цвет. А дядя твердит: я же предупреждал тебя!..

Александр терпит крах решительно по всем статьям – в любви, в дружбе, в порывах к творчеству, в работе. Всё, решительно всё, чему учили его учителя и книги, все оказалось вздором и с легким хрустом разлеталось под железной поступью трезвого рассудка и практического дела. В самой напряженной сцене романа, когда Александр доведен до отчаяния, запил, опустился, воля его атрофирована, интерес к жизни исчез полностью, дядя последний лепет оправдания племянника парирует: «Чего я требовал от тебя – не я все это выдумал». «Кто же? – спросила Лизавета Александровна (жена Петра Иваныча – В.Р.). – Век».

Вот где открылась главная мотивировка поведения Петра Иваныча Адуева. Веление века! Век требовал! «Посмотри-ка, – взывает он, – на нынешнюю молодежь: что за молодцы! Как все кипит умственною деятельностью, энергией, как ловко и легко расправляются они со всем этим вздором, что на вашем старом языке называется треволнениями, страданиями… и черт знает что еще!»

Вот она, кульминационная точка романа! Вот он, решающий удар противника! Таков век! «Так непременно и надо следовать всему, что выдумает твой век?.. Так все и свято, все и правда?» – «Все и свято!» – категорически отрезает Петр Иваныч.

Проблема, как надо жить – чувством или разумом, можно сказать, вечная проблема. Как это ни удивительно, но, встречаясь со студентами Московского полиграфического института, я получил записку такого содержания: «Скажите, пожалуйста, как лучше жить – сердцем или умом?» И это в 1971 году! Через сто двадцать пять лет после того, как написан роман «Обыкновенная история».

Есть в романе одно чрезвычайно примечательное место. «По-вашему, и чувством надо управлять, как паром, – заметил Александр, – то выпустить немного, то вдруг остановить, открыть клапан или закрыть…» – «Да, этот клапан недаром природа дала человеку – это рассудок…»

На протяжении всего романа читатель следит за этими двумя способами проживания жизни – чувством и рассудком. Порою кажется, что Гончаров в самой категорической форме советует нам жить разумно и только разумно, во всяком случае, поверять разумом чувство, как Сальери алгеброй гармонию. Но это Гончаров-мыслитель, человек размышляющий. И будь автор романа только таковым, он непременно и «доказал» бы нам, что жить необходимо разумно. Однако Гончаров прежде всего художник, да еще реалистический художник. Он изображает явление таким, каково оно есть, а не таким, каким ему бы хотелось его видеть. Как сын своего века Гончаров целиком за Адуева-старшего, он сам в этом признается: «В борьбе дяди с племянником отразилась и тогдашняя, только что начавшаяся ломка старых понятий и нравов – сентиментальности, карикатурного преувеличения чувства дружбы и любви, поэзия праздности, семейная и домашняя ложь напускных, в сущности небывалых чувств… Все это – отживало, уходило; являлись слабые проблески новой зари, чего-то трезвого, делового, нужного».

В фигуре Адуева-старшего Гончаров чувствовал нового человека. И чувствовал верно – это шел именно новый человек. На него возлагал надежды Иван Александрович.

Кто же такой Петр Иваныч Адуев, этот образец для подражания, этот человек дела и трезвого ума? Исторически всем нам он давно ясен. Этот новый тип, идущий на смену людям обветшавшего феодального уклада, – капиталист. А капиталист во все времена, с самого своего рождения, и во всех странах един – это человек дела и расчета.

Сколько раз в романе Адуев-старший произносит слова о деле и о расчете. Расчет в деле. Расчет в дружбе. Расчет в любви. Расчет в женитьбе… И это слово никогда не звучит в его устах осуждающе. Даже в вопросах творчества расчет. «Уверен ли ты, что у тебя есть талант? Без этого ведь ты будешь чернорабочий в искусстве – что ж хорошего? Талант – другое дело: можно работать; много хорошего сделаешь, и притом это капитал – стоит твоих ста душ». – «Вы и это измеряете деньгами?» – «А чем же прикажешь? чем больше тебя читают, тем больше платят денег».

Вот он, расчет, выраженный в самой реальной своей реальности – в деньгах. Все меряется деньгами!

«– Вы никак не можете представить себе безденежного горя! – Что ж за горе, если оно медного гроша не стоит…»

Капиталист… Мера ценности – деньги.

Гончаров – мыслитель, социолог – хочет увидеть идеал в новом типе человека, в Петре Иваныче Адуеве. Хочет… Но Гончаров-художник не дает возможности затуманиться глазам Гончарова – человека размышляющего. В познании истины художник в известном смысле более точен, нежели мыслитель, ибо «художественная литература, – по меткому выражению А.П. Чехова, – потому и называется художественной, что рисует жизнь такою, какова она есть на самом деле. Ее назначение – правда безусловная и честная».

С чувством бесспорного превосходства, с высоты своего возраста и опыта, с вершины своего знания жизни сокрушает дядя наивную и чистую веру племянника в «мира совершенство», и сокрушает с большим успехом. Вот что творится в душе когда-то пылкого, юного Александра:

«Вглядываясь в жизнь, вопрошая сердце, голову, он с ужасом видел, что ни там ни сям не осталось ни одной мечты, ни одной розовой надежды: все уже было назади; туман рассеялся; перед ним разостлалась, как степь, голая действительность. Боже! какое необозримое пространство! какой скучный безотрадный вид! Прошлое погибло, будущее уничтожено, счастья нет: все химера – а живи!»

Адуев-младший опускается до самого жалкого состояния и доходит до попытки самоубийства. Гончаров не щадит своего героя – развенчивает полностью. Нет сомнений: да, именно так и бывает с разочаровавшимися в жизни людьми.

«Научите же меня, дядюшка, по крайней мере, что мне делать теперь? Как вы вашим умом разрешите эту задачу?» – восклицает в полном бессилии Александр. И получает ответ: «Что делать? Да... ехать в деревню».

И, проклиная город, где он похоронил свои лучшие чувства и утратил жизненные силы, Александр возвращается к «весям и пажитям»: едет назад в деревню. Александр не одержал победы. Ее одержал дядя. Одержал полностью.

Напрасно Александр едет в деревню, надеясь там на чудо воскрешения. Воскрешение невозможно, возможно только преображение. И оно происходит. Как это ни странно, но именно в деревне Александр начал тосковать по Петербургу, тому самому злому, мрачному, бездушному Петербургу, который он так недавно предавал анафеме. В мозгу преображенного Александра зашевелились новые мысли: «Чем дядюшка лучше меня? Разве я не могу отыскать себе дороги?.. нельзя же погибнуть здесь!.. А моя карьера, а фортуна?.. я только очень отстал... да за что же?..» И Александр Федорыч Адуев мчится обратно в Петербург делать свою карьеру и фортуну!

«...к вам приедет не сумасброд, не мечтатель, не разочарованный, не провинциал, а просто человек, каких в Петербурге много и каким бы давно мне пора быть», – пишет он тетушке.

Я давно заметил такое явление жизни: некоторые молодые люди, склонные к идеализации действительности, мечущие громы и молнии против любых проявлений человеческих слабостей, требующие от других идеального поведения, – повзрослев и увидав своих сверстников, людей, может быть, и не таких уж идеальных, ушедших далеко вперед по пути обыкновенного жизненного продвижения, вдруг как бы спохватываются и начинаются их догонять. Догонять во что бы то ни стало! И тут эти самые милые требовательные идеалисты превращаются в людей чрезвычайно практических, не брезгающих никакими средствами в достижении их запоздалых целей, и куда более скверных, нежели те, кого они так недавно упрекали во всех смертных грехах.

То же произошло и с Александром. Наивный, чистый провинциал-идеалист становится, попросту говоря, чудовищем. Гончаров развенчал своего героя до конца. Вот, как бы говорит автор, таков конец человека, входящего в жизнь с надуманными представлениями о ней. Сначала он разбивает свой идеальный лоб о реальные острые углы жизни, потом этот лоб твердеет и на нем, этом лбу, вырастает твердый нарост, человек становится носорогом.

Но каковы же плоды победы Петра Иваныча, любимого героя автора? Героя, в котором Гончаров видел человека дела, человека труда, способного на борьбу со всероссийским застоем? Как это ни странно и даже ни алогично, плоды победы дядюшки один другого горше. Человек реального взгляда на вещи сначала духовно убил своего племянника, который по-своему был даже мил его сердцу, и чуть не довел до чахотки любимую жену Лизавету Александровну. В конце концов Петр Иваныч собирается продать свой завод, бросить службу, отказаться от звания тайного советника и мечтает об одном – уехать в Италию, где, может быть, ему удастся продлить жизнь своей жены.

Племянник превратился в дядю, да еще с «припеком»! Дядя в какой-то степени превращается в племянника. Совершенно невольно Гончаров, доказывающий нам преимущества трезвого разума и расчета, криком кричит о том, что любовь к людям выше всякого расчета и бездушного дела. Именно как истинный художник Гончаров не видел в свое время выхода из этой драматической коллизии: возможности сочетать большое дело с истинно человеческой сущностью. Всякое дело, если оно является только средством личного преуспеяния, становится тяжким, а порой и гибельным для причастных к нему людей. Мир предпринимательства жесток.

Гончаров-мыслитель и Гончаров-художник боролись на протяжении всего романа. Победил Гончаров-художник. И мы с полным правом можем отнести его к тем выдающимся писателям прошлого века, реализм которых, по словам Ф.Энгельса, «может проявиться даже независимо от взглядов».

Юношу или девушку, приславших мне записку с вопросом: «Как жить – чувством или разумом?» – я попросил бы прочесть и перечесть «Обыкновенную историю». Правда, в романе Гончарова не найти прямого ответа на такой вопрос. Но этот старый роман очень поможет молодым людям самостоятельно найти ответы на некоторые важные вопросы, которые ставит перед ними век двадцатый.

Виктор Розов

Часть первая

I

Однажды летом, в деревне Грачах, у небогатой помещицы Анны Павловны Адуевой, все в доме поднялись с рассветом, начиная с хозяйки до цепной собаки Барбоса.

Только единственный сын Анны Павловны, Александр Федорыч, спал, как следует спать двадцатилетнему юноше, богатырским сном; а в доме все суетились и хлопотали. Люди ходили на цыпочках и говорили шепотом, чтобы не разбудить молодого барина. Чуть кто-нибудь стукнет, громко заговорит, сейчас, как раздраженная львица, являлась Анна Павловна и наказывала неосторожного строгим выговором, обидным прозвищем, а иногда, по мере гнева и сил своих, и толчком.

На кухне стряпали в трое рук, как будто на десятерых, хотя все господское семейство только и состояло, что из Анны Павловны да Александра Федорыча. В сарае вытирали и подмазывали повозку. Все были заняты и работали до поту лица. Барбос только ничего не делал, но и тот по-своему принимал участие в общем движении. Когда мимо его проходил лакей, кучер или шмыгала девка, он махал хвостом и тщательно обнюхивал проходящего, а сам глазами, кажется, спрашивал: «Скажут ли мне, наконец, что у нас сегодня за суматоха?»

А суматоха была оттого, что Анна Павловна отпускала сына в Петербург на службу, или, как она говорила, людей посмотреть и себя показать. Убийственный для нее день! От этого она такая грустная и расстроенная. Часто, в хлопотах, она откроет рот, чтоб приказать что-нибудь, и вдруг остановится на полуслове, голос ей изменит, она отвернется в сторону и оботрет, если успеет, слезу, а не успеет, так уронит ее в чемодан, в который сама укладывала Сашенькино белье. Слезы давно кипят у ней в сердце; они подступили к горлу, давят грудь и готовы брызнуть в три ручья; но она как будто берегла их на прощанье и изредка тратила по капельке.

Не одна она оплакивала разлуку: сильно горевал тоже камердинер Сашеньки, Евсей. Он отправлялся с барином в Петербург, покидал самый теплый угол в дому, за лежанкой, в комнате Аграфены, первого министра в хозяйстве Анны Павловны и – что всего важнее для Евсея – первой ее ключницы.

За лежанкой только и было места, чтоб поставить два стула и стол, на котором готовился чай, кофе, закуска. Евсей прочно занимал место и за печкой и в сердце Аграфены. На другом стуле заседала она сама.

История об Аграфене и Евсее была уж старая история в доме. О ней, как обо всем на свете, поговорили, позлословили их обоих, а потом, так же как и обо всем, замолчали. Сама барыня привыкла видеть их вместе, и они блаженствовали целые десять лет. Многие ли в итоге годов своей жизни начтут десять счастливых? Зато вот настал и миг утраты! Прощай, теплый угол, прощай, Аграфена Ивановна, прощай, игра в дураки, и кофе, и водка, и наливка – все прощай!

Евсей сидел молча и сильно вздыхал. Аграфена, насупясь, суетилась по хозяйству. У ней горе выражалось по-своему. Она в тот день с ожесточением разлила чай и вместо того, чтоб первую чашку крепкого чаю подать, по обыкновению, барыне, выплеснула его вон: «никому, дескать, не доставайся», и твердо перенесла выговор. Кофе у ней перекипел, сливки подгорели, чашки валились из рук. Она не поставит подноса на стол, а брякнет; не отворит шкафа и двери, а хлопнет. Но она не плакала, а сердилась на все и на всех. Впрочем, это вообще было главною чертою в ее характере. Она никогда не была довольна; все не по ней; всегда ворчала, жаловалась. Но в эту роковую для нее минуту характер ее обнаруживался во всем своем пафосе. Пуще всего, кажется, она сердилась на Евсея.

– Аграфена Ивановна!.. – сказал он жалобно и нежно, что не совсем шло к его длинной и плотной фигуре.

– Ну, что ты, разиня, тут расселся? – отвечала она, как будто он в первый раз тут сидел. – Пусти прочь: надо полотенце достать.

– Эх, Аграфена Ивановна!.. – повторил он лениво, вздыхая и поднимаясь со стула и тотчас опять опускаясь, когда она взяла полотенце.

– Только хнычет! Вот пострел навязался! Что это за наказание, господи! и не отвяжется!

И она со звоном уронила ложку в полоскательную чашку.

– Аграфена! – раздалось вдруг из другой комнаты, – ты никак с ума сошла! разве не знаешь, что Сашенька почивает? Подралась, что ли, с своим возлюбленным на прощанье?

– Не пошевелись для тебя, сиди, как мертвая! – прошипела по-змеиному Аграфена, вытирая чашку обеими руками, как будто хотела изломать ее в куски.

– Прощайте, прощайте! – с громаднейшим вздохом сказал Евсей, – последний денек, Аграфена Ивановна!

– И слава богу! пусть унесут вас черти отсюда: просторнее будет. Да пусти прочь, негде ступить: протянул ноги-то!

Он тронул было ее за плечо – как она ему ответила! Он опять вздохнул, но с места не двигался; да напрасно и двинулся бы: Аграфене этого не хотелось. Евсей знал это и не смущался.

– Кто-то сядет на мое место? – промолвил он, все со вздохом.

– Леший! – отрывисто отвечала она.

– Дай-то бог! лишь бы не Прошка. А кто-то в дураки с вами станет играть?

– Ну хоть бы и Прошка, так что ж за беда? – со злостью заметила она. Евсей встал.

– Вы не играйте с Прошкой, ей-богу, не играйте! – сказал он с беспокойством и почти с угрозой.

– А кто мне запретит? ты, что ли, образина этакая?

– Матушка, Аграфена Ивановна! – начал он умоляющим голосом, обняв ее за талию, сказал бы я, если б у ней был хоть малейший намек на талию.

Она отвечала на объятие локтем в грудь.

– Матушка, Аграфена Ивановна! – повторил он, – будет ли Прошка любить вас так, как я? Поглядите, какой он озорник: ни одной женщине проходу не даст. А я-то! э-эх! Вы у меня, что синь-порох в глазу! Если б не барская воля, так... эх!..

Он при этом крякнул и махнул рукой. Аграфена не выдержала: и у ней, наконец, горе обнаружилось в слезах.

– Да отстанешь ли ты от меня, окаянный? – говорила она плача, – что мелешь, дуралей! Свяжусь я с Прошкой! разве не видишь сам, что от него путного слова не добьешься? только и знает, что лезет с ручищами...

– И к вам лез? Ах, мерзавец! А вы, небось, не скажете! Я бы его...

– Полезь-ка, так узнает! Разве нет в дворне женского пола, кроме меня? С Прошкой свяжусь! вишь, что выдумал! Подле него и сидеть-то тошно – свинья свиньей! Он, того и гляди, норовит ударить человека или сожрать что-нибудь барское из-под рук – и не увидишь.

– Уж если, Аграфена Ивановна, случай такой придет – лукавый ведь силен, – так лучше Гришку посадите тут: по крайности малый смирный, работящий, не зубоскал...

– Вот еще выдумал! – накинулась на него Аграфена, – что ты меня всякому навязываешь, разве я какая-нибудь... Пошел вон отсюда! Много вашего брата, всякому стану вешаться на шею: не таковская! С тобой только, этаким лешим, попутал, видно, лукавый за грехи мои связаться, да и то каюсь... а то выдумал!

– Бог вас награди за вашу добродетель! как камень с плеч! – воскликнул Евсей.

– Обрадовался! – зверски закричала она опять, – есть чему радоваться – радуйся!

И губы у ней побелели от злости. Оба замолчали.

– Аграфена Ивановна! – робко сказал Евсей немного погодя.

– Ну, что еще?

– Я ведь и забыл: у меня нынче с утра во рту маковой росинки не было.

– Только и дела!

– С горя, матушка.

Она достала с нижней полки шкафа, из-за головы сахару, стакан водки и два огромные ломтя хлеба с ветчиной. Все это давно было приготовлено для него ее заботливой рукой. Она сунула ему их, как не суют и собакам. Один ломоть упал на пол.

– На вот, подавись! О, чтоб тебя… да тише, не чавкай на весь дом.

Она отвернулась от него с выражением будто ненависти, а он медленно начал есть, глядя исподлобья на Аграфену и прикрывая одною рукою рот.

Между тем в воротах показался ямщик с тройкой лошадей. Через шею коренной переброшена была дуга. Колокольчик, привязанный к седелке, глухо и несвободно ворочал языком, как пьяный, связанный и брошенный в караульню. Ямщик привязал лошадей под навесом сарая, снял шапку, достал оттуда грязное полотенце и отер пот с лица. Анна Павловна, увидев его из окна, побледнела. У ней подкосились ноги и опустились руки, хотя она ожидала этого. Оправившись, она позвала Аграфену.

– Поди-ка на цыпочках, тихохонько, посмотри, спит ли Сашенька? – сказала она. – Он, мой голубчик, проспит, пожалуй, и последний денек: так и не нагляжусь на него. Да нет, куда тебе! ты, того гляди, влезешь как корова! я лучше сама…

И пошла.

– Поди-ка ты, не корова! – ворчала Аграфена, воротясь к себе. – Вишь, корову нашла! много ли у тебя этаких коров-то?

Навстречу Анне Павловне шел и сам Александр Федорыч, белокурый молодой человек, в цвете лет, здоровья и сил. Он весело поздоровался с матерью, но, увидев вдруг чемодан и узлы, смутился, молча отошел к окну и стал чертить пальцем по стеклу. Через минуту он уже опять говорил с матерью и беспечно, даже с радостью смотрел на дорожные сборы.

– Что это ты, мой дружок, как заспался, – сказала Анна Павловна, – даже личико отекло? Дай-ка вытру тебе глаза и щеки розовой водой.

– Нет, маменька, не надо.

– Чего ты хочешь позавтракать: чайку прежде или кофейку? Я велела сделать и битое мясо со сметаной на сковороде – чего хочешь?

– Все равно, маменька.

Анна Павловна продолжала укладывать белье, потом остановилась и посмотрела на сына с тоской.

– Саша!.. – сказала она через несколько времени.

– Чего изволите, маменька?

Она медлила говорить, как будто чего-то боялась.

– Куда ты едешь, мой друг, зачем? – спросила она, наконец, тихим голосом.

– Как куда, маменька? в Петербург, затем… затем… чтоб…

– Послушай, Саша, – сказала она в волнении, положив ему руку на плечо, по-видимому с намерением сделать последнюю попытку, – еще время не ушло: подумай, останься!

– Остаться! как можно! да ведь и… белье уложено, – сказал он, не зная, что выдумать.

– Уложено белье! да вот… вот… вот… гляди – и не уложено.

Она в три приема вынула все из чемодана.

– Как же это так, маменька? собрался – и вдруг опять! Что скажут…

Он опечалился.

– Я не столько для себя самой, сколько для тебя же отговариваю. Зачем ты едешь? Искать счастья? Да разве тебе здесь нехорошо? разве мать день-деньской не думает о том, как бы угодить всем твоим прихотям? Конечно, ты в таких летах, что одни материнские угождения не составляют счастья; да я и не требую этого. Ну, погляди вокруг себя: все смотрят тебе в глаза. А дочка Марьи Карповны, Сонюшка? Что… покраснел? Как она, моя голубушка – дай бог ей здоровья – любит тебя: слышь, третью ночь не спит!

– Вот, маменька, что вы! она так…

– Да, да, будто я не вижу… Ах! чтоб не забыть: она взяла обрубить твои платки – «я, говорит, сама, сама, никому не дам, и метку сделаю», – видишь, чего же еще тебе? Останься!

Он слушал молча, поникнув головой, и играл кистью своего шлафрока.

– Что ты найдешь в Петербурге? – продолжала она. – Ты думаешь, там тебе такое же житье будет, как здесь? Э, мой друг! Бог знает, чего насмотришься и натерпишься: и холод, и голод, и нужду – все перенесешь. Злых людей везде много, а добрых не скоро найдешь. А почет – что в деревне, что в столице – все тот же почет. Как не увидишь петербургского житья, так и покажется тебе, живучи здесь, что ты первый в мире; и во всем так, мой милый! Ты же воспитан, и ловок, и хорош. Мне бы, старухе, только оставалось радоваться, глядя на тебя. Женился бы, послал бы бог тебе деточек, а я бы нянчила их – и жил бы без горя, без забот, и прожил бы век свой мирно, тихо, никому бы не позавидовал; а там, может, и не будет хорошо, может, и помянешь слова мои… Останься, Сашенька, – а?

Он кашлянул и вздохнул, но не сказал ни слова.

– А посмотри-ка сюда, – продолжала она, отворяя дверь на балкон, – и тебе не жаль покинуть такой уголок?

С балкона в комнату пахнуло свежестью. От дома на далекое пространство раскидывался сад из старых лип, густого шиповника, черемухи и кустов сирени. Между деревьями пестрели цветы, бежали в разные стороны дорожки, далее тихо плескалось в берега озеро, облитое к одной стороне золотыми лучами утреннего солнца и гладкое, как зеркало; с другой – темно-синее, как небо, которое отражалось в нем, и едва подернутое зыбью. А там нивы с волнующимися, разноцветными хлебами шли амфитеатром и примыкали к темному лесу.

Анна Павловна, прикрыв одной рукой глаза от солнца, другой указывала сыну попеременно на каждый предмет.

– Погляди-ка, – говорила она, – какой красотой бог одел поля наши! Вон с тех полей одной ржи до пятисот четвертей сберем; а вон и пшеничка есть, и гречиха; только гречиха нынче не то, что прошлый год: кажется, плоха будет. А лес-то, лес-то как разросся! Подумаешь, как велика премудрость божия! Дровец с своего участка мало-мало на тысячу продадим. А дичи, дичи что! и ведь все это твое, милый сынок: я только твоя приказчица. Погляди-ка, озеро: что за великолепие! истинно небесное! рыба так и ходит; одну осетрину покупаем, а то ерши, окуни, караси кишмя-кишат: и на себя и на людей идет. Вон твои коровки и лошадки пасутся. Здесь ты один всему господин, а там, может быть, всякий станет помыкать тобой. И ты хочешь бежать от такой благодати, еще не знаешь куда, в омут, может быть, прости господи... Останься!

Он молчал.

– Да ты не слушаешь, – сказала она. – Куда это ты так пристально загляделся?

Он молча и задумчиво указал рукой вдаль. Анна Павловна взглянула и изменилась в лице. Там, между полей, змеей вилась дорога и убегала за лес, дорога в обетованную землю, в Петербург. Анна Павловна молчала несколько минут, чтоб собраться с силами.

– Так вот что! – проговорила она, наконец, уныло. – Ну, мой друг, бог с тобой! поезжай, уж если тебя так тянет отсюда: я не удерживаю! По крайней мере не скажешь, что мать заедает твою молодость и жизнь.

Бедная мать! вот тебе и награда за твою любовь! Того ли ожидала ты? В том-то и дело, что матери не ожидают наград. Мать любит без толку и без разбору. Велики вы, славны, красивы, горды, переходит имя ваше из уст в уста, гремят ваши дела по свету – голова старушки трясется от радости, она плачет, смеется и молится долго и жарко. А сынок, большею частью, и не думает поделиться славой с родительницею. Нищи ли вы духом и умом, отметила ли вас природа клеймом безобразия, точит ли жало недуга ваше сердце или тело, наконец отталкивают вас от себя люди и нет вам места между ними – тем более места в сердце матери. Она сильнее прижимает к груди уродливое, неудавшееся чадо и молится еще долее и жарче.

Как назвать Александра бесчувственным за то, что он решился на разлуку? Ему было двадцать лет. Жизнь от пелен ему улыбалась; мать лелеяла и баловала его, как балуют единственное чадо; нянька все пела ему над колыбелью, что он будет ходить в золоте и не знать горя; профессоры твердили, что он пойдет далеко, а по возвращении его домой ему улыбнулась дочь соседки. И старый кот, Васька, был к нему, кажется, ласковее, нежели к кому-нибудь в доме.

О горе, слезах, бедствиях он знал только по слуху, как знают о какой-нибудь заразе, которая не обнаружилась, но глухо где-то таится в народе. От этого будущее представлялось ему в радужном свете. Его что-то манило вдаль, но что именно – он не знал. Там мелькали обольстительные призраки, но он не мог разглядеть их; слышались смешанные звуки – то голос славы, то любви: все это приводило его в сладкий трепет.

Ему скоро тесен стал домашний мир. Природу, ласки матери, благоговение няньки и всей дворни, мягкую постель, вкусные яства и мурлыканье Васьки – все эти блага, которые так дорого ценятся на склоне жизни, он весело менял на неизвестное, полное увлекательной и таинственной прелести. Даже любовь Софьи, первая, нежная и розовая любовь, не удерживала его. Что ему эта любовь? Он мечтал о колоссальной страсти, которая не знает никаких преград и свершает громкие подвиги. Он любил Софью пока маленькою любовью, в ожидании большой. Мечтал он и о пользе, которую принесет отечеству. Он прилежно и многому учился. В аттестате его сказано было, что он знает с дюжину наук да с полдюжины древних и новых языков. Всего же более он мечтал о славе писателя. Стихи его удивляли товарищей. Перед ним расстилалось множество путей, и один казался лучше другого. Он не знал, на который броситься. Скрывался от глаз только прямой путь; заметь он его, так тогда, может быть, и не поехал бы.

Как же ему было остаться? Мать желала – это опять другое и очень естественное дело. В сердце ее отжили все чувства, кроме одного – любви к сыну, и оно жарко ухватилось за этот последний предмет. Не будь его, что же ей делать? Хоть умирать. Уж давно доказано, что женское сердце не живет без любви.

Александр был избалован, но не испорчен домашнею жизнью. Природа так хорошо создала его, что любовь матери и поклонение окружающих подействовали только на добрые его стороны, развили, например, в нем преждевременно сердечные склонности, поселили ко всему доверчивость до излишества. Это же самое, может быть, расшевелило в нем и самолюбие; но ведь самолюбие само по себе только форма; все будет зависеть от материала, который вольешь в нее.

Гораздо более беды для него было в том, что мать его, при всей своей нежности, не могла дать ему настоящего взгляда на жизнь и не приготовила его на борьбу с тем, что ожидало его и ожидает всякого впереди. Но для этого нужно было искусную руку, тонкий ум и запас большой опытности, не ограниченной тесным деревенским горизонтом. Нужно было даже поменьше любить его, не думать за него ежеминутно, не отводить от него каждую заботу и неприятность, не плакать и не страдать вместо его и в детстве, чтоб дать ему самому почувствовать приближение грозы, справиться с своими силами и подумать о своей судьбе – словом, узнать, что он мужчина. Где же было Анне Павловне понять все это и особенно выполнить? Читатель видел, какова она. Не угодно ли посмотреть еще? Она уже забыла сыновний эгоизм. Александр Федорыч застал ее за вторичным укладываньем белья и платья. В хлопотах и дорожных сборах она как будто совсем не помнила горя.

– Вот, Сашенька, заметь хорошенько, куда я что кладу, – говорила она. – В самый низ, на дно чемодана, простыни: дюжина. Посмотри-ка, так ли записано?

– Так, маменька.

– Все с твоими метками, видишь – А.А. А все голубушка Сонюшка! Без нее наши дурищи не скоро бы поворотились. Теперь что? да, наволочки. Раз, две, три, четыре – так, вся дюжина тут. Вот рубашки – три дюжины. Что за полотно – загляденье! это голландское; сама ездила на фабрику к Насилью Васильичу; он выбрал что ни есть наилучшие три куска. Поверяй же, милый, по реестру всякий раз, как будешь принимать от прачки; все новешенькие. Там немного таких рубашек увидишь; пожалуй, и подменят; есть ведь этакие мерзавки, что бога не боятся. Носков двадцать две пары... Знаешь, что я придумала? положить в один носок твой бумажник с деньгами. Их тебе до Петербурга не понадобится, так, сохрани боже! случай какой, чтоб и рыли, да не нашли. И письма к дяде туда же положу: то-то, чай, обрадуется! ведь семнадцать лет и словом не перекинулись, шутка ли! Вот косыночки, вот платки; еще полдюжины у Сонюшки осталось. Не теряй, душенька, платков: славный полубатист! У Михеева брала по два с четвертью. Ну, белье все. Теперь платье... Да где Евсей? что он не смотрит? Евсей!

Евсей лениво вошел в комнату.

– Чего изволите? – спросил он еще ленивее.

– Чего изволите? – заговорила Адуева гневно. – Что не смотришь, как я укладываю? А там, как надо что достать в дороге, и пойдешь все перерывать вверх дном! Не может отвязаться от своей возлюбленной – экое сокровище! День-то велик: успеешь! Ты этак там и за барином станешь ходить? Смотри у меня! Вот гляди: это хороший фрак – видишь, куда кладу? А ты, Сашечка, береги его, не всякий день таскай; сукно-то по шестнадцать рублей брали. Куда в хорошие люди пойдешь, и надень, да не садись зря, как ни попало, вон как твоя тетка, словно нарочно, не сядет на пустой стул или диван, а так и норовит плюхнуть туда, где стоит шляпа или что-нибудь такое; намедни на тарелку с вареньем села – такого сраму наделала! Куда попроще в люди, вот этот фрак масака надевай. Теперь жилеты – раз, два, три, четыре. Двое брюк. Э! да платья-то года на три станет. Ух!

устала! шутка ли: целое утро возилась! Поди, Евсей. Поговорим, Сашенька, о чем-нибудь другом. Ужо гости приедут, не до того будет.

Она села на диван и посадила его подле себя.

– Ну, Саша, – сказала она, помолчав немного, ты теперь едешь на чужую сторону...

– Какая «чужая» сторона, Петербург: что вы, маменька!

– Погоди, погоди – выслушай, что я хочу сказать! Бог один знает, что там тебя встретит, чего ты наглядишься, и хорошего, и худого. Надеюсь, он, отец мой небесный, подкрепит тебя; а ты, мой друг, пуще всего не забывай его, помни, что без веры нет спасения нигде и ни в чем. Достигнешь там больших чинов, в знать войдешь – ведь мы не хуже других: отец был дворянин, майор, – все-таки смиряйся перед господом богом: молись и в счастии и в несчастии, а не по пословице: «Гром не грянет, мужик не перекрестится». Иной, пока везет ему, и в церковь не заглянет, а как придет невмочь – и пойдет рублевые свечи ставить да нищих оделять: это большой грех. К слову пришлось о нищих. Не трать на них денег по-пустому, помногу не давай. На что баловать? их не удивишь. Они пропьют да над тобой же насмеются. У тебя, я знаю, мягкая душа: ты, пожалуй, и по гривеннику станешь отваливать. Нет, это не нужно; бог подаст! Будешь ли ты посещать храм божий? будешь ли ходить по воскресеньям к обедне?

Она вздохнула.

Александр молчал. Он вспомнил, что, учась в университете и живучи в губернском городе, он не очень усердно посещал церковь; а в деревне, только из угождения матери, сопровождал ее к обедне. Ему совестно было солгать. Он молчал. Мать поняла его молчание и опять вздохнула.

– Ну, я тебя не неволю, – продолжала она, – ты человек молодой: где тебе быть так усердну к церкви божией, как нам, старикам? Еще, пожалуй, служба помешает или засидишься поздно в хороших людях и проспишь. Бог пожалеет твоей молодости. Не тужи: у тебя есть мать. Она не проспит. Пока во мне останется хоть капелька крови, пока не высохли слезы в глазах и бог терпит грехам моим, я ползком дотащусь, если не хватит сил дойти, до церковного порога; последний вздох отдам, последнюю слезу выплачу за тебя, моего друга. Вымолю тебе и здоровье, и чинов, и крестов, и небесных и земных благ. Неужели-то он, милосердый отец, презрит молитвой бедной старухи? Мне самой ничего не надо. Отними он у меня все: здоровье, жизнь, пошли слепоту – тебе лишь подай всякую радость, всякое счастье и добро...

Она не договорила, слезы закапали у ней из глаз.

Александр вскочил с места.

– Маменька... – сказал он.

– Ну, сядь, сядь! – отвечала она, наскоро утирая слезы, – мне еще много осталось поговорить... Что бишь я хотела сказать? из ума вон... Вишь, нынче какая память у меня... да! блюди посты, мой друг: это великое дело! В среду и пятницу – бог простит; а в великий пост – боже оборони! Вот Михайло Михайлыч и умным человеком считается, а что в нем? Что мясоед, что страстная неделя – все одно жрет. Даже волос дыбом становится! Он вон и бедным помогает, да будто его милостыня принята господом? Слышь, подал раз старику красненькую, тот взял ее, а сам отвернулся да плюнул. Все кланяются ему и в глаза-то бог знает что наговорят, а за глаза крестятся, как поминают его, словно шайтана какого.

Александр слушал с некоторым нетерпением и взглядывал по временам в окно, на дальнюю дорогу.

Она замолчала на минуту.

– Береги пуще всего здоровье, – продолжала она. – Как заболеешь – чего боже оборони! – опасно, напиши... я соберу все силы и приеду. Кому там ходить за тобой? Норовят еще обобрать больного. Не ходи ночью по улицам; от людей зверского вида удаляйся. Береги деньги... ох, береги на черный день! Трать с толком. От них, проклятых, всякое добро и всякое зло. Не мотай, не заводи лишних прихотей. Ты будешь аккуратно получать от меня две тысячи пятьсот рублей в год. Две тысячи пятьсот рублей не шутка. Не заводи роскоши никакой, ничего такого, но и не отказывай себе в чем можно; захочется полакомиться – не скупись. – Не предавайся вину – ох, оно первый враг человека! Да еще (тут она понизила голос) берегись женщин! Знаю я их! Есть такие бесстыдницы, что сами на шею будут вешаться, как увидят этакого-то...

Она с любовью посмотрела на сына.

– Довольно, маменька; я бы позавтракал? – сказал он почти с досадой.

– Сейчас, сейчас... еще одно слово...

– На мужних жен не зарься, – спешила она досказать, – это великий грех! «Не пожелай жены ближнего твоего», сказано в писании. Если же там какая-нибудь станет до свадьбы добираться – боже сохрани! не моги и подумать! Они готовы подцепить, как увидят, что с денежками да хорошенький. Разве что у начальника твоего или у какого-нибудь знатного да богатого вельможи разгорятся на тебя зубы и он захочет выдать за тебя дочь – ну, тогда можно, только отпиши: я кое-как дотащусь, посмотрю, чтоб не подсунули так какую-нибудь, лишь бы с рук сбыть: старую девку или дрянь. Этакого женишка всякому лестно залучить. Ну, а коли ты сам полюбишь да выдастся хорошая девушка – так того... – тут она еще тише заговорила... – Сонюшку-то можно и в сторону. (Старушка, из любви к сыну, готова была покривить душой.) Что в самом деле Марья Карповна замечтала! ты дочке ее не пара. Деревенская девушка! на тебя и не такие польстятся.

– Софью! нет, маменька, я ее никогда не забуду! – сказал Александр.

– Ну, ну, друг мой, успокойся! ведь я так только. Послужи, воротись сюда, и тогда что бог даст; невесты не уйдут! Коли не забудешь, так и того... Ну, а...

Она что-то хотела сказать, но не решалась, потом наклонилась к уху его и тихо спросила:

– А будешь ли помнить... мать?

– Вот до чего договорились, – перервал он, – велите скорей подавать что там у вас есть: яичница, что ли? Забыть вас! Как могли вы подумать? Бог накажет меня...

– Перестань, перестань, Саша, – заговорила она торопливо, – что ты это накликаешь на свою голову! Нет, нет! что бы ни было, если случится этакой грех, пусть я одна страдаю. Ты молод, только что начинаешь жить, будут у тебя и друзья, женишься – молодая жена заменит тебе и мать, и все... Нет! Пусть благословит тебя бог, как я тебя благословляю.

Она поцеловала его в лоб и тем заключила свои наставления.

– Да что это не едет никто? – сказала она, – ни Марья Карповна, ни Антон Иваныч, ни священник нейдет? уж, чай, обедня кончилась! Ах, вон кто-то и едет! кажется, Антон Иваныч... так и есть: легок на помине.

Кто не знает Антона Иваныча? Это вечный жид. Он существовал всегда и всюду, с самых древнейших времен, и не переводился никогда. Он присутствовал и на греческих и на римских пирах, ел, конечно, и упитанного тельца, закланного счастливым отцом по случаю возвращения блудного сына.

У нас, на Руси, он бывает разнообразен. Тот, про которого говорится, был таков: у него душ двадцать заложенных и перезаложенных; живет он почти в избе или в каком-то странном здании, похожем с виду на амбар, – ход где-то сзади, через бревна, подле самого плетня; но он лет двадцать постоянно твердит, что с будущей весной приступит к стройке нового дома. Хозяйства он дома не держит. Нет человека из его знакомых, который бы у него отобедал, отужинал или выпил чашку чаю, но нет также человека, у которого бы он сам не делал этого по пятидесяти раз в год. Прежде Антон Иваныч ходил в широких шароварах и казакине, теперь ходит, в будни, в сюртуке и в панталонах, в праздники во фраке бог знает какого покроя. С виду он полный, потому что у него нет ни горя, ни забот, ни волнений, хотя он прикидывается, что весь век живет чужими горестями и заботами; но ведь известно, что чужие горести и заботы не сушат нас: это так заведено у людей.

В сущности, Антона Иваныча никому не нужно, но без него не совершается ни один обряд: ни свадьба, ни похороны. Он на всех званых обедах и вечерах, на всех домашних советах; без него никто ни шагу. Подумают, может быть, что он очень полезен, что там исполнит какое-нибудь важное поручение, тут даст хороший совет, обработает дельце, – вовсе нет! Ему никто ничего подобного не поручает; он ничего не умеет, ничего не знает: ни в судах хлопотать, ни быть посредником, ни примирителем, – ровно ничего.

Но зато ему поручают, например, завезти мимоездом поклон от такой-то к такому-то, и он непременно завезет и тут же кстати позавтракает, – уведомить такого-то, что известная-де бумага получена, а какая именно, этого ему не говорят, – передать туда-то кадочку с медом или горсточку семян, с наказом не разлить и не рассыпать, – напомнить, когда кто именинник. Еще Антона Иваныча употребляют в таких делах, которые считают неудобным поручить человеку. «Нельзя Петрушку послать, – говорят, – того и гляди, переврет. Нет, уж пусть лучше Антон Иваныч съездит!» Или: «Неловко послать человека: такой-то или такая-то обидится, а вот лучше Антона Иваныча отправить».

Как бы удивило всех, если б его вдруг не было где-нибудь на обеде или вечере!

– А где же Антон Иваныч? – спросил бы всякий непременно с изумлением. – Что с ним? да почему его нет?

И обед не в обед. Тогда уж к нему даже кого-нибудь и отправят депутатом проведать, что с ним, не заболел ли, не уехал ли? И если он болен, то и родного не порадуют таким участьем.

Антон Иваныч подошел к руке Анны Павловны.

– Здравствуйте, матушка Анна Павловна! с обновкой честь имею вас поздравить.

– С какой это, Антон Иваныч? – спросила Анна Павловна, осматривая себя с ног до головы.

– А мостик-то у ворот! видно, только что сколотили? что, слышу, не пляшут доски под колесами? смотрю, ан новый!

Он, при встречах с знакомыми, всегда обыкновенно поздравляет их с чем-нибудь, или с постом, или с весной, или с осенью; если после оттепели мороз наступит, так с морозом, наступит после морозу оттепель – с оттепелью …

На этот раз ничего подобного не было, но он что-нибудь да выдумает.

– Вам кланяются Александра Васильевна, Матрена Михайловна, Петр Сергеич, – сказал он.

– Покорно благодарю, Антон Иваныч! Детки здоровы ли у них?

– Слава богу. Я к вам веду благословение божие: за мной следом идет батюшка. А слышали ли, сударыня: наш-то Семен Архипыч?..

– Что такое? – с испугом спросила Анна Павловна.

– Ведь приказал долго жить!

– Что вы! когда?

– Вчера утром. Мне к вечеру же дали знать: прискакал парнишко; я и отправился, да всю ночь не спал. Все в слезах: и утешать-то надо, и распорядиться: там у всех руки опустились: слезы да слезы, – я один.

– Господи, господи боже мой! – говорила Анна Павловна, качая головой, – жизнь-то наша! Да как же это могло случиться? он еще на той неделе с вами же поклон прислал!

– Да, матушка! ну, да он давненько прихварывал, старик старый: диво, как до сих пор еще не свалился!

– Что за старый! он годом только постарше моего покойника. Ну, царство ему небесное! – сказала, крестясь, Анна Павловна. – Жаль бедной Федосьи Петровны: осталась с деточками на руках. Шутка ли: пятеро, и все почти девочки! А когда похороны?

– Завтра.

– Видно, у всякого свое горе, Антон Иваныч; вот я так сына провожаю.

– Что делать, Анна Павловна, все мы человеки! «Терпи», сказано в священном писании.

– Уж не погневайтесь, что потревожила вас – вместе размыкать горе; вы нас так любите, как родной.

– Эх, матушка Анна Павловна! да кого же мне и любить-то, как не вас? Много ли у нас таких, как вы? Вы цены себе не знаете. Хлопот полон рот: тут и своя стройка вертится на уме. Вчера еще бился целое утро с подрядчиком, да все как-то не сходимся... а как, думаю, не поехать?.. что она там, думаю, одна-то, без меня станет делать? человек не молодой: чай, голову растеряет.

– Дай бог вам здоровья, Антон Иваныч, что не забываете нас! И подлинно сама не своя: такая пустота в голове, ничего не вижу! в горле совсем от слез перегорело. Прошу закусить: вы и устали и, чай, проголодались.

– Покорно благодарю-с. Признаться, мимоездом пропустил маленькую у Петра Сергеича да перехватил кусочек. Ну, да это не помешает. Батюшка подойдет, пусть благословит! Да вот он и на крыльце!

Пришел священник. Приехала и Марья Карповна с дочерью, полной и румяной девушкой, с улыбкой и заплаканными глазами. Глаза и все выражение лица Софьи явно говорили: «Я буду любить просто, без затей, буду ходить за мужем, как нянька, слушаться его во всем и никогда не казаться умнее его; да и как можно быть умнее мужа? это грех! Стану прилежно заниматься хозяйством, шить; рожу ему полдюжины детей, буду их сама кормить, нянчить, одевать и обшивать». Полнота и свежесть щек ее и пышность груди подтверждали обещание насчет детей. Но слезы на глазах и грустная улыбка придавали ей в эту минуту не такой прозаический интерес.

Прежде всего отслужили молебен, причем Антон Иваныч созвал дворню, зажег свечу и принял от священника книгу, когда тот перестал читать, и передал ее дьячку, а потом отлил в скляночку святой воды, спрятал в карман и сказал: «Это Агафье Никитишне». Сели за стол. Кроме Антона Иваныча и священника, никто по обыкновению не дотронулся ни до чего, но зато Антон Иваныч сделал полную честь этому гомерическому завтраку. Анна Павловна все плакала и украдкой утирала слезы.

– Полно вам, матушка Анна Павловна, слезы-то тратить! – сказал Антон Иваныч с притворной досадой, наполнив рюмку наливкой. – Что вы его, на убой, что ли, отправляете? – Потом, выпив до, половины рюмку, почавкал губами.

– Что за наливка! какой аромат пошел! Этакой, матушка, у нас и по губернии-то не найдешь! – сказал он с выражением большого удовольствия.

– Это тре… те… годнич… ная! – проговорила, всхлипывая, Анна Павловна, – нынче для вас… только… откупорила.

– Эх, Анна Павловна, и смотреть-то на вас тошно, – начал опять Антон Иваныч, – вот некому бить-то вас; бил бы да бил!

– Сами посудите, Антон Иваныч, один сын, и тот с глаз долой: умру – некому и похоронить.

– А мы-то на что? что я вам, чужой, что ли? Да куда еще торопитесь умирать? того гляди, замуж бы не вышли! вот бы поплясал на свадьбе! Да полноте плакать-то!

– Не могу, Антон Иваныч, право не могу; не знаю сама, откуда слезы берутся.

– Этакого молодца взаперти держать! Дайте-ка ему волю, он расправит крылышки, да вот каких чудес наделает: нахватает там чинов!

– Вашими бы устами да мед пить! Да что вы мало взяли пирожка? возьмите еще!

– Возьму-с: вот только этот кусок съем.

– За ваше здоровье, Александр Федорыч! счастливого пути! да возвращайтесь скорее; да женитесь-ка! Что вы, Софья Васильевна, вспыхнули?

– Я ничего… я так…

– Ох, молодежь, молодежь! хе, хе, хе!

– С вами горя не чувствуешь, Антон Иваныч, – сказала Анна Павловна, – так умеете утешить; дай бог вам здоровья! Да выкушайте еще наливочки.

– Выпью, матушка, выпью, как не выпить на прощанье!

Кончился завтрак. Ямщик уже давно заложил повозку. Ее подвезли к крыльцу. Люди выбегали один за другим. Тот нес чемодан, другой – узел, третий – мешок, и опять уходил за чем-нибудь Как мухи сладкую каплю, люди облепили повозку, и всякий совался туда с руками.

– Вот так лучше положить чемодан, – говорил один, – а тут бы коробок с провизией.

– А куда же они ноги денут? – отвечал другой, – лучше чемодан вдоль, а коробок можно сбоку поставить.

– Так тогда перина будет скатываться, коли чемодан вдоль: лучше поперек. Что еще? уклали ли сапоги-то?

– Я не знаю. Кто укладывал?

– Я не укладывал. Поди-ка погляди – нет ли там наверху?

– Да поди ты.

– А ты что? мне, видишь, некогда!

– Вот еще, вот это не забудьте! – кричала девка, просовывая мимо голов руку с узелком.

– Давай сюда!

– Суньте и это как-нибудь в чемодан; давеча забыли, – говорила другая, приставая на подножку и подавая щеточку и гребенку.

– Куда теперь совать? – сердито закричал на нее дородный лакей, – пошла ты прочь! видишь, чемодан под самым низом!

– Барыня велела; мне что за дело, хоть брось! вишь, черти какие!

– Ну, давай, что ли, сюда скорее; это можно вот тут сбоку в карман положить.

Коренная беспрестанно поднимала и трясла голову. Колокольчик издавал всякий раз при этом резкий звук, напоминавший о разлуке, а пристяжные стояли задумчиво, опустив головы, как будто понимая всю прелесть предстоящего им путешествия, и изредка обмахивались хвостами или протягивали нижнюю губу к коренной лошади. Наконец настала роковая минута. Помолились еще.

– Сядьте, сядьте все! – повелевал Антон Иваныч, – извольте сесть, Александр Федорыч! и ты, Евсей, сядь. Сядь же, сядь! – И сам боком, на секунду, едва присел на стул. – Ну, теперь с богом!

Вот тут-то Анна Павловна заревела и повисла на шею Александру.

– Прощай, прощай, мой друг! – слышалось среди рыданий, – увижу ли я тебя?..

Дальше ничего нельзя было разобрать. В эту минуту послышался звук другого колокольчика: на двор влетела телега, запряженная тройкой. С телеги соскочил, весь в пыли, какой-то молодой человек, вбежал в комнату и бросился на шею Александру.

– Поспелов!.. – Адуев!.. – воскликнули они враз, тиская друг друга в объятиях.

– Откуда ты, как?

– Из дому, нарочно скакал целые сутки, чтоб проститься с тобой.

– Друг! друг! истинный друг! – говорил Адуев со слезами на глазах. – За сто шестьдесят верст прискакать, чтоб сказать прости! О, есть дружба в мире! навек, не правда ли? – говорил пылко Александр, стискивая руку друга и наскакивая на него.

– До гробовой доски! – отвечал тот, тиская руку еще сильнее и наскакивая на Александра.

– Пиши ко мне!

– Да, да, и ты пиши!

Анна Павловна не знала, как и обласкать Поспелова. Отъезд замедлился на полчаса. Наконец собрались.

Все пошли до рощи пешком. Софья и Александр в то время, когда переходили темные сени, бросились друг к другу.

– Саша! Милый Саша!.. – Сонечка! – шептали они, и слова замерли в поцелуе.

– Вы забудете меня там? – сказала она слезливо.

– О, как вы меня мало знаете! я ворочусь, поверьте, и никогда другая…

– Вот возьмите скорей: это мои волосы и колечко.

Он проворно спрятал и то и другое в карман.

Впереди пошли Анна Павловна с сыном и с Поспеловым, потом Марья Карловна с дочерью, наконец священник с Антоном Иванычем В некотором отдалении ехала повозка. Ямщик едва сдерживал лошадей. Дворня окружила в воротах Евсея.

– Прощай, Евсей Иваныч, прощай, голубчик, не забывай нас! – слышалось со всех сторон.

– Прощайте, братцы, прощайте, не поминайте лихом!

– Прощай, Евсеюшка, прощай, мой ненаглядный! – говорила мать, обнимая его, – вот тебе образок; это мое благословение. Помни веру, Евсей, не уйди там у меня в бусурманы! а не то прокляну! Не пьянствуй, не воруй; служи барину верой и правдой. Прощай, прощай!..

Она закрыла лицо фартуком и отошла.

– Прощай, матушка! – лениво проворчал Евсей. К нему бросилась девчонка лет двенадцати.

– Простись с сестренкой-то! – сказала одна баба.

– И ты туда же! – говорил Евсей, целуя ее, – ну, прощай, прощай! пошла теперь, босоногая, в избу!

Отдельно от всех, последняя стояла Аграфена. Лицо у нее позеленело.

– Прощайте, Аграфена Ивановна! – сказал протяжно, возвысив голос, Евсей и протянул к ней руки.

Она дала себя обнять, но не отвечала на объятие; только лицо ее искривилось.

– На вот тебе! – сказала она, вынув из-под передника и сунув ему мешок с чем-то. – То-то, чай, там с петербургскими-то загуляешь! – прибавила она, поглядев на него искоса. И в этом взгляде выразилась вся тоска ее и вся ревность.

– Я загуляю, я? – начал Евсей. – Да разрази меня на этом месте господь, лопни мои глаза! чтоб мне сквозь землю провалиться, коли я там что-нибудь этакое...

– Ладно! ладно! – недоверчиво бормотала Аграфена, – а сам-то – у!

– Ах, чуть не забыл! – сказал Евсей и достал из кармана засаленную колоду карт. – Нате, Аграфена Ивановна, вам на память; ведь вам здесь негде взять.

Она протянула руку.

– Подари мне, Евсей Иваныч! – закричал из толпы Прошка.

– Тебе! да лучше сожгу, чем тебе подарю! – и он спрятал карты в карман.

– Да мне-то отдай, дурачина! – сказала Аграфена.

– Нет, Аграфена Ивановна, что хотите делайте, а не отдам: вы с ним станете играть. Прощайте!

Он, не оглянувшись, махнул рукой и лениво пошел вслед за повозкой, которую бы, кажется, вместе с Александром, ямщиком и лошадьми мог унести на своих плечах.

– Проклятый! – говорила Аграфена, глядя ему вслед и утирая концом платка капавшие слезы.

У рощи остановились. Пока Анна Павловна рыдала и прощалась с сыном, Антон Иваныч потрепал одну лошадь по шее, потом взял ее за ноздри и потряс в обе стороны, чем та, казалось, вовсе была недовольна, потому что оскалила зубы и тотчас же фыркнула.

– Подтяни подпругу у коренной-то, – сказал он ямщику, – вишь, седелка-то на боку!

Ямщик посмотрел на седелку и, увидев, что она на своем месте, не тронулся с козел, а только кнутом поправил немного шлею.

– Ну, пора, бог с вами! – говорил Антон Иваныч, – полно, Анна Павловна, вам мучить-то себя! А вы садитесь, Александр Федорыч; вам надо засветло добраться до Шишкова. Прощайте, прощайте, дай бог вам счастья, чинов, крестов, всего доброго и хорошего, всякого добра и имущества!!! Ну, с богом, трогай лошадей, да смотри там косогором-то легче поезжай! – прибавил он, обращаясь к ямщику.

Александр сел, весь расплаканный, в повозку, а Евсей подошел к барыне, поклонился ей в ноги и поцеловал у ней руку. Она дала ему пятирублевую ассигнацию.

– Смотри же, Евсей, помни: будешь хорошо служить, женю на Аграфене, а не то...

Она не могла говорить дальше. Евсей взобрался на козлы. Ямщик, наскучивший долгим ожиданием, как будто ожил; он прижал шапку, поправился на месте и поднял вожжи; лошади тронулись сначала легкой рысью. Он хлестнул пристяжных разом одну за другой, они скакнули, вытянулись, и тройка ринулась по дороге в лес. Толпа провожавших осталась в облаке пыли безмолвна и неподвижна, пока повозка не скрылась совсем из глаз. Антон Иваныч опомнился первый.

– Ну, теперь по домам! – сказал он.

Александр смотрел, пока можно было, из повозки назад, потом упал на подушки лицом вниз.

– Не оставьте вы меня, горемычную, Антон Иваныч! – сказала Анна Павловна, – отобедайте здесь!

– Хорошо, матушка, я готов: пожалуй, и отужинаю.

– Да вы бы уж и ночевали.

– Как же: завтра похороны!

– Ах, да! Ну, я вас не неволю. Кланяйтесь Федосье Петровне от меня, – скажите, что я душевно огорчена ее печалью и сама бы навестила, да вот бог, дескать, и мне послал горе – сына проводила.

– Скажу-с, скажу, не забуду.

– Голубчик ты мой, Сашенька! – шептала она, оглядываясь, – и нет уж его, скрылся из глаз!

Адуева просидела целый день молча, не обедала и не ужинала. Зато говорил, обедал и ужинал Антон Иваныч.

– Где-то он теперь, мой голубчик? – скажет только она иногда.

– Уж теперь должен быть в Неплюеве. Нет, что я вру? еще не в Неплюеве, а подъезжает; там чай будет пить, – отвечает Антон Иваныч.

– Нет, он в это время никогда не пьет.

И так Анна Павловна мысленно ехала с ним. Потом, когда он, по расчетам ее, должен был уже приехать в Петербург, она то молилась, то гадала в карты, то разговаривала о нем с Марьей Карповной.

А он?

С ним мы встретимся в Петербурге.

II

Петр Иванович Адуев, дядя нашего героя, так же как и этот, двадцати лет был отправлен в Петербург старшим своим братом, отцом Александра, и жил там безвыездно семнадцать лет. Он не переписывался с родными после смерти брата, и Анна Павловна ничего не знала о нем с тех пор, как он продал свое небольшое имение, бывшее недалеко от ее деревни.

В Петербурге он слыл за человека с деньгами, и, может быть, не без причины; служил при каком-то важном лице чиновником особых поручений и носил несколько ленточек в петлице фрака; жил на большой улице, занимал хорошую квартиру, держал троих людей и столько же лошадей. Он был не стар, а что называется «мужчина в самой поре» – между тридцатью пятью и сорока годами. Впрочем, он не любил распространяться о своих летах, не по мелкому самолюбию, а вследствие какого-то обдуманного расчета, как будто он намеревался застраховать свою жизнь подороже. По крайней мере в его манере скрывать настоящие лета не видно было суетной претензии нравиться прекрасному полу.

Он был высокий, пропорционально сложенный мужчина, с крупными, правильными чертами смугло-матового лица, с ровной, красивой походкой, с сдержанными, но приятными манерами. Таких мужчин обыкновенно называют bel homme.

В лице замечалась также сдержанность, то есть уменье владеть собою, не давать лицу быть зеркалом души. Он был того мнения, что это неудобно – и для себя и для других. Таков он был в свете. Нельзя, однако ж, было назвать лица его деревянным: нет, оно было только покойно. Иногда лишь видны были на нем следы усталости – должно быть, от усиленных занятий. Он слыл за деятельного и делового человека. Одевался он всегда тщательно, даже щеголевато, но не чересчур, а только со вкусом; белье носил отличное; руки у него были полны и белы, ногти длинные и прозрачные.

Однажды утром, когда он проснулся и позвонил, человек, вместе с чаем, принес ему три письма и доложил, что приходил какой-то молодой барин, который называл себя Александром Федорычем Адуевым, а его – Петра Иваныча – дядей, и обещался зайти часу в двенадцатом.

Петр Иваныч по обыкновению выслушал это известие покойно, только немного навострил уши и поднял брови.

– Хорошо, поди, – сказал он слуге. Потом взял одно письмо, хотел распечатать, но остановился и задумался.

– Племянник из провинции – вот сюрприз! – ворчал он, – а я надеялся, что меня забыли в том краю! Впрочем, что с ними церемониться! отделаюсь…

Он опять позвонил.

– Скажи этому господину, как придет, что я, вставши, тотчас уехал на завод и ворочусь через три месяца.

– Слушаю-с, – отвечал слуга, – а с гостинцами что прикажете делать?

– С какими гостинцами?

– Привез их человек: барыня, говорит, деревенских гостинцев прислала.

– Гостинцев?

– Да-с: кадочка меду, мешок сушеной малины…

Петр Иваныч пожал плечами.

– Еще два куска полотна, да варенье…

– Воображаю, хорошо должно быть полотно…

– Полотно хорошее и варенье сахарное.

– Ну, поди, я посмотрю сейчас.

Он взял одно письмо, распечатал и окинул взглядом страницу. Точно крупная славянская грамота: букву *в* заменяли две перечеркнутые сверху и снизу палочки, а букву *к* просто две палочки; писано без знаков препинания.

Адуев стал читать вполголоса:

«М.г. Петр Иваныч!

Будучи с покойным вашим родителем коротко знакомы и приятели, да и вас самих в детстве тешил немало и в доме вашем частенько хлеба и соли отведывал, потому и питаю уверительную надежду на ваше усердие и благорасположение, что не забыли старика, Василья Тихоныча, а мы вас здесь и родителей ваших всячески добром поминаем и бога молим...»

– Что за дичь? От кого это? – сказал Петр Иваныч, поглядев на подпись. – Василий Заезжалов! Заезжалов – хоть убей – не помню. Чего он хочет от меня?

И стал читать дальше.

«А моя покорнейшая просьба и докука к вам – не откажите, батюшка, вам в Петербурге не то, что нам, здешним, чай, все известно и все свое да родное. Навязалось на меня проклятое тяжебное дело, да вот седьмой год и с шеи не могу спихнуть: изволите помнить лесишко, что в двух верстах от моей деревушки? Палата сделала ошибку в купчей, а противник мой, Медведев, и уперся на нее: пункт, говорит, фальшивый, да и только. Медведев тот самый, что в ваших дачах все без спросу рыбу ловил; покойник батюшка ваш гонял его и срамил, хотел на своеволие и губернатору жаловаться, да по доброте, дай бог ему царствие небесное, спускал, а не надо бы щадить этакого злодея. Помогите, батюшка, Петр Иваныч; дело теперь в Правительствующем сенате; не знаю там, в каком департаменте и у кого, да вам, чай, сейчас покажут. Съездите к секретарям и сенаторам, склоните их в мою пользу, скажите, что от ошибки, истинно от ошибки в купчей страдаю: для вас все сделают. Там же уж кстати выхлопочите мне патенты на три чина да пришлите ко мне. Еще, батюшка, Петр Иваныч, есть дельце до вас крайней потребности: взойдите в сердечное участие к безвинно-угнетенному страдальцу и помогите советом и делом. Есть у нас в губернском правлении советник Дрожжов, золото, а не человек; умрет, а своего не выдаст; в городе другой квартиры не знаю, как у него, – как приеду, прямо к нему, живу по неделям – и боже сохрани – и подумать у другого остановиться, закормит, запоит; а бостончик от обеда до глубокой ночи. И этакого-то человека обнесли и ныне нудят подать просьбу об отставке. Побывайте, отец родной, у всех вельмож там, внушите им, какой человек Афанасий Иваныч: дело ли делать – так и кипит в руках; скажите, что донос, дескать, на него сделан фальшиво, по проискам губернаторского секретаря, – вас послушают, и отпишите с первой почтой ко мне. Да повидайтесь со старинным моим сослуживцем, Костяковым. Я слышал от одного приезжего, Студеницына, вашего же петербургского – чай, изволите знать, – что он живет на Песках; там ребятишки укажут дом; отпишите с той же почтой, не поленитесь, жив ли он, здоров ли, что делает, помнит ли меня? Познакомьтесь и подружитесь с ним: прекрасный человек – душа нараспашку, и балагур такой. Кончаю письмецо еще просьбицей…»

Адуев перестал читать, медленно разорвал письмо на четыре части и бросил под стол в корзинку, потом потянулся и зевнул.
Он взял другое письмо и начал читать также вполголоса.

«Любезный братец, милостивый государь, Петр Иваныч!»

– Это что за сестрица! – сказал Адуев, глядя на подпись: – Марья Горбатова… – Он обратил лицо к потолку, припоминая что-то…
– Что бишь это такое? что-то знакомое… ба, вот прекрасно – ведь брат женат был на Горбатовой; это ее сестра, это та… а! помню…
Он нахмурился и стал читать.

«Хотя рок разлучил нас, может быть, навеки и бездна лежит между нами; прошли года…»

Он пропустил несколько строчек и читал далее:

«По гроб жизни буду помнить, как мы вместе, гуляючи около нашего озера, вы, с опасностию жизни и здоровья, влезли по колено в воду и достали для меня в тростнике большой желтый цветок, как из стебелька оного тек какой-то сок и перемарал нам руки, а вы почерпнули картузом воды, дабы мы могли их вымыть; мы очень много тогда этому смеялись. Как я была тогда счастлива! Сей цветок и ныне хранится в книжке…»

Адуев остановился. Видно было, что это обстоятельство ему очень не нравилось; он даже недоверчиво покачал головой.

«А цела ли у вас та ленточка (продолжал он читать), что вы вытащили из моего комода, несмотря на все мои крики и моления…»

– Я вытащил ленточку! – сказал он вслух, сильно нахмурившись.

Помолчав, пропустил еще несколько строк и читал:

«А я обрекла себя на незамужнюю жизнь и чувствую себя весьма счастливою; никто не запретит воспоминать сии блаженные времена...»

«А, старая девка! – подумал Петр Иваныч. – Немудрено, что у ней еще желтые цветы на уме! Что там еще?»

«Женаты ли вы, любезнейший братец, и на ком? Кто та милая подруга, украсившая собой путь вашего бытия, назовите мне ее; я буду ее любить, как родную сестру, и в мечтах соединять образ ее с вашим, буду молиться. А если не женаты, то по какой причине – напишите откровенно: ваших тайн никто у меня не прочтет, я буду хранить их на своей груди, их вырвут у меня вместе с сердцем. Не медлите; сгораю нетерпением читать ваши неизъяснимые строки...»

«Нет, вот твои так неизъяснимые строки!» – подумал Петр Иваныч.

«Я не знала (читал он), что милый наш Сашенька вдруг вздумает посетить великолепную столицу, – счастливец! увидит прекрасные домы и магазины, будет наслаждаться роскошью и прижмет к своей груди обожаемого дядю, – а я, я в то время буду лить слезы, вспоминая счастливое время. Если бы я знала о его отъезде, дни и ночи сидела бы и вышила бы для вас подушку: арап с двумя собаками; вы не поверите, как я много раз плакала, глядя на сей узор: что может быть святее дружбы и верности?.. Теперь меня занимает сия одна мысль; ей посвящу дни свои, но не имею здесь хорошей шерсти, и потому покорнейше прошу, любезнейший братец, выслать вот по этим образчикам, что я тут вложила, что ни есть наилучшей английской шерсти, в самом скором времени, из первого магазина. Но что я говорю? какая ужасная мысль останавливает перо мое! может быть, уже вы забыли нас, и где вам помнить бедную страдалицу, которая удалилась от света и льет слезы? Но нет! я не могу подумать, чтоб вы могли быть извергом, как все мужчины: нет! мне сердце говорит, что вы сохранили к нам ко всем прежние чувствования среди роскоши и удовольствий великолепной столицы. Сия мысль служит бальзамом для моего страждущего сердца. Простите, не могу более продолжать, рука моя дрожит...
Остаюсь по гроб ваша
Марья Горбатова.

P. S. Нет ли, братец, у вас хорошеньких книжек? пришлите, если вам не нужно: я бы на каждой странице вспоминала вас, плакала бы, или возьмите в лавке новых, коли недорого. Говорят, очень хороши сочинения господина Загоскина[1] и господина Марлинского[2], – хоть их; а то я еще видела в газетах заглавие – «О Предрассудках», соч. г-на Пузины, – пришлите – я терпеть не могу предрассудков».

Прочитав, Адуев хотел отправить туда же и это письмо, но остановился.

«Нет, – подумал он, – сберегу: есть охотники до таких писем; иные собирают целые коллекции, – может быть, случится одолжить кого-нибудь».

Он бросил письмо в бисерную корзинку, висевшую на стене, потом взял третье письмо и начал читать:

«Любезнейший мой деверек Петр Иваныч!

Помните ли, как семнадцать годков тому назад мы справляли ваш отъезд? Вот привел бог благословить на дальний путь и собственное чадо. Полюбуйтесь, батюшка, на него да вспомните покойника, нашего голубчика Федора Иваныча: ведь Сашенька весь в него. Бог один знает, что вытерпело мое материнское сердце, отпускаючи его на чужую сторону. Отправляю его, моего друга, прямо к вам: не велела нигде приставать, окроме вас...»

Адуев опять покачал головой.

– Глупая старуха! – проворчал он и читал:

«Он, пожалуй, по неопытности, остановился бы на постоялом дворе, но я знаю, как это может огорчить родного дядю, и внушила взъехать прямо к вам. То-то будет у вас радости при свидании! Не оставьте его, любезный деверек, вашими советами и возьмите на свое попечение; передаю его вам с рук на руки».

Петр Иваныч опять остановился.

1 Загоскин М.Н. (1789–1852) – исторический романист. Наибольшей популярностью в 30-х годах пользовался его роман «Юрий Милославский», проникнутый идеализацией старины и монархическим патриотизмом.
2 Марлинский – литературный псевдоним декабриста А.А. Бестужева (1797–1837). В романе упоминается как автор романтических повестей (30-е годы), отличавшихся эффектной фабулой, возвышенным описанием чувств и крайне вычурным и риторическим языком. С резкой критикой условного, фальшивого романтизма Марлинского выступил в 1840 году В. Белинский, что привело к решительному падению популярности сочинений Марлинского и его подражателей.

«Ведь вы там один у него (читал он потом). Присмотрите за ним, не балуйте уж слишком-то, да и не взыскивайте очень строго: взыскать-то будет кому, взыщут и чужие, а приласкать некому, кроме своего; он же сам такой ласковый: вы только увидите его, так и не отойдете. И начальнику-то, у которого он будет служить, скажите, чтоб берег моего Сашеньку и обращался бы с ним понежнее пуще всего: он у меня был нежненький. Остерегайте его от вина и от карт. Ночью, – ведь вы, я чай, в одной комнате будете спать, – Сашенька привык лежать на спине: от этого, сердечный, больно стонет и мечется; вы тихонько разбудите его да перекрестите: сейчас и пройдет, а летом покрывайте ему рот платочком: он его разевает во сне, а проклятые мухи так туда и лезут под утро. Не оставьте его также в случае нужды и деньгами…»

Адуев нахмурился, но вскоре лицо его опять прояснилось, когда он прочел далее:

«А я вышлю, что понадобится, да и ему в руки дала теперь тысячу рублей, только чтоб он не тратил их на пустяки, да чтоб у него подлипалы не выманили, ведь там у вас, в столице, слышь, много мошенников и всяких бессовестных людей. А затем простите, дорогой деверь, – совсем отвыкла писать. Остаюсь душевно почитающая вас невестка
А. Адуева.

P. S. Посылаю при этом наших деревенских гостинцев – малинки из своего сада, белого медку – чистый, как слеза, – полотна голландского на две дюжины рубашек да домашнего вареньица. Кушайте и носите на здоровье, а выйдут – еще пришлю. Присмотрите и за Евсеем; он смирный и не пьющий, да, пожалуй там, в столице, избалуется, – тогда можно и посечь».

Петр Иваныч медленно положил письмо на стол, еще медленнее достал сигару и, покатав ее в руках, начал курить. Долго обдумывал он эту штуку, как он называл ее мысленно, которую сыграла с ним его невестка. Он строго разобрал в уме и то, что сделали с ним, и то, что надо было делать ему самому.
Вот на какие посылки разложил он весь этот случай. Племянника своего он не знает, следовательно и не любит, а поэтому сердце его не возлагает на него никаких обязанностей: надо решать дело по законам рассудка и справедливости. Брат его женился, наслаждался супружеской жизнию, – за что же он, Петр Иваныч, обременит себя заботливостию о братнем сыне, он, не наслаждавшийся выгодами супружества? Конечно, не за что.

Но, с другой стороны, представлялось вот что: мать отправила сына прямо к нему, на его руки, не зная, захочет ли он взять на себя эту обузу, даже не зная, жив ли он и в состоянии ли сделать что-нибудь для племянника. Конечно, это глупо; но если дело уже сделано и племянник в Петербурге, без помощи, без знакомых, даже без рекомендательных писем, молодой, без всякой опытности... вправе ли он оставить его на произвол судьбы, бросить в толпе, без наставлений, без совета, и если с ним случится что-нибудь недоброе – не будет ли он отвечать перед совестью?..

Тут кстати Адуев вспомнил, как, семнадцать лет назад, покойный брат и та же Анна Павловна отправляли его самого. Они, конечно, не могли ничего сделать для него в Петербурге, он сам нашел себе дорогу... но он вспомнил ее слезы при прощанье, ее благословения, как матери, ее ласки, ее пироги и, наконец, ее последние слова: «Вот, когда вырастет Сашенька – тогда еще трехлетний ребенок, – может быть, и вы, братец, приласкаете его...» Тут Петр Иваныч встал и скорыми шагами пошел в переднюю...

– Василий! – сказал он, – когда придет мой племянник, то не отказывай. Да поди узнай, занята ли здесь вверху комната, что отдавалась недавно, и если не занята, так скажи, что я оставляю ее за собой. А! это гостинцы! Ну что мы станем с ними делать?

– Давеча наш лавочник видел, как несли их вверх; он спрашивал, не уступим ли ему мед: «Я, говорит, хорошую цену дам», и малину берет...

– Прекрасно! отдай ему. Ну, а полотно куда девать? разве не годится ли на чехлы?.. Так спрячь полотно и варенье спрячь – его можно есть: кажется, порядочное.

Только что Пётр Иваныч расположился бриться, как явился Александр Федорыч. Он было бросился на шею к дяде, но тот, пожимая мощной рукой его нежную, юношескую руку, держал его в некотором отдалении от себя, как будто для того, чтобы наглядеться на него, а более, кажется, затем, чтобы остановить этот порыв и ограничиться пожатием.

– Мать твоя правду пишет, – сказал он, – ты живой портрет покойного брата: я бы узнал тебя на улице. Но ты лучше его. Ну, я без церемонии буду продолжать бриться, а ты садись вот сюда – напротив, чтобы я мог видеть тебя, и давай беседовать.

За этим Петр Иваныч начал делать свое дело, как будто тут никого не было, и намыливал щеки, натягивая языком то ту, то другую. Александр был сконфужен этим приемом и не знал, как начать разговор. Он приписал холодность дяди тому, что не остановился прямо у него.

– Ну, что твоя матушка? здорова ли? Я думаю, постарела? – спросил дядя, делая разные гримасы перед зеркалом.

– Маменька, слава богу, здорова, кланяется вам, и тетушка Марья Павловна тоже, – сказал робко Александр Федорыч. – Тетушка поручила мне обнять вас… – Он встал и подошел к дяде, чтоб поцеловать его в щеку, или в голову, или в плечо, или, наконец, во что удастся.

– Тетушке твоей пора бы с летами быть умнее, а она, я вижу, все такая же дура, как была двадцать лет тому назад…

Озадаченный Александр задом воротился на свое место.

– Вы получили, дядюшка, письмо?.. – сказал он.

– Да, получил.

– Василий Тихоныч Заезжалов, – начал Александр Федорыч, – убедительно просит вас справиться и похлопотать о его деле…

– Да, он пишет ко мне… У вас еще не перевелись такие ослы?

Александр не знал, что и подумать – так его сразили эти отзывы.

– Извините, дядюшка… – начал он почти с трепетом.

– Что?

– Извините, что я не приехал прямо к вам, а остановился в конторе дилижансов… Я не знал вашей квартиры…

– В чем тут извиняться? Ты очень хорошо сделал. Матушка твоя бот знает что выдумала. Как бы ты ко мне приехал, не знавши, можно ли у меня остановиться, или нет? Квартира у меня, как видишь, холостая, для одного: зала, гостиная, столовая, кабинет, еще рабочий кабинет, гардеробная да туалетная – лишней комнаты нет. Я бы стеснил тебя, а ты меня… А я нашел для тебя здесь же в доме квартиру…

– Ах, дядюшка! – сказал Александр, – как мне благодарить вас за эту заботливость?

И он опять вскочил с места с намерением словом и делом доказать свою признательность.

– Тише, тише, не трогай! – заговорил дядя, – бритвы преострые, того и гляди обрежешься сам и меня обрежешь.

Александр увидел, что ему, несмотря на все усилия, не удастся в тот день ни разу обнять и прижать к груди обожаемого дядю, и отложил это намерение до другого раза.

– Комната превеселенькая, – начал Петр Иваныч, – окнами немного в стену приходится, да ведь ты не станешь все у окна сидеть; если дома, так займешься чем-нибудь, а в окна зевать некогда. И недорога – сорок рублей в месяц. Для человека есть передняя. Надо приучаться тебе с самого начала жить одному, без няньки; завести свое маленькое хозяйство, то есть иметь дома свой стол, чай, словом свой угол, – un chez soi, как говорят французы. Там ты можешь свободно принимать кого хочешь… Впрочем, когда я дома обедаю, то милости прошу и тебя, а в другие дни – здесь молодые люди обыкновенно обедают в трактире, но я советую тебе посылать за своим обедом:

дома и покойнее и не рискуешь столкнуться бог знает с кем. Так ли?

– Я, дядюшка, очень благодарен...

– Что за благодарность? ведь ты мне родня? я исполняю свой долг. Ну, я теперь оденусь и поеду; у меня и служба и завод...

– Я не знал, дядюшка, что у вас есть завод.

– Стеклянный и фарфоровый; впрочем, я не один: нас трое компанионов.

– Хорошо идет?

– Да, порядочно; сбываем больше во внутренние губернии на ярмарки. Последние два года – хоть куда! Если б еще этак лет пять, так и того... Один компанион, правда, не очень надежен – все мотает, да я умею держать его в руках. Ну, до свидания. Ты теперь посмотри город, пофлянируй, пообедай где-нибудь, а вечером приходи ко мне пить чай, я дома буду, – тогда поговорим. Эй, Василий! ты покажешь им комнату и поможешь там устроиться.

«Так вот как здесь, в Петербурге... – думал Александр, сидя в новом своем жилище, – если родной дядя так, что ж прочие?..»

Молодой Адуев ходил взад и вперед по комнате в сильной задумчивости, а Евсей говорил сам с собою, убирая комнату:

«Что это за житье здесь, – ворчал он, – у Петра Иваныча кухня-то, слышь, раз в месяц топится, люди-то у чужих обедают... Эко, господи! ну, народец! нечего сказать, а еще петербургские называются! У нас и собака каждая из своей плошки лакает».

Александр, кажется, разделял мнение Евсея, хотя и молчал. Он подошел к окну и увидел одни трубы, да крыши, да черные, грязные, кирпичные бока домов... и сравнил с тем, что видел, назад тому две недели, из окна своего деревенского дома. Ему стало грустно.

Он вышел на улицу – суматоха, все бегут куда-то, занятые только собой, едва взглядывая на проходящих, и то разве для того, чтоб не наткнуться друг на друга. Он вспомнил про свой губернский город, где каждая встреча, с кем бы то ни было, почему-нибудь интересна. То вот Иван Иваныч идет к Петру Петровичу – и все в городе знают, зачем. То Марья Мартыновна едет от вечерни, то Афанасий Савич на рыбную ловлю. Там проскакал сломя голову жандарм от губернатора к доктору, и всякий знает, что ее превосходительство изволит родить, хотя по мнению разных кумушек и бабушек об этом заранее знать не следовало бы. Все спрашивают что: дочку или сына? Барыни готовят парадные чепцы. Вон Матвей Матвеич вышел из дому, с толстой палкой, в шестом часу вечера, и всякому известно, что он идет делать вечерний моцион, что у него без того желудок не варит и что он остановится непременно у окна старого советника, который, также известно, пьет в это время чай. С кем ни встретишься – поклон да пару слов, а с кем и не кланяешься, так знаешь, кто он, куда и зачем идет, и у того в глазах написано: и я знаю, кто вы, куда и зачем идете.

Если, наконец, встретятся незнакомые, еще не видавшие друг друга, то вдруг лица обоих превращаются в знаки вопроса; они остановятся и оборотятся назад раза два, а пришедши домой, опишут и костюм и походку нового лица, и пойдут толки и догадки, и кто, и откуда, и зачем. А здесь так взглядом и сталкивают прочь с дороги, как будто все враги между собою.

Александр сначала с провинциальным любопытством вглядывался в каждого встречного и каждого порядочно одетого человека, принимая их то за какого-нибудь министра или посланника, то за писателя: «Не он ли? – думал он, – не этот ли?» Но вскоре это надоело ему – министры, писатели, посланники встречались на каждом шагу.

Он посмотрел на домы – и ему стало еще скучнее: на него наводили тоску эти однообразные каменные громады, которые, как колоссальные гробницы, сплошною массою тянутся одна за другою. «Вот кончается улица, сейчас будет приволье глазам, – думал он, – или горка, или зелень, или развалившийся забор», – нет, опять начинается та же каменная ограда одинаких домов, с четырьмя рядами окон. И эта улица кончилась, ее преграждает опять то же, а там новый порядок таких же домов. Заглянешь направо, налево – всюду обступили вас, как рать исполинов, дома, дома и дома, камень и камень, все одно да одно… нет простора и выхода взгляду: заперты со всех сторон, – кажется, и мысли и чувства людские также заперты.

Тяжелы первые впечатления провинциала в Петербурге. Ему дико, грустно; его никто не замечает; он потерялся здесь; ни новости, ни разнообразие, ни толпа не развлекают его. Провинциальный эгоизм его объявляет войну всему, что он видит здесь и чего не видел у себя. Он задумывается и мысленно переносится в свой город. Какой отрадный вид! Один дом с остроконечной крышей и с палисадничком из акаций. На крыше надстройка, приют голубей, – купец Изюмин охотник гонять их: для этого он взял да и выстроил голубятню на крыше; и по утрам и по вечерам, в колпаке, в халате, с палкой, к концу которой привязана тряпица, стоит на крыше и посвистывает, размахивая палкой. Другой дом – точно фонарь: со всех четырех сторон весь в окнах и с плоской крышей, дом давней постройки; кажется, того и гляди, развалится или сгорит от самовозгорания; тес принял какой-то светло-серый цвет. Страшно жить в таком доме, но там живут. Хозяин иногда, правда, посмотрит на скосившийся потолок и покачает головой, примолвив: «Простоит ли до весны? Авось!» – скажет потом и продолжает жить, опасаясь не за себя, а за карман. Подле него кокетливо красуется дикенький дом лекаря, раскинувшийся полукружием, с двумя похожими на будки флигелями, а этот весь спрятался в зелени; тот обернулся на улицу задом, а тут на две версты тянется забор, из-за которого выглядывают с деревьев румяные яблоки, искушение мальчишек. От церквей домы отступили на почтительное расстояние. Кругом их растет густая трава, лежат надгробные плиты. Присутственные места – так и видно, что присутственные места: близко без надобности никто не подходит. А тут, в столице, их и не отличишь от простых домов, да еще, срам сказать, и лавочка тут же в доме. А пройдешь там, в городе, две, три улицы, уж и чуешь вольный воздух, начинаются плетни, за ними огороды, а там и чистое поле с яровым. А тишина, а неподвижность, а скука – и на улице и в людях тот же благодатный застой! И все живут вольно, нараспашку, никому не тесно; даже куры и петухи свободно расхаживают по улицам, козы и коровы щиплют траву, ребятишки пускают змей.

А здесь… какая тоска! И провинциал вздыхает, и по заборе, который напротив его окон, и по пыльной и грязной улице, и по тряскому мосту, и по вывеске на питейной конторе. Ему противно сознаться, что Исакиевский собор лучше и выше собора в его городе, что зала Дворянского собрания больше залы тамошней. Он сердито молчит при подобных сравнениях, а иногда рискнет сказать, что такую-то материю или такое-то вино можно у них достать и лучше и дешевле, а что на заморские редкости, этих больших раков и раковин, да красных рыбок, там и смотреть не станут, и что вольно, дескать, вам покупать у иностранцев разные материи да безделушки; они обдирают вас, а вы и рады быть олухами! Зато, как он вдруг обрадуется, как посравнит да увидит, что у него в городе лучше икра, груши или калачи. «Так это-то называется груша у вас? – скажет он, – да у нас это *и люди* не станут есть!..»

Еще более взгрустнется провинциалу, как он войдет в один из этих домов, с письмом издалека. Он думает, вот отворятся ему широкие объятия, не будут знать, как принять его, где посадить, как угостить; станут искусно выведывать, какое его любимое блюдо, как ему станет совестно от этих ласк, как он, под конец, бросит все церемонии, расцелует хозяина и хозяйку, станет говорить им *ты*, как будто двадцать лет знакомы, все подопьют наливочки, может быть, запоют хором песню…

Куда! на него едва глядят, морщатся, извиняются занятиями; если есть дело, так назначают такой час, когда не обедают и не ужинают, а адмиральского часу вовсе не знают – ни водки, ни закуски. Хозяин пятится от объятий, смотрит на гостя как-то странно. В соседней комнате звенят ложками, стаканами: тут-то бы и пригласить, а его искусными намеками стараются выпроводить… Все назаперти, везде колокольчики: не мизерно ли это? да какие-то холодные, нелюдимые лица. А там, у нас, входи смело; если отобедали, так опять для гостя станут обедать; самовар утром и вечером не сходит со стола, а колокольчиков и в магазинах нет. Обнимаются, целуются все, и встречный и поперечный. Сосед там – так настоящий сосед, живут рука в руку, душа в душу; родственник – так родственник: умрет за своего... эх, грустно!

Александр добрался до Адмиралтейской площади и остолбенел. Он с час простоял перед *Медным Всадником* , но не с горьким упреком в душе, как бедный *Евгений* , а с восторженной думой. Взглянул на Неву, окружающие ее здания – и глаза его засверкали. Он вдруг застыдился своего пристрастия к тряским мостам, палисадникам, разрушенным заборам. Ему стало весело и легко. И суматоха, и толпа – все в глазах его получило другое значение. Замелькали опять надежды, подавленные на время грустным впечатлением; новая жизнь отверзала ему объятия и манила к чему-то неизвестному. Сердце его сильно билось. Он мечтал о благородном труде, о высоких стремлениях и преважно выступал по Невскому проспекту, считая себя гражданином нового мира... В этих мечтах воротился он домой.

Вечером, в 11 часов, дядя прислал звать его пить чай.

– Я только что из театра, – сказал дядя, лежа на диване.

– Как жаль, что вы не сказали мне давеча, дядюшка: я бы пошел вместе с вами.

– Я был в креслах, куда ж ты, на колени бы ко мне сел? – сказал Петр Иваныч, – вот завтра поди себе один.

– Одному грустно в толпе, дядюшка; не с кем поделиться впечатлением...

– И незачем! надо уметь и чувствовать и думать, словом жить одному; со временем понадобится. Да еще тебе до театра надо одеться прилично.

Александр посмотрел на свое платье и удивился словам дяди. «Чем же я неприлично одет? – думал он, – синий сюртук, синие панталоны...»

– У меня, дядюшка, много платья, – сказал он, – шил Кенигштейн; он у нас на губернатора работает.

– Нужды нет, все-таки оно не годится, на днях я завезу тебя к своему портному; но это пустяки. Есть о чем важнее поговорить. Скажи-ка, зачем ты сюда приехал?

– Я приехал... жить.

– Жить? то есть если ты разумеешь под этим есть, пить и спать, так не стоило труда ездить так далеко: тебе так не удастся ни поесть, ни поспать здесь, как там, у себя; а если ты думал что-нибудь другое, так объяснись...

– Пользоваться жизнию, хотел я сказать, – прибавил Александр, весь покраснев, – мне в деревне надоело – все одно и то же...

– А! вот что! Что ж, ты наймешь бельэтаж на Невском проспекте, заведешь карету, составишь большой круг знакомства, откроешь у себя дни?

– Ведь это очень дорого, – заметил наивно Александр.

– Мать пишет, что она дала тебе тысячу рублей: этого мало, – сказал Петр Иваныч. – Вот один мой знакомый недавно приехал сюда, ему тоже надоело в деревне; он хочет пользоваться жизнию, так тот привез пятьдесят тысяч и ежегодно будет получать по стольку же. Он точно будет пользоваться жизнию в Петербурге, а ты – нет! ты не за тем приехал.

– По словам вашим, дядюшка, выходит, что я как будто сам не знаю, зачем я приехал.

– Почти так; это лучше сказано: тут есть правда; только все еще нехорошо. Неужели ты, как сбирался сюда, не задал себе этого вопроса: зачем я еду? Это было бы не лишнее.

– Прежде, нежели я задал себе этот вопрос, у меня уже был готов ответ! – с гордостию отвечал Александр.

– Так что же ты не говоришь? ну, зачем?

– Меня влекло какое-то неодолимое стремление, жажда благородной деятельности; во мне кипело желание уяснить и осуществить...

Петр Иваныч приподнялся немного с дивана, вынул из рта сигару и навострил уши.

– Осуществить те надежды, которые толпились...

– Не пишешь ли ты стихов? – вдруг спросил Петр Иваныч.

– И прозой, дядюшка; прикажете принести?

– Нет, нет!.. после когда-нибудь; я так только спросил.

– А что?

– Да ты так говоришь...

– Разве нехорошо?

– Нет, – может быть, очень хорошо, да дико.

– У нас профессор эстетики так говорил и считался самым красноречивым профессором, – сказал смутившийся Александр.

– О чем же он так говорил?

– О своем предмете.

– А!

– Как же, дядюшка, мне говорить?

– Попроще, как все, а не как профессор эстетики. Впрочем, этого вдруг растолковать нельзя; ты после сам увидишь. Ты, кажется, хочешь сказать, сколько я могу припомнить университетские лекции и перевести твои слова, что ты приехал сюда делать карьеру и фортуну, – так ли?

– Да, дядюшка, карьеру...

– И фортуну, – прибавил Петр Иваныч, – что за карьера без фортуны? Мысль хороша – только... напрасно ты приезжал.

– Отчего же? Надеюсь, вы не по собственному опыту говорите это? – сказал Александр, глядя вокруг себя.

– Дельно замечено. Точно, я хорошо обставлен, и дела мои недурны. Но, сколько я посмотрю, ты и я – большая разница.

– Я никак не смею сравнивать себя с вами…

– Не в том дело; ты, может быть, вдесятеро умнее и лучше меня… да у тебя, кажется, натура не такая, чтоб поддалась новому порядку; а тамошний порядок – ой, ой! Ты, вон, изнежен и избалован матерью; где тебе выдержать все, что я выдержал? Ты, должно быть, мечтатель, а мечтать здесь некогда; подобные нам ездят сюда дело делать.

– Может быть, я в состоянии что-нибудь сделать, если вы не оставите меня вашими советами и опытностью…

– Советовать – боюсь. Я не ручаюсь за твою деревенскую натуру: выйдет вздор – станешь пенять на меня; а мнение свое сказать, изволь – не отказываюсь, ты слушай или не слушай, как хочешь. Да нет! я не надеюсь на удачу. У вас там свой взгляд на жизнь: как переработаешь его? Вы помешались на любви, на дружбе, да на прелестях жизни, на счастье; думают, что жизнь только в этом и состоит: ах да ох! Плачут, хнычут да любезничают, а дела не делают… как я отучу тебя от всего этого? – мудрено!

– Я постараюсь, дядюшка, приноровиться к современным понятиям. Уже сегодня, глядя на эти огромные здания, на корабли, принесшие нам дары дальних стран, я подумал об успехах современного человечества, я понял волнение этой разумно-деятельной толпы, готов слиться с нею…

Петр Иваныч при этом монологе значительно поднял брови и пристально посмотрел на племянника. Тот остановился.

– Дело, кажется, простое, – сказал дядя, – а они бог знает что заберут в голову… «разумно-деятельная толпа»!! Право, лучше бы тебе остаться там. Прожил бы ты век свой славно: был бы там умнее всех, прослыл бы сочинителем и красноречивым человеком, верил бы в вечную и неизменную дружбу и любовь, в родство, счастье, женился бы и незаметно дожил бы до старости и в самом деле был бы по-своему счастлив; а по-здешнему ты счастлив не будешь: здесь все эти понятия надо перевернуть вверх дном.

– Как, дядюшка, разве дружба и любовь – эти священные и высокие чувства, упавшие как будто ненарочно с неба в земную грязь…

– Что?

Александр замолчал.

– «Любовь и дружба в грязь упали»! Ну, как ты этак здесь брякнешь?

– Разве они не те же и здесь, как там? – хочу я сказать.

– Есть и здесь любовь и дружба, – где нет этого добра? только не такая, как там, у вас; со временем увидишь сам… Ты прежде всего забудь эти *священные* да *небесные* чувства, а приглядывайся к делу так, проще, как оно есть, право, лучше, будешь и говорить проще. Впрочем, это не мое дело. Ты приехал сюда, не ворочаться же назад: если не найдешь, чего искал, пеняй на себя. Я предупрежу тебя, что хорошо, по моему мнению, что дурно, а там, как хочешь… Попробуем, может быть, удастся что-нибудь из тебя сделать. Да! матушка просила снабжать тебя деньгами… Знаешь, что я тебе скажу: не проси у меня их: это всегда нарушает доброе согласие между порядочными людьми. Впрочем, не думай, чтоб я тебе отказывал: нет, если придется так, что другого средства не будет, так ты, нечего делать, обратись ко мне… Все у дяди лучше взять, чем у чужого, по крайней мере без процентов. Да чтоб не прибегать к этой крайности, я тебе поскорей найду место, чтоб ты мог доставать деньги. Ну, до свиданья. Заходи поутру, мы переговорим, что и как начать.

Александр Федорыч пошел домой.

– Послушай, не хочешь ли ты поужинать? – сказал Петр Иваныч ему вслед.

– Да, дядюшка… я бы, пожалуй…

– У меня ничего нет.

Александр молчал. «Зачем же это обязательное предложение?» – думал он.

– Стола я дома не держу, а трактиры теперь заперты, – продолжал дядя. – Вот тебе и урок на первый случай – привыкай. У вас встают и ложатся по солнцу, едят, пьют, когда велит природа; холодно, так наденут себе шапку с наушниками, да и знать ничего не хотят; светло – так день, темно – так ночь. У тебя вон слипаются глаза, а я еще за работу сяду: к концу месяца надо счеты свести. Дышите вы там круглый год свежим воздухом, а здесь и это удовольствие стоит денег – и все так! совершенные антиподы! Здесь вот и не ужинают, особенно на свой счет, и на мой тоже. Это тебе даже полезно: не станешь стонать и метаться по ночам, а крестить мне тебя некогда.

– К этому, дядюшка, легко привыкнуть…

– Хорошо, если так. А у вас все еще по-старому: можно прийти в гости ночью и сейчас ужин состряпают?

– Что ж, дядюшка, надеюсь этой черты порицать нельзя. Добродетель русских…

– Полно! какая тут добродетель. От скуки там всякому мерзавцу рады: «Милости просим, кушай, сколько хочешь, только займи как-нибудь нашу праздность, помоги убить время да дай взглянуть на тебя – все-таки что-нибудь новое; а кушанья не пожалеем это нам здесь ровно ничего не стоит…» Препротивная добродетель!

Так Александр лег спать и старался разгадать, что за человек его дядя. Он припомнил весь разговор; многого не понял, другому не совсем верил.

«Нехорошо говорю! – думал он, – любовь и дружба не вечны? не смеется ли надо мною дядюшка? Неужели здесь такой порядок? Что же Софье и нравилось во мне особенно, как не дар слова? А любовь ее неужели не вечна?.. И неужели здесь в самом деле не ужинают?»

Он еще долго ворочался в постели: голова, полная тревожных мыслей, и пустой желудок не давали ему спать.

Прошло недели две.

Петр Иваныч день ото дня становился довольнее своим племянником.

– У него есть такт, – говорил он одному своему компаниону по заводу, – чего бы я никак не ожидал от деревенского мальчика. Он не навязывается, не ходит ко мне без зову; и когда заметит, что он лишний, тотчас уйдет; и денег не просит: он малый покойный. Есть странности... лезет целоваться, говорит, как семинарист... ну, да от этого отвыкнет; и то хорошо, что он не сел мне на шею.

– Есть состояние? – спросил тот.

– Нет; каких-нибудь сто душонок.

– Что ж! если есть способности, так он пойдет здесь... ведь и вы не с большего начали, а вот, слава богу...

– Нет! куда! ничего не сделает. Эта глупая восторженность никуда не годится, ах да ох! не привыкнет он к здешнему порядку: где ему сделать карьеру! напрасно приезжал... ну, это уж его дело.

Александр долгом считал любить дядю, но никак не мог привыкнуть к его характеру и образу мыслей.

«Дядюшка у меня, кажется, добрый человек, – писал он в одно утро к Поспелову, – очень умен, только человек весьма прозаический, вечно в делах, в расчетах... Дух его будто прикован к земле и никогда не возносится до чистого, изолированного от земных дрязгов созерцания явлений духовной природы человека. Небо у него неразрывно связано с землей, и мы с ним, кажется, никогда совершенно не сольемся душами. Едучи сюда, я думал, что он, как дядя, даст мне место в сердце, согреет меня в здешней холодной толпе горячими объятьями дружбы; а дружба, ты знаешь, *второе провиденье!* Но и он есть не что иное, как выражение этой толпы. Я думал делить с ним вместе время, не расставаться ни на минуту, но что встретил? – холодные советы, которые он называет дельными; но пусть они лучше будут недельны, но полны теплого, сердечного участия. Он горд не горд, но враг всяких искренних излияний; мы не обедаем, не ужинаем вместе, никуда не ездим. Приехав, он никогда не расскажет, где был, что делал, и никогда также не говорит, куда едет и зачем, кто у него знакомые, нравится ему что, нет ли, как он проводит время. Никогда не сердит особенно, ни ласков, ни печален, ни весел. Сердцу его чужды все порывы любви, дружбы, все стремления к прекрасному. Часто говоришь, и говоришь как вдохновенный пророк, почти как наш великий, незабвенный Иван Семеныч, когда он, помнишь, гремел с кафедры, а мы трепетали в восторге от его огненного взора и слова; а дядюшка? слушает, подняв брови, и смотрит престранно, или засмеется как-то по-своему, таким смехом, который леденит у меня кровь, – и прощай, вдохновение! Я иногда вижу в нем как будто пушкинского демона...[3] Не верит он *любви* , и проч., говорит, что счастья нет, что его никто и не обещал, а что есть просто жизнь, разделяющаяся поровну на добро и зло, на удовольствие, удачу, здоровье, покой, потом на неудовольствие, неудачу, беспокойство, болезни и проч., что на все на это надо смотреть просто, не забирать себе в голову бесполезных – каково? бесполезных! – вопросов о том, зачем мы созданы да к чему стремимся, – что это не наша забота и что от этого мы не видим, что у нас под носом, и не делаем своего дела... только и слышишь о деле! В нем не отличишь, находится ли он под влиянием какого-нибудь наслаждения или прозаического дела: и за счетами, и в театре, все одинаков; сильных впечатлений не знает и, кажется, не любит изящного: оно чуждо душе его; я думаю, он не читал даже Пушкина...»

Петр Иваныч неожиданно явился в комнату племянника и застал его за письмом.

– Я пришел посмотреть, как ты тут устроился, – сказал дядя, – и поговорить о деле.

Александр вскочил и проворно что-то прикрыл рукой.

– Спрячь, спрячь свой секрет, – сказал Петр Иваныч, – я отвернусь. Ну, спрятал? А это что выпало? что это такое?

– Это, дядюшка, ничего... – начал было Александр, но смешался и замолчал.

– Кажется, волосы! Подлинно ничего! уж я видел одно, так покажи и то, что спрятал в руке.

Александр, точно уличенный школьник, невольно разжал руку и показал кольцо.

– Что это? откуда? – спросил Петр Иваныч.

– Это, дядюшка, вещественные знаки... невещественных отношений...

– Что? что? дай-ка сюда эти знаки.

– Это залоги...

– Верно, из деревни привез?

– От Софьи, дядюшка, на память... при прощанье...

– Так и есть. И это ты вез за тысячу пятьсот верст?

Дядя покачал головой.

– Лучше бы ты привез еще мешок сушеной малины: ту, по крайней мере, в лавочку сбыли, а эти залоги...

Он рассматривал то волосы, то колечко; волосы понюхал, а колечко

3 Александр Адуев имеет здесь в виду стихотворение А.С. Пушкина «Демон» (1823).

взвесил на руке. Потом взял бумажку со стола, завернул в нее оба знака, сжал все это в компактный комок и – бац в окно.

– Дядюшка! – неистово закричал Александр, схватив его за руку, но поздно: комок перелетел через угол соседней крыши, упал в канал, на край барки с кирпичами, отскочил и прыгнул в воду.

Александр молча, с выражением горького упрека, смотрел на дядю.

– Дядюшка! – повторил он.

– Что?

– Как назвать ваш поступок?

– Бросанием из окна в канал невещественных знаков и всякой дряни и пустяков, чего не нужно держать в комнате…

– Пустяков! это пустяки!

– А ты думал что? – половина твоего сердца… Я пришел к нему за делом, а он вон чем занимается – сидит да думает над дрянью!

– Разве это мешает делу, дядюшка?

– Очень. Время проходит, а ты до сих пор мне еще и не помянул о своих намерениях: хочешь ли ты служить, избрал ли другое занятие – ни слова! а все оттого, что у тебя Софья да знаки на уме. Вот ты, кажется, к ней письмо пишешь? Так?

– Да… я начал было…

– А к матери писал?

– Нет еще, я хотел завтра.

– Отчего же завтра? К матери завтра, а к Софье, которую через месяц надо забыть, сегодня…

– Софью? можно ли ее забыть?

– Должно. Не брось я твоих залогов, так, пожалуй, чего доброго, ты помнил бы ее лишний месяц. Я оказал тебе вдвойне услугу. Через несколько лет эти знаки напомнили бы тебе глупость, от которой бы ты краснел.

– Краснеть от такого чистого, святого воспоминания? это значит не признавать поэзии…

– Какая поэзия в том, что глупо? поэзия, например, в письме твоей тетки! желтый цветок, озеро, какая-то тайна… как я стал читать – мне так стало нехорошо, что и сказать нельзя! чуть не покраснел, а уж я ли не отвык краснеть!

– Это ужасно, ужасно, дядюшка! стало быть, вы никогда не любили?

– Знаков терпеть не мог.

– Это какая-то деревянная жизнь! – сказал в сильном волнении Александр, – прозябание, а не жизнь! прозябать *без вдохновенья, без слез, без жизни, без любви…* [4]

– И без волос! – прибавил дядя.

– Как вы, дядюшка, можете так холодно издеваться над тем, что есть

4 …без вдохновенья, без слез, без жизни, без любви – из стихотворения А.С. Пушкина «К***» («Я помню чудное мгновенье», 1825).

лучшего на земле? ведь это преступление... Любовь... святые волнения!

– Знаю я эту святую любовь: в твои лета только увидят локон, башмак, подвязку, дотронутся до руки – так по всему телу и побежит святая, возвышенная любовь, а дай-ка волю, так и того... Твоя любовь, к сожалению, впереди; от этого никак не уйдешь, а дело уйдет от тебя, если не станешь им заниматься.

– Да разве любовь не дело?

– Нет: приятное развлечение, только не нужно слишком предаваться ему, а то выйдет вздор. От этого я и боюсь за тебя. – Дядя покачал головой. – Я почти нашел тебе место: ты ведь хочешь служить? – сказал он.

– Ах, дядюшка, как я рад!

Александр бросился и поцеловал дядю в щеку.

– Нашел-таки случай! – сказал дядя, вытирая щеку, – как это я не остерегся! Ну, так слушай же. Скажи, что ты знаешь, к чему чувствуешь себя способным.

– Я знаю богословие, гражданское, уголовное, естественное и народное права, дипломацию, политическую экономию, философию, эстетику, археологию...

– Постой, постой! а умеешь ли ты порядочно писать по-русски? Теперь пока это нужнее всего.

– Какой вопрос, дядюшка: умею ли писать по-русски! – сказал Александр и побежал к комоду, из которого начал вынимать разные бумаги, а дядя между тем взял со стола какое-то письмо и стал читать.

Александр подошел с бумагами к столу и увидел, что дядя читает письмо. Бумаги у него выпали из рук.

– Что это вы читаете, дядюшка? – сказал он в испуге.

– А вот тут лежало письмо, к другу, должно быть. Извини, мне хотелось взглянуть, как ты пишешь.

– И вы прочитали его?

– Да, почти – вот только две строки осталось, – сейчас дочитаю; а что? ведь тут секретов нет, иначе бы оно не валялось так...

– Что же вы теперь думаете обо мне?

– Думаю, что ты порядочно пишешь, правильно, гладко...

– Стало быть, вы не прочли, что тут написано? – с живостью спросил Александр.

– Нет, кажется, все, – сказал Петр Иваныч, поглядев на обе страницы, – сначала описываешь Петербург, свои впечатления, а потом меня.

– Боже мой! – воскликнул Александр и закрыл руками лицо.

– Да что ты? что с тобой?

– И вы говорите это покойно? вы не сердитесь, не ненавидите меня?

– Нет! из чего мне бесноваться?

– Повторите, успокойте меня.

– Нет, нет, нет.

– Мне все не верится; докажите, дядюшка…

– Чем прикажешь?

– Обнимите меня.

– Извини, не могу.

– Почему же?

– Потому что в этом поступке разума, то есть смысла, нет, или, говоря словами твоего профессора, сознание не побуждает меня к этому; вот если б ты был женщина – так другое дело: там это делается без смысла, по другому побуждению.

– Чувство, дядюшка, просится наружу, требует порыва, излияния…

– У меня не просится и не требует, да если б и просилось, так я бы воздержался – и тебе тоже советую.

– Зачем же?

– А затем, чтоб после, когда рассмотришь поближе человека, которого обнял, не краснеть за свои объятия.

– Разве не случается, дядюшка, что оттолкнешь человека и после раскаешься?

– Случается; оттого я никогда никого и не отталкиваю.

– Вы и меня не оттолкнете за мой поступок, не назовете чудовищем?

– У тебя кто напишет вздор, тот и чудовище. Этак бы их развелось несметное множество.

– Но читать про себя такие горькие истины – и от кого же? от родного племянника!

– Ты воображаешь, что написал истину?..

– О дядюшка!.. конечно, я ошибся… я переправлю… простите…

– Хочешь, я тебе продиктую истину?

– Сделайте милость.

– Садись и пиши.

Александр вынул лист бумаги и взял перо, а Петр Иваныч, глядя на прочтенное им письмо, диктовал:

– «Любезный друг». Написал?

– Написал.

– «Петербурга и впечатлений своих описывать тебе не стану».

– «Не стану», – сказал Александр, написав.

«Петербург уже давно описан, а что не описано, то надо видеть самому; впечатления мои тебе ни на что не годятся. Нечего попусту тратить время и бумагу. Лучше опишу моего дядю, потому что это относится лично до меня».

– «Дядю», – сказал Александр.

– Ну, вот ты пишешь, что я очень добр и умен – может быть, это и правда, может быть, и нет; возьмем лучше середину, пиши: «Дядя мой не глуп и не зол, мне желает добра…»

– Дядюшка! я умею ценить и чувствовать… – сказал Александр и потянулся поцеловать его.

– «Хотя и не вешается мне на шею», – продолжал диктовать Петр Иваныч. Александр, не дотянувшись до него, поскорей сел на свое место. – А желает добра потому, что не имеет причины и побуждения желать зла и потому что его просила обо мне моя матушка, которая делала некогда для него добро. Он говорит, что меня не любит – и весьма основательно: в две недели нельзя полюбить, и я еще не люблю его, хотя и уверяю в противном».

– Как это можно? – сказал Александр.

– Пиши, пиши: «Но мы начинаем привыкать друг к другу. Он даже говорит, что можно и совсем обойтись без любви. Он не сидит со мной, обнявшись, с утра до вечера, потому что это вовсе не нужно, да ему и некогда». «Враг искренних излияний», – это можно оставить: это хорошо. Написал?

– Написал.

– Ну, что у тебя тут еще? «Прозаический дух, демон…» Пиши.

Пока Александр писал, Петр Иваныч взял со стола какую-то бумагу, свернул ее, достал огня и закурил сигару, а бумагу бросил и затоптал.

– «Дядя мой ни демон, ни ангел, а такой же человек, как и все, – диктовал он, – только не совсем похож на нас с тобой. Он думает и чувствует по-земному, полагает, что если мы живем на земле, так и не надо улетать с нее на небо, где нас теперь пока не спрашивают, а заниматься человеческими делами, к которым мы призваны. Оттого он вникает во все земные дела и, между прочим, в жизнь, как она есть, а не как бы нам ее хотелось. Верит в добро и вместе в зло, в прекрасное и прескверное. Любви и дружбе тоже верит, только не думает, что они упали с неба в грязь, а полагает, что они созданы вместе с людьми и для людей, что их так и надобно понимать и вообще рассматривать вещи пристально, с их настоящей стороны, а не заноситься бог знает куда. Между честными людьми он допускает возможность приязни, которая, от частых сношений и привычки, обращается в дружбу. Но он полагает также, что в разлуке привычка теряет силу и люди забывают друг друга и что это вовсе не преступление. Поэтому он уверяет, что я тебя забуду, а ты меня. Это мне, да и тебе, вероятно, кажется дико, но он советует привыкнуть к этой мысли, отчего мы оба не будем в дураках. О любви он того же мнения, с небольшими оттенками: не верит в неизменную и вечную любовь, как не верит в домовых – и нам не советует верить. Впрочем, об этом он советует мне думать как можно меньше, а я тебе советую. Это, говорит он, придет само собою – без зову; говорит, что жизнь не в одном только этом состоит, что для этого, как для всего прочего, бывает свое время, а целый век мечтать об одной любви – глупо. Те, которые ищут ее и не могут ни минуты обойтись без нее, – живут сердцем, и еще чем-то хуже, на счет головы. Дядя любит заниматься делом, что советует и мне, а я тебе: мы принадлежим к обществу, говорит он, которое нуждается в нас; занимаясь, он не забывает и себя: дело доставляет деньги, а деньги комфорт, который он очень любит. Притом у него, может быть, есть намерения, вследствие которых, вероятно, не я буду его наследником. Дядя не всегда думает о службе да о заводе, он знает наизусть не одного Пушкина…»

– Вы, дядюшка? – сказал изумленный Александр.

– Да, когда-нибудь увидишь. Пиши: «Он читает на двух языках все, что выходит замечательного по всем отраслям человеческих знаний, любит искусства, имеет прекрасную коллекцию картин фламандской школы – это его вкус, часто бывает в театре, но не суетится, не мечется, не ахает, не охает, думая, что это ребячество, что надо воздерживать себя, не навязывать никому своих впечатлений, потому, что до них никому нет надобности. Он также не говорит диким языком, что советует и мне, а я тебе. Прощай, пиши ко мне пореже и не теряй по-пустому времени. Друг твой такой-то. Ну, месяц и число».

– Как можно послать такое письмо? – сказал Александр, – «пиши пореже» – написать это человеку, который нарочно за сто шестьдесят верст приехал, чтобы сказать последнее прости! «Советую то, другое, третье»… он не глупее меня: он вышел вторым кандидатом.

– Нужды нет, ты все-таки пошли: может быть, он поумнее станет: это наведет его на разные новые мысли; хоть вы кончили курс, а школа ваша только что начинается.

– Я не могу решиться, дядюшка…

– Я никогда не вмешиваюсь в чужие дела, но ты сам просил что-нибудь для тебя сделать; я стараюсь навести тебя на настоящую дорогу и облегчить первый шаг, а ты упрямишься; ну, как хочешь; я говорю только свое мнение, а принуждать не стану, я тебе не нянька.

– Извините, дядюшка: я готов повиноваться, – сказал Александр и тотчас запечатал письмо.

Запечатав одно, он стал искать другое, к Софье. Он поглядел на стол – нет, под столом – тоже нет, в ящике – не бывало.

– Ты чего-то ищешь? – сказал дядя.

– Я ищу другого письма… к Софье.

И дядя стал искать.

– Где же оно? – говорил Петр Иваныч, – я, право, не бросал его за окно…

– Дядюшка! что вы наделали? ведь вы им закурили сигару! – горестно сказал Александр и поднял обгорелые остатки письма.

– Не-уже-ли? – воскликнул дядя, – да как это я? и не заметил; смотри, пожалуй, сжег такую драгоценность... А впрочем, знаешь что? оно даже, с одной стороны, хорошо...

– Ах, дядюшка, ей-богу, ни с какой стороны не хорошо... – заметил Александр в отчаянии.

– Право, хорошо: с нынешней почтой ты не успеешь написать к ней, а к будущей уж, верно, одумаешься, займешься службой: тебе будет не до того, и, таким образом, сделаешь одной глупостью меньше.

– Что ж она подумает обо мне?

– А что хочет. Да, я думаю, это полезно и ей. Ведь ты не женишься на ней? Она подумает, что ты ее забыл, забудет тебя сама и меньше будет краснеть перед будущим своим женихом, когда станет уверять его, что никого, кроме его, не любила.

– Вы, дядюшка, удивительный человек! для вас не существует постоянства, нет святости обещаний... Жизнь так хороша, так полна прелести, неги: она как гладкое, прекрасное озеро...

– На котором растут желтые цветы, что ли? – перебил дядя.

– Как озеро, – продолжал Александр, – она полна чего-то таинственного, заманчивого, скрывающего в себе так много...

– Тины, любезный.

– Зачем же вы, дядюшка, черпаете тину, зачем так разрушаете и уничтожаете все радости, надежды, блага... смотрите с черной стороны?

– Я смотрю с настоящей – и тебе тоже советую: в дураках не будешь. С твоими понятиями жизнь хороша там, в провинции, где ее не ведают, – там и не люди живут, а ангелы: вот Заезжалов – святой человек, тетушка твоя – возвышенная, чувствительная душа, Софья, я думаю, такая же дура, как и тетушка, да еще...

– Оканчивайте, дядюшка! – сказал взбешенный Александр.

– Да еще такие мечтатели, как ты: водят носом по ветру, не пахнет ли откуда-нибудь неизменной дружбой да любовью... В сотый раз скажу: напрасно приезжал!

– Станет она уверять жениха, что никого не любила! – говорил почти сам с собою Александр.

– А ты все свое!

– Нет, я уверен, что она прямо, с благородной откровенностью отдаст ему мои письма и...

– И знаки, – сказал Петр Иваныч.

– Да, и залоги наших отношений... и скажет: «Вот, вот кто первый пробудил струны моего сердца; вот при чьем имени заиграли они впервые...»

У дяди начали подниматься брови и расширяться глаза. Александр замолчал.

– Что ж ты перестал играть на своих струнах? ну, милый, и подлинно глупа твоя Софья, если сделает такую штуку; надеюсь, у нее есть мать или кто-нибудь, кто бы мог остановить ее?

– Вы, дядюшка, решаетесь назвать глупостью этот святейший порыв души, это благородное излияние сердца; как прикажете думать о вас?

– Как тебе заблагорассудится. Жениха своего она заставит подозревать бог знает что; пожалуй, еще и свадьба разойдется, а отчего? оттого, что вы там рвали вместе желтые цветы... Нет, так дела не делаются. Ну, так ты по-русски писать можешь, – завтра поедем в департамент: я уж говорил о тебе прежнему своему сослуживцу, начальнику отделения; он сказал, что есть вакансия; терять времени нечего... Это что за кипу ты вытащил?

– А это мои университетские записки. Вот, позвольте прочесть несколько страниц из лекций Ивана Семеныча, об искусстве в Греции...

Он уж начал было проворно переворачивать страницы.

– Ох, сделай милость, уволь! – сказал, сморщившись, Петр Иваныч. – А это что?

– А это мои диссертации. Я желал бы показать их своему начальнику; особенно тут есть один проект, который я обработал...

– А! один из тех проектов, которые тысячу лет уже как исполнены или которых нельзя и не нужно исполнять.

– Что вы, дядюшка! да этот проект был представлен одному значительному лицу, любителю просвещения; за это однажды он пригласил меня с ректором обедать. Вот начало другого проекта.

– Отобедай у меня дважды, да только не дописывай другого проекта.

– Почему же?

– Да так, ты теперь хорошего ничего не напишешь, а время уйдет.

– Как! слушавши лекции?..

– Они пригодятся тебе со временем, а теперь смотри, читай, учись да делай, что заставят.

– Как же узнает начальник о моих способностях?

– Мигом узнает: он мастер узнавать. Да ты какое же место хотел бы занять?

– Я не знаю, дядюшка, какое бы...

– Есть места министров, – говорил Петр Иваныч, – товарищей их, директоров, вице-директоров, начальников отделений, столоначальников, их помощников, чиновников особых поручений, мало ли?

Александр задумался. Он растерялся и не знал, какое выбрать.

– Вот бы на первый раз место столоначальника хорошо, – сказал он.

– Да, хорошо! – повторил Петр Иваныч.

– Я бы присмотрелся к делу, дядюшка, а там месяца через два можно бы и в начальники отделения...

Дядя навострил уши.

– Конечно, конечно! – сказал он, – потом через три месяца в директоры, ну, а там через год и в министры: так, что ли?

Александр покраснел и молчал.

– Начальник отделения, вероятно, сказал вам, какая есть вакансия? – спросил он потом.

– Нет, – отвечал дядя, – он не говорил, да мы лучше положимся на него; сами-то, видишь, затрудняемся в выборе, а он уж знает, куда определить. Ты ему не говори о своем затруднении насчет выбора, да и о проектах тоже ни слова: пожалуй, еще обидится, что не доверяем ему, да пугнет порядком: он крутенек. Я бы тебе не советовал говорить и о *вещественных знаках* здешним красавицам: они не поймут этого, где им понять! это для них слишком высоко: и я насилу вникнул, а они будут гримасничать.

Пока дядя говорил, Александр ворочал в руке какой-то сверток.

– Что это еще у тебя?

Александр с нетерпением ждал этого вопроса.

– Это... я давно хотел вам показать... стихи: вы однажды интересовались...

– Что-то не помню; кажется, я не интересовался...

– Вот видите, дядюшка, я думаю, что служба – занятие сухое, в котором не участвует душа, а душа жаждет выразиться, поделиться с ближними избытком чувств и мыслей, переполняющих ее...

– Ну так что же? – с нетерпением спросил дядя.

– Я чувствую призвание к творчеству...

– То есть ты хочешь заняться, кроме службы, еще чем-нибудь – так, что ли, в переводе? Что ж, очень похвально: чем же? литературой?

– Да, дядюшка, я хотел просить вас, нет ли у вас случая поместить кое-что...

– Уверен ли ты, что у тебя есть талант? Без этого ведь ты будешь чернорабочий в искусстве – что ж хорошего? Талант – другое дело: можно работать; много хорошего сделаешь, и притом это капитал – стоит твоих ста душ.

– Вы и это измеряете деньгами?

– А чем же прикажешь? чем больше тебя читают, тем больше платят денег.

– А слава, слава? вот истинная награда певца...

– Она устала нянчиться с певцами: слишком много претендентов. Это прежде, бывало, слава, как женщина, ухаживала за всяким, а теперь, замечаешь ли? ее как будто нет совсем, или она спряталась – да! Есть известность, а славы что-то не слыхать, или она придумала другой способ проявляться: кто лучше пишет, тому больше денег, кто хуже – не прогневайся. Зато нынче порядочный писатель и живет порядочно, не мерзнет и не умирает с голода на чердаке, хоть за ним и не бегают по улицам и не указывают на него пальцами, как на шута;

поняли, что поэт не небожитель, а человек: так же глядит, ходит, думает и делает глупости, как другие: чего ж тут смотреть?..

– Как другие – что вы, дядюшка! как это можно говорить! Поэт заклеймен особенною печатью: в нем таится присутствие высшей силы...

– Как иногда в других – и в математике, и в часовщике, и в нашем брате, заводчике. Ньютон, Гутенберг, Ватт так же были одарены высшей силой, как и Шекспир, Дант и прочие. Доведи-ка я каким-нибудь процессом нашу парголовскую глину до того, чтобы из нее выходил фарфор лучше саксонского или севрского, так ты думаешь, что тут не было бы присутствия высшей силы?

– Вы смешиваете искусство с ремеслом, дядюшка.

– Боже сохрани! Искусство само по себе, ремесло само по себе, а творчество может быть и в том и в другом, так же точно, как и не быть. Если нет его, так ремесленник так и называется ремесленник, а не творец, и поэт без творчества уж не поэт, а сочинитель... Да разве вам об этом не читали в университете? Чему же вы там учились?..

Дяде уж самому стало досадно, что он пустился в такие объяснения о том, что считал общеизвестной истиной.

«Это похоже на искренние излияния», – подумал он.

– Покажи-ка, что там у тебя? – спросил он, – стихотворения?

Дядя взял сверток и начал читать первую страницу.

Отколь порой тоска и горе
Внезапной тучей налетят
И, сердце с жизнию поссоря...

– Дай-ка, Александр, огня.
Он закурил сигару и продолжал:

В нем рой желаний заменят?
Зачем вдруг сумрачным ненастьем
Падет на душу тяжкий сон,
Каким неведомым несчастьем
Ее смутит внезапно он...

– Одно и то же в первых четырех стихах сказано, и вышла вода, – заметил Петр Иваныч и читал:

Кто отгадает, отчего
Проступит хладными слезами
Вдруг побледневшее чело...

– Как же это так? Чело потом проступает, а слезами – не видывал.

И что тогда творится с нами?
Небес далеких тишина
В тот миг ужасна и страшна…

– Ужасна и страшна – одно и то же.

Гляжу на небо: там луна…

– Луна непременно: без нее никак нельзя! Если у тебя тут есть *мечта* и *дева* – ты погиб: я отступаюсь от тебя.

Гляжу на небо: там луна
Безмолвно плавает, сияя,
И мнится, в ней погребена,
От века тайна роковая.

– Недурно! Дай-ка еще огня… сигара погасла. Где бишь, – да!

В эфире звезды, притаясь,
Дрожат в изменчивом сиянье
И, будто дружно согласясь,
Хранят коварное молчанье.
Так в мире все грозит бедой,
Все зло нам дико предвещает,
Беспечно будто бы качает
Нас в нем обманчивый покой;
И грусти той назва…нья нет…

Дядя сильно зевнул и продолжал:

Она пройдет, умчит и след,
Как перелетный ветр степей
С песков сдувает след зверей.

– Ну, уж «зверей»-то тут куда нехорошо! Зачем же тут черта? А! это было о грусти, а теперь о радости…
И он начал скороговоркой читать, почти про себя:

Зато случается порой
Иной в нас демон поселится,
Тогда восторг живой струей
Насильно в душу протеснится…

И затрепещет сладко грудь…[5]
и т.д.

– Ни худо, ни хорошо! – сказал он, окончив. – Впрочем, другие начинали и хуже; попробуй, пиши, занимайся, если есть охота; может быть, и обнаружится талант; тогда другое дело.

Александр опечалился. Он ожидал совсем не такого отзыва. Его немного утешало то, что он считал дядю человеком холодным, почти без души.

– Вот перевод из Шиллера, – сказал он.

– Довольно; я вижу; а ты знаешь и языки?

– Я знаю по-французски, по-немецки и немного по-английски.

– Поздравляю тебя, давно бы ты сказал: из тебя можно многое сделать. Давеча насказал мне про политическую экономию, философию, археологию, бог знает про что еще, а о главном ни слова – скромность некстати. Я тебе тотчас найду и литературное занятие.

– Неужели, дядюшка? вот обяжете! – позвольте вас обнять.

– Погоди, вот как найду.

– Не покажете ли вы чего-нибудь из моих сочинений будущему моему начальнику, чтоб дать понятие?

– Нет, не нужно; если понадобится, ты и сам покажешь, а может быть, и не понадобится. Подари-ка ты мне свои проекты и сочинения!..

– Подарить? – извольте, дядюшка, – сказал Александр, которому польстило это требование дяди. – Не угодно ли, я вам сделаю оглавление всех статей в хронологическом порядке?

– Нет, не нужно… Спасибо за подарок. Евсей! отнеси эти бумаги к Василью.

– Зачем же к Василью? в ваш кабинет.

– Он просил у меня бумаги обклеить что-то…

– Как, дядюшка?.. – в ужасе спросил Александр и схватил кипу назад.

– Ведь ты подарил, а тебе что за дело, какое употребление я сделаю из твоего подарка?..

– Вы не щадите ничего… ничего!.. – с отчаянием стонал он, прижимая бумаги обеими руками к груди.

– Александр, послушайся меня, – сказал дядя, вырывая у него бумаги, – не будешь краснеть после и скажешь мне спасибо.

Александр выпустил бумаги из рук.

– На, отнеси, Евсей, – сказал Петр Иваныч. – Ну, вот теперь у тебя в комнате чисто и хорошо: пустяков нет; от тебя будет зависеть

5 Здесь приведены несколько измененные строки из юношеского романтического стихотворения И.А. Гончарова «Тоска и радость», которое было помещено в рукописном альманахе Майковых «Подснежник» за 1835 год (см. «Неизданные стихи» И.А. Гончарова, журнал «Звезда», №5, 1938, стр. 243–246).

наполнить ее сором или чем-нибудь дельным. Поедем на завод прогуляться, рассеяться, подышать свежим воздухом и посмотреть, как работают.

Утром Петр Иваныч привез племянника в департамент, и пока сам он говорил с своим приятелем – начальником отделения, Александр знакомился с этим новым для него миром. Он еще мечтал все о проектах и ломал себе голову над тем, какой государственный вопрос предложат ему решить, между тем все стоял и смотрел.

«Точно завод моего дяди! – решил он наконец. – Как там один мастер возьмет кусок массы, бросит ее в машину, повернет раз, два, три, – смотришь, выйдет конус, овал или полукруг; потом передает другому, тот сушит на огне, третий золотит, четвертый расписывает, и выйдет чашка, или ваза, или блюдечко. И тут: придет посторонний проситель, подаст, полусогнувшись, с жалкой улыбкой, бумагу – мастер возьмет, едва дотронется до нее пером и передаст другому, тот бросит ее в массу тысяч других бумаг, – но она не затеряется: заклейменная нумером и числом, она пройдет невредимо через двадцать рук, плодясь и производя себе подобных. Третий возьмет ее и полезет зачем-то в шкаф, заглянет или в книгу, или в другую бумагу, скажет несколько магических слов четвертому – и тот пошел скрипеть пером. Поскрипев, передает родительницу с новым чадом пятому – тот скрипит в свою очередь пером, и рождается еще плод, пятый охорашивает его и сдает дальше, и так бумага идет, идет – никогда не пропадает: умрут ее производители, а она все существует целые веки. Когда, наконец, ее покроет вековая пыль, и тогда еще тревожат ее и советуются с нею. И каждый день, каждый час, и сегодня и завтра, и целый век, бюрократическая машина работает стройно, непрерывно, без отдыха, как будто нет людей, – одни колеса да пружины...

Где же разум, оживляющий и двигающий эту фабрику бумаг? – думал Александр, – в книгах ли, в самих ли бумагах, или в головах этих людей?»

И какие лица увидел он тут! На улице как будто этакие и не встречаются и не выходят на божий свет: тут, кажется, они родились, выросли, срослись с своими местами, тут и умрут. Поглядел Адуев пристально на начальника отделения: точно Юпитер-громовержец; откроет рот – и бежит Меркурий с медной бляхой на груди; протянет руку с бумагой – и десять рук тянутся принять ее.

– Иван Иваныч! – сказал он.

Иван Иваныч выскочил из-за стола, подбежал к Юпитеру и стал перед ним как лист перед травой. И Александр оробел, сам не зная отчего.

– Дайте табачку!

Тот с подобострастием поднес обеими руками открытую табакерку.

– Да испытайте вот их! – сказал начальник, указывая на Адуева.

«Так вот кто будет меня испытывать! – думал Адуев, глядя на желтую фигуру Ивана Иваныча с обтертыми локтями. – Неужели и этот человек решает государственные вопросы!»

– Хороша ли у вас рука? – спросил Иван Иваныч.

– Рука?

– Да-с; почерк. Вот потрудитесь переписать эту бумажку.

Александр удивился этому требованию, но исполнил его. Иван Иваныч сморщился, поглядев на его труд.

– Плохо пишут-с, – сказал он начальнику отделения. Тот поглядел.

– Да, нехорошо: набело не может писать. Ну, пусть пока переписывает отпуски, а там, как привыкнет немного, займите его исполнением бумаг; может быть, он годится: он учился в университете.

Вскоре и Адуев стал одною из пружин машины. Он писал, писал, писал без конца и удивлялся уже, что по утрам можно делать что-нибудь другое; а когда вспоминал о своих проектах, краска бросалась ему в лицо.

«Дядюшка! – думал он, – в одном уж ты прав, немилосердно прав; неужели и во всем так? ужели я ошибался и в заветных, вдохновенных думах, и в теплых верованиях в любовь, в дружбу... и в людей... и в самого себя?.. Что же жизнь?»

Он наклонялся над бумагой и сильнее скрипел пером, а у самого под ресницами сверкали слезы.

– Тебе решительно улыбается фортуна, – говорил Петр Иваныч племяннику. – Я сначала целый год без жалованья служил, а ты вдруг поступил на старший оклад; ведь это семьсот пятьдесят рублей, а с наградой тысяча будет. Прекрасно на первый случай! Начальник отделения хвалит тебя; только говорит, что ты рассеян: то запятых не поставишь, то забудешь написать содержание бумаги. Пожалуйста, отвыкни: главное дело – обращай внимание на то, что у тебя перед глазами, а не заносись вон куда.

Дядя указал рукой кверху. С тех пор он сделался еще ласковее к племяннику.

– Какой прекрасный человек мой столоначальник, дядюшка! – сказал однажды Александр.

– А ты почем знаешь?

– Мы сблизились с ним. Такая возвышенная душа, такое честное, благородное направление мыслей! и с помощником также: это, кажется, человек с твердой волей, с железным характером...

– Уж ты успел сблизиться с ними?

– Да, как же!..

– Не звал ли тебя столоначальник к себе по четвергам?

– Ах, очень: каждый четверг. Он, кажется, чувствует ко мне особенное влеченье…

– А помощник просил денег взаймы?

– Да, дядюшка, безделицу… я ему дал двадцать пять рублей, что со мной было; он просил еще пятьдесят.

– Уж дал! А! – сказал с досадой дядя, – тут отчасти я виноват, что не предупредил тебя; да я думал, что ты не до такой степени прост, чтоб через две недели знакомства давать деньги взаймы. Нечего делать, грех пополам, двенадцать с полтиной считай за мной.

– Как, дядюшка, ведь он отдаст?

– Держи карман! Я его знаю: за ним пропадает моих сто рублей с тех пор, как я там служил. Он у всех берет. Теперь, если попросит, ты скажи ему, что я прошу его вспомнить мой должок – отстанет! а к столоначальнику не ходи.

– Отчего же, дядюшка?

– Он картежник. Посадит тебя с двумя такими же молодцами, как сам, а те стакнутся и оставят тебя без гроша.

– Картежник! – говорил в изумлении Александр, – возможно ли? Кажется, так склонен к искренним излияниям…

– А ты скажи ему, так, между прочим, в разговоре, что я у тебя взял все деньги на сохранение, так и увидишь, склонен ли он к искренним излияниям и позовет ли когда-нибудь к себе в четверг.

Александр задумался. Дядя покачал головой.

– А ты думал, что там около тебя ангелы сидят! *Искренние излияния, особенное влечение!* Как, кажется, не подумать о том прежде: не мерзавцы ли какие-нибудь около? Напрасно ты приезжал! – сказал он, – право, напрасно!

Однажды Александр только что проснулся. Евсей подал ему большой пакет, с запиской от дяди.

«Наконец вот тебе и литературное занятие, – написано было в записке, – я вчера виделся с знакомым мне журналистом; он прислал тебе для опыта работу».

От радости у Александра дрожали руки, когда он распечатывал пакет. Там была немецкая рукопись.

«Что это – проза? – сказал он, – о чем же?»

И прочитал написанное наверху карандашом:

«*О наземе*, статья для отдела о сельском хозяйстве. Просят перевести поскорее».

Долго, задумчивый, сидел он над статьею, потом медленно, со вздохом, принялся за перо и начал переводить. Через два дня статья была готова и отослана.

– Прекрасно, прекрасно! – сказал ему через несколько дней Петр Иваныч. – Редактор предоволен, только находит, что стиль не довольно строг; ну, да с первого раза нельзя же всего требовать. Он хочет познакомиться с тобой. Ступай к нему завтра, часов в семь вечера: там он уж приготовил еще статью.

– Опять о том же, дядюшка?

– Нет, о чем-то другом; он мне сказывал, да я забыл... ах, да: *о картофельной патоке.* Ты, Александр, должно быть, в сорочке родился. Я, наконец, начинаю надеяться, что из тебя что-нибудь и выйдет: скоро, может быть, не стану говорить тебе, зачем ты приезжал. Не прошло месяца, а уж со всех сторон так на тебя и льется. Там тысяча рублей, да редактор обещал сто рублей в месяц за четыре печатных листа: это ведь две тысячи двести рублей! Нет! я не так начал! – сказал он, сдвинув немного брови. – Напиши же к матери, что ты пристроен и каким образом. Я тоже стану отвечать ей, напишу, что я, за ее добро ко мне, сделал для тебя все, что мог.

– Маменька будет вам... очень благодарна, дядюшка, и я тоже... – сказал Александр со вздохом, но уж не бросился обнимать дядю.

III

Прошло более двух лет. Кто бы узнал нашего провинциала в этом молодом человеке с изящными манерами, в щегольском костюме? Он очень изменился, возмужал. Мягкость линий юношеского лица, прозрачность и нежность кожи, пушок на подбородке – все исчезло. Не стало и робкой застенчивости, и грациозной неловкости движений. Черты лица созрели и образовали физиономию, а физиономия обозначила характер. Лилии и розы исчезли, как будто под легким загаром. Пушок заменился небольшими бакенбардами. Легкая и шаткая поступь стала ровною и твердою походкою. В голосе прибавилось несколько басовых нот. Из подмалеванной картины вышел оконченный портрет. Юноша превратился в мужчину. В глазах блистали самоуверенность и отвага – не та отвага, что слышно за версту, что глядит на все нагло и ухватками и взглядами говорит встречному и поперечному: «Смотри, берегись, не задень, не наступи на ногу, а не то – понимаешь? с нами расправа коротка!» Нет, выражение той отваги, о которой говорю, не отталкивает, а влечет к себе. Она узнается по стремлению к добру, к успеху, по желанию уничтожить заграждающие их препятствия... Прежняя восторженность на лице Александра умерялась легким оттенком задумчивости, первым признаком закравшейся в душу недоверчивости и, может быть, единственным следствием уроков дяди и беспощадного анализа, которому тот подвергал все, что проносилось в глазах и в сердце Александра. Александр усвоил наконец и такт, то есть уменье обращаться с людьми. Он не бросался всем на шею, особенно с тех пор, как человек, склонный к *искренним излияниям,* несмотря на предостережение дяди, обыграл его два раза, а человек с твердым характером и железной волей перебрал у него немало денег взаймы. И другие люди и случаи много помогли этому. В одном месте он замечал, как исподтишка смеялись над его юношескою восторженностью и прозвали романтиком. В другом – едва обращали на него внимание, потому что от него никому не было ni chaud, ni froid. Он не давал обедов, не держал экипажа, не играл в большую игру. Прежде у Александра болело и ныло сердце от этих стычек розовых его мечтаний с действительностью. Ему не приходило в голову спросить себя: «Да что же я сделал отличного, чем отличился от толпы? Где мои заслуги и за что должны замечать меня?» А между тем самолюбие его страдало.

Потом он стал понемногу допускать мысль, что в жизни, видно, не всё одни розы, а есть и шипы, которые иногда покалывают, но слегка только, а не так, как рассказывает дядюшка. И вот он начал учиться владеть собою, не так часто обнаруживал порывы и волнения и реже говорил диким языком, по крайней мере при посторонних.

Но все еще, к немалому горю Петра Иваныча, он далеко был от холодного разложения на простые начала всего, что волнует и потрясает душу человека. О приведении же в ясность всех тайн и загадок сердца он не хотел и слушать.

Петр Иваныч даст ему утром порядочный урок, Александр выслушает, смутится или глубоко задумается, а там поедет куда-нибудь на вечер и воротится сам не свой; дня три ходит как шальной – и дядина теория пойдет вся к черту. Обаяние и чад бальной сферы, гром музыки, обнаженные плечи, огонь взоров, улыбка розовых уст не дадут ему уснуть целую ночь. Ему мерещится то талия, которой он касался руками, то томный, продолжительный взор, который бросили ему, уезжая, то горячее дыхание, от которого он таял в вальсе, или разговор вполголоса у окна, под рев мазурки, когда взоры так искрились, язык говорил бог знает что. И сердце его билось; он с судорожным трепетом обнимал подушку и долго ворочался с боку на бок.

«Где же любовь? О, любви, любви жажду! – говорил он, – и скоро ли придет она? когда настанут эти дивные минуты, эти сладостные страдания, трепет блаженства, слезы...» – и проч.

На другой день он являлся к дяде.

– Какой, дядюшка, вчера был вечер у Зарайских! – говорил он, погружаясь в воспоминания о бале.

– Хорош?

– О, дивный!

– Порядочный ужин был?

– Я не ужинал.

– Как так? В твои лета не ужинать, когда можно! Да ты, я вижу, не шутя привыкаешь к здешнему порядку, даже уж слишком. Что ж, там все прилично было? туалет, освещение...

– Да-с.

– И народ порядочный?

– О да! очень порядочный. Какие глаза, плечи!

– Плечи? у кого?

– Ведь вы про них спрашиваете?

– Про кого?

– Да про девиц.

– Нет, я не спрашивал про них; но все равно – много было хорошеньких?

– О, очень... но жаль, что все они очень однообразны. Что одна скажет и сделает в таком-то случае, смотришь – то же повторит и другая, как будто затверженный урок. Была одна... не совсем похожа на других... а то не видно ни самостоятельности, ни характера. И движения, и взгляды – все одинаково: не услышишь самородной мысли, ни проблеска чувства... все покрыл и закрасил одинакий лоск. Ничто, кажется, не вызовет их наружу. И неужели это век будет заперто и не обнаружится ни перед кем? Ужели корсет вечно будет подавлять и вздох любви и вопль растерзанного сердца? неужели не даст простора чувству?..

– Перед мужем все обнаружится, а то, если рассуждать по-твоему, вслух, так, пожалуй, многие и век в девках просидят. Есть дуры, что прежде времени обнаруживают то, что следовало бы прятать да подавлять, ну, зато после слезы да слезы: не расчет!

– И тут расчет, дядюшка?..

– Как и везде, мой милый; а кто не рассчитывает, того называют по-русски безрасчетным, дураком. Коротко и ясно.

– Удерживать в груди своей благородный порыв чувства!..

– О, я знаю, ты не станешь удерживать; ты готов на улице, в театре броситься на шею приятелю и зарыдать.

– Так что же, дядюшка? Сказали бы только, что это человек с сильными чувствами, что кто чувствует так, тот способен ко всему прекрасному и благородному и неспособен...

– Не способен рассчитывать, то есть размышлять. Велика фигура – человек с сильными чувствами, с огромными страстями! Мало ли какие есть темпераменты? Восторги, экзальтация: тут человек всего менее похож на человека, и хвастаться нечем. Надо спросить, умеет ли он управлять чувствами; если умеет, то и человек...

– По-вашему, и чувством надо управлять, как паром, – заметил Александр, – то выпустить немного, то вдруг остановить, открыть клапан или закрыть...

– Да, этот клапан недаром природа дала человеку – это рассудок, а ты вот не всегда им пользуешься – жаль! а малый порядочный!

– Нет, дядюшка, грустно слушать вас! лучше познакомьте меня с этой приезжей барыней...

– С которой? с Любецкой? Она была вчера?

– Была, долго говорила со мной о вас, спрашивала о своем деле.

– Ах да! кстати...

Дядя вынул из ящика бумагу.

– Отвези ей эту бумагу, скажи, что вчера только, и то насилу, выдали из палаты; объясни ей хорошенько дело: ведь ты слышал, как мы с чиновником говорили?

– Да, знаю, знаю; уж я объясню.

Александр обеими руками схватил бумагу и спрятал в карман. Петр Иваныч посмотрел на него.

– Да что ж тебе вздумалось познакомиться с нею? Она, кажется, неинтересна: с бородавкой у носа.

– С бородавкой? Не помню. Как это вы заметили, дядюшка?

– У носа да не заметить! Что ж тебе хочется к ней?

– Она такая добрая и почтенная...

– Как же это ты бородавки у носа не заметил, а уж узнал, что она добрая и почтенная? это странно. Да позволь... у ней ведь есть дочь – эта маленькая брюнетка. А! теперь не удивляюсь. Так вот отчего ты не заметил бородавки на носу!

Оба засмеялись.

– А я так удивляюсь, дядюшка, – сказал Александр, – что вы прежде заметили бородавку на носу, чем дочь.

– Подай-ка назад бумагу. Ты там, пожалуй, выпустишь все чувство и совсем забудешь закрыть клапан, наделаешь вздору и черт знает что объяснишь...

– Нет, дядюшка, не наделаю. И бумаги, как хотите, не подам, я сейчас же...

И он скрылся из комнаты.

А дело до сих пор шло да шло своим чередом. В службе заметили способности Александра и дали ему порядочное место. Иван Иваныч и ему с почтением начал подносить свою табакерку, предчувствуя, что он, подобно множеству других, послужив, как он говаривал, без году неделя, обгонит его, сядет ему на шею и махнет в начальники отделения, а там, чего доброго, и в вице-директоры, как вон тот, или в директоры, как этот, а начинали свою служебную школу и тот и этот под его руководством. «А я работай за них!» – прибавил он. В редакции журнала Александр тоже сделался важным лицом. Он занимался и выбором, и переводом, и поправкою чужих статей, писал и сам разные теоретические взгляды о сельском хозяйстве. Денег у него, по его мнению, было больше, нежели сколько нужно, а по мнению дяди, еще недовольно. Но не всегда он работал для денег. Он не отказывался от отрадной мысли о другом, высшем призвании. Юношеских его сил ставало на все. Он крал время у сна, у службы и писал и стихи, и повести, и исторические очерки, и биографии. Дядя уж не обклеивал перегородок его сочинениями, а читал их молча, потом посвистывал или говорил: «Да! это лучше прежнего». Несколько статей явилось под чужим именем. Александр с радостным трепетом прислушивался к одобрительному суду друзей, которых у него было множество и на службе, и по кондитерским, и в частных домах. Исполнялась его лучшая, после любви, мечта. Будущность обещала ему много блеску, торжества; его, казалось, ожидал не совсем обыкновенный жребий, как вдруг...

Мелькнуло несколько месяцев. Александра стало почти нигде не видно, как будто он пропал. Дядю он посещал реже. Тот приписывал это его занятиям и не мешал ему. Но редактор журнала однажды, при встрече с Петром Иванычем, жаловался, что Александр задерживает статьи. Дядя обещал при первом случае объясниться с племянником. Случай представился дня через три. Александр вбежал утром к дяде как сумасшедший. В его походке и движениях видна была радостная суетливость.

– Здравствуйте, дядюшка; ах, как я рад, что вас вижу! – сказал он и хотел обнять его, но тот успел уйти за стол.

– Здравствуй, Александр! Что это тебя давно не видно?

– Я... занят был, дядюшка: делал извлечения из немецких экономистов...

– А! что ж редактор лжет? Он третьего дня сказал мне, что ты ничего не делаешь – прямой журналист! Я ж его, при встрече, отделаю...

– Нет, вы ему ничего не говорите, – перебил Александр, – я ему еще не посылал своей работы, оттого он так и сказал...

– Да что с тобой? у тебя такое праздничное лицо! Асессора, что ли, тебе дали или крест?

Александр мотал головой.

– Ну, деньги?

– Нет.

– Так что ж ты таким полководцем смотришь? Если нет, так не мешай мне, а вот лучше сядь да напиши в Москву, к купцу Дубасову, о скорейшей высылке остальных денег. Прочти его письмо: где оно? вот.

Оба замолчали и начали писать.

– Кончил! – сказал Александр через несколько минут.

– Проворно: молодец! Покажи-ка. Что это? Ты ко мне пишешь. «Милостивый государь Петр Иваныч!» Его зовут Тимофей Никоныч. Как пятьсот двадцать рублей! пять тысяч двести! Что с тобой, Александр?

Петр Иваныч положил перо и поглядел на племянника. Тот покраснел.

– Вы ничего не замечаете в моем лице? – спросил он.

– Что-то глуповато... Постой-ка... Ты влюблен? – сказал Петр Иваныч.

Александр молчал.

– Так, что ли? угадал?

Александр, с торжественной улыбкой, с сияющим взором, кивнул утвердительно головой.

– Так и есть! Как это я сразу не догадался? Так вот отчего ты стал лениться, от этого и не видать тебя нигде. А Зарайские и Скачины пристают ко мне: где да где Александр Федорыч? он вон где – на седьмом небе!

Петр Иваныч стал опять писать.

– В Наденьку Любецкую! – сказал Александр.

– Я не спрашивал, – отвечал дядя, – в кого бы ни было – все одна дурь. В какую Любецкую? это что с бородавкой?

– Э! дядюшка! – с досадой перебил Александр, – какая бородавка?

– У самого носа. Ты все еще не разглядел?

– Вы все смешиваете. Это, кажется, у матери есть бородавка около носа.

– Ну, все равно.

– Все равно! Наденька! этот ангел! неужели вы не заметили ее? Видеть однажды – и не заметить!

– Да что ж в ней особенного? Чего ж тут замечать? ведь бородавки, ты говоришь, у ней нет?..

– Далась вам эта бородавка! Не грешите, дядюшка: можно ли сказать, что она похожа на этих светских чопорных марионеток? Вы рассмотрите ее лицо: какая тихая, глубокая дума покоится на нем! Это – не только чувствующая, это мыслящая девушка... глубокая натура...

Дядя принялся скрипеть пером по бумаге, а Александр продолжал:

– В разговоре у ней вы не услышите пошлых общих мест. Каким светлым умом блестят ее суждения! что за огонь в чувствах! как глубоко понимает она жизнь! Вы своим взглядом отравляете ее, а Наденька мирит меня с нею.

Александр замолчал на минуту и погрузился совсем в мечту о Наденьке. Потом начал опять:

– А когда она поднимет глаза, вы сейчас увидите, какому пылкому и нежному сердцу служат они проводником! а голос, голос! что за мелодия, что за нега в нем! Но когда этот голос прозвучит признанием... нет выше блаженства на земле! Дядюшка! как прекрасна жизнь! как я счастлив!

У него выступили слезы; он бросился и с размаху обнял дядю.

– Александр! – вскричал, вскочив с места, Петр Иваныч, – закрой скорей свой клапан – весь пар выпустил! Ты сумасшедший! смотри, что ты наделал! в одну секунду ровно две глупости: перемял прическу и закапал письмо. Я думал, ты совсем отстал от своих привычек. Давно ты не был таким. Посмотри, посмотри, ради бога, на себя в зеркало: ну, может ли быть глупее физиономия? а неглуп!

– Ха, ха, ха! я счастлив, дядюшка!

– Это заметно!

– Не правда ли? в моем взоре, я знаю, блещет гордость. Я гляжу на толпу, как могут глядеть только герой, поэт и влюбленный, счастливый взаимною любовью...

– И как сумасшедшие смотрят или еще хуже... Ну, что я теперь стану делать с письмом?

– Позвольте, я соскоблю – и незаметно будет, – сказал Александр. Он бросился к столу с тем же судорожным трепетом, начал скоблить, чистить, тереть и протер на письме скважину. Стол от трения зашатался и толкнул этажерку. На этажерке стоял бюстик, из итальянского алебастра, Софокла или Эсхила. Почтенный трагик от сотрясения сначала раза три качнулся на зыбком пьедестале взад и вперед, потом свергнулся с этажерки и разбился вдребезги.

– Третья глупость, Александр! – сказал Петр Иваныч, поднимая черепки, – а это пятьдесят рублей стоит.

– Я заплачу, дядюшка, о! я заплачу, но не проклинайте моего порыва: он чист и благороден: я счастлив, счастлив! Боже! как хороша жизнь!

Дядя сморщился и покачал головой.

– Когда ты умнее будешь, Александр? Бог знает что говорит!

Он между тем с сокрушением смотрел на разбитый бюст.

– «Заплачу! – сказал он, – заплачу». Это будет четвертая глупость. Тебе, я вижу, хочется рассказать о своем счастии. Ну, нечего делать. Если уж дяди обречены принимать участие во всяком вздоре своих племянников, так и быть, я даю тебе четверть часа: сиди смирно, не сделай какой-нибудь пятой глупости и рассказывай, а потом, после этой новой глупости, уходи: мне некогда. Ну... ты счастлив... так что же? рассказывай же поскорее.

– Если и так, дядюшка, то эти вещи не рассказываются, – с скромной улыбкой заметил Александр.

– Я было приготовил тебя, а ты, я вижу, все-таки хочешь начать с обыкновенных прелюдий. Это значит, что рассказ продолжится целый час; мне некогда: почта не будет ждать. Постой, уж я лучше сам расскажу.

– Вы? вот забавно!

– Ну, слушай же, очень забавно! Ты вчера виделся с своей красавицей наедине...

– А вы почему знаете? – с жаром начал Александр, – вы подсылаете смотреть за мной?

– Как же, я содержу для тебя шпионов на жалованье. С чего ты взял, что я так забочусь о тебе? мне что за дело?

Эти слова сопровождались ледяным взглядом.

– Так почему же вы знаете? – спросил Александр, подходя к дяде.

– Сиди, сиди, ради бога, и не подходи к столу: что-нибудь разобьешь. У тебя на лице все написано, я отсюда буду читать. Ну, у вас было объяснение, – сказал он.

Александр покраснел и молчал. Видно, что дядя опять попал.

– Вы оба, как водится, были очень глупы, – говорил Петр Иваныч.

Племянник сделал нетерпеливое движение.

– Дело началось с пустяков, когда вы остались одни, с какого-нибудь узора, – продолжал дядя, – ты спросил, кому она вышивает? она отвечала «маменьке или тетеньке» или что-нибудь подобное, а сами вы дрожали как в лихорадке...

– А вот нет, дядюшка, не угадали: не с узора; мы были в саду... – проговорился Александр и замолчал.

– Ну, с цветка, что ли, – сказал Петр Иваныч, – может быть, еще с желтого, все равно; тут что попадется в глаза, лишь бы начать разговор; так-то слова с языка нейдут. Ты спросил, нравится ли ей цветок; она отвечала *да;* почему, дескать? «Так», – сказала она, и замолчали оба, потому что хотели сказать совсем другое, и разговор не вязался. Потом взглянули друг на друга, улыбнулись и покраснели.

– Ах, дядюшка, дядюшка, что вы!.. – говорил Александр в сильном смущении.

– Потом, – продолжал неумолимый дядя, – ты начал стороной говорить о том, что вот-де перед тобой открылся новый мир. Она вдруг взглянула на тебя, как будто слушает неожиданную новость; ты, я думаю, стал в тупик, растерялся, потом опять чуть внятно сказал, что только теперь ты узнал цену жизни, что и прежде ты видал ее... как ее? Марья, что ли?

– Наденька.

– Но видал как будто во сне, предчувствовал встречу с ней, что вас свела симпатия и что, дескать, теперь ты посвятишь ей одной все стихи и прозу... А руками-то, я думаю, как работал! верно, опрокинул или разбил что-нибудь.

– Дядюшка! вы подслушали нас! – вскричал вне себя Александр.

– Да, я там за кустом сидел. Мне ведь только и дела, что бегать за тобой да подслушивать всякий вздор.

– Почему же вы все это знаете? – спросил с недоумением Александр.

– Мудрено! с Адама и Евы одна и та же история у всех, с маленькими вариантами. Узнай характер действующих лиц, узнаешь и варианты. Это удивляет тебя, а еще писатель! Вот теперь и будешь прыгать и скакать дня три, как помешанный, вешаться всем на шею – только, ради бога, не мне. Я тебе советовал бы запереться на это время в своей комнате, выпустить там весь этот пар и проделать все проделки с Евсеем, чтобы никто не видал. Потом немного одумаешься, будешь добиваться уж другого, поцелуя например...

– Поцелуй Наденьки! о, какая высокая, небесная награда! – почти заревел Александр.

– Небесная!

– Что же – материальная, земная, по-вашему?

– Без сомнения, действие электричества; влюбленные – все равно что две лейденские банки: оба сильно заряжены; поцелуями электричество разрешается, и когда разрешится совсем – прости любовь, следует охлаждение...

– Дядюшка...

– Да! а ты думал как?

– Какой взгляд! какие понятия!

– Да, я забыл: у тебя еще будут фигурировать «вещественные знаки». Опять нанесешь всякой дряни и будешь задумываться да разглядывать, а дело в сторону.

Александр вдруг схватился за карман.

– Что, уж есть? будешь делать все то же, что люди делают с сотворения мира.

– Стало быть, то же, что и вы делали, дядюшка?

– Да, только поглупее.

– Поглупее! Не называете ли вы глупостью то, что я буду любить глубже, сильнее вас, не издеваться над чувством, не шутить и не играть им холодно, как вы... и не сдергивать покрывала с священных тайн...

– Ты будешь любить, как и другие, ни глубже, ни сильнее; будешь также сдергивать и покрывало с тайн... но только ты будешь верить в вечность и неизменность любви, да об одном этом и думать, а вот это-то и глупо: сам себе готовишь горя более, нежели сколько бы его должно быть.

– О, это ужасно, ужасно, что вы говорите, дядюшка! Сколько раз я давал себе слово таить перед вами то, что происходит в сердце.

– Зачем же не сдержал? Вот пришел – помешал мне...

– Но ведь вы одни у меня, дядюшка, близкие: с кем же мне разделить этот избыток чувств? а вы без милосердия вонзаете свой анатомический нож в самые тайные изгибы моего сердца.

– Я это не для своего удовольствия делаю: ты сам просил моих советов. От скольких глупостей я остерег тебя!..

– Нет, дядюшка, пусть же я буду вечно глуп в ваших глазах, но я не могу существовать с такими понятиями о жизни, о людях. Это больно, грустно! тогда мне не надо жизни, я не хочу ее при таких условиях – слышите ли? я не хочу.

– Слышу; да что ж мне делать? ведь не могу же я тебя лишить ее.

– Да! – говорил Александр, – вопреки вашим предсказаниям я буду счастлив, буду любить вечно и однажды.

– Ох, нет! Я предчувствую, что ты еще много кое-чего перебьешь у меня. Но это бы все ничего: любовь любовью; никто не мешает тебе;

не нами заведено заниматься особенно прилежно любовью в твои лета, но, однако ж, не до такой степени, чтобы бросать дело; любовь любовью, а дело делом...

– Да я делаю извлечения из немецких...

– Полно, никаких ты извлечений не делаешь, предаешься только *сладостной неге,* а редактор откажет тебе...

– Пусть его! я не нуждаюсь. Могу ли я думать теперь о презренной пользе, когда...

– *О презренной пользе* ! презренная! Ты уж лучше построй в горах хижину, ешь хлеб с водой и пой:

Мне хижина убога
С тобою будет рай... –

но только как не станет у тебя «презренного металла», у меня не проси – не дам...

– Я, кажется, не часто беспокоил вас.

– До сих пор, слава богу, нет, а может случиться, если бросишь дело; любовь тоже требует денег: тут и лишнее щегольство и разные другие траты... Ох, эта мне любовь в двадцать лет! вот уж презренная, так презренная, никуда не годится!

– Какая же, дядюшка, годится? в сорок?

– Я не знаю, какова любовь в сорок лет, а в тридцать девять...

– Как ваша?

– Пожалуй, как моя.

– То есть никакая.

– Ты почему знаешь?

– Будто вы можете любить?

– Почему же нет? разве я не человек, или разве мне восемьдесят лет? Только если я люблю, то люблю разумно, помню себя, не бью и не опрокидываю ничего.

– Разумная любовь! хороша любовь, которая помнит себя! – насмешливо заметил Александр, – которая ни на минуту не забудется...

– Дикая, животная, – перебил Петр Иваныч, – не помнит, а разумная должна помнить; в противном случае это не любовь...

– А что же?..

– Так, гнусность, как ты говоришь.

– Вы... любите! – говорил Александр, глядя недоверчиво на дядю, – ха, ха, ха!

Петр Иваныч молча писал.

– Кого же, дядюшка? – спросил Александр.

– Тебе хочется знать?

– Хотелось бы.

– Свою невесту.

– Не... невесту! – едва выговорил Александр, вскочив с места и подходя к дяде.

– Не близко, не близко, Александр, закрой клапан! – заговорил Петр Иваныч, увидя, какие большие глаза сделал племянник, и проворно придвинул к себе разные мелкие вещицы, бюстики, фигурки, часы и чернильницу.

– Стало быть, вы женитесь? – спросил Александр с тем же изумлением.

– Стало быть.

– И вы так покойны! пишете в Москву письма, разговариваете о посторонних предметах, ездите на завод и еще так адски холодно рассуждаете о любви!

– Адски холодно – это ново! в аду, говорят, жарко. Да что ты на меня смотришь так дико?

– Вы – женитесь!

– Что ж тут удивительного? – спросил Петр Иваныч, положив перо.

– Как что? женитесь – и ни слова мне!

– Извини, я забыл попросить у тебя позволения.

– Не просить позволения, дядюшка, а надо же мне знать. Родной дядя женится, а я ничего не знаю, мне и не сказали!..

– Вот ведь сказал.

– Сказали, потому что кстати пришлось.

– Я стараюсь, по возможности, все делать кстати.

– Нет, чтоб первому мне сообщить вашу радость: вы знаете, как я люблю вас и как разделю...

– Я вообще избегаю дележа, а в женитьбе и подавно.

– Знаете что, дядюшка? – сказал Александр с живостью, – может быть... нет, не могу таиться перед вами... Я не таков, все выскажу...

– Ох, Александр, некогда мне; если новая история, так нельзя ли завтра?

– Я хочу только сказать, что, может быть... и я близок к тому же счастью...

– Что, – спросил Петр Иваныч, слегка навострив уши, – это что-то любопытно...

– А! любопытно? так и я помучаю вас: не скажу.

Петр Иваныч равнодушно взял пакет, вложил туда письмо и начал запечатывать.

– И я, может быть, женюсь! – сказал Александр на ухо дяде.

Петр Иваныч не допечатал письма и поглядел на него очень серьезно.

– Закрой клапан, Александр! – сказал он.

– Шутите, шутите, дядюшка, а я говорю не шутя. Попрошу у маменьки позволения.

– Тебе жениться!

– А что же?

– В твои лета!

– Мне двадцать три года.

– Пора! В эти лета женятся только мужики, когда им нужна работница в доме.

– Но если я влюблен в девушку и есть возможность жениться, так, по-вашему, не нужно...

– Я тебе никак не советую жениться на женщине, в которую ты влюблен.

– Как, дядюшка? это новое; я никогда не слыхал.

– Мало ли ты чего не слыхал!

– Я думал все, что супружества без любви не должно быть.

– Супружество супружеством, а любовь любовью, – сказал Петр Иваныч.

– Как же жениться... по расчету?

– С расчетом, а не по расчету. Только расчет этот должен состоять не в одних деньгах. Мужчина так создан, чтоб жить в обществе женщины; ты и станешь рассчитывать, как бы жениться, станешь искать, выбирать между женщинами...

– Искать, выбирать! – с изумлением сказал Александр.

– Да, выбирать. Поэтому-то и не советую жениться, когда влюбишься. Ведь любовь пройдет – это уж пошлая истина.

– Это самая грубая ложь и клевета.

– Ну, теперь тебя не убедишь; увидишь сам со временем, а теперь запомни мои слова только: любовь пройдет, повторяю я, и тогда женщина, которая казалась тебе идеалом совершенства, может быть, покажется очень несовершенною, а делать будет нечего. Любовь заслонит от тебя недостаток качеств, нужных для жены. Тогда как, выбирая, ты хладнокровно рассудишь, имеет ли такая-то или такая женщина качества, какие хочешь видеть в жене: вот в чем главный расчет. И если отыщешь такую женщину, она непременно должна нравиться тебе постоянно, потому что отвечает твоим желаниям. Из этого возникнут между ею и тобою близкие отношения, которые потом образуют...

– Любовь? – спросил Александр.

– Да... привычку.

– Жениться без увлечения, без поэзии любви, без страсти, рассуждать, как и зачем!!

– А ты женился бы, не рассуждая и не спрашивая себя: зачем? так точно, как, поехавши сюда, тоже не спросил себя: зачем?

– Так вы женитесь по расчету? – спросил Александр.

– С расчетом, – заметил Петр Иваныч.

– Это все равно.

– Нет, по расчету значит жениться для денег – это низко; но жениться без расчета – это глупо!.. а тебе теперь вовсе не следует жениться.

– Когда же жениться? Когда состареюсь? Зачем я буду следовать нелепым примерам.

– В том числе и моему? спасибо!

– Я не про вас говорю, дядюшка, а про всех вообще. Услышишь о свадьбе, пойдешь посмотреть – и что же? видишь прекрасное, нежное существо, почти ребенка, которое ожидало только волшебного прикосновения любви, чтобы развернуться в пышный цветок, и вдруг ее отрывают от кукол, от няни, от детских игр, от танцев, и слава богу, если только от этого; а часто не заглянут в ее сердце, которое, может быть, не принадлежит уже ей. Ее одевают в газ, в блонды, убирают цветами и, несмотря на слезы, на бледность, влекут, как жертву, и ставят – подле кого же? подле пожилого человека, по большей части некрасивого, который уж утратил блеск молодости. Он или бросает на нее взоры оскорбительных желаний, или холодно осматривает ее с головы до ног, а сам думает, кажется: «Хороша ты, да, чай, с блажью в голове: любовь да розы, – я уйму эту дурь, это – глупости! у меня полно вздыхать да мечтать, а веди себя пристойно», или еще хуже – мечтает об ее имении. Самому молодому мало-мало тридцать лет. Он часто с лысиною, правда с крестом, или иногда со звездой. И говорят ей: «Вот кому обречены все сокровища твоей юности, ему и первое биение сердца, и признание, и взгляды, и речи, и девственные ласки, и вся жизнь». А кругом толпой теснятся те, кто по молодости и красоте под пару ей и кому бы надо было стать рядом с невестой. Они пожирают взглядами бедную жертву и как будто говорят: «Вот, когда мы истощим свежесть, здоровье, оплешивеем, и мы женимся, и нам достанется такой же пышный цветок...» Ужасно!..

– Дико, нехорошо, Александр! пишешь ты уж два года, – сказал Петр Иваныч, – и о наземе, и о картофеле, и о других серьезных предметах, где стиль строгий, сжатый, а все еще дико говоришь. Ради бога, не предавайся экстазу, или, по крайней мере, как эта дурь найдет на тебя, так уж молчи, дай ей пройти, путного ничего не скажешь и не сделаешь: выйдет непременно нелепость.

– Как, дядюшка, а разве не в экстазе родится мысль поэта?

– Я не знаю, как она родится, а знаю, что выходит совсем готовая из головы, то есть когда обработается размышлением: тогда только она и хороша. Ну, а по-твоему, – начал, помолчав, Петр Иваныч, – за кого же бы выдавать эти прекрасные существа?

– За тех, кого они любят, кто еще не утратил блеска юношеской красоты, в ком и в голове и в сердце – всюду заметно присутствие жизни, в глазах не угас еще блеск, на щеках не остыл румянец, не пропала свежесть – признаки здоровья; кто бы не истощенной рукой повел по пути жизни прекрасную подругу, а принес бы ей в дар сердце, полное любви к ней, способное понять и разделить ее чувства, когда права природы...

– Довольно! то есть за таких молодцов, как ты. Если б мы жили *среди полей и лесов дремучих* – так, а то жени вот этако молодца, как ты, – много будет проку! в первый год с ума сойдет, а там и пойдет заглядывать за кулисы или даст в соперницы жене ее же горничную, потому что права-то природы, о которых ты толкуешь, требуют перемены, новостей – славный порядок! а там и жена, заметив мужнины проказы, полюбит вдруг каски, наряды да маскарады и сделает тебе того... а без состояния так еще хуже! есть, говорит, нечего!

Петр Иваныч сделал кислую мину.

– «Я, говорит, женат, – продолжал он, – у меня, говорит, уж трое детей, помогите, не могу прокормиться, я беден...» беден! какая мерзость! нет, я надеюсь, что ты не попадешь ни в ту, ни в другую категорию.

– Я попаду в категорию счастливых мужей, дядюшка, а Наденька – счастливых жен. Не хочу жениться, как женится большая часть: наладили одну песню: «Молодость прошла, одиночество наскучило, так надо жениться!» Я не таков!

– Бредишь, милый.

– Да почему вы знаете?

– Потому что ты такой же человек, как другие, а других я давно знаю. Ну, скажи-ка ты, зачем женишься?

– Как зачем! Наденька – жена моя! – воскликнул Александр, закрыв лицо руками.

– Ну что? видишь – и сам не знаешь.

– У! дух замирает от одной мысли. Вы не знаете, как я люблю ее, дядюшка! я люблю, как никогда никто не любил: всеми силами души – ей всё...

– Лучше бы ты, Александр, выбранил или, уж так и быть, обнял меня, чем повторять эту глупейшую фразу! Как это у тебя язык поворотился? «как никогда никто не любил!»

Петр Иваныч пожал плечами.

– Что ж, разве это не может быть?

– Впрочем, точно, глядя на твою любовь, я думаю, что это даже возможно: глупее любить нельзя!

– Но она говорит, что надо ждать год, что мы молоды, должны испытать себя... целый год... и тогда...

– Год! а! давно бы ты сказал! – перебил Петр Иваныч, – это она предложила? Какая же она умница! Сколько ей лет?

– Восьмнадцать.

– А тебе – двадцать три: ну, брат, она в двадцать три раза умнее тебя.

Она, как я вижу, понимает дело: с тобою она пошалит, пококетничает, время проведет весело, а там… есть между этими девчонками преумные! Ну, так ты не женишься. Я думал, ты хочешь это как-нибудь поскорее повернуть, да тайком. В твои лета эти глупости так проворно делаются, что не успеешь и помешать; а то через год! до тех пор она еще надует тебя…

– Она – надует, кокетничает! девчонка! она, Наденька! фи, дядюшка! С кем вы жили всю жизнь, с кем имели дела, кого любили, если у вас такие черные подозрения?..

– Жил с людьми, любил женщину.

– Она обманет! Этот ангел, эта олицетворенная искренность, женщина, какую, кажется, бог впервые создал во всей чистоте и блеске…

– А все-таки женщина, и, вероятно, обманет.

– Вы после этого скажете, что и я надую?

– Со временем – да, и ты.

– Я! про тех, кого вы не знаете, вы можете заключать что угодно; но меня – не грех ли вам подозревать в такой гнусности? Кто же я в ваших глазах?

– Человек.

– Не все одинаковы. Знайте же, что я, не шутя, искренно дал ей обещание любить всю жизнь; я готов подтвердить это клятвой…

– Знаю, знаю! Порядочный человек не сомневается в искренности клятвы, когда дает ее женщине, а потом изменит или охладеет, и сам не знает как. Это делается не с намерением, и тут никакой гнусности нет, некого винить: природа вечно любить не позволила. И верующие в вечную и неизменную любовь делают то же самое, что и неверующие, только не замечают или не хотят сознаться; мы, дескать, выше этого, не люди, а ангелы – глупость!

– Как же есть любовники-супруги, которые вечно любят друг друга и всю жизнь живут?..

– Вечно! кто две недели любит, того называют ветреником, а два, три года – так уж и вечно! Разбери-ка, как любовь создана, и сам увидишь, что она не вечна! Живость, пылкость и лихорадочность этого чувства не дают ему быть продолжительным. Любовники-супруги живут всю жизнь вместе – правда! да разве любят всю жизнь друг друга? будто их всегда связывает первоначальная любовь? будто они ежеминутно ищут друг друга, глядят и не наглядятся? Куда под конец денутся мелочные угождения, беспрестанная внимательность, жажда быть вместе, слезы, восторги – все эти вздоры? Холодность и неповоротливость мужей вошла в пословицу. «Их любовь обращается в дружбу!» – говорят все важно: так вот уж и не любовь! Дружба! А что это за дружба? Мужа с женой связывают общие интересы, обстоятельства, одна судьба, – вот и живут вместе; а нет этого, так и расходятся, любят других, – иной прежде, другой после: это называется изменой!.. А живучи вместе, живут потом привычкой, которая, скажу тебе на ухо, сильнее всякой любви: недаром называют ее второй натурой; иначе бы люди не перестали терзаться всю жизнь в разлуке или по смерти любимого предмета, а ведь утешаются. А то наладили: вечно, вечно!.. не разберут, да и кричат.

– Как же вы, дядюшка, не опасаетесь за себя? Стало быть, и ваша невеста... извините... надует вас?..

– Не думаю.

– Какое самолюбие!

– Это не самолюбие, а расчет.

– Опять расчет!

– Ну, размышление, если хочешь.

– А если она влюбится в кого-нибудь?

– До этого не надо допускать; а если б и случился такой грех, так можно поискуснее расхолодить.

– Будто это можно? разве в вашей власти...

– Весьма.

– Этак бы делали все обманутые мужья, – сказал Александр, – если б был способ...

– Не все мужья одинаковы, мой милый: одни очень равнодушны к своим женам, не обращают внимания на то, что делается вокруг них, и не хотят заметить; другие из самолюбия и хотели бы, да плохи: не умеют взяться за дело.

– Как же вы сделаете?

– Это мой секрет; тебе не втолкуешь: ты в горячке.

– Я счастлив теперь и благодарю бога; а о том, что будет впереди, и знать не хочу.

– Первая половина твоей фразы так умна, что хоть бы не влюбленному ее сказать: она показывает уменье пользоваться настоящим; а вторая, извини, никуда не годится. «Не хочу знать, что будет впереди», то есть не хочу думать о том, что было вчера и что есть сегодня; не стану ни соображать, ни размышлять, не приготовлюсь к тому, не остерегусь этого, так, куда ветер подует! Помилуй, на что это похоже?

– А по-вашему, как же, дядюшка? Настанет миг блаженства, надо взять увеличительное стекло, да и рассматривать...

– Нет, уменьшительное, чтоб с радости не одуреть вдруг, не вешаться всем на шею.

– Или придет минута грусти, – продолжал Александр, – так ее рассматривать в ваше уменьшительное стекло?

– Нет, грусть в увеличительное: легче перенести, когда вообразишь неприятность вдвое больше, нежели она есть.

– Зачем же, – продолжал Александр с досадой, – я буду убивать вначале всякую радость холодным размышлением, не упившись ею, думать: вот она изменит, пройдет? зачем буду терзаться заранее горем, когда оно не настало?

– А зато, когда настанет, – перебил дядя, – так подумаешь – и горе пройдет, как проходило тогда-то и тогда-то, и со мной, и с тем, и с другим. Надеюсь, это не дурно и стоит обратить на это внимание; тогда и терзаться не станешь, когда разглядишь переменчивость всех шансов в жизни; будешь хладнокровен и покоен, сколько может быть покоен человек.

– Так вот где тайна вашего спокойствия! – задумчиво сказал Александр.

Петр Иваныч молчал и писал.

– Но что ж за жизнь! – начал Александр, – не забыться, а все думать, думать… нет, я чувствую, что это не так! Я хочу жить без вашего холодного анализа, не думая о том, ожидает ли меня впереди беда, опасность, или нет – все равно!.. Зачем я буду думать заранее и отравлять…

– Ведь я говорю зачем, а он все свое! не заставь меня сделать на твой счет какого-нибудь обидного сравнения. Затем, что когда предвидишь опасность, препятствие, беду, так легче бороться с ней или перенести ее: ни с ума не сойдешь, ни умрешь; а когда придет радость, так не будешь скакать и опрокидывать бюстов – ясно ли? Ему говорят: вот начало, смотри же, соображай по этому конец, а он закрывает глаза, мотает головой, как при виде пугала какого-нибудь, и живет по-детски. По-твоему, живи день за днем, как живется, сиди у порога своей хижины, измеряй жизнь обедами, танцами, любовью да неизменной дружбой. Всё хотят золотого века! Уж я сказал тебе, что с твоими идеями хорошо сидеть в деревне, с бабой да полдюжиной ребят, а здесь надо дело делать; для этого беспрестанно надо думать и помнить, что делал вчера, что делаешь сегодня, чтобы знать, что нужно делать завтра, то есть жить с беспрерывной поверкой себя и своих занятий. С этим дойдем до чего-нибудь дельного; а так… Да что с тобою толковать: ты теперь в бреду. Ай! скоро час. Ни слова больше, Александр; уходи… и слушать не стану; завтра обедай у меня, кое-кто будет.

– Не друзья ли ваши?

– Да… Конев, Смирнов, Федоров, – ты их знаешь, и еще кое-кто…

– Конев, Смирнов, Федоров! да это те самые люди, с которыми вы имеете дела.

– Ну да; всё нужные люди.

– Так это у вас друзья? В самом деле не видывал, чтоб вы кого-нибудь принимали с особенною горячностью.

– Я уж тебе сказывал, что друзьями я называю тех, с кем чаще вижусь, которые доставляют мне или пользу, или удовольствие.

Помилуй! что ж даром-то кормить?

– А я думал, вы прощаетесь перед свадьбой с истинными друзьями, которых душевно любите, с которыми за чашей помянете в последний раз веселую юность и, может быть, при разлуке крепко прижмете их к сердцу.

– Ну, в твоих пяти словах все есть, чего в жизни не бывает или не должно быть. С каким восторгом твоя тетка бросилась бы тебе на шею! В самом деле, тут и *истинные друзья*, тогда как есть просто друзья, и *чаша*, тогда как пьют из бокалов или стаканов, и объятия *при разлуке*, когда нет разлуки. Ох, Александр!

– И вам не жаль расставаться или, по крайней мере, реже видеться с этими друзьями? – сказал Александр.

– Нет! я никогда не сближался ни с кем до такой степени, чтоб жалеть, и тебе то же советую.

– Но, может быть, они не таковы: им, может быть, жаль потерять в вас доброго товарища, собеседника?

– Это уж не мое, а их дело. Я тоже не раз терял таких товарищей, да вот не умер от того. Так ты будешь завтра?

– Завтра, дядюшка, я...

– Что?

– Отозван на дачу.

– Верно, к Любецким?

– Да.

– Так! Ну, как хочешь. Помни о деле, Александр: я скажу редактору, чем ты занимаешься...

– Ах, дядюшка, как можно! Я непременно докончу извлечения из немецких экономистов...

– Да ты прежде начни их. Смотри же помни, *презренного металла* не проси, как скоро совсем предашься *сладостной неге*.

IV

Жизнь Александра разделялась на две половины. Утро поглощала служба. Он рылся в запыленных делах, соображал вовсе не касавшиеся до него обстоятельства, считал на бумаге миллионами не принадлежавшие ему деньги. Но порой голова отказывалась думать за других, перо выпадало из рук, и им овладевала та *сладостная нега*, на которую сердился Петр Иваныч.

Тогда Александр опрокидывался на спинку стула и уносился мысленно в место злачно, в место покойно, где нет ни бумаг, ни чернил, ни странных лиц, ни вицмундиров, где царствуют спокойствие, нега и прохлада, где в изящно убранной зале благоухают цветы, раздаются звуки фортепиано, в клетке прыгает попугай, а в саду качают ветвями березы и кусты сирени. И царицей всего этого – она...

Александр утром, сидя в департаменте, невидимо присутствовал на одном из островов, на даче Любецких, а вечером присутствовал там видимо, всей своей особой. Бросим нескромный взгляд на его блаженство.

Был жаркий день, один из редких дней в Петербурге: солнце животворило поля, но морило петербургские улицы, накаливая лучами гранит, а лучи, отскакивая от камней, пропекали людей. Люди ходили медленно, повесив головы, собаки – высунув языки. Город походил на один из тех сказочных городов, где все, по мановению волшебника, вдруг окаменело. Экипажи не гремели по камням; маркизы, как опущенные веки у глаз, прикрывали окна; торцовая мостовая лоснилась, как паркет; по тротуарам горячо было ступать. Везде было скучно, сонно.

Пешеход, отирая пот с лица, искал тени. Ямская карета, с шестью пассажирами, медленно тащилась за город, едва подымая пыль за собою. В четыре часа чиновники вышли из должности и тихо побрели по домам.

Александр выбежал, как будто в доме обрушился потолок, посмотрел на часы – поздно: к обеду не поспеет. Он бросился к ресторатору.

– Что у вас есть? скорей!

– Суп julienne иà la reine; coycà la provençale, à la maître d'hôtel; жаркое индейка, дичь, пирожное суфле.

– Ну, супà la provençale, coyc julienne и жаркое суфле, только поскорее! Слуга посмотрел на него.

– Ну, что же? – сказал Александр с нетерпением.

Тот бросился вон и подал, что ему вздумалось. Адуев остался очень доволен. Он не дожидался четвертого блюда и побежал на набережную Невы. Там ожидала его лодка и два гребца.

Через час завидел он обетованный уголок, встал в лодке и устремил взоры вдаль. Сначала глаза его отуманились страхом и беспокойством, которое перешло в сомнение. Потом вдруг лицо озарилось светом радости, как солнечным блеском. Он отличил у решетки сада знакомое платье; вот там его узнали, махнули платком. Его ждут, может быть, давно. У него подошвы как будто загорелись от нетерпения.

«Ах! если б можно было ходить пешком по воде! – думал Александр, – изобретают всякий вздор, а вот этого не изобретут!»

Гребцы машут веслами медленно, мерно, как машина. Пот градом льет по загорелым лицам; им и нужды нет, что у Александра сердце заметалось в груди, что, не спуская глаз с одной точки, он уж два раза в забытьи заносил через край лодки то одну, то другую ногу, а они ничего: гребут себе с тою же флегмой да по временам отирают рукавом лицо.

– Живее! – сказал он, – полтинник на водку.

Как они принялись работать, как стали привскакивать на своих местах! куда девалась усталость? откуда взялась сила? Весла так и затрепетали по воде. Лодка – что скользнет, то сажений трех как не бывало. Махнули раз десяток – корма уже описала дугу, лодка грациозно подъехала и наклонилась у самого берега. Александр и Наденька издали улыбались и не сводили друг с друга глаз. Адуев ступил одной ногой в воду вместо берега. Наденька засмеялась.

– Полегче, барин, погодите-ка, вот я руку подам, – промолвил один гребец, когда Александр был уже на берегу.

– Ждите меня здесь, – сказал им Адуев и побежал к Наденьке.

Она нежно улыбалась издали Александру. С каждым движением лодки к берегу грудь ее поднималась и опускалась сильнее.

– Надежда Александровна!.. – сказал Адуев, едва переводя дух от радости.

– Александр Федорыч!.. – отвечала она.

Они бросились невольно друг к другу, но остановились и глядели друг на друга с улыбкой, влажными глазами и не могли ничего сказать. Так прошло несколько минут.

Нельзя винить Петра Иваныча, что он не заметил Наденьки с первого раза. Она была не красавица и не приковывала к себе мгновенно внимания.

Но если кто пристально вглядывался в ее черты, тот долго не сводил с нее глаз. Ее физиономия редко оставалась две минуты покойною. Мысли и разнородные ощущения до крайности впечатлительной и раздражительной души ее беспрестанно сменялись одни другими, и оттенки этих ощущений сливались в удивительной игре, придавая лицу ее ежеминутно новое и неожиданное выражение. Глаза, например, вдруг бросят будто молнию, обожгут и мгновенно спрячутся под длинными ресницами; лицо сделается безжизненно и неподвижно – и перед вами точно мраморная статуя. Ожидаешь вслед за тем опять такого же пронзительного луча – отнюдь нет! веки подымутся тихо, медленно – вас озарит кроткое сияние взоров как будто медленно выплывшей из-за облаков луны. Сердце непременно отзовется легким биением на такой взгляд. В движениях то же самое. В них много было грации, но это не грация Сильфиды. В этой грации много было дикого, порывистого, что дает природа всем, но что потом искусство отнимает до последнего следа, вместо того чтобы смягчить. Эти-то следы часто проявлялись в движениях Наденьки. Она иногда сидит в живописной позе, но вдруг, бог знает вследствие какого внутреннего движения, эта картинная поза нарушится вовсе неожиданным и опять обворожительным жестом. В разговорах те же неожиданные обороты: то верное суждение, то мечтательность, резкий приговор, потом ребяческая выходка или тонкое притворство. Все показывало в ней ум пылкий, сердце своенравное и непостоянное. И не Александр сошел бы с ума от нее; один только Петр Иваныч уцелеет: да много ли таких?

– Вы меня ждали! Боже мой, как я счастлив! – сказал Александр.

– Я ждала? и не думала! – отвечала Наденька, качая головой, – вы знаете, я всегда в саду.

– Вы сердитесь? – робко спросил он.

– За что? вот идея!

– Ну дайте ручку.

Она подала ему руку, но только он коснулся до нее, она сейчас же вырвала – и вдруг изменилась. Улыбка исчезла, на лице обнаружилось что-то похожее на досаду.

– Что это, вы молоко кушаете? – спросил он. У Наденьки была чашка в руках и сухарь.

– Я обедаю, – отвечала она.

– Обедаете, в шесть часов, и молоком!

– Вам, конечно, странно смотреть на молоко после роскошного обеда у дядюшки? а мы здесь в деревне: живем скромно.

Она передними зубами отломила несколько крошек сухаря и запила молоком, сделав губами премиленькую гримасу.

– Я не обедал у дядюшки, я еще вчера отказался, – отвечал Адуев.

– Какие вы бессовестные! Можно ли так лгать? Где ж вы были до сих пор?

– Сегодня на службе до четырех часов просидел...

– А теперь шесть. Не лгите, признайтесь, уж соблазнились обедом, приятным обществом? там вам очень, очень весело было.

– Честное слово, я и не заходил к дядюшке... – начал с жаром оправдываться Александр. – Разве я тогда мог бы поспеть к вам об эту пору?

– А! вам это рано кажется? вы бы еще часа через два приехали! – сказала Наденька и быстрым пируэтом вдруг отвернулась от него и пошла по дорожке к дому. Александр за нею.

– Не подходите, не подходите ко мне, – заговорила она, махая рукой, – я вас видеть не могу.

– Полноте шалить, Надежда Александровна!

– Я совсем не шалю. Скажите, где ж вы до сих пор были?

– В четыре часа вышел из департамента, – начал Адуев, – час ехал сюда...

– Так тогда было бы пять, а теперь шесть. Где ж вы провели еще час? видите, ведь как лжете!

– Отобедал у ресторатора на скорую руку...

– На скорую руку! один только час! – сказала она, – бедненькие! вы должны быть голодны. Не хотите ли молока?

– О, дайте, дайте мне эту чашку... – заговорил Александр и протянул руку.

Но она вдруг остановилась, опрокинула чашку вверх дном и, не обращая внимания на Александра, с любопытством смотрела, как последние капли сбегали с чашки на песок.

– Вы безжалостны! – сказал он, – можно ли так мучить меня?

– Посмотрите, посмотрите, Александр Федорыч, – вдруг перебила Наденька, погруженная в свое занятие, – попаду ли я каплей на букашку, вот что ползет по дорожке?.. Ах, попала! бедненькая! она умрет! – сказала она; потом заботливо подняла букашку, положила себе на ладонь и начала дышать на нее.

– Как вас занимает букашка! – сказал он с досадой.

– Бедненькая! посмотрите: она умрет, – говорила Наденька с грустью, – что я сделала?

Она несла несколько времени букашку на ладони, и когда та зашевелилась и начала ползать взад и вперед по руке, Наденька вздрогнула, быстро сбросила ее на землю и раздавила ногой, промолвив: «Мерзкая букашка!»

– Где же вы были? – спросила она потом.

– Ведь я сказал…

– Ах да! у дядюшки. Много было гостей? Пили шампанское? Я даже отсюда слышу, как пахнет шампанским.

– Да нет, не у дядюшки! – в отчаянии перебил Александр. – Кто вам сказал?

– Вы же сказали.

– Да у него, я думаю, теперь за стол садятся. Вы не знаете этих обедов: разве такой обед кончается в один час?

– Вы обедали два – пятый и шестой.

– А когда же я ехал сюда?

Она ничего не отвечала, прыгнула и достала ветку акации, потом побежала по дорожке.

Адуев за ней.

– Куда же вы? – спросил он.

– Куда? как куда? вот прекрасно! к маменьке.

– Зачем? Может быть, мы ее обеспокоим.

– Нет, ничего.

Марья Михайловна, маменька Надежды Александровны, была одна из тех добрых и нехитрых матерей, которые находят прекрасным все, что ни делают детки. Марья Михайловна велит, например, заложить коляску.

– Куда это, маменька? – спросит Наденька.

– Поедем прогуляться: погода такая славная, – говорит мать.

– Как можно: Александр Федорыч хотел быть.

И коляска откладывалась.

В другой раз Марья Михайловна усядется за свой нескончаемый

шарф и начнет вздыхать, нюхать табак и перебирать костяными спицами или углубится в чтение французского романа.

– Maman, что ж вы не одеваетесь? – спросит Наденька строго.

– А куда?

– Да ведь мы пойдем гулять.

– Гулять?

– Да. Александр Федорыч придет за нами. Уж вы и забыли!

– Да я и не знала.

– Как этого не знать! – скажет Наденька с неудовольствием.

Мать покидала и шарф и книгу и шла одеваться. Так Наденька пользовалась полною свободою, распоряжалась и собою, и маменькою, и своим временем, и занятиями, как хотела. Впрочем, она была добрая и нежная дочь, нельзя сказать – послушная, потому только, что не она, а мать слушалась ее; зато можно сказать, что она имела послушную мать.

– Подите к маменьке, – сказала Наденька, когда они подошли к дверям залы.

– А вы?

– Я после приду.

– Ну так и я после.

– Нет, идите вперед.

Александр вошел и тотчас же, на цыпочках, воротился назад.

– Она дремлет в креслах, – сказал он шепотом.

– Ничего, пойдемте. Maman, а maman!

– А!

– Александр Федорыч пришел.

– А!

– Monsieur Адуев хочет вас видеть.

– А!

– Видите, как крепко уснула. Не будите ее! – удерживал Александр.

– Нет, разбужу. Maman!

– А!

– Да проснитесь; Александр Федорыч здесь.

– Где Александр Федорыч? – говорила Марья Михайловна, глядя прямо на него и поправляя сдвинувшийся на сторону чепец. – Ах! это вы, Александр Федорыч? Милости просим! А я вот села тут да и вздремнула, сама не знаю отчего, видно к погоде. У меня что-то и мозоль начинает побаливать – быть дождю. Дремлю, да и вижу во сне, что будто Игнатий докладывает о гостях, только не поняла, о ком. Слышу, говорит, приехали, а кто – не пойму. Тут Наденька кличет, я сейчас же и проснулась. У меня легкий сон: чуть кто скрипнет, я уж и смотрю. Садитесь-ка, Александр Федорыч, здоровы ли вы?

– Покорно благодарю.

– Петр Иваныч здоров ли?

– Слава богу, покорно благодарю.

– Что он не навестит нас никогда? Я вот еще вчера думала: хоть бы, думаю, раз заехал когда-нибудь, а то нет – видно, занят?

– Очень занят, – сказал Александр.

– И вас другой день не видать! – продолжала Марья Михайловна. – Давеча проснулась, спрашиваю, что Наденька? Спит еще, говорят. – Ну, пускай ее спит, говорю, целый день на воздухе – в саду, погода стоит хорошая, устанет. В ее лета спится крепко, не то что в мои: такая бессонница бывает, поверите ли? даже тоска сделается; от нерв, что ли, – не знаю. Вот подают мне кофе: я ведь всегда в постеле его пью – пью да думаю: «Что это значит, Александра Федорыча не видать? уж здоров ли?» Потом встала, смотрю: одиннадцатый час – прошу покорнейше! людишки и не скажут! Прихожу к Наденьке – она еще и не просыпалась. Я разбудила ее. «Пора, мол, мать моя: скоро двенадцать часов, что это с тобой?» Я ведь целый день за ней, как нянька. Я и гувернантку отпустила нарочно, чтоб не было чужих. Вверь, пожалуй, чужим, так бог знает что сделают. Нет! я сама занималась ее воспитанием, строго смотрю, от себя ни на шаг, и могу сказать, что Наденька чувствует это: от меня тайком и мысли никакой не допустит. Я ее как будто насквозь вижу... Тут повар пришел: с ним с час толковала; там почитала «Mémoires du diable[6]»... ах, какой приятный автор Сулье! как мило описывает! Там соседка Марья Ивановна зашла с мужем: так я и не видала, как прошло утро, гляжу, уж и четвертый час и обедать пора!.. Ах да: что ж вы к обеду не пришли? мы вас ждали до пяти часов.

– До пяти часов? – сказал Александр, – я никак не мог, Марья Михайловна: служба задержала. Я вас прошу никогда не ждать меня долее четырех часов.

– И я то же говорила, да вот Наденька: «Подождем да подождем».

– Я! ах, ах, maman, что вы! Не я ли говорю: «Пора, maman, обедать», а вы сказали: «Нет, надо подождать; Александр Федорыч давно не был: верно, придет к обеду».

– Смотрите, смотрите! – заговорила Марья Михайловна, качая головой, – ах, какая бессовестная! свои слова да на меня же!

Наденька отвернулась, ушла в цветы и начала дразнить попугая.

– Я говорю: «Ну где теперь Александру Федорычу быть? – продолжала Марья Михайловна, – уж половина пятого». – «Нет, говорит, maman, надо подождать, – он будет». Смотрю, три четверти: «Воля твоя, говорю я, Наденька: Александр Федорыч, верно, в гостях, не будет; я проголодалась». – «Нет, говорит, еще подождать надо, до пяти часов». Так и проморила меня. Что, неправда, сударыня?

«Попка, попка! – слышалось из-за цветов, – где ты обедал сегодня, у

---

6 «Воспоминания беса» (1837–1838) – авантюрный роман французского писателя Фредерика Сулье (1800–1847)

дядюшки?»

– Что? спряталась! – промолвила мать, – видно, совестно на свет божий смотреть!

– Вовсе нет, – отвечала Наденька, выходя из боскета, и села у окна.

– И таки не села за стол! – говорила Марья Михайловна, – спросила чашку молока и пошла в сад; так и не обедала. Что? посмотри-ка мне прямо в глаза, сударыня.

Александр обомлел при этом рассказе. Он взглянул на Наденьку, но она обернулась к нему спиной и щипала листок плюща.

– Надежда Александровна! – сказал он, – ужели я так счастлив, что вы думали обо мне?

– Не подходите ко мне! – закричала она с досады, что ее плутни открылись. – Маменька шутит, а вы готовы верить!

– А где ж ягоды, что ты приготовила для Александра Федорыча? – спросила мать.

– Ягоды?

– Да, ягоды.

– Ведь вы их скушали за обедом… – отвечала Наденька.

– Я! опомнись, мать моя: ты спрятала и мне не дала. «Вот, говорит, Александр Федорыч приедет, тогда и вам дам». Какова?

Александр нежно и лукаво взглянул на Наденьку. Она покраснела.

– Сама чистила, Александр Федорыч, – прибавила мать.

– Что это вы все сочиняете, maman? Я очистила две или три ягодки и те сама съела, а то Василиса…

– Не верьте, не верьте, Александр Федорыч: Василиса с утра в город послана. Зачем же скрывать? Александру Федорычу, верно, приятнее, что ты чистила, а не Василиса.

Наденька улыбнулась, потом скрылась опять в цветы и явилась с полной тарелкой ягод. Она протянула Адуеву руку с тарелкой. Он поцеловал руку и принял ягоды как маршальский жезл.

– Не стоите вы! заставить так долго ждать себя! – говорила Наденька, – я два часа у решетки стояла: вообразите! едет кто-то; я думала – вы, и махнула платком, вдруг незнакомые, какой-то военный. И он махнул, такой дерзкий!..

Вечером приходили и уходили гости. Начало смеркаться. Любецкие и Адуев остались опять втроем. Мало-помалу расстроилось и это трио. Наденька ушла в сад. Составился нескладный дуэт у Марьи Михайловны с Адуевым: долго пела она ему о том, что делала вчера, сегодня, что будет делать завтра. Им овладела томительная скука и беспокойство. Вечер наступает быстро, а он еще не успел ни слова сказать Наденьке наедине. Выручил повар: благодетель пришел спросить, что готовить к ужину, а у Адуева занимался дух от нетерпения, сильнее еще, чем давеча в лодке. Едва заговорили о котлетах, о простокваше, Александр начал искусно ретироваться.

Сколько маневров употребил он, чтоб только отойти от кресел Марьи Михайловны! Подошел сначала к окну и взглянул на двор, а ноги так и тянули его в открытую дверь. Потом медленными шагами, едва удерживаясь, чтоб не ринуться опрометью вон, он перешел к фортепиано, постучал в разных местах по клавишам, взял с лихорадочным трепетом ноты с пюпитра, взглянул в них и положил назад; имел даже твердость понюхать два цветка и разбудить попугая. Тут он достиг высшей степени нетерпения; двери были подле, но уйти как-то все неловко – надо было простоять минуты две и выйти как будто нечаянно. А повар уж сделал два шага назад, еще слово – и он уйдет, тогда Любецкая непременно обратится опять к нему. Александр не вытерпел и, как змей, выскользнул в двери и, соскочив с крыльца, не считая ступеней, в несколько шагов очутился в конце аллеи – на берегу, подле Наденьки.

– Насилу вспомнили обо мне! – сказала она на этот раз с кротким упреком.

– Ах, что за муку я вытерпел, – отвечал Александр, – а вы не помогли!

Наденька показала ему книгу.

– Вот чем бы я вызвала вас, если б вы не пришли еще минуту, – сказала она. – Садитесь, теперь maman уж не придет: она боится сырости. Мне так много, так много надо сказать вам... ах!

– И мне тоже... ах!

И ничего не сказали или почти ничего, так кое-что, о чем уж говорили десять раз прежде. Обыкновенно что: мечты, небо, звезды, симпатия, счастье. Разговор больше происходил на языке взглядов, улыбок и междометий. Книга валялась на траве.

Наступала ночь... нет, какая ночь! разве летом в Петербурге бывают ночи? это не ночь, а... тут надо бы выдумать другое название – так, полусвет... Все тихо кругом. Нева точно спала; изредка, будто впросонках, она плеснет легонько волной в берег и замолчит. А там откуда ни возьмется поздний ветерок, пронесется над сонными водами, но не сможет разбудить их, а только зарябит поверхность и повеет прохладой на Наденьку и Александра или принесет им звук дальней песни – и снова все смолкнет, и опять Нева неподвижна, как спящий человек, который при легком шуме откроет на минуту глаза и тотчас снова закроет; и сон пуще сомкнет его отяжелевшие веки. Потом со стороны моста послышится как будто отдаленный гром, а вслед за тем лай сторожевой собаки с ближайшей тони, и опять все тихо. Деревья образовали темный свод и чуть-чуть, без шума, качали ветвями. На дачах по берегам мелькали огоньки.

Что особенного тогда носится в этом теплом воздухе? Какая тайна пробегает по цветам, деревьям, по траве и веет неизъяснимой негой на душу? зачем в ней тогда рождаются иные мысли, иные чувства, нежели в шуме, среди людей? А какая обстановка для любви в этом сне природы, в этом сумраке, в безмолвных деревьях, благоухающих цветах и уединении! Как могущественно все настроивало ум к мечтам, сердце к тем редким ощущениям, которые во всегдашней, правильной и строгой жизни кажутся такими бесполезными, неуместными и смешными отступлениями... да! бесполезными, а между тем в те минуты душа только и постигает смутно возможность счастья, которого так усердно ищут в другое время и не находят.

Александр и Наденька подошли к реке и оперлись на решетку. Наденька долго, в раздумье, смотрела на Неву, на даль, Александр на Наденьку. Души их были переполнены счастьем, сердца сладко и вместе как-то болезненно ныли, но язык безмолвствовал.

Вот Александр тихо коснулся ее талии. Она тихо отвела локтем его руку. Он дотронулся опять, она отвела слабее, не спуская глаз с Невы. В третий раз не отвела.

Он взял ее за руку – она не отняла и руки; он пожал руку: рука отвечала на пожатие. Так стояли они молча, а что чувствовали!

– Наденька! – сказал он тихо.

Она молчала.

Александр с замирающим сердцем наклонился к ней. Она почувствовала горячее дыхание на щеке, вздрогнула, обернулась и – не отступила в благородном негодовании, не вскрикнула! – она не в силах была притвориться и отступить: обаяние любви заставило молчать рассудок, и когда Александр прильнул губами к ее губам, она отвечала на поцелуй, хотя слабо, чуть внятно.

«Неприлично! – скажут строгие маменьки, – одна в саду, без матери, целуется с молодым человеком!» Что делать! неприлично, но она отвечала на поцелуй.

«О, как человек может быть счастлив!» – сказал про себя Александр и опять наклонился к ее губам и пробыл так несколько секунд.

Она стояла бледная, неподвижная, на ресницах блистали слезы, грудь дышала сильно и прерывисто.

– Как сон! – шептал Александр.

Вдруг Наденька встрепенулась, минута забвения прошла.

– Что это такое? вы забылись! – вдруг сказала она и бросилась от него на несколько шагов. – Я маменьке скажу!

Александр упал с облаков.

– Надежда Александровна! Не разрушайте моего блаженства упреком, – начал он, – не будьте похожи на...

Она посмотрела на него и вдруг громко, весело засмеялась, опять подошла к нему, опять стала у решетки и доверчиво оперлась рукой и головой ему на плечо.

– Так вы меня очень любите? – спросила она, отирая слезу, выкатившуюся на щеку.

Александр сделал невыразимое движение плечами. На лице его

было «преглупое выражение», сказал бы Петр Иваныч, что, может быть, и правда, но зато сколько счастья в этом глупом выражении!

Они по-прежнему молча смотрели и на воду, и на небо, и на даль, будто между ними ничего не было. Только боялись взглянуть друг на друга; наконец взглянули, улыбнулись и тотчас отвернулись опять.

– Ужели есть горе на свете? – сказала Наденька, помолчав.

– Говорят, есть... – задумчиво отвечал Адуев, – да я не верю...

– Какое же горе может быть?

– Дядюшка говорит – бедность.

– Бедность! да разве бедные не чувствуют того же, что мы теперь? вот уж они и не бедны.

– Дядюшка говорит, что им не до того – что надо есть, пить...

– Фи! есть! Дядюшка ваш неправду говорит: можно и без этого быть счастливыми: я не обедала сегодня, а как я счастлива!

Он засмеялся.

– Да, за эту минуту я отдала бы бедным все, все! – продолжала Наденька, – пусть придут бедные. Ах! зачем я не могу утешить и обрадовать всех какой-нибудь радостью?

– Ангел! ангел! – восторженно произнес Александр, сжав ее руку.

– Ох, как вы больно жмете! – вдруг перебила Наденька, сморщив брови и отняв руку.

Но он схватил руку опять и начал целовать с жаром.

– Как я буду молиться, – продолжала она, – сегодня, завтра, всегда за этот вечер! как я счастлива! А вы?..

Вдруг она задумалась; в глазах мелькнула тревога.

– Знаете ли, – сказала она, – говорят, будто что было однажды, то уж никогда больше не повторится! Стало быть, и эта минута не повторится?

– О нет! – отвечал Александр, – это неправда: повторится! будут лучшие минуты; да, я чувствую!..

Она недоверчиво покачала головой. И ему пришли в голову уроки дяди, и он вдруг остановился.

«Нет, – говорил он сам с собой, – нет, этого быть не может! дядя не знал такого счастья, оттого он так строг и недоверчив к людям. Бедный! мне жаль его холодного, черствого сердца: оно не знало упоения любви, вот отчего это желчное гонение на жизнь. Бог его простит! Если б он видел мое блаженство, и он не наложил бы на него руки, не оскорбил бы нечистым сомнением. Мне жаль его...»

– Нет, Наденька, нет, мы будем счастливы! – продолжал он вслух. – Посмотри вокруг: не радуется ли все здесь, глядя на нашу любовь? Сам бог благословит ее. Как весело пройдем мы жизнь рука об руку! как будем *горды, велики взаимной любовью!*

– Ах, перестаньте, перестаньте загадывать! – перебила она, – не пророчьте: мне что-то страшно делается, когда вы говорите так. Мне и теперь грустно…

– Чего же бояться? Неужели нельзя верить самим себе?

– Нельзя, нельзя! – говорила она, качая головой. Он посмотрел на нее и задумался.

– Отчего? Что же, – начал он потом, – может разрушить этот мир нашего счастья – кому нужда до нас? Мы всегда будем одни, станем удаляться от других; что нам до них за дело? и что за дело им до нас? нас не вспомнят, забудут, и тогда нас не потревожат и слухи о горе и бедах, точно так, как и теперь, здесь, в саду, никакой звук не тревожит этой торжественной тишины…

– Наденька! Александр Федорыч! – раздалось вдруг с крыльца, – где вы?

– Слышите! – сказала Наденька пророческим тоном, – вот намек судьбы: эта минута не повторится больше – я чувствую…

Она схватила его за руку, сжала ее, поглядела на него как-то странно, печально и вдруг бросилась в темную аллею.

Он остался один в раздумье.

– Александр Федорыч! – раздалось опять с крыльца, – простокваша давно на столе.

Он пожал плечами и пошел в комнату.

– За мигом невыразимого блаженства – вдруг простокваша!! – сказал он Наденьке. – Ужели все так в жизни?

– Лишь бы не было хуже, – весело отвечала она, а простокваша очень хороша, особенно для того, кто не обедал.

Счастье одушевило ее. Щеки ее пылали, глаза горели необыкновенным блеском. Как заботливо хозяйничала она, как весело болтала! не было и тени мелькнувшей мгновенно печали: радость поглотила ее.

Заря охватила уже полнеба, когда Адуев сел в лодку. Гребцы в ожидании обещанной награды поплевали на руки и начали было по-давешнему привскакивать на местах, изо всей мочи работая веслами.

– Тише ехать! – сказал Александр, – еще полтинник на водку!

Они поглядели на него, потом друг на друга. Один почесал грудь, другой спину, и стали чуть шевелить веслами, едва дотрогиваясь до воды. Лодка поплыла, как лебедь.

«И дядюшка хочет уверить меня, что счастье химера, что нельзя безусловно верить ничему, что жизнь… бессовестный! зачем он хотел так жестоко обмануть меня? Нет, вот жизнь! так я воображал ее себе, такова она должна быть, такова есть и такова будет! Иначе нет жизни!»

Свежий, утренний ветерок чуть-чуть подул с севера. Александр слегка вздрогнул, и от ветерка и от воспоминания, потом зевнул и, закутавшись в плащ, погрузился в мечты.

V

Адуев достиг апогея своего счастия. Ему нечего было более желать. Служба, журнальные труды – все забыто, заброшено. Его уж обошли местом: он едва приметил это, и то потому, что напомнил дядя. Петр Иваныч советовал бросить пустяки, но Александр при слове «пустяки» пожимал плечами, с сожалением улыбался и молчал. Дядя, увидя бесполезность своих представлений, тоже пожал плечами, улыбнулся с сожалением и замолчал, промолвив только: «Как хочешь, это твое дело, только смотри презренного металла не проси».

– Не бойтесь, дядюшка, – говорил на это Александр, – худо, когда мало денег, много мне не нужно, а довольно – у меня есть.

– Ну, и поздравляю тебя, – прибавил Петр Иваныч.

Александр видимо избегал его. Он потерял всякую доверенность к его печальным предсказаниям и боялся холодного взгляда на любовь вообще и оскорбительных намеков на отношения его к Наденьке в особенности.

Ему противно было слушать, как дядя, разбирая любовь его, просто, по общим и одинаким будто бы для всех законам, профанировал это высокое, святое, по его мнению, дело. Он таил свои радости, всю эту перспективу розового счастья, предчувствуя, что чуть коснется его анализ дяди, то, того и гляди, розы рассыплются в прах или превратятся в назем. А дядя сначала избегал его оттого, что вот, думал, малый залепится, замотается, придет к нему за деньгами, сядет на шею.

В походке, взгляде, во всем обращении Александра было что-то торжественное, таинственное. Он вел себя с другими, как богатый капиталист на бирже с мелкими купцами, скромно и с достоинством, думая про себя: «Жалкие! кто из вас обладает таким сокровищем, как я? кто так умеет чувствовать? чья могучая душа...» – и проч.

Он был уверен, что он один на свете так любит и любим.

Впрочем, он избегал не только дяди, но и *толпы,* как он говорил. Он или поклонялся своему божеству, или сидел дома, в кабинете, один, упиваясь блаженством, анализируя, разлагая его на бесконечно малые атомы. Он называл это *творить особый мир,* и, сидя в своем уединении, точно сотворил себе из ничего какой-то мир и обретался больше в нем, а на службу ходил редко и неохотно, называя ее *горькою необходимостью, необходимым злом* или *печальной прозой.* Вообще у него много было вариантов на этот предмет. К редактору и к знакомым вовсе не ходил.

Беседовать с своим *я* было для него высшею отрадою. «Наедине с собою только, – писал он в какой-то повести, – человек видит себя как в зеркале; тогда только научается он верить в человеческое величие и достоинство. Как прекрасен он в этой беседе с своими душевными силами! как вождь, он делает им строгий обзор, строит их по мудро обдуманному плану и стремится во главе их, и действует и зиждет! Как жалок, напротив, кто не умеет и боится быть с собою, кто бежит от самого себя и всюду ищет общества, чуждого ума и духа...» Подумаешь, мыслитель какой-нибудь открывает новые законы строения мира или бытия человеческого, а то просто влюбленный!

Вот он сидит в вольтеровских креслах. Перед ним лист бумаги, на котором набросано несколько стихов. Он то наклонится над листом и сделает какую-нибудь поправку или прибавит два-три стиха, то опрокинется на спинку кресел и задумается. На губах блуждает улыбка; видно, что он только лишь отвел их от полной *чаши* счастия. Глаза у него закроются томно, как у дремлющего кота, или вдруг сверкнут огнем внутреннего волнения.

Кругом тихо. Только издали, с большой улицы, слышится гул от экипажей, да по временам Евсей, устав чистить сапог, заговорит вслух: «Как бы не забыть: давеча в лавочке на грош уксусу взял да на гривну капусты, завтра надо отдать, а то лавочник, пожалуй, в другой раз и не поверит – такая собака! Фунтами хлеб вешают, словно в голодный год, – срам! Ух, господи, умаялся. Вот только дочищу этот сапог – и спать. В Грачах, чай, давно спят: не по-здешнему! Когда-то господь бог приведет увидеть...»

Тут он громко вздохнул, подышал на сапог и опять начал шмыгать щеткой. Он считал это занятие главною и чуть ли не единственною своею обязанностью и вообще способностью чистить сапоги измерял достоинство слуги и даже человека; сам он чистил с какою-то страстью.

– Перестань, Евсей! ты мне мешаешь дело делать своими пустяками! – кричал Адуев.

– Пустяки, – ворчал про себя Евсей, – как не пустяки: у тебя так вот пустяки, а я дело делаю. Вишь ведь, как загрязнил сапоги, насилу отчистишь. – Он поставил сапог на стол и гляделся с любовью в зеркальный лоск кожи. – Поди-ка, вычисти кто этак, – примолвил он, – пустяки!

Александр все глубже и глубже погружался в свои мечты о Наденьке, потом в творческие мечты.

На столе было пусто. Все, что напоминало о прежних его занятиях, о службе, о журнальной работе, лежало под столом, или на шкафе, или под кроватью. «Один вид *этой грязи*, – говорил он, – пугает творческую думу, и она улетает, как соловей из рощи, при внезапном скрипе немазаных колес, раздавшемся с дороги».

Часто заря заставала его над какой-нибудь элегией. Все часы, проводимые не у Любецких, посвящались творчеству. Он напишет стихотворение и прочтет его Наденьке; та перепишет на хорошенькой бумажке и выучит, и он «познал *высшее блаженство поэта – слышать свое произведение из милых уст* ».

«Ты моя муза, – говорил он ей, – будь Вестою этого священного огня, который горит в моей груди; ты оставишь его – и он заглохнет навсегда».

Потом он посылал стихи под чужим именем в журнал. Их печатали, потому что они были недурны, местами не без энергии и все проникнуты пылким чувством; написаны гладко.

Наденька гордилась его любовью и звала его «мой поэт».

«Да, твой, вечно твой», – прибавлял он. Впереди улыбалась слава, и венок, думал он, сплетет ему Наденька и перевьет лавр миртами, а там… «Жизнь, жизнь, как ты прекрасна! – восклицал он. – А дядя? Зачем смущает он мир души моей? Не демон ли это, посланный мне судьбою? Зачем отравляет он желчью все мое благо? не из зависти ли, что сердце его чуждо этим чистым радостям, или, может быть, из мрачного желания вредить… о, дальше, дальше от него!.. Он убьет, заразит своею ненавистью мою любящую душу, развратит ее…»

И он бежал от дяди, не видался с ним по целым неделям, по месяцам. А если, при встрече, разговор заходил о чувстве, он насмешливо молчал или слушал, как человек, которого убеждения нельзя поколебать никакими доводами. Он свои суждения считал непогрешительными, мнения и чувства непреложными и решился вперед руководствоваться только ими, говоря, что он уже не мальчик и что *зачем же мнения чужие только святы* [7]? и проч.

А дядя был все тот же: он ни о чем не расспрашивал племянника, не замечал или не хотел заметить его проделок. Видя, что положение Александра не изменяется, что он ведет прежний образ жизни, не просит у него денег, он стал с ним ласков по-прежнему и слегка упрекал, что редко бывает у него.

– Жена сердится на тебя, – говорил он, – она привыкла считать тебя родным; мы обедаем каждый день дома; заходи.

И только. Но Александр редко заходил, да и некогда было: утро на службе, после обеда до ночи у Любецких; оставалась ночь, а ночью он уходил в свой особенный, сотворенный им *мир* и продолжал творить. Да притом не мешает же ведь соснуть немножко.

В изящной прозе он был менее счастлив. Он написал комедию, две повести, какой-то очерк и путешествие куда-то. Деятельность его была изумительна, бумага так и горела под пером. Комедию и одну повесть сначала показал дяде и просил сказать, годится ли? Дядя прочитал на выдержку несколько страниц и отослал назад, написав сверху: «Годится для… перегородки!»

Александр взбесился и отослал в журнал, но ему возвратили и то и

---

7 Зачем же мнения чужие только святы? – слова Чацкого из «Горя от ума» А.С. Грибоедова (действие третье, явление 3)

другое. В двух местах на полях комедии отмечено было карандашом: «Недурно» – и только. В повести часто встречались следующие отметки: «Слабо, неверно, незрело, вяло, неразвито» и проч., а в конце сказано было: «Вообще заметно незнание сердца, излишняя пылкость, неестественность, все на ходулях, нигде не видно человека... герой уродлив... таких людей не бывает... к напечатанию неудобно! Впрочем, автор, кажется, не без дарования, надо трудиться!..»

«Таких людей не бывает! – подумал огорченный и изумленный Александр, – как не бывает? да ведь герой-то я сам. Неужели мне изображать этих пошлых героев, которые встречаются на каждом шагу, мыслят и чувствуют, как толпа, делают, что все делают, – эти жалкие лица вседневных мелких трагедий и комедий, не отмеченные особой печатью... унизится ли искусство до того?..»

Он, в подтверждение чистоты исповедуемого им учения об изящном, призывал тень Байрона, ссылался на Гете и на Шиллера. Героем, возможным в драме или в повести, он воображал не иначе как какого-нибудь корсара или великого поэта, артиста и заставлял их действовать и чувствовать по-своему.

В одной повести местом действия избрал он Америку; обстановка была роскошная; американская природа, горы, и среди всего этого изгнанник, похитивший свою возлюбленную. Целый мир забыл их; они любовались собой да природой, и когда пришла весть о прощении и возможность возвратиться на родину, они отказались. Потом, лет через двадцать, какой-то европеец приехал туда, пошел в сопровождении индейцев на охоту и нашел на одной горе хижину и в ней скелет. Европеец был соперник героя. Как казалась ему хороша эта повесть! с каким восторгом читал он ее в зимние вечера Наденьке! как жадно она внимала ему! – и не принять этой повести!

Об этой неудаче он ни полслова Наденьке; проглотил обиду молча – и концы в воду. «Что же повесть, – спрашивала она, – напечатали?» – «Нет! – говорил он, – нельзя; там много такого, что у нас покажется дико и странно...»

Если б он знал, какую правду сказал он, думая сказать ее совсем в другом смысле.

Трудиться казалось ему тоже странным. «Зачем же талант? – говорил он. – Трудится бездарный труженик; талант творит легко и свободно...» Но, вспомнив, что статьи его о сельском хозяйстве, да и стихи тоже, были сначала так, ни то ни се, а потом постепенно совершенствовались и обратили на себя особенное внимание публики, он задумался, понял нелепость своего заключения и со вздохом отложил изящную прозу до другого времени: когда сердце будет биться ровнее, мысли придут в порядок, тогда он дал себе слово заняться как следует.

Дни шли за днями, дни беспрерывных наслаждений для Александра. Он счастлив был, когда поцелует кончик пальца Наденьки, просидит против нее в картинной позе часа два, не спуская с нее глаз, млея и вздыхая или декламируя приличные случаю стихи.

Справедливость требует сказать, что она иногда на вздохи и стихи отвечала зевотой. И не мудрено: сердце ее было занято, но ум оставался празден. Александр не позаботился дать ему пищи. Год, назначенный Наденькою для испытания, проходил. Она жила с матерью опять на той же даче. Александр заговаривал о ее обещании, просил позволения поговорить с матерью. Наденька отложила было до переезда в город, но Александр настаивал.

Наконец, однажды вечером, при прощанье, она позволила Александру переговорить на другой день с матерью.

Александр не уснул целую ночь, не ходил в должность. В голове у него вертелся завтрашний день; он все придумывал, как говорить с Марьей Михайловной, сочинил было речь, приготовился, но едва вспомнил, что дело идет о Наденькиной руке, растерялся в мечтах и опять все забыл. Так он приехал вечером на дачу, не приготовившись ни в чем; да и не нужно было: Наденька встретила его, по обыкновению, в саду, но с оттенком легкой задумчивости в глазах и без улыбки, а как-то рассеянно.

– Нынче нельзя говорить с маменькой, – сказала она, – у нас этот гадкий граф сидит!

– Граф! какой граф?

– Вот не знаете, какой граф! граф Новинский, известно, наш сосед; вот его дача; сколько раз сами хвалили сад!

– Граф Новинский! у вас! – сказал изумленный Александр, – по какому случаю?

– Я еще и сама не знаю хорошенько, – отвечала Наденька, – я сидела здесь и читала вашу книжку, а маменьки дома не было; она пошла к Марье Ивановне. Только стал накрапывать дождь, я иду в комнату, вдруг к крыльцу подъезжает коляска, голубая с белой обивкой, та самая, что все мимо нас ездила, – еще вы хвалили. Смотрю, выходит маменька с каким-то мужчиной. Вошли; маменька и говорит: «Вот, граф, это моя дочь; прошу любить да жаловать». Он поклонился, и я тоже. Мне стыдно стало, я покраснела и убежала в свою комнату. А маменька – такая несносная – слышу, говорит: «Извините, граф, она у меня такая дикарка...» Тут я и догадалась, что это должен быть наш сосед, граф Новинский. Верно, он завез маменьку в экипаже от Марьи Ивановны, от дождя.

– Он... старик? – спросил Александр.

– Какой старик, фи! что вы: молодой, хорошенький!..

– Уж вы успели рассмотреть, что хорошенький! – с досадой сказал Александр.

– Вот прекрасно! долго ли рассмотреть? Я с ним уж говорила. Ах! он прелюбезный: расспрашивал, что я делаю; о музыке говорил; просил спеть что-нибудь, да я не стала, я почти не умею. Нынешней зимой непременно попрошу maman взять мне хорошего учителя пения. Граф говорит, что это нынче очень в моде – петь.

Все это было сказано с необыкновенною живостью.

– Я думал, Надежда Александровна, – заметил Адуев, – что нынешней зимой у вас, кроме пения, будет занятие…

– Какое же?

– Какое! – с упреком сказал Александр.

– Ах! да… что, вы на лодке сюда приехали?

Он молча смотрел на нее. Она повернулась и пошла к дому.

Адуев не совсем покойно вошел в залу. Что за граф? Как с ним вести себя? каков он в обращении? горд? небрежен? Вошел. Граф первый встал и вежливо поклонился. Александр отвечал принужденным и неловким поклоном. Хозяйка представила их друг другу. Граф почему-то не нравился ему; а он был прекрасный мужчина: высокий, стройный блондин, с большими выразительными глазами, с приятной улыбкой. В манерах простота, изящество, какая-то мягкость. Он, кажется, расположил бы к себе всякого, но Адуева не расположил.

Александр, несмотря на приглашение Марьи Михайловны – сесть поближе, сел в угол и стал смотреть в книгу, что было очень не светски, неловко, неуместно. Наденька стала за креслом матери, с любопытством смотрела на графа и слушала, что и как он говорит: он был для нее новостью.

Адуев не умел скрыть, что граф не нравился ему. Граф, казалось, не замечал его грубости: он был внимателен и обращался к Адуеву, стараясь сделать разговор общим. Все напрасно: тот молчал или отвечал: да и нет.

Когда Любецкая случайно повторила его фамилию, граф спросил, не родня ли ему Петр Иваныч.

– Дядя! – отвечал отрывисто Александр.

– Я с ним часто встречаюсь в свете, – сказал граф.

– Может быть. Что ж тут мудреного? – отвечал Адуев и пожал плечами.

Граф скрыл улыбку, закусив немного нижнюю губу. Наденька переглянулась с матерью, покраснела и потупила глаза.

– Ваш дядюшка умный и приятный человек! – заметил граф тоном легкой иронии.

Адуев молчал.

Наденька не вытерпела, подошла к Александру и, пока граф говорил с ее матерью, шепнула ему: «Как вам не стыдно! граф так ласков с вами, а вы?..»

– Ласков! – с досадой, почти вслух отвечал Александр, – я не нуждаюсь в его ласках, не повторяйте этого слова...

Наденька отскочила от него прочь и издали долго глядела на него неподвижно, сделав большие глаза, потом стала опять за стулом матери и не обращала уже внимания на Александра.

А Адуев все ждал: вот граф уйдет, и он наконец успеет переговорить с матерью. Но пробило десять, одиннадцать часов, граф не уходит и все говорит.

Все предметы, около которых обыкновенно вертится разговор в начале знакомства, истощились. Граф начал шутить. Он шутил умно: в его шутках – ни малейшей принужденности, ни претензии на остроумие, а так что-то занимательное, какая-то особенная способность забавно рассказать даже не анекдот, а просто новость, случай, или одним неожиданным словом серьезную вещь превратить в смешную.

И мать и дочь совершенно поддались влиянию его шуток, и сам Александр не раз прикрывал книгой невольную улыбку. Но он бесился в душе.

Граф говорил обо всем одинаково хорошо, с тактом, и о музыке, и о людях, и о чужих краях. Зашел разговор о мужчинах, о женщинах: он побранил мужчин, в том числе и себя, ловко похвалил женщин вообще и сделал несколько комплиментов хозяйкам в особенности.

Адуев подумал о своих литературных занятиях, о стихах. «Вот тут бы я его срезал», – подумал он. Заговорили и о литературе; мать и дочь рекомендовали Александра как писателя.

«Вот сконфузится-то!» – подумал Адуев.

Вовсе нет. Граф говорил о литературе, как будто никогда ничем другим не занимался; сделал несколько беглых и верных замечаний о современных русских и французских знаменитостях. Вдобавок ко всему оказалось, что он находился в дружеских сношениях с первоклассными русскими литераторами, а в Париже познакомился с некоторыми и из французских. О немногих отозвался он с уважением, других слегка очертил в карикатуре.

О стихах Александра он сказал, что не знает их и не слыхал...

Наденька как-то странно посмотрела на Адуева, как будто спрашивая: «Что ж, брат, ты? недалеко уехал...»

Александр оробел. Дерзкая и грубая мина уступила место унынию. Он походил на петуха с мокрым хвостом, прячущегося от непогоды под навес.

Вот в буфете зазвенели стаканами, ложками, накрывают стол, а граф не уходит. Исчезла всякая надежда. Он даже согласился на приглашение Любецкой остаться и поужинать простокваши.

«Граф, а ест простоквашу!» – шептал Адуев, с ненавистью глядя на графа.

Граф ужинал с аппетитом, продолжая шутить, как будто он был у себя.

– В первый раз в доме, бессовестный, а ест за троих! – шепнул Александр Наденьке.

– Что ж! он *кушать* хочет! – отвечала она простодушно.

Граф наконец ушел, но говорить о деле было поздно. Адуев взял шляпу и побежал вон. Наденька нагнала его и успела успокоить.

– Так завтра? – спросил Александр.

– Завтра нас дома не будет.

– Ну, послезавтра.

Они расстались.

Послезавтра Александр приехал пораньше. Еще в саду до него из комнаты доносились незнакомые звуки... виолончель не виолончель... Он ближе... поет мужской голос, и какой голос! звучный, свежий, который так, кажется, и просится в сердце женщины. Он дошел до сердца и Адуева, но иначе: оно замерло, заныло от тоски, зависти, ненависти, от неясного и тяжелого предчувствия. Александр вошел в переднюю со двора.

– Кто у вас? – спросил он у человека.

– Граф Новинский.

– Давно?

– С шести часов.

– Скажи тихонько барышне, что я был и зайду опять.

– Слушаю-с.

Александр вышел вон и пошел бродить по дачам, едва замечая, куда идет. Часа через два он воротился.

– Что, все еще у вас? – спросил он.

– У нас; да, кажется, кушать останутся. Барыня приказала жарить рябчиков к ужину.

– А ты говорил барышне обо мне?

– Говорил-с.

– Ну, что ж она?

– Ничего не изволила приказывать.

Александр уехал домой и не являлся два дня. Бог знает, что он передумал и перечувствовал; наконец поехал.

Вот он завидел дачу, встал в лодке и, прикрыв глаза рукой от солнца, смотрел вперед. Вон между деревьями мелькает синее платье, которое так ловко сидит на Наденьке; синий цвет так к лицу ей. Она всегда надевала это платье, когда хотела особенно нравиться Александру. У него отлегло от сердца.

«А! она хочет вознаградить меня за временную, невольную небрежность, – думал он, – не она, а я виноват: как можно было так непростительно вести себя? этим только вооружишь против себя; чужой человек, новое знакомство... очень натурально, что она, как хозяйка... А! вон выходит из-за куста с узенькой тропинки, идет к решетке, тут остановится и будет ждать...»

Она точно вышла на большую аллею... но кто ж еще с ней поворачивает с дорожки?..

– Граф! – горестно, вслух воскликнул Александр и не верил своим глазам.

– Ась? – откликнулся один гребец.

– Одна с ним в саду... – шепнул Александр, – как со мной...

Граф с Наденькой подошли к решетке и, не взглянув на реку, повернулись и медленно пошли по аллее назад. Он наклонился к ней и говорил что-то тихо. Она шла потупя голову.

Адуев все стоял в лодке, с раскрытым ртом, не шевелясь, протянув руки к берегу, потом опустил их и сел. Гребцы продолжали грести.

– Куда вы? – бешено закричал на них Александр, опомнившись. – Назад!

– Назад ехать? – повторил один, глядя на него разинув рот.

– Назад! глух, что ли, ты?

– А туда не понадобится?

Другой гребец молча, проворно стал забирать веслом слева, потом ударили в два весла, и лодка быстро помчалась обратно. Александр нахлобучил шляпу чуть не до плеч и погрузился в мучительную думу. После того он не ездил к Любецким две недели.

Две недели: какой срок для влюбленного! Но он все ждал: вот пришлют человека узнать, что с ним? не болен ли? как это всегда делалось, когда он захворает или так, закапризничает. Наденька сначала, бывало, от имени матери сделает вопрос по форме, а потом чего не напишет от себя! Какие милые упреки, какое нежное беспокойство! что за нетерпение!

«Нет, теперь я не сдамся скоро, – думал Александр, я ее помучаю. Я научу ее, как должно обходиться с посторонним мужчиной; примирение будет не легко!»

И он задумал жестокий план мщения, мечтал о раскаянии, о том, как он великодушно простит и даст наставление. Но к нему не шлют человека и не несут повинной; он как будто не существовал для них.

Он похудел, сделался бледен. Ревность мучительнее всякой болезни, особенно ревность по подозрениям, без доказательств. Когда является доказательство, тогда конец и ревности, большею частию и самой любви, тогда знают по крайней мере, что делать, а до тех пор – мука! и Александр испытывал ее вполне.

Наконец он решился поехать утром, думая застать Наденьку одну и объясниться с ней.

Приехал. В саду никого не было, в зале и гостиной тоже. Он вышел в переднюю, отворил дверь на двор...

Какая сцена представилась ему! Два жокея, в графской ливрее, держали верховых лошадей. На одну из них граф и человек сажали Наденьку; другая приготовлена была для самого графа. На крыльце стояла Марья Михайловна. Она, наморщившись, с беспокойством смотрела на эту сцену.

– Крепче сиди, Наденька, – говорила она. – Посмотрите, граф, за ней, ради Христа! Ах! я боюсь, ей-богу, боюсь. Придерживайся за ухо лошади, Наденька: видишь, она точно бес – так и юлит.

– Ничего, maman, – весело сказала Наденька, – я ведь уж умею ездить: посмотрите.

Она хлестнула лошадь, та бросилась вперед и начала прыгать и рваться на месте.

– Ах, ах! держите! – закричала Марья Михайловна, махая рукой, – перестань, убьет!

Но Наденька потянула поводья, и лошадь стала.

– Видите, как она меня слушается! – сказала Наденька и погладила лошадь по шее.

Адуева никто и не заметил. Он, бледный, молча смотрел на Наденьку, а она, как на смех, никогда не казалась так хороша, как теперь. Как шла к ней амазонка и эта шляпка с зеленой вуалью! как обрисовывалась ее талия! Лицо одушевлено было стыдливою гордостью и роскошью нового ощущения. Румянец то пропадал, то выступал от удовольствия на щеках. Лошадь слегка прыгала и заставляла стройную наездницу грациозно наклоняться и откидываться назад. Стан ее покачивался на седле, как стебель цветка, колеблемый ветерком. Потом жокей подвел лошадь графу.

– Граф! мы опять через рощу поедем? – спросила Наденька.

«Опять!» – подумал Адуев.

– Очень хорошо, – отвечал граф.

Лошади тронулись с места.

– Надежда Александровна! – вдруг закричал Адуев каким-то диким голосом.

Все остановились как вкопанные, как будто окаменели, и смотрели в недоумении на Александра. Это продолжалось с минуту.

– Ах, это Александр Федорыч! – первая сказала мать, опомнившись. Граф приветливо поклонился. Наденька проворно откинула вуаль от лица, обернулась и посмотрела на него с испугом, открыв немного ротик, потом быстро отвернулась, стегнула лошадь, та рванулась вперед и в два прыжка исчезла за воротами; за нею пустился граф.

– Тише, тише, ради бога, тише! – кричала мать вслед, – за ухо держи. А! господи боже мой, того и гляди упадет: что это за страсти такие!

И все пропало; слышен был только лошадиный топот, да пыль облаком поднялась с дороги. Александр остался с Любецкой. Он молча смотрел на нее, как будто спрашивал глазами: «Что это значит?» Та не заставила долго ждать ответа.

– Уехали, – сказала она, – и след простыл! Ну, пусть молодежь порезвится, а мы с вами побеседуем, Александр Федорыч. Да что это две недели о вас ни слуху ни духу: разлюбили, что ли, нас?

– Я был болен, Марья Михайловна, – угрюмо отвечал он.

– Да, это видно: вы похудели и бледные такие! Сядьте-ка поскорей, отдохните; да не хотите ли, я прикажу сварить яичек всмятку? до обеда еще долго.

– Благодарю вас; я не хочу.

– Отчего? ведь сейчас будут готовы; а яйца славные: чухонец только сегодня принес.

– Нет-с, нет.

– Что ж это с вами? А я все жду да жду, думаю: что ж это значит, и сам не едет и книжек французских не везет? Помните, вы обещали что-то: «Peau de chagrin»[8], что ли? Жду, жду – нет! разлюбил, думаю, Александр Федорыч нас, право разлюбил.

– Я боюсь, Марья Михайловна, не разлюбили ли вы меня?

– Грех вам бояться этого, Александр Федорыч! Я люблю вас как родного; вот не знаю, как Наденька; да она еще ребенок: что смыслит? где ей ценить людей! Я каждый день твержу ей: что это, мол, Александра Федорыча не видать, что не едет? и все поджидаю. Поверите ли, каждый день до пяти часов обедать не садилась, все думала: вот подъедет. Уж и Наденька говорит иногда: «Что это, maman, кого вы ждете? мне кушать хочется, и графу, я думаю, тоже...»

– А граф... часто бывает?.. – спросил Александр.

– Да почти каждый день, а иногда по два раза в один день; такой добрый, так полюбил нас... Ну вот, говорит Наденька: «Есть хочу да и только! пора за стол». – «А как Александр Федорыч, говорю я, будет?..» – «Не будет, говорит она, хотите пари, что не будет? нечего ждать...» – Любецкая резала Александра этими словами, как ножом.

– Она... так и говорила? – спросил он, стараясь улыбнуться.

– Да, так-таки и говорит и торопит. Я ведь строга, даром что смотрю такой доброй. Я уж бранила ее: «То ждешь, мол, его до пяти часов, не обедаешь, то вовсе не хочешь подождать – бестолковая! нехорошо! Александр Федорыч старый наш знакомый, любит нас, и дяденька его Петр Иваныч много нам расположения своего показал... нехорошо так небрежничать! он, пожалуй, рассердится да не станет ходить...»

– Что ж она? – спросил Александр.

– А ничего. Ведь вы знаете, она у меня такая живая – вскочит, запоет да побежит или скажет: «Приедет, если захочет!» – такая резвушка! я и думаю – приедет. Смотришь, еще день пройдет – нет! Я опять: «Что это, Наденька, здоров ли Александр Федорыч!» – «Не знаю, говорит, maman, мне почем знать?» – «Пошлем-ка узнать, что с ним?» Пошлем

---

8 «Шагреневая кожа» (1831) – роман Оноре Бальзака (1799–1850)

да пошлем, да так вот и послали: я-то забыла, понадеялась на нее, а она у меня ветер. Вот теперь далась ей эта езда! увидала раз графа верхом из окна и пристала ко мне: «хочу ездить» да и только! Я туда, сюда, нет – «хочу!» Сумасшедшая! Нет, в мое время какая верховая езда! нас совсем не так воспитывали. А нынче, ужас сказать, дамы стали уж покуривать: вон, напротив нас молодая вдова живет: сидит на балконе да соломинку целый день и курит; мимо ходят, ездят – ей и нужды нет! Бывало, у нас, если и от мужчины в гостиной пахнет табаком…

– Давно это началось? – спросил Александр.

– Да не знаю, говорят, лет с пять в моду вошло: ведь все от французов…

– Нет-с, я спрашиваю: давно ли Надежда Александровна ездит верхом?

– Недели с полторы. Граф такой добрый, такой обходительный: чего, чего не делает для нас; как ее балует! Смотрите, сколько цветов! всё из его саду. Иной раз совестно станет. «Что это, говорю, граф, вы ее балуете? она совсем ни на что не похожа будет!..» – и ее побраню. Мы с Марьей Ивановной да с Наденькой были у него в манеже: я ведь, вы знаете, сама за ней наблюдаю: уж кто лучше матери усмотрит за дочерью? я сама занималась воспитанием и не хвастаясь скажу: дай бог всякому такую дочь! Там при нас Наденька и училась. Потом завтракали у него в саду, да вот теперь каждый день и ездят. Что это, какой богатый у него дом! мы смотрели: все так со вкусом, роскошно!

– Каждый день! – сказал Александр почти про себя.

– Да что ж не потешить! сама тоже молода была… бывало…

– И долго они ездят?

– Часа по три. Ну, а вы чем это заболели?

– Я не знаю… у меня что-то грудь болит… – сказал он, прижав руку к сердцу.

– Вы ничего не принимаете?

– Нет.

– Вот то-то молодые люди! все ничего, все до поры до времени, а там и спохватятся, как время уйдет! Что ж вам, ломит, что ли, ноет или режет?

– И ломит, и ноет, и режет! – рассеянно сказал Александр.

– Это простуда; сохрани боже! не надо запускать, вы так уходите себя… может воспаление сделаться; и никаких лекарств! Знаете что? возьмите-ка оподельдоку, да и трите на ночь грудь крепче, втирайте докрасна, а вместо чаю пейте траву, я вам рецепт дам.

Наденька воротилась бледная от усталости. Она бросилась на диван, едва переводя дух.

– Смотри-ка! – говорила, приложив ей руку к голове, Марья Михайловна, – как уходилась, насилу дышишь. Выпей воды да поди переоденься, распусти шнуровку. Уж не доведет тебя эта езда до добра!

Александр и граф пробыли целый день. Граф был неизменно вежлив и внимателен к Александру, звал его к себе взглянуть на сад, приглашал разделить прогулку верхом, предлагал ему лошадь.

– Я не умею ездить, – холодно сказал Адуев.

– Вы не умеете? – спросила Наденька, – а как это весело! Мы опять завтра поедем, граф?

Граф поклонился.

– Полно тебе, Наденька, – заметила мать, – ты беспокоишь графа.

Ничто, однако ж, не показывало, чтобы между графом и Наденькою существовали особенные отношения. Он был одинаково любезен и с матерью и с дочерью, не искал случая говорить с одной Наденькой, не бежал за нею в сад, глядел на нее точно так же, как и на мать. Ее свободное обращение с ним и прогулки верхом объяснялись, с ее стороны, дикостью и неровностью характера, наивностью, может быть еще недостатком воспитания, незнанием условий света; со стороны матери – слабостью и недальновидностью. Внимательность и услужливость графа и его ежедневные посещения можно было приписать соседству дач и радушному приему, который он всегда находил у Любецких.

Дело, кажется, естественное, если глядеть на него простым глазом; но Александр смотрел в увеличительное стекло и видел многое... многое... чего простым глазом не усмотришь.

«Отчего, – спрашивал он себя, – переменилась к нему Наденька?» Она уж не ждет его в саду, встречает не с улыбкой, а с испугом, одевается с некоторых пор гораздо тщательнее. Нет небрежности в обращении. Она осмотрительнее в поступках, как будто стала рассудительнее. Иногда у ней кроется в глазах и в словах что-то такое, что похоже на секрет... Где милые капризы, дикость, шалости, резвость? Все пропало. Она стала серьезна, задумчива, молчалива. Ее как будто что-то мучит. Она теперь похожа на всех девиц: такая же притворщица, так же лжет, так заботливо расспрашивает о здоровье... так постоянно внимательна, любезна по форме... к нему... к Александру! с кем... о боже! И сердце его замирало.

«Это недаром, недаром, – твердил он сам с собою, – тут что-то кроется! Но я узнаю, во что бы то ни стало, и тогда горе...

Не попущу, чтоб развратитель
Огнем и вздохов и похвал
Младое сердце искушал...
Чтоб червь презренный, ядовитый
Точил лилеи стебелек,
Чтобы двухутренний цветок

И в этот день, когда граф уже ушел, Александр старался улучить минуту, чтобы поговорить с Наденькой наедине. Чего он не делал? Взял книгу, которою она, бывало, вызывала его в сад от матери, показал ей и пошел к берегу, думая: вот сейчас прибежит. Ждал, ждал – нейдет. Он воротился в комнату. Она сама читала книгу и не взглянула на него. Он сел подле нее. Она не поднимала глаз, потом спросила бегло, мимоходом, занимается ли он литературой, не вышло ли чего-нибудь нового? О прошлом ни слова.

Он заговорил с матерью. Наденька ушла в сад. Мать вышла из комнаты, и Адуев бросился также в сад. Наденька, завидев его, встала со скамьи и пошла не навстречу ему, а по круговой аллее, тихонько к дому, как будто от него. Он ускорил шаги, и она тоже.

– Надежда Александровна! – закричал он издали, – мне хотелось бы сказать вам два слова.

– Пойдемте в комнату: здесь сыро, – отвечала она.

Воротясь, она опять села подле матери. Александру чуть не сделалось дурно.

– И вы нынче боитесь сырости? – сказал он с колкостью.

– Да, теперь такие темные вечера, и холодные, – отвечала она, зевая.

– Скоро и переедем, – заметила мать. – Потрудитесь, Александр Федорыч, зайти на квартиру и напомнить хозяину, чтоб он переделал два замка у дверей да ставню в Наденькиной спальне. Он обещал – забудет, того гляди. Они все таковы: им лишь бы денежки взять.

Адуев стал прощаться.

– Смотрите же, ненадолго! – сказала Марья Михайловна.

Наденька молчала.

Он уж подошел к дверям и обернулся к ней. Она сделала три шага к нему. Сердце у него встрепенулось.

«Наконец!» – подумал он.

– Вы будете к нам завтра? – спросила она холодно, но глаза ее устремились на него с жадным любопытством.

– Не знаю; а что?

– Так, спрашиваю; будете ли?

– А вам бы хотелось?

– Будете вы завтра к нам? – повторила она тем же холодным тоном, но с большим нетерпением.

– Нет! – отвечал он с досадой.

– А послезавтра?

– Нет; я не буду целую неделю, может быть две... долго!.. – И он устремил на нее испытующий взгляд, стараясь прочесть в ее глазах,

9 Не попущу, чтоб развратитель... – у Пушкина: «Не потерплю, чтоб развратитель...» («Евгений Онегин», гл. 6, строфы XV, XVI, XVII)

какое впечатление произведет этот ответ.

Она молчала, но глаза ее в одно мгновение с его ответом опустились вниз, и что было в них? отуманила ли их грусть, или блеснула в них молния радости, – ничего нельзя было прочесть на этом мраморном, прекрасном лице.

Александр стиснул шляпу в руке и пошел вон.

– Не забудьте потереть грудь оподельдоком! – кричала вслед Марья Михайловна. И вот Александру опять задача – разбирать, к чему был сделан Наденькою вопрос? что в нем заключалось: желание или боязнь видеть его?

– О, какая мука! какая мука! – говорил он в отчаянии.

Не выдержал бедный Александр: приехал на третий день. Наденька была у решетки сада, когда он подъезжал. Он уж было обрадовался, но только что он стал приближаться к берегу, она, как будто не видя его, повернулась и, сделав несколько косвенных шагов по дорожке, точно гуляет без цели, пошла домой.

Он застал ее с матерью. Там было человека два из города, соседка Марья Ивановна и неизбежный граф. Мучения Александра были невыносимы. Опять прошел целый день в пустых, ничтожных разговорах. Как надоели ему гости! Они говорили покойно о всяком вздоре, рассуждали, шутили, смеялись.

«Смеются! – говорил Александр, – они могут смеяться, когда… Наденька… переменилась ко мне! Им это ничего! Жалкие, пустые люди: всему радуются!»

Наденька ушла в сад; граф не пошел с ней. С некоторого времени и он и Наденька как будто избегали друг друга при Александре. Он иногда застанет их в саду или в комнате одних, но потом они разойдутся и при нем уже не сходятся более. Новое, страшное открытие для Александра: знак, что они в заговоре.

Гости разошлись. Ушел и граф. Наденька этого не знала и не спешила домой. Адуев без церемонии ушел от Марьи Михайловны в сад. Наденька стояла спиной к Александру, держась рукой за решетку и опершись головой на руку, как в тот незабвенный вечер… Она не видала и не слыхала его прихода.

Как билось у него сердце, когда он крался к ней на цыпочках. Дыхание у него замерло.

– Надежда Александровна! – едва слышно проговорил он в волнении.

Она вздрогнула, как будто подле нее выстрелили, обернулась и отступила от него на шаг.

– Скажите, пожалуйста, что это там за дым? – заговорила она в смущении, с живостью указывая на противоположную сторону реки, – пожар, что ли, или печка такая… на заводе?..

Он молча глядел на нее.

– Право, я думала – пожар… Что вы так смотрите на меня, не верите?..

Она замолчала.

– И вы, – начал он, качая головой, – и вы, как другие, как все!.. Кто бы ожидал этого… месяца два назад?..

– Что вы? я вас не понимаю, – сказала она и хотела идти.

– Постойте, Надежда Александровна, я не в силах долее сносить этой пытки.

– Какой пытки? я, право, не знаю…

– Не притворяйтесь, скажите, вы ли это? те же ли вы, какие были?

– Я все та же! – сказала она решительно.

– Как! вы не переменились ко мне?

– Нет: я, кажется, так же ласкова с вами, так же весело встречаю вас…

– Так же весело! а зачем бежите от решетки?..

– Я бегу? смотрите, что выдумали: я стою у решетки, а вы говорите – бегу.

Она принужденно засмеялась.

– Надежда Александровна, оставьте лукавство! – продолжал Адуев.

– Какое лукавство? что вы пристали ко мне?

– Вы ли это? Боже мой! полтора месяца тому назад, еще здесь…

– Что это за дым такой на той стороне, хотела бы я знать?..

– Ужасно! ужасно! – говорил Александр.

– Да что я вам сделала? Вы перестали к нам ездить – как хотите… удерживать против воли… – начала Наденька.

– Притворяетесь! будто вы не знаете, зачем я перестал ездить?

Она, глядя в сторону, покачала головой.

– А граф? – сказал он почти грозно.

– Какой граф?

Она сделала мину, как будто в первый раз слышит о графе.

– Какой! скажите еще, – говорил он, глядя ей прямо в глаза, – что вы равнодушны к нему?

– Вы с ума сошли! – отвечала она, отступая от него.

– Да, вы не ошиблись! – продолжал он, – рассудок мой угасает с каждым днем… Можно ли так коварно, неблагодарно поступить с человеком, который любил вас больше всего на свете, который все забыл для вас, все… думал скоро быть счастливым навсегда, а вы…

– Что я? – говорила она, отступив еще.

– Что вы? – отвечал он, взбешенный этим хладнокровием. – Вы забыли! я напомню вам, что здесь, на этом самом месте, вы сто раз клялись принадлежать мне: «Эти клятвы слышит бог!» – говорили вы. Да, он слышал их! вы должны краснеть и перед небом и перед этими деревьями, перед каждой травкой… всё свидетель нашего счастия: каждая песчинка говорит здесь о нашей любви: смотрите, оглянитесь около себя!.. вы клятвопреступница!!!

Она с ужасом смотрела на него. Глаза его сверкали, губы побелели.

– У! какие злые! – сказала она робко, – за что вы сердитесь? я вам не отказывала, вы еще не говорили с maman... почему же вы знаете...

– Говорить после этих поступков?..

– Каких поступков? я не знаю...

– Каких? сейчас скажу: что значат эти свидания с графом, эти прогулки верхом?

– Не бежать же мне от него, когда maman выйдет из комнаты! а езда верхом значит... что я люблю ездить... так приятно: скачешь... ах, какая миленькая эта лошадка Люси! вы видели?.. она уж знает меня...

– А перемена в обращении со мной?.. – продолжал он, – зачем граф у вас каждый день, с утра до вечера?

– Ах, боже мой! я почем знаю! какие вы смешные! maman так хочет.

– Неправда! maman хочет то, что вы хотите. Кому эти все подарки, ноты, альбомы, цветы? всё maman?

– Да, maman очень любит цветы. Вчера еще она купила у садовника...

– А о чем вы с ним говорите вполголоса? – продолжал Александр, не обращая внимания на ее слова, – посмотрите, вы бледнеете, вы сами чувствуете свою вину. Разрушить счастье человека, забыть, уничтожить все так скоро, легко: лицемерие, неблагодарность, ложь, измена!.. да, измена!.. как могли вы допустить себя до этого? Богатый граф, лев, удостоил кинуть на вас благосклонный взгляд – и вы растаяли, пали ниц перед этим мишурным солнцем; где стыд!!! Чтоб графа не было здесь! – говорил он задыхающимся голосом, – слышите ли? оставьте, прекратите с ним все сношения, чтоб он забыл дорогу в ваш дом!.. я не хочу...

Он с бешенством схватил ее за руку.

– Maman, maman! сюда! – пронзительным голосом закричала Наденька, вырываясь от Александра, и, вырвавшись, опрометью бросилась бежать домой.

Он сел на скамью и схватился руками за голову.

Она прибежала в комнату бледная, испуганная и упала на стул.

– Что ты? что с тобой? что ты кричишь? – спросила встревоженная мать, идя ей навстречу.

– Александр Федорыч... нездоров! – едва могла проговорить она.

– Так что ж так пугаться?

– Он такой страшный... maman, не пускайте его, ради бога, ко мне.

– Как ты меня перепугала, сумасшедшая! Ну что ж, что нездоров? я знаю, у него грудь болит. Что тут страшного? не чахотка! потрет оподельдоком – все пройдет: видно, не послушался, не потер.

Александр опомнился. Горячка прошла, но мука его удвоилась. Сомнений он не прояснил, а перепугал Наденьку и теперь, конечно, не добьется от нее ответа: не так взялся за дело. Ему, как всякому влюбленному, вдруг пришло в голову и то: «Ну, если она не виновата? может быть, в самом деле она равнодушна к графу. Бестолковая мать приглашает его каждый день: что же ей делать? Он, как светский человек, любезен; Наденька – хорошенькая девушка: может быть, он и хочет нравиться ей, да ведь это еще не значит, что уж и понравился. Ей, может быть, нравятся цветы, верховая езда, невинные развлечения, а не сам граф? Да положим даже, что тут есть немного и кокетства: разве это не простительно? другие и старше, да бог знает что делают».

Он отдохнул, луч радости блеснул в душе. Влюбленные все таковы: то очень слепы, то слишком прозорливы. Притом же так приятно оправдать любимый предмет!

«А отчего же перемена в обращении со мной? – вдруг спрашивал он себя и снова бледнел. – Зачем она убегает меня, молчит, будто стыдится? зачем вчера, в простой день, оделась так нарядно? гостей, кроме его, не было. Зачем спросила, скоро ли начнутся балеты?» Вопрос простой; но он вспомнил, что граф вскользь обещал доставать всегда ложу, несмотря ни на какие трудности: следовательно, он будет с ними. «Зачем вчера ушла из саду? зачем не пришла в сад? зачем спрашивала то, зачем не спрашивала...»

И снова впал он в тяжкие сомнения и снова жестоко мучился и дошел до заключения, что Наденька даже никогда его и не любила.

«Боже, боже! – говорил он в отчаянье, – как тяжело, как горько жить! Дай мне это мертвое спокойствие, этот сон души...»

Через четверть часа он пришел в комнату унылый, боязливый.

– Прощайте, Надежда Александровна, – сказал он робко.

– Прощайте, – отвечала она отрывисто, не поднимая глаз.

– Когда позволите мне прийти?

– Когда вам угодно. Впрочем... мы на той неделе переезжаем в город: мы вам дадим знать тогда...

Он уехал. Прошло более двух недель. Все уже переехали с дач. Аристократические салоны засияли снова. И чиновник засветил две стенные лампы в гостиной, купил полпуда стеариновых свеч, расставил два карточных стола, в ожидании Степана Иваныча и Ивана Степаныча, и объявил жене, что у них будут вторники.

А Адуев все не получал от Любецких приглашения. Он встретил и повара их, и горничную. Горничная, завидя его, бросилась бежать прочь: видно было, что она действовала в духе барышни. Повар остановился.

– Что это вы, сударь, забыли нас? – сказал он, – а мы уж недели полторы как переехали.

– Да, может быть, вы... не разобрались, не принимаете?

– Какое, сударь, не принимаем: уж все перебывали, только вас нет; барыня не надивится. Вот его сиятельство так каждый день изволит жаловать... такой добрый барин. Я намедни ходил к нему с какой-то тетрадкой от барышни – красненькую пожаловал.

– Какой же ты дурак! – сказал Адуев и бросился бежать от болтуна.

Он прошел вечером мимо квартиры Любецких. Светло. У подъезда карета.

– Чья карета? – спросил он.

– Графа Новинского.

На другой, на третий день то же. Наконец однажды он вошел. Мать приняла его радушно, с упреками за отсутствие, побранила, что не трет грудь оподельдоком; Наденька – покойно, граф – вежливо. Разговор не вязался.

Так был он раза два. Напрасно он выразительно глядел на Наденьку; она как будто не замечала его взглядов, а прежде как замечала! бывало, он говорит с матерью, а она станет напротив него, сзади Марьи Михайловны, делает ему гримасы, шалит и смешит его.

Им овладела невыносимая тоска. Он думал о том только, как бы свергнуть с себя этот добровольно взятый крест. Ему хотелось добиться объяснения. «Какой бы ни был ответ, – думал он, – все равно, лишь бы превратить сомнение в известность».

Долго обдумывал он, как приняться за дело, наконец выдумал что-то и пошел к Любецким.

Все благоприятствовало ему. Кареты у подъезда не было. Тихо прошел он залу и на минуту остановился перед дверями гостиной, чтобы перевести дух. Там Наденька играла на фортепиано. Дальше через комнату сама Любецкая сидела на диване и вязала шарф. Наденька, услыхавши шаги в зале, продолжала играть тише и вытянула головку вперед. Она с улыбкой ожидала появления гостя. Гость появился, и улыбка мгновенно исчезла; место ее заменил испуг. Она немного изменилась в лице и встала со стула. Не этого гостя ожидала она.

Александр молча поклонился и, как тень, прошел дальше, к матери. Он шел тихо, без прежней уверенности, с поникшей головой. Наденька села и продолжала играть, озираясь по временам беспокойно назад.

Через полчаса мать зачем-то вызвали из комнаты. Александр пришел к Наденьке. Она встала и хотела идти.

– Надежда Александровна! – сказал он уныло, – подождите, уделите мне пять минут, не более.

– Я не могу слушать вас! – сказала она и пошла было прочь, – в последний раз вы были...

– Я был виноват тогда. Теперь буду говорить иначе, даю вам слово: вы не услышите ни одного упрека. Не отказывайте мне, может быть, в последний раз. Объяснение необходимо: ведь вы мне позволили просить у маменьки вашей руки. После того случилось много такого... что... словом – мне надо повторить вопрос. Сядьте и продолжайте играть: маменька лучше не услышит; ведь это не в первый раз...

Она машинально повиновалась: слегка краснея, начала брать аккорды и в тревожном ожидании устремила на него взгляд.

– Куда же вы ушли, Александр Федорыч? – спросила мать, воротясь на свое место.

– Я хотел поговорить с Надеждой Александровной о... литературе, – отвечал он.

– Ну поговорите, поговорите: в самом деле, давно вы не говорили.

– Отвечайте мне коротко и искренно на один только вопрос, – начал он вполголоса, – и наше объяснение сейчас кончится... Вы меня не любите более?

– Quelle idee![10] – отвечала она, смутившись, – вы знаете, как maman и я ценили всегда вашу дружбу... как были всегда рады вам...

Адуев посмотрел на нее и подумал: «Ты ли это, капризное, но искреннее дитя? эта шалунья, резвушка? Как скоро выучилась она притворяться? как быстро развились в ней женские инстинкты! Ужели милые капризы были зародышами лицемерия, хитрости?.. вот и без дядиной методы, а как проворно эта девушка образовалась в женщину! и все в школе графа, и в какие-нибудь два, три месяца! О дядя, дядя! и в этом ты беспощадно прав!»

– Послушайте, – сказал он таким голосом, что маска вдруг слетела с притворщицы, – оставим маменьку в стороне: сделайтесь на минуту прежней Наденькой, когда вы немножко любили меня... и отвечайте прямо: мне это нужно знать, ей-богу, нужно.

Она молчала, только переменила ноты и стала пристально рассматривать и разыгрывать какой-то трудный пассаж.

– Ну, хорошо, я изменю вопрос, – продолжал Адуев, – скажите, не заменил ли – не назову даже кто – просто, не заменил ли кто-нибудь меня в вашем сердце?..

Она сняла со свечки и долго поправляла светильню, но молчала.

– Отвечайте же, Надежда Александровна: одно слово избавит меня от муки, вас – от неприятного объяснения.

– Ах, боже мой, перестаньте! что я вам скажу? мне нечего сказать! – отвечала она, отворачиваясь от него.

Другой удовольствовался бы таким ответом и увидел бы, что ему не о чем больше хлопотать. Он понял бы все из этой безмолвной, мучительной тоски, написанной и на лице ее, проглядывавшей и в движениях. Но Адуеву было не довольно. Он, как палач, пытал свою жертву и сам был одушевлен каким-то диким, отчаянным желанием выпить чашу разом и до конца.

– Нет! – говорил он, – кончите эту пытку сегодня; сомнения, одно другого чернее, волнуют мой ум, рвут на части сердце. Я измучился; я думаю, у меня лопнет грудь от напряжения... мне нечем увериться в своих подозрениях; вы должны решить все сами; иначе я никогда не

10 Что за мысль! (франц.)

успокоюсь.

Он смотрел на нее и ждал ответа. Она молчала.

– Сжальтесь надо мной! – начал он опять, – посмотрите на меня: похож ли я на себя? все пугаются меня, не узнают... все жалеют, вы одни только...

Точно: глаза его горели диким блеском. Он был худ, бледен, на лбу выступил крупный пот.

Она украдкою бросила на него взгляд, и во взгляде мелькнуло что-то похожее на сожаление. Она взяла его даже за руку, но тотчас же оставила ее со вздохом и все молчала.

– Что же? – спросил он.

– Ах, оставьте меня в покое! – сказала она с тоской, – вы мучите меня вопросами...

– Умоляю вас, ради бога! – говорил он, – кончите все одним словом... К чему послужит вам скрытность? У меня останется глупая надежда, я не отстану, я буду ежедневно являться к вам бледный, расстроенный... Я наведу на вас тоску. Откажете от дому – стану бродить под окнами, встречаться с вами в театре, на улице, всюду, как привидение, как memento mori[11]. Все это глупо, может быть смешно, кому до смеху, – но мне больно! Вы не знаете, что такое страсть, до чего она доводит! дай бог вам и не узнать никогда!.. Что ж пользы? не лучше ли сказать вдруг?

– Да о чем вы меня спрашиваете? – сказала Наденька, откинувшись на спинку кресла. – Я совсем растерялась... у меня голова точно в тумане...

Она судорожно прижала руку ко лбу и тотчас же отняла.

– Я спрашиваю: заменил ли меня кто-нибудь в вашем сердце? Одно слово – *да или нет* – решит все; долго ли сказать!

Она хотела что-то сказать, но не могла и, потупив глаза, начала ударять пальцем по одному клавишу. Видно было, что она сильно боролась сама с собой. «Ах!» – произнесла она наконец с тоской. Адуев отер платком лоб.

– Да или нет? – повторил он, притаив дыхание.

Прошло несколько секунд.

– Да или нет!

– Да! – прошептала Наденька чуть слышно, потом совсем наклонилась к фортепиано и, как будто в забытьи, начала брать сильные аккорды.

Это *да* раздалось едва внятно, как вздох, но оно оглушило Адуева; сердце у него будто оторвалось, ноги подкосились под ним. Он опустился на стул подле фортепиано и молчал.

Наденька боязливо взглянула на него. Он смотрел на нее бессмысленно.

11 напоминание о смерти (лат.)

– Александр Федорыч! – закричала вдруг мать из своей комнаты, – в котором ухе звенит?

Он молчал.

– Maman вас спрашивает, – сказала Наденька.

– А?

– В котором ухе звенит? – кричала мать, – да поскорее!

– В обоих! – мрачно произнес Адуев.

– Экие какие, в левом! А я загадала, будет ли граф сегодня.

– Граф! – произнес Адуев.

– Простите меня! – сказала Наденька умоляющим голосом, бросившись к нему, – я сама себя не понимаю… Это все сделалось нечаянно, против моей воли… не знаю как… я не могла вас обманывать…

– Я сдержу свое слово, Надежда Александровна, – отвечал он, – не сделаю вам ни одного упрека. Благодарю вас за искренность… вы много, много сделали… сегодня… мне трудно было слышать это *да* … но вам еще труднее было сказать его… Прощайте; вы более не увидите меня: одна награда за вашу искренность… но граф, граф!

Он стиснул зубы и пошел к дверям.

– Да, – сказал он, воротясь, – к чему это вас поведет? Граф на вас не женится: какие у него намерения?..

– Не знаю! – отвечала Наденька, печально качая головой.

– Боже! как вы ослеплены! – с ужасом воскликнул Александр.

– У него не может быть дурных намерений… – отвечала она слабым голосом.

– Берегитесь, Надежда Александровна!

Он взял ее руку, поцеловал ее и неровными шагами вышел из комнаты. На него страшно было смотреть. Наденька осталась неподвижна на своем месте.

– Что ж ты не играешь, Наденька? – спросила мать через несколько минут.

Наденька очнулась как будто от тяжелого сна и вздохнула.

– Сейчас, maman! – отвечала она и, задумчиво склонив голову немного на сторону, робко начала перебирать клавиши. Пальцы у ней дрожали. Она, видимо, страдала от угрызений совести и от сомнения, брошенного в нее словом: «Берегитесь!» Когда приехал граф, она была молчалива, скучна; в манерах ее было что-то принужденное. Она под предлогом головной боли рано ушла в свою комнату. И ей в этот вечер казалось горько жить на свете.

Адуев только что спустился с лестницы, как силы изменили ему: он сел на последней ступени, закрыл глаза платком и вдруг начал рыдать громко, но без слез. В это время мимо сеней проходил дворник. Он остановился и послушал.

– Марфа, а Марфа! – закричал он, подошедши к своей засаленной двери, – подь-ка сюда, послушай, как тут кто-то ревет, словно зверь. Я думал, не арапка ли наша сорвалась с цепи, да нет, это не арапка.

– Нет, это не арапка! – повторила, вслушиваясь, Марфа. – Что за диковина?

– Поди-ка принеси фонарик: там, за печкой висит.

Марфа принесла фонарик.

– Все ревет? – спросила она.

– Ревет! Уж не мошенник ли какой забрался?

– Кто тут? – спросил дворник.

Нет ответа.

– Кто тут? – повторила Марфа.

Все тот же рев. Они вошли оба вдруг. Адуев бросился вон.

– Ах, да это барин какой-то, – сказала Марфа, глядя ему вслед, – а ты выдумал: мошенник! Вишь, ведь хватило ума сказать! Станет мошенник реветь в чужих сенях!

– Ну, так, видно, хмелен!

– Еще лучше! – отвечала Марфа, – ты думаешь, все в тебя? не все же пьяные ревут, как ты.

– Так что ж он, с голоду, что ли? – с досадой заметил дворник.

– Что! – говорила Марфа, глядя на него и не зная, что сказать, – почем знать, может, обронил что-нибудь – деньги...

Они оба вдруг присели и начали с фонариком шарить по полу во всех углах.

– Обронил! – ворчал дворник, освещая пол, – где тут обронить? лестница чистая, каменная, тут и иголку увидишь... обронил! Оно бы слышно было, кабы обронил: звякнет об камень; чай, поднял бы! где тут обронить? нигде! обронил! как не обронил: таковский, чтоб обронил! того и гляди – обронит! нет: этакой небось сам норовит как бы в карман положить! а то обронит! знаем мы их, мазуриков! вот и обронил! где он обронил?

И долго еще ползали они по полу, ища потерянных денег.

– Нет, нету! – сказал наконец дворник со вздохом, потом задул свечку и, сжав двумя пальцами светильню, отер их о тулуп.

VI

В этот же вечер, часов в двенадцать, когда Петр Иваныч, со свечой и книгой в одной руке, а другой придерживая полу халата, шел из кабинета в спальню ложиться спать, камердинер доложил ему, что Александр Федорыч желает с ним видеться.

Петр Иваныч сдвинул брови, подумал немного, потом покойно сказал:

– Проси в кабинет, я сейчас приду.

– Здравствуй, Александр, – приветствовал он, воротясь туда,

племянника, – давно мы с тобой не видались. То днем тебя не дождешься, а тут вдруг – бац ночью! Что так поздно? Да что с тобой? на тебе лица нет.

Александр, не отвечая ни слова, сел в кресла в крайнем изнеможении. Петр Иваныч смотрел на него с любопытством.

Александр вздохнул.

– Здоров ли ты? – спросил Петр Иваныч заботливо.

– Да, – отвечал Александр слабым голосом, – двигаюсь, ем, пью, следовательно здоров.

– Ты не шути, однако: посоветуйся с доктором.

– Мне уж советовали и другие, но никакие доктора и оподельдоки не помогут: мой недуг не физический...

– Что же с тобой? Не проигрался ли ты, или не потерял ли деньги? – с живостью спросил Петр Иваныч.

– Вы никак не можете представить себе безденежного горя! – отвечал Александр, стараясь улыбнуться.

– Что ж за горе, если оно медного гроша не стоит, как иногда твое?..

– Да, вот как, например, теперь. Вы знаете ли мое настоящее горе?

– Какое горе? Дома у тебя все обстоит благополучно: это я знаю из писем, которыми матушка твоя угощает меня ежемесячно; в службе уж ничего не может быть хуже того, что было; подчиненного на шею посадили: это последнее дело. Ты говоришь, что ты здоров, денег не потерял, не проиграл... вот что важно, а с прочим со всем легко справиться; там следует вздор, любовь, я думаю...

– Да, любовь; но знаете ли, что случилось? когда узнаете, так, может быть, перестанете так легко рассуждать, а ужаснетесь...

– Расскажи-ка; давно я не ужасался, – сказал дядя, садясь, – а впрочем, не мудрено и угадать: вероятно, надули...

Александр вскочил, хотел что-то сказать, но ничего не сказал и сел на свое место.

– Что, правда? видишь: ведь я говорил, а ты: «Нет, как можно!»

– Можно ли было предчувствовать?.. – сказал Александр, – после всего...

– Надо было не предчувствовать, а предвидеть, то есть знать – это вернее – да и действовать так.

– Вы так покойно можете рассуждать, дядюшка, когда я... – сказал Александр.

– Да мне-то что?

– Я и забыл: вам хоть весь город сгори или провались – все равно!

– Слуга покорный! а завод?

– Вы шутите, а я страдаю не шутя; мне тяжело, я точно болен.

– Да неужели ты от любви так похудел? Какой срам! Нет: ты был болен, а теперь начинаешь выздоравливать, да и пора! шутка ли, года полтора тянется глупость. Еще немного, так, пожалуй, и я бы поверил неизменной и вечной любви.

– Дядюшка! – сказал Александр, – пощадите меня: теперь ад в моей душе...

– Да! так что же?

Александр подвинул свои кресла к столу, а дядя начал отодвигать от племянника чернильницу, presse-papier и прочее.

«Пришел ночью, – подумал он, – в душе ад... непременно опять разобьет что-нибудь».

– Утешения я у вас не найду, да и не требую, – начал Александр, – я прошу вашей помощи как у дяди, как у родственника... Я кажусь вам глуп – не правда ли?

– Да, если б ты не был жалок.

– Так вам жаль меня?

– Очень. Разве я дерево? Малый добрый, умный, порядочно воспитанный, а пропадает ни за копейку – и отчего? от пустяков!

– Докажите же, что вам жаль меня.

– Чем же? Денег, ты говоришь, не нужно...

– Денег, денег! о, если б мое несчастие было только в безденежье, я бы благословил свою судьбу!

– Не говори этого, – серьезно заметил Петр Иваныч, – ты молод – проклянешь, а не благословишь судьбу! Я, бывало, не раз проклинал – я!

– Выслушайте же меня терпеливо...

– Ты долго пробудешь, Александр? – спросил дядя.

– Да, мне нужно все ваше внимание; а что?

– Так вот видишь ли: мне хочется поужинать. Я было собрался спать без ужина, а теперь, если просидим долго, так поужинаем, да выпьем бутылку вина, а между тем ты мне все расскажешь.

– Вы можете ужинать? – спросил Александр с удивлением.

– Да, и очень могу; а ты разве не станешь?

– Я – ужинать! да и вы не проглотите куска, когда узнаете, что дело идет о жизни и смерти.

– О жизни и смерти?.. – повторил дядя, – да, это, конечно, очень важно, а впрочем – попробуем, авось проглотим.

Он позвонил.

– Спроси, – сказал он вошедшему камердинеру, – что там есть поужинать, да вели достать бутылку лафиту, за зеленой печатью.

Камердинер ушел.

– Дядюшка! вы не в таком расположении духа, чтоб слушать печальную повесть моего горя, – сказал Александр, взявши шляпу, – я лучше приду завтра...

– Нет, нет, ничего, – живо заговорил Петр Иваныч, удерживая племянника за руку, – я всегда в одном расположении духа. Завтра, того гляди, тоже застанешь за завтраком или еще хуже – за делом.

Лучше уж кончим разом. Ужин не портит дела. Я еще лучше выслушаю и пойму. На голодный желудок, знаешь, оно неловко...

Принесли ужин.

– Что же, Александр, давай... – сказал Петр Иваныч.

– Да я не хочу, дядюшка, есть! – сказал с нетерпением Александр и пожал плечами, глядя, как дядя хлопотал над ужином.

– По крайней мере хоть выпей рюмку вина: вино недурно!

Александр потряс отрицательно головой.

– Ну так возьми сигару да рассказывай, а я буду слушать обоими ушами, – сказал Петр Иваныч и живо принялся есть.

– Вы знаете графа Новинского? – спросил Александр, помолчав.

– Графа Платона?

– Да.

– Приятели; а что?

– Поздравляю вас с таким приятелем – подлец!

Петр Иваныч вдруг перестал жевать и с удивлением посмотрел на племянника.

– Вот тебе на! – сказал он, – а ты разве знаешь его?

– Очень хорошо.

– Давно ли?

– Месяца три.

– Как же так? Я лет пять его знаю и все считал порядочным человеком, да и от кого ни послышишь – все хвалят, а ты вдруг так уничтожил его.

– Давно ли вы стали защищать людей, дядюшка? а прежде, бывало...

– Я и прежде защищал порядочных людей. А ты давно ли стал бранить их, перестал называть ангелами?

– Пока не знал, а теперь... о люди, люди! *жалкий род, достойный слез и смеха!* [12] Сознаюсь, кругом виноват, что не слушал вас, когда вы советовали остерегаться всякого...

– И теперь посоветую; остерегаться не мешает: если окажется негодяй – не обманешься, а порядочный человек – приятно ошибешься.

– Укажите, где порядочные люди? – говорил Александр с презрением.

– Вот хоть мы с тобой – чем не порядочные? Граф, если уж о нем зашла речь, тоже порядочный человек; да мало ли? У всех есть что-нибудь дурное... а не все дурно и не все дурны.

– Все, все! – решительно сказал Александр.

– А ты?

– Я? я, по крайней мере, унесу из толпы разбитое, но чистое от низостей сердце, душу растерзанную, но без упрека во лжи, в

12 ...жалкий род, достойный слез и смеха – из стихотворения А.С. Пушкина «Полководец»

притворстве, в измене, не заражусь...

– Ну, хорошо, посмотрим. Что же сделал тебе граф?

– Что сделал? похитил все у меня.

– Говори определительнее. Под словом *все* можно разуметь бог знает что, пожалуй, деньги: он этого не сделает...

– То, что для меня дороже всех сокровищ в мире, – сказал Александр.

– Что ж бы это такое было?

– Все – счастье, жизнь.

– Ведь ты жив!

– К сожалению – да! Но эта жизнь хуже ста смертей.

– Скажи же прямо, что случилось?

– Ужасно! – воскликнул Александр. – Боже! боже!

– Э! да не отбил ли он у тебя твою красавицу, эту... как ее? да! он мастер на это: тебе трудно тягаться с ним. Повеса! повеса! – сказал Петр Иваныч, положив в рот кусок индейки.

– Он дорого заплатит за свое мастерство! – сказал Александр, вспыхнув, – я не уступлю без спора... Смерть решит, кому из нас владеть Наденькой. Я истреблю этого пошлого волокиту! не жить ему, не наслаждаться похищенным сокровищем... Я сотру его с лица земли!..

Петр Иваныч засмеялся.

– Провинция! – сказал он, –à propos[13] о графе, Александр, – он не говорил, привезли ли ему из-за границы фарфор? Он весной выписывал партию: хотелось бы взглянуть...

– Не о фарфоре речь, дядюшка; вы слышали, что я сказал? – грозно перебил Александр.

– Мм-м! – промычал утвердительно дядя, обгладывая косточку.

– Что же вы скажете?

– Да ничего. Я слушаю, что ты говоришь.

– Выслушайте хоть раз в жизни внимательно: я пришел за делом, я хочу успокоиться, разрешить миллион мучительных вопросов, которые волнуют меня... я растерялся... не помню сам себя, помогите мне...

– Изволь, я к твоим услугам; скажи только, что нужно... я даже готов деньгами... если только не на пустяки...

– Пустяки! нет, не пустяки, когда, может быть, через несколько часов меня не станет на свете, или я сделаюсь убийцей... а вы смеетесь, хладнокровно ужинаете.

– Прошу покорно! сам, я думаю, наужинался, а другой не ужинай!

– Я двое суток не знаю, что такое есть.

– О, это в самом деле что-нибудь важное?

– Скажите одно слово: окажете ли вы мне величайшую услугу?

– Какую?

13 кстати (франц.)

117

– Согласитесь ли вы быть моим свидетелем?..

– Котлеты совсем холодные! – заметил Петр Иваныч с неудовольствием, отодвигая от себя блюдо.

– Вы смеетесь, дядюшка?

– Сам посуди, как слушать серьезно такой вздор: зовет в секунданты!

– Что же вы?

– Разумеется, что: не пойду.

– Хорошо; найдется другой, посторонний, кто примет участие в моей горькой обиде. Вы только возьмите на себя труд поговорить с графом, узнать условия...

– Не могу: у меня язык не поворотится предложить ему такую глупость.

– Так прощайте! – сказал Александр, взяв шляпу.

– Что! уж ты идешь? вина не хочешь выпить?..

Александр пошел было к дверям, но у дверей сел на стул в величайшем унынии.

– К кому пойти, в ком искать участия?.. – сказал он тихо.

– Послушай, Александр! – начал Петр Иваныч, отирая салфеткой рот и подвигая к племяннику кресло, – я вижу, что с тобой точно надо поговорить не шутя. Поговорим же. Ты пришел ко мне за помощью: я помогу тебе, только иначе, нежели как ты думаешь, и с уговором – слушаться. Не зови никого в свидетели: проку не будет. Из пустяков сделаешь историю, она разнесется везде, тебя осмеют или, еще хуже, сделают неприятность. Никто не пойдет, а если наконец найдется какой-нибудь сумасшедший, так все напрасно: граф не станет драться; я его знаю.

– Не станет! так в нем нет ни капли благородства! – с злостью заметил Александр, – я не полагал, чтоб он был низок до такой степени!

– Он не низок, а только умен.

– Так, по вашему мнению, я глуп?

– Н... нет, влюблен, – сказал Петр Иваныч с расстановкой.

– Если вы, дядюшка, намерены объяснять мне бессмысленность дуэли как предрассудка, то я предупреждаю вас – это напрасный труд: я останусь тверд.

– Нет: это уж давно доказано, что драться – глупость вообще; да все дерутся; мало ли ослов? их не вразумишь. Я хочу только доказать, что тебе именно драться не следует.

– Любопытно, как вы убедите меня.

– Вот послушай. Скажи-ка, ты на кого особенно сердит: на графа или на нее... как ее... Анюта, что ли?

– Я его ненавижу, ее презираю, – сказал Александр.

– Начнем с графа: положим, он примет твой вызов, положим даже, что ты найдешь дурака свидетеля – что ж из этого? Граф убьет тебя, как муху, а после над тобой же все будут смеяться; хорошо мщение! А ты ведь не этого хочешь: тебе бы вон хотелось истребить графа.

– Неизвестно, кто кого убьет, – сказал Александр.

– Наверное он тебя. Ты ведь, кажется, вовсе стрелять не умеешь, а по правилам первый выстрел – его.

– Тут решит божий суд.

– Ну так воля твоя, – он решит в его пользу. Граф, говорят, в пятнадцати шагах пулю в пулю так и сажает, а для тебя, как нарочно, и промахнется! Положим даже, что суд божий и попустил бы такую неловкость и несправедливость: ты бы как-нибудь ненарочно и убил его – что ж толку? разве ты этим воротил бы любовь красавицы? Нет, она бы тебя возненавидела, да притом тебя бы отдали в солдаты… А главное, ты бы на другой же день стал рвать на себе волосы с отчаяния и тотчас охладел бы к своей возлюбленной…

Александр презрительно пожал плечами.

– Вы так ловко рассуждаете об этом, дядюшка, – сказал он, – рассудите же, что мне делать в моем положении?

– Ничего! оставить дело так: оно уже испорчено.

– Оставить счастье в его руках, оставить его гордым обладателем… о! может ли остановить меня какая-нибудь угроза? Вы не знаете моих мучений! вы не любили никогда, если думали помешать мне этой холодной моралью… в ваших жилах течет молоко, а не кровь…

– Полно дичь пороть, Александр! мало ли на свете таких, как твоя – Марья или Софья, что ли, как ее?

– Ее зовут Надеждой.

– Надежда? а какая же Софья?

– Софья… это в деревне, – сказал Александр нехотя.

– Видишь ли? – продолжал дядя, – там Софья, тут Надежда, в другом месте Марья. Сердце – преглубокий колодезь: долго не дощупаешься дна. Оно любит до старости…

– Нет, сердце любит однажды…

– И ты повторяешь слышанное от других! Сердце любит до тех пор, пока не истратит своих сил. Оно живет своею жизнию и так же, как и все в человеке, имеет свою молодость и старость. Не удалась одна любовь, оно только замирает, молчит до другой; в другой помешали, разлучили – способность любить опять останется неупотребленной до третьего, до четвертого раза, до тех пор, пока наконец сердце не положит всех сил своих в одной какой-нибудь счастливой встрече, где ничто не мешает, а потом медленно и постепенно охладеет. Иным любовь удалась с первого раза, вот они и кричат, что можно любить только однажды. Пока человек не стар, здоров…

– Вы все, дядюшка, говорите о молодости, следовательно о материальной любви…

– О молодости говорю, потому что старческая любовь есть ошибка, уродливость. И что за материальная любовь? Такой любви нет, или это не любовь, так точно, как нет одной идеальной. В любви равно участвуют и душа и тело; в противном случае любовь неполна: мы не духи и не звери. Сам же говоришь: «Течет в жилах молоко, а не кровь». Ну, так вот видишь ли: с одной стороны, возьми кровь в жилах – это материальное, с другой – самолюбие, привычку – это духовное; вот тебе и любовь! На чем я остановился... да! в солдаты; кроме того, после этой истории красавица тебя на глаза к себе не пустит. Ты по-пустому повредил бы и ей, и себе – видишь ли? Надеюсь, этот вопрос мы с одной стороны обработали окончательно. Теперь...

Петр Иваныч налил себе вина и выпил.

– Экой болван! – сказал он, – подал холодный лафит.

Александр смолчал, поникнув головой.

– Теперь скажи, – продолжал дядя, грея стакан с вином в обеих руках, – за что ты хотел стереть графа с лица земли?

– Я уж сказал вам за что! не он ли уничтожил мое блаженство? Он, как дикий зверь, ворвался...

– В овчарню! – перебил дядя.

– Похитил все, – продолжал Александр.

– Он не похитил, а пришел да и взял. Разве он обязан был справляться, занята ли твоя красавица, или нет? Я не понимаю этой глупости, которую, правду сказать, большая часть любовников делают от сотворения мира до наших времен: сердиться на соперника! может ли быть что-нибудь бессмысленней – *стереть его с лица земли!* за что? за то, что он понравился! как будто он виноват и как будто от этого дела пойдут лучше, если мы его накажем! А твоя... как ее? Катенька, что ли, разве противилась ему? сделала какое-нибудь усилие, чтоб избежать опасности? Она сама отдалась, перестала любить тебя, нечего и спорить – не воротишь! А настаивать – это эгоизм! Требовать верности от жены – тут есть еще смысл: там заключено обязательство; от этого зависит часто существенное благосостояние семейства; да и то нельзя требовать, чтоб она никого не любила... а можно только требовать, чтоб она... того... Да и ты сам не отдал ли ее графу обеими руками? оспоривал ли ты ее?

– Вот я и хочу оспоривать, – сказал Александр, вскочив с места, – а вы останавливаете мой благородный порыв...

– Оспоривать с дубиной в руках! – перебил дядя, – мы не в киргизской степи. В образованном мире есть другое орудие. За это надо было взяться вовремя и иначе, вести с графом дуэль другого рода, в глазах твоей красавицы.

Александр смотрел в недоумении на дядю.

– Какую же дуэль? – спросил он.

– А вот сейчас скажу. Ты как действовал до сих пор?

Александр, со множеством околичностей, смягчений, изворотов, кое-как, с ужимками, рассказал весь ход дела.

– Видишь ли? сам во всем кругом виноват, – примолвил Петр Иваныч, выслушав и сморщившись, – сколько глупостей наделано! Эх, Александр, принесла тебя сюда нелегкая! стоило за этим ездить! Ты бы мог все это проделать там, у себя, на озере, с теткой. Ну, как можно так ребячиться, делать сцены... беситься? фи! Кто нынче это делает? Что, если твоя... как ее? Юлия... расскажет все графу? Да нет, этого опасаться нечего, слава богу! Она, верно, так умна, что на вопрос его о ваших отношениях сказала...

– Что сказала? – поспешно спросил Александр.

– Что дурачила тебя, что ты был влюблен, что ты противный, надоел ей... как это они всегда делают...

– Вы думаете, что она... так и... сказала? – спросил Александр, бледнея.

– Без всякого сомнения. Неужели ты воображаешь, что она расскажет, как вы там в саду сбирали желтые цветы? Какая простота!

– Какая же дуэль с графом? – с нетерпением спросил Александр.

– А вот какая: не надо было грубиянить, избегать его и делать ему гримасы, а напротив, отвечать на его любезность вдвое, втрое, вдесятеро, а... эту, как ее? Наденьку? кажется, попал? не раздражать упреками, снисходить к ее капризам, показывать вид, что не замечаешь ничего, что даже у тебя и предположения об измене нет, как о деле невозможном. Не надо было допускать их сближаться до короткости, а расстроивать искусно, как будто ненарочно, их свидания с глазу на глаз, быть всюду вместе, ездить с ними даже верхом, и между тем тихомолком вызывать в глазах ее соперника на бой и тут-то снарядить и двинуть вперед все силы своего ума, устроить главную батарею из остроумия, хитрости да и того... открывать и поражать слабые стороны соперника так, как будто нечаянно, без умысла, с добродушием, даже нехотя, с сожалением, и мало-помалу снять с него эту драпировку, в которой молодой человек рисуется перед красавицей. Надо было заметить, что ее поражает и ослепляет более всего в нем, и тогда искусно нападать на эти стороны, объяснить их просто, представлять в обыкновенном виде, показать, что новый герой... так себе... и только для нее надел праздничный наряд... Но все это делать с хладнокровием, терпеньем, с уменьем – вот настоящая дуэль в нашем веке! Да где тебе!

Петр Иваныч выпил при этом стакан и тотчас опять налил вина.

– Презренные хитрости! прибегать к лукавству, чтоб овладеть сердцем женщины!.. – с негодованием заметил Александр.

– А к дубине прибегаешь: разве это лучше? Хитростью можно удержать за собой чью-нибудь привязанность, а силой – не думаю.

Желание удалить соперника мне понятно: тут хлопочешь из того, чтоб сберечь себе любимую женщину, предупреждаешь или отклоняешь опасность – очень натурально! но бить его за то, что он внушил любовь к себе, – это все равно что ушибиться и потом ударить то место, о которое ушибся, как делают дети. Воля твоя, а граф не виноват! Ты, как я вижу, ничего не смыслишь в сердечных тайнах, оттого твои любовные дела и повести так плохи.

– Любовные дела! – сказал Александр, качая с презрением головой, – но разве лестна и прочна любовь, внушенная хитростью?

– Не знаю, лестна ли, это как кто хочет, по мне все равно: я вообще о любви невысокого мнения – ты это знаешь; мне хоть ее и не будь совсем… но что прочнее – так это правда. С сердцем напрямик действовать нельзя. Это мудреный инструмент: не знай, которую пружину тронуть, так он заиграет бог знает что. Внуши чем хочешь любовь, а поддерживай умом. Хитрость – это одна сторона ума; презренного тут ничего нет. Не нужно унижать соперника и прибегать к клевете: этим вооружишь красавицу против себя… надо только стряхнуть с него те блестки, которыми он ослепляет глаза твоей возлюбленной, сделать его перед ней простым, обыкновенным человеком, а не героем… Я думаю, простительно защищать свое добро благородной хитростью; ею и в военном деле не пренебрегают. Вот ты жениться хотел: хорош был бы муж, если б стал делать сцены жене, а соперникам показывать дубину – и был бы того…

Петр Иваныч показал рукою на лоб.

– Твоя Варенька была на двадцать процентов умнее тебя, когда предложила подождать год.

– Да мог ли бы я хитрить, если б и умел? Для этого надо не так любить, как я. Иные притворяются подчас холодными, не являются по расчету несколько дней – и это действует… А я! притворяться, рассчитывать! когда при взгляде на нее у меня занимался дух и колени дрожали и гнулись подо мной, когда я готов был на все муки, лишь бы видеть ее… Нет! что ни говорите, а для меня больше упоения – любить всеми силами души, хоть и страдать, нежели быть любимым, не любя или любя как-то вполовину, для забавы, по отвратительной системе, и играть с женщиной, как с комнатной собачонкой, а потом оттолкнуть…

Петр Иваныч пожал плечами.

– Ну, так вот и страдай, если тебе сладко, – сказал он. – О, провинция! о, Азия! На Востоке бы тебе жить: там еще приказывают женщинам, кого любить; а не слушают, так их топят. Нет, здесь, – продолжал он, как будто сам с собой, – чтоб быть счастливым с женщиной, то есть не по-твоему, как сумасшедшие, а разумно, – надо много условий… надо уметь образовать из девушки женщину по обдуманному плану, по методе, если хочешь, чтоб она поняла и исполнила свое назначение.

Надо очертить ее магическим кругом, не очень тесно, чтоб она не заметила границ и не переступила их, хитро овладеть не только ее сердцем – это что! это скользкое и непрочное обладание, а умом, волей, подчинить ее вкус и нрав своему, чтоб она смотрела на вещи через тебя, думала твоим умом...

– То есть сделать ее куклой или безмолвной рабой мужа! – перебил Александр.

– Зачем? Устрой так, чтоб она не изменила ни в чем женского характера и достоинства. Предоставь ей свободу действий в ее сфере, но пусть за каждым ее движением, вздохом, поступком наблюдает твой проницательный ум, чтоб каждое мгновенное волнение, вспышка, зародыш чувства всегда и всюду встречали снаружи равнодушный, но недремлющий глаз мужа. Учреди постоянный контроль без всякой тирании... да искусно, незаметно от нее и веди ее желаемым путем... О, нужна мудреная и тяжелая школа, и эта школа – умный и опытный мужчина – вот в чем штука!

Он значительно кашлянул и залпом выпил стакан.

– Тогда, – продолжал он, – муж может спать покойно, когда жена и не подле него, или сидеть беззаботно в кабинете, когда она спит...

– А! вот он, знаменитый секрет супружеского счастья! – заметил Александр, – обманом приковать к себе ум, сердце, волю женщины, – и утешаться, гордиться этим... это счастье! А как она заметит?

– Зачем гордиться? – примолвил дядя, – это не нужно!

– Смотря по тому, дядюшка, – продолжал Александр, – как вы беззаботно сидите в кабинете, когда тетушка почивает, я догадываюсь, что этот мужчина...

– Тс! тс!.. молчи, – заговорил дядя, махая рукой, – хорошо, что жена спит, а то... того...

В это время дверь в кабинет начала потихоньку отворяться, но никто не показывался.

– А жена должна, – заговорил женский голос из коридора, – не показывать вида, что понимает великую школу мужа, и завести маленькую свою, но не болтать о ней за бутылкой вина...

Оба Адуевы бросились к дверям, но в коридоре раздались быстрые шаги, шорох платья – и все утихло.

Дядя и племянник посмотрели друг на друга.

– Что, дядюшка? – спросил племянник, помолчав.

– Что! ничего! – сказал Петр Иваныч, нахмурив брови, – не кстати похвастался. Учись, Александр, а лучше не женись или возьми дуру: тебе не сладить с умной женщиной: мудрена школа!

Он задумался, потом ударил себя по лбу рукой.

– Как не сообразить, что она знала о твоем позднем приходе? – сказал он с досадой, – что женщина не уснет, когда через комнату есть секрет между двумя мужчинами, что она непременно или горничную подошлет, или сама… и не предвидеть! глупо! а все ты да вот этот проклятый стакан лафиту! разболтался! Такой урок от двадцатилетней женщины…

– Вы боитесь, дядюшка!

– Чего бояться? нисколько! сделал ошибку – не надо терять хладнокровия, надо уметь выпутаться.

Он опять задумался.

– Она похвасталась, – начал он потом, – какая у ней школа! у ней школы быть не могло: молода! это она так только… от досады! но теперь она заметила этот магический круг: станет тоже хитрить… о, я знаю женскую натуру! Но посмотрим…

Он гордо и весело улыбнулся; морщины разгладились на лбу.

– Только надо иначе повести дело, – прибавил он, – прежняя метода ни к черту не годится. Теперь надо…

Он вдруг спохватился и замолчал, боязливо поглядывая на дверь.

– Но это все впереди, – продолжал он, – теперь займемся твоим делом, Александр. О чем мы говорили? да! ты, кажется, хотел убить, что ли, свою, эту… как ее?

– Я ее слишком глубоко презираю, – сказал Александр, тяжело вздохнув.

– Вот видишь ли? ты уж вполовину и вылечен. Только правда ли это? ты, кажется, еще сердишься. Впрочем, презирай, презирай: это самое лучшее в твоем положении. Я хотел было сказать кое-что… да нет…

– Ах, говорите, ради бога, говорите! – сказал Александр, – у меня нет теперь ни искры рассудка. Я страдаю, гибну… дайте мне своего холодного разума. Скажите все, что может облегчить и успокоить больное сердце…

– Да, скажи тебе – ты, пожалуй, и опять воротишься туда…

– Какая мысль! после того…

– Ворочаются после и не этого! честное слово – не пойдешь?

– Клятву, если угодно.

– Нет, честное слово: это вернее.

– Честное слово.

– Ну, вот видишь ли: мы решили, что граф не виноват…

– Положим так; что же?

– Ну, а чем виновата твоя эта… как ее?

– Чем виновата Наденька! – с изумлением возразил Александр, – она не виновата!

– Нет! ну чем, скажи? ее не за что презирать.

– Не за что! нет, дядюшка, это уж из рук вон! Положим, граф… еще так… он не знал… да и то нет! а она? кто же после этого виноват? я?

– Да почти так, а в самом-то деле никто. Скажи, за что ты ее презираешь?

– За низкий поступок.

– В чем же он состоит?

– Заплатить неблагодарностью за высокую, безграничную страсть...

– За что тут благодарить? разве ты для нее, из угождения к ней любил? хотел услужить ей, что ли? так для этого ты бы лучше мать полюбил.

Александр глядел на него и не знал, что сказать.

– Ты бы не должен был обнаруживать пред ней чувства во всей силе: женщина охлаждается, когда мужчина выскажется весь... Ты бы должен был узнать ее характер, да и действовать сообразно этому, а не лежать как собачонка у ног. Как это не узнать компаниона, с которым имеешь какое бы то ни было дело? Ты бы разглядел тогда, что от нее больше и ожидать нельзя. Она разыграла свой роман с тобой до конца, точно так же разыграет его и с графом и, может быть, еще с кем-нибудь... больше от нее требовать нельзя: выше и дальше ей нейти! это не такая натура: а ты вообразил себе бог знает что...

– Но зачем же она полюбила другого? – с горестью перебил Александр.

– Вот вина-то где: умный вопрос! Ах ты, дикарь! А зачем ты ее полюбил? Ну, разлюби поскорее!

– Разве это от меня зависит?

– А разве от нее зависело полюбить графа? Сам же твердил, что не надо стеснять порывов чувства, а как дело дошло до самого, так зачем полюбила! Зачем такой-то умер, такая-то с ума сошла? – как отвечать на такие вопросы? Любовь должна же кончиться когда-нибудь: она не может продолжаться век.

– Нет, может. Я чувствую в себе эту силу сердца: я бы любил вечною любовью...

– Да! а полюби тебя покрепче, так и того... на попятный двор! все так, знаю я!

– Пусть бы кончилась ее любовь, – сказал Александр, – но зачем она кончилась так?..

– Не все ли равно? ведь тебя любили, ты наслаждался – и довольно!

– Отдалась другому! – говорил Александр, бледнея.

– А ты бы хотел, чтоб она любила тихонько другого, а тебя продолжала уверять в любви? Ну, ты сам реши, что ей делать, виновата ли она?

– О, я отомщу ей! – сказал Александр.

– Ты неблагодарен, – продолжал Петр Иваныч, – это дурно! Что бы женщина ни сделала с тобой, изменила, охладела, поступила, как говорят в стихах, *коварно*, – вини природу, предавайся, пожалуй, по этому случаю философским размышлениям, брани мир, жизнь, что хочешь, но никогда не посягай на личность женщины ни словом, ни делом. Оружие против женщины – снисхождение, наконец, самое жестокое – забвение! только это и позволяется порядочному человеку. Вспомни, что полтора года ты вешался всем на шею от радости, не знал, куда деваться от счастья! полтора года беспрерывных удовольствий! воля твоя – ты неблагодарен!

– Ах, дядюшка, для меня не было ничего на земле святее любви: без нее жизнь не жизнь...

– А! – с досадой перебил Петр Иваныч, – тошно слушать такой вздор!

– Я боготворил бы Наденьку, – продолжал Александр, – и не позавидовал бы никакому счастью в мире; с Наденькой мечтал я провести всю жизнь – и что же? где эта благородная, колоссальная страсть, о которой я мечтал? она разыгралась в какую-то глупую, пигмеевскую комедию вздохов, сцен, ревности, лжи, притворства, – боже! боже!

– Зачем же ты воображал, чего не бывает? Не я ли твердил тебе, что ты до сих пор хотел жить такою жизнию, какой нет? У человека, по-твоему, только и дела, чтоб быть любовником, мужем, отцом... а о другом ни о чем и знать не хочешь. Человек, сверх того, еще и гражданин, имеет какое-нибудь звание, занятие – писатель, что ли, помещик, солдат, чиновник, заводчик... А у тебя все это заслоняет любовь да дружба... что за Аркадия! Начитался романов, наслушался своей тетушки там, в глуши, и приехал с этими понятиями сюда. Выдумал еще – *благородную страсть!*

– Да, благородную!

– Полно, пожалуйста! разве есть благородные страсти!

– Как?

– Да так. Ведь страсть значит, когда чувство, влечение, привязанность или что-нибудь такое – достигло до той степени, где уж перестает действовать рассудок? Ну что ж тут благородного? я не понимаю; одно сумасшествие – это не по-человечески. Да и зачем ты берешь одну только сторону медали? я говорю про любовь – ты возьми и другую и увидишь, что любовь не дурная вещь. Вспомни-ка счастливые минуты: ты мне уши прожужжал...

– О, не напоминайте, не напоминайте! – говорил Александр, махая рукой, – вам хорошо так рассуждать, потому что вы уверены в любимой вами женщине; я бы желал посмотреть, что бы вы сделали на моем месте?..

– Что бы сделал?.. поехал бы рассеяться... на завод. Не хочешь ли завтра?

– Нет, мы с вами никогда не сойдемся, – печально произнес Александр, – ваш взгляд на жизнь не успокаивает, а отталкивает меня от нее. Мне грустно, на душу веет холод. До сих пор любовь спасала меня от этого холода; ее нет – и в сердце теперь тоска; мне страшно, скучно...

– Займись делом.

– Все это правда, дядюшка: вы и подобные вам могут рассуждать так.

Вы от природы человек холодный... с душой, неспособной к волнениям...

– А ты воображаешь, что ты с могучей душой? Вчера от радости был на седьмом небе, а чуть немного того... так и не умеешь перенести горя.

– Пар, пар! – слабо, едва защищаясь, говорил Александр, – вы мыслите, чувствуете и говорите, точно как паровоз катится по рельсам: ровно, гладко, покойно.

– Надеюсь, это не дурно: лучше, чем выскочить из колеи, бухнуть в ров, как ты теперь, и не уметь встать на ноги. Пар! пар! да пар-то, вот видишь, делает человеку честь. В этой выдумке присутствует начало, которое нас с тобой делает людьми, а умереть с горя может и животное. Были примеры, что собаки умирали на могиле господ своих или задыхались от радости после долгой разлуки. Что ж это за заслуга? А ты думал: ты особое существо, высшего разряда, необыкновенный человек...

Петр Иваныч взглянул на племянника и вдруг остановился.

– Что это? ты, никак, плачешь? – спросил он, и лицо его потемнело, то есть он покраснел.

Александр молчал. Последние доказательства совсем сбили его с ног. Возражать было нечего, но он находился под влиянием господствовавшего в нем чувства. Он вспомнил об утраченном счастье, о том, что теперь другой... И слезы градом потекли по щекам его.

– Ай, ай, ай! стыдись! – сказал Петр Иваныч, – и ты мужчина! плачь, ради бога, не при мне!

– Дядюшка! Вспомните о летах вашей молодости, – всхлипывая, говорил Александр, – ужели вы покойно и равнодушно могли бы перенести самое горькое оскорбление, какое только судьба посылает человеку? Жить полтора года такою полною жизнию и вдруг – нет ничего! пустота... После этой искренности хитрость, скрытность, холодность – ко мне! Боже! есть ли еще мука сильнее? Легко сказать про другого «изменили», а испытать?.. Как она переменилась! как стала наряжаться для графа! Бывало, приеду, она бледнеет, едва может говорить... лжет... о нет...

Тут слезы хлынули сильнее.

– Если б мне осталось утешение, – продолжал он, – что я потерял ее по обстоятельствам, если б неволя принудила ее... пусть бы даже умерла – и тогда легче было бы перенести... а то нет, нет... другой! это ужасно, невыносимо! И нет средств вырвать ее у похитителя: вы обезоружили меня... что мне делать? научите же! Мне душно, больно... тоска, мука! я умру... застрелюсь...

Он облокотился на стол, закрыл голову руками и громко зарыдал...

Петр Иваныч растерялся. Он прошелся раза два по комнате, потом остановился против Александра и почесал голову, не зная, что начать.

– Выпей вина, Александр, – сказал Петр Иваныч сколько мог понежнее, – может быть – того…

Александр – ничего, только плечи и голова его судорожно подергивались; он все рыдал. Петр Иваныч нахмурился, махнул рукой и вышел из комнаты.

– Что мне делать с Александром? – сказал он жене. – Он там у меня разревелся и меня выгнал; я совсем измучился с ним.

– А ты так его и оставил? – спросила она, – бедный! Пусти меня, я пойду к нему.

– Да ничего не сделаешь: это уж такая натура. Весь в тетку: та такая же плакса. Я уж немало убеждал его.

– Только убеждал?

– И убедил: он согласился со мной.

– О, я не сомневаюсь: ты очень умен и… хитер! – прибавила она.

– Слава богу, если так: тут, кажется, все, что нужно.

– Кажется, все, а он плачет.

– Я не виноват, я сделал все, чтоб утешить его.

– Что ж ты сделал?

– Мало ли? И говорил битый час… даже в горле пересохло… всю теорию любви точно на ладони так и выложил, и денег предлагал… и ужином – и вином старался…

– А он все плачет?

– Так и ревет! под конец еще пуще.

– Удивительно! Пусти меня: я попробую, а ты пока обдумай свою новую методу…

– Что, что?

Но она, как тень, скользнула из комнаты.

Александр все еще сидел, опершись головой на руки. Кто-то дотронулся до его плеча. Он поднял голову: перед ним молодая, прекрасная женщина, в пеньюаре, в чепчике à la Finoise[14].

– Ma tante! – сказал он.

Она села подле него, поглядела на него пристально, как только умеют глядеть иногда женщины, потом тихо отерла ему платком глаза и поцеловала в лоб, а он прильнул губами к ее руке. Долго говорили они.

Через час он вышел задумчив, но с улыбкой и уснул в первый раз покойно после многих бессонных ночей. Она воротилась в спальню с заплаканными глазами. Петр Иваныч давным-давно храпел.

14 финского фасона (франц.)

Часть вторая

I

Прошло с год после описанных в последней главе первой части сцен и происшествий.

Александр мало-помалу перешел от мрачного отчаянья к холодному унынию. Он уже не гремел проклятиями, с присовокуплением скрежета зубов, против графа и Наденьки, а клеймил их глубоким презрением.

Лизавета Александровна утешала его со всею нежностью друга и сестры. Он поддавался охотно этой милой опеке. Все такие натуры, какова была его, любят отдавать свою волю в распоряжение другого. Для них нянька – необходимость.

Наконец страсть выдохлась в нем, истинная печаль прошла, но ему жаль было расстаться с нею; он насильственно продолжил ее, или, лучше сказать, создал себе искусственную грусть, играл, красовался ею и утопал в ней.

Ему как-то нравилось играть роль страдальца. Он был тих, важен, туманен, как человек, выдержавший, по его словам, *удар судьбы,* – говорил о высоких страданиях, о святых, возвышенных чувствах, смятых и втоптанных в грязь – «и кем? – прибавлял он, – девчонкой, кокеткой и презренным развратником, мишурным львом. Неужели судьба послала меня в мир для того, чтоб все, что было во мне высокого, принести в жертву ничтожеству?»

Ни мужчина мужчине, ни женщина женщине не простили бы этого притворства и сейчас свели бы друг друга с ходулей. Но чего не прощают молодые люди разных полов друг другу?

Лизавета Александровна слушала снисходительно его иеремиады и утешала, как могла. Ей это было вовсе не противно, может быть, и потому, что в племяннике она все-таки находила сочувствие собственному сердцу, слышала в его жалобах на любовь голос не чуждых и ей страданий.

Она жадно прислушивалась к стонам его сердца и отвечала на них неприметными вздохами и никем не видимыми слезами. Она, даже и на притворные и приторные излияния тоски племянника, находила утешительные слова в таком же тоне и духе; но Александр и слушать не хотел.

– О, не говорите мне, ma tante, – возражал он, – я не хочу позорить святого имени любви, называя так наши отношения с этой...

Тут он делал презрительную гримасу и готов был, как Петр Иваныч, спросить: как ее?

– Впрочем, – прибавлял он еще с большим презрением, – ей простительно: я слишком был выше и ее, и графа, и всей этой жалкой и мелкой сферы; немудрено, что я остался не разгаданным ей.

И после этих слов он еще долго сохранял презрительную мину.

– Дядюшка твердит, что я должен быть благодарен Наденьке, – продолжал он, – за что? чем ознаменована эта любовь? всё пошлости, всё общие места. Было ли какое-нибудь явление, которое бы выходило из обыкновенного круга ежедневных дрязгов? Видно ли было в этой любви сколько-нибудь героизма и самоотвержения? Нет, она все почти делала с ведома матери! отступила ли для меня хоть раз от условий света, от долга? – никогда! И это любовь!!! Девушка – и не умела влить поэзии в это чувство!

– Какой же любви потребовали бы вы от женщины? – спросила Лизавета Александровна.

– Какой? – отвечал Александр, – я бы потребовал от нее первенства в ее сердце. Любимая женщина не должна замечать, видеть других мужчин, кроме меня; все они должны казаться ей невыносимы. Я один выше, прекраснее, – тут он выпрямился, – лучше, благороднее всех. Каждый миг, прожитый не со мной, для нее потерянный миг. В моих глазах, в моих разговорах должна она почерпать блаженство и не знать другого...

Лизавета Александровна старалась скрыть улыбку. Александр не замечал.

– Для меня, – продолжал он с блистающими глазами, – она должна жертвовать всем: презренными выгодами, расчетами, свергнуть с себя деспотическое иго матери, мужа, бежать, если нужно, на край света, сносить энергически все лишения, наконец, презреть самую смерть – вот любовь! а эта...

– А вы чем бы вознаградили за эту любовь? – спросила тетка.

– Я? О! – начал Александр, возводя взоры к небу, – я бы посвятил всю жизнь ей, я бы лежал у ног ее. Смотреть ей в глаза было бы высшим счастьем. Каждое слово ее было бы мне законом. Я бы пел ее красоту, нашу любовь, природу:

С ней обрели б уста мои
Язык Петрарки и любви...[15]

Но разве я не доказал Наденьке, как я могу любить?

– Так вы совсем не верите в чувство, когда оно не выказывается так, как вы хотите? Сильное чувство прячется...

– Не хотите ли вы уверить меня, ma tante, что такое чувство, как дядюшкино, например, прячется?

Лизавета Александровна вдруг покраснела. Она не могла внутренно не согласиться с племянником, что чувство без всякого проявления

15 С ней обрели б уста мои... – у Пушкина: «С ней обретут уста мои...» (»Евгений Онегин», гл. 1, строфа XLIX)

как-то подозрительно, что, может быть, его и нет, что если б было, оно бы прорвалось наружу, что, кроме самой любви, обстановка ее заключает в себе неизъяснимую прелесть.

Тут она мысленно пробежала весь период своей замужней жизни и глубоко задумалась. Нескромный намек племянника пошевелил в ее сердце тайну, которую она прятала так глубоко, и навел ее на вопрос: счастлива ли она?

Жаловаться она не имела права: все наружные условия счастья, за которым гоняется толпа, исполнялись над нею, как по заданной программе. Довольство, даже роскошь в настоящем, обеспеченность в будущем – все избавляло ее от мелких, горьких забот, которые сосут сердце и сушат грудь множества бедняков.

Муж ее неутомимо трудился и все еще трудится. Но что было главною целью его трудов? Трудился ли он для общей человеческой цели, исполняя заданный ему судьбою урок, или только для мелочных причин, чтобы приобресть между людьми чиновное и денежное значение, для того ли, наконец, чтобы его не гнули в дугу нужда, обстоятельства? Бог его знает. О высоких целях он разговаривать не любил, называя это бредом, а говорил сухо и просто, что надо *дело делать*.

Лизавета Александровна вынесла только то грустное заключение, что не она и не любовь к ней были единственною целью его рвения и усилий. Он трудился и до женитьбы, еще не зная своей жены. О любви он ей никогда не говорил и у ней не спрашивал; на ее вопросы об этом отделывался шуткой, остротой или дремотой. Вскоре после знакомства с ней он заговорил о свадьбе, как будто давая знать, что любовь тут сама собою разумеется и что о ней толковать много нечего…

Он был враг всяких эффектов – это бы хорошо; но он не любил и искренних проявлений сердца, не верил этой потребности и в других. Между тем он одним взглядом, одним словом мог бы создать в ней глубокую страсть к себе; но он молчит, он не хочет. Это даже не льстит его самолюбию.

Она пробовала возбудить в нем ревность, думая, что тогда любовь непременно выскажется… Ничего не бывало. Чуть он заметит, что она отличает в обществе какого-нибудь молодого человека, он спешит пригласить его к себе, обласкает, сам не нахвалится его достоинствами и не боится оставлять его наедине с женой.

Лизавета Александровна иногда обманывала себя, мечтая, что, может быть, Петр Иваныч действует стратегически; что не в том ли состоит его таинственная метода, чтоб, поддерживая в ней всегда сомнение, тем поддерживать и самую любовь. Но при первом отзыве мужа о любви она тотчас же разочаровывалась.

Если б он еще был груб, неотесан, бездушен, тяжелоумен, один из тех мужей, которым имя легион, которых так безгрешно, так нужно, так отрадно обманывать, для их и своего счастья, которые, кажется, для того и созданы, чтоб женщина искала вокруг себя и любила диаметрально противоположное им, – тогда другое дело: она, может быть, поступила бы, как поступает большая часть жен в таком случае. Но Петр Иваныч был человек с умом и тактом, не часто встречающимися. Он был тонок, проницателен, ловок. Он понимал все тревоги сердца, все душевные бури, но понимал – и только. Весь кодекс сердечных дел был у него в голове, но не в сердце. В его суждениях об этом видно было, что он говорит как бы слышанное и затверженное, но отнюдь не прочувствованное. Он рассуждал о страстях верно, но не признавал над собой их власти, даже смеялся над ними, считая их ошибками, уродливыми отступлениями от действительности, чем-то вроде болезней, для которых со временем явится своя медицина.

Лизавета Александровна чувствовала его умственное превосходство над всем окружающим и терзалась этим. «Если б он не был так умен, – думала она, – я была бы спасена…» Он поклоняется положительным целям – это ясно, и требует, чтоб и жена жила не мечтательною жизнию.

«Но, боже мой! – думала Лизавета Александровна, – ужели он женился только для того, чтоб иметь хозяйку, чтоб придать своей холостой квартире полноту и достоинство семейного дома, чтоб иметь больше веса в обществе? Хозяйка, жена – в самом прозаическом смысле этих слов! Да разве он не постигает, со всем своим умом, что и в положительных целях женщины присутствует непременно любовь?.. Семейные обязанности – вот ее заботы: но разве можно исполнять их без любви? Няньки, кормилицы, и те творят себе кумира из ребенка, за которым ходят; а жена, а мать! О, пусть я купила бы себе чувство муками, пусть бы перенесла все страдания, какие неразлучны с страстью, но лишь бы жить полною жизнию, лишь бы чувствовать свое существование, а не прозябать!..»

Она взглянула на роскошную мебель и на все игрушки и дорогие безделки своего будуара – и весь этот комфорт, которым у других заботливая рука любящего человека окружает любимую женщину, показался ей холодною насмешкой над истинным счастьем. Она была свидетельницею двух страшных крайностей – в племяннике и муже. Один восторжен до сумасбродства, другой – ледян до ожесточения.

«Как мало понимают оба они, да и большая часть мужчин, истинное чувство! и как я понимаю его! – думала она, – а что пользы? зачем? О, если б…»

Она закрыла глаза и пробыла так несколько минут, потом открыла их, оглянулась вокруг, тяжело вздохнула и тотчас приняла обыкновенный, покойный вид. Бедняжка! Никто не знал об этом, никто не видел этого. Ей бы вменили в преступление эти невидимые, неосязаемые, безыменные страдания, без ран, без крови, прикрытые не лохмотьями, а бархатом. Но она с героическим самоотвержением таила свою грусть, да еще находила довольно сил, чтоб утешать других.

Скоро Александр перестал говорить и о высоких страданиях и о непонятой и неоцененной любви. Он перешел к более общей теме. Он жаловался на скуку жизни, пустоту души, на томительную тоску.

Я пережил свои страданья,
Я разлюбил свои мечты...[16] –

твердил он беспрестанно.

– И теперь меня преследует черный демон. Он, ma tante, всюду со мной: и ночью, и за дружеской беседой, за чашей пиршества, и в минуту глубокой думы!

Так прошло несколько недель. Кажется, вот еще бы недели две, так чудак и успокоился бы совсем и, может быть, сделался бы совсем порядочным, то есть простым и обыкновенным человеком, как все. Так нет! Особенность его странной натуры находила везде случай проявиться.

Однажды он пришел к тетке в припадке какого-то злобного расположения духа на весь род людской. Что слово, то колкость, что суждение, то эпиграмма, направленная и на тех, кого бы нужно уважать. Пощады не было никому. Досталось и ей, и Петру Иванычу. Лизавета Александровна стала допытываться причины.

– Вы хотите знать, – начал он тихо, торжественно, – что меня теперь *волнует, бесит?* [17] Слушайте же: вы знаете, я имел друга, которого не видал несколько лет, но для которого у меня всегда оставался уголок в сердце. Дядюшка, в начале моего приезда сюда, принудил меня написать к нему странное письмо, в котором заключались его любимые правила и образ мыслей; но я то изорвал и послал другое, стало быть, меняться моему приятелю было не от чего. После этого письма наша переписка прекратилась, и я потерял своего приятеля из виду. Что же случилось? Дня три назад иду по Невскому проспекту и вдруг вижу его. Я остолбенел, по мне побежали искры, в глазах явились слезы. Я протянул ему руки и не мог от радости сказать ни слова: дух захватило. Он взял одну руку и пожал. «Здравствуй, Адуев!» – сказал он таким голосом, как будто мы вчера только с ним расстались. «Давно ли ты здесь?» Удивился, что мы до сих пор не

16 Я пережил свои страданья... – у Пушкина: «Я пережил свои желанья...» (1821)
17 ...что меня теперь волнует, бесит? – у Грибоедова: «Но что теперь во мне кипит, волнует, бесит („Горе от ума", действие третье, явление 1)

встретились, слегка спросил, что я делаю, где служу, долгом счел уведомить, что он имеет прекрасное место, доволен и службой, и начальниками, и товарищами, и… всеми людьми, и своей судьбой… потом сказал, что ему некогда, что он торопится на званый обед – слышите, ma tante? при свидании, после долгой разлуки, с другом, он не мог отложить обеда…

– Но, может быть, его стали бы ждать, – заметила тетка, – приличия не позволили…

– Приличия и дружба? и вы, ma tante! да это еще что: я вам скажу лучше. Он сунул мне в руку адрес, сказал, что вечером на другой день ожидает меня к себе – и исчез. Долго я смотрел ему вслед и все не мог прийти в себя. Это товарищ детства, это друг юности! хорош! Но потом подумал, что, может быть, он все отложил до вечера и тогда посвятит время искренней, задушевной беседе. «Так и быть, думаю, пойду». Являюсь. У него было человек десять приятелей. Он протянул мне руку ласковее, нежели накануне, – это правда, но зато, не говоря ни слова, тотчас же предложил сесть за карты. Я сказал, что не играю, и уселся один на диване, полагая, что он бросит карты и придет ко мне. «Не играешь? – сказал он с удивлением, – что же ты делаешь?» Хорош вопрос! Вот я жду час, два, он не подходит ко мне; я выхожу из терпения. Он предлагал мне то сигару, то трубку, жалел, что я не играю, что мне скучно, старался занять меня – чем, как вы думаете? – беспрестанно обращался ко мне и рассказывал всякий свой удачный и неудачный выход. Я наконец не вытерпел, подошел к нему и спросил, намерен ли он уделить мне сколько-нибудь времени в этот вечер? А сердце у меня так и кипело, голос дрожал. Это его, кажется, удивило. Он посмотрел на меня странно. «Хорошо, говорит, вот дай докончить пульку». Как только он сказал мне это, я схватил шляпу и хотел уйти, но он заметил и остановил меня. «Пулька кончается, – сказал он, – сейчас будем ужинать». Наконец кончили. Он сел подле меня и зевнул: тем и началась наша дружеская беседа. «Ты мне что-то хотел сказать?» – спросил он. Это было сказано таким монотонным и бесчувственным голосом, что я, ничего не говоря, только посмотрел на него с грустной улыбкой. Тут он вдруг будто ожил и засыпал меня вопросами: «Что с тобой? да не нуждаешься ли в чем? да не могу ли я быть тебе полезным по службе?..» и т.п. Я покачал головой и сказал ему, что я хотел говорить с ним не о службе, не о материальных выгодах, а о том, что ближе к сердцу: о золотых днях детства, об играх, о проказах… Он, представьте! даже не дал мне договорить. «Ты еще все, говорит, такой же мечтатель!» – потом вдруг переменил разговор, как будто считая его пустяками, и начал серьезно расспрашивать меня о моих делах, о надеждах на будущее, о карьере, как дядюшка. Я удивился, не верил, чтоб в человеке могло до такой степени огрубеть сердце. Я хотел испытать в последний раз, привязался к вопросу его о моих делах и начал рассказывать о том, как поступили со мной. «Ты выслушай, что сделали со мной *люди* ...» – начал было я. «А что? – вдруг перебил он с испугом, – верно, обокрали?» Он думал, что я говорю про лакеев; другого горя он не знает, как дядюшка: до чего может окаменеть человек! «Да, – сказал я, – люди обокрали мою душу...» Тут я заговорил о моей любви, о мучениях, о душевной пустоте... я начал было увлекаться и думал, что повесть моих страданий растопит ледяную кору, что еще в глазах его не высохли слезы... Как вдруг он – разразился хохотом! смотрю, в руках у него платок: он во время моего рассказа все крепился, наконец не выдержал... Я в ужасе остановился.

– Полно, полно, – сказал он, – лучше выпей-ка водки, да станем ужинать. Человек! водки. Пойдем, пойдем, ха, ха, ха!.. есть славный... рост... ха, ха, ха!.. ростбиф...

– Он взял было меня под руку, но я вырвался и бежал от этого чудовища... Вот каковы люди, ma tante! – заключил Александр, потом махнул рукой и ушел.

Лизавете Александровне стало жаль Александра; жаль его пылкого, но ложно направленного сердца. Она увидела, что при другом воспитании и правильном взгляде на жизнь он был бы счастлив сам и мог бы осчастливить кого-нибудь еще; а теперь он жертва собственной слепоты и самых мучительных заблуждений сердца. Он сам делает из жизни пытку. Как указать настоящий путь его сердцу? Где этот спасительный компас? Она чувствовала, что только нежная, дружеская рука могла ухаживать за этим цветком.

Ей удалось уже раз укротить беспокойные порывы в сердце племянника, но то было в деле любви. Там она знала, как обойтись с оскорбленным сердцем. Она, как искусная дипломатка, первая осыпала укоризнами Наденьку, выставила ее поступок в самом черном виде, опошлила ее в глазах Александра и успела доказать ему, что она недостойна его любви. Этим она вырвала из сердца Александра мучительную боль, заменив ее покойным, хотя не совсем справедливым чувством – презрением. Петр Иваныч, напротив, старался оправдать Наденьку и этим не только не успокоил, но еще растравил его муку, заставил думать, что ему предпочтен достойнейший.

Но в дружбе другое дело. Лизавета Александровна видела, что друг Александра был виноват в его глазах и прав в глазах толпы. Прошу растолковать это Александру! Она не решилась на этот подвиг сама и прибегла к мужу, полагая не без основания, что у него за доводами против дружбы дело не станет.

– Петр Иваныч! – сказала она однажды ему ласково, – я к тебе с просьбой.

– Что такое?

– Угадай.

– Говори: ты знаешь, на твои просьбы отказа нет. Верно, о петергофской даче: ведь теперь еще рано…

– Нет! – сказала Лизавета Александровна.

– Что же? ты говорила, что боишься наших лошадей: хотела посмирнее…

– Нет!

– Ну, о новой мебели?..

Она покачала головой.

– Воля твоя, не знаю, – сказал Петр Иваныч, – вот возьми лучше ломбардный билет и распорядись, как тебе нужно; это вчерашний выигрыш…

Он достал было бумажник.

– Нет, не беспокойся, спрячь деньги назад, – сказала Лизавета Александровна, – это дело не будет стоить тебе ни копейки.

– Не брать денег, когда дают! – сказал Петр Иваныч, пряча бумажник, – это непостижимо! Что же нужно?

– Нужно только немного доброй воли…

– Сколько хочешь.

– Вот видишь: третьего дня был у меня Александр…

– Ох, чувствую недоброе! – перебил Петр Иваныч, – ну?

– Он такой мрачный, – продолжала Лизавета Александровна, – я боюсь, чтоб все это не довело его до чего-нибудь…

– Да что с ним еще? Опять изменили в любви, что ли?

– Нет, в дружбе.

– В дружбе! час от часу не легче! Как же в дружбе? это любопытно: расскажи, пожалуйста.

– А вот как.

Тут Лизавета Александровна рассказала ему все, что слышала от племянника. Петр Иваныч сильно пожал плечами.

– Что ж ты хочешь, чтоб я тут сделал? видишь, какой он!

– А ты обнаружь ему участие, спроси, в каком положении его сердце…

– Нет, это уж ты спроси.

– Поговори с ним… как это?.. понежнее, а не так, как ты всегда говоришь… не смейся над чувством…

– Не прикажешь ли заплакать?

– Не мешало бы.

– А что пользы ему от этого?

– Много… и не одному ему… – заметила вполголоса Лизавета Александровна.

– Что? – спросил Петр Иваныч.

Она молчала.

– Ох уж мне этот Александр: он у меня вот где сидит! – сказал Петр

Иваныч, показывая на шею.

– Чем это он так обременил тебя?

– Как чем? Шесть лет вожусь с ним: то он расплачется – надо утешать, то поди переписывайся с матерью.

– В самом деле, бедный! Как это достает тебя? Какой страшный труд: получить раз в месяц письмо от старушки и, не читая, бросить под стол или поговорить с племянником! Как же, ведь это отвлекает от виста! Мужчины, мужчины! Если есть хороший обед, лафит за золотой печатью да карты – и все тут; ни до кого и дела нет! А если к этому еще случай поважничать и поумничать – так и счастливы.

– Как для вас пококетничать, – заметил Петр Иваныч. – Всякому свое, моя милая! Чего же еще?

– Чего! а сердце! об этом никогда и речи нет.

– Вот еще!

– Мы очень умны: как нам заниматься такими мелочами? Мы ворочаем судьбами людей. Смотрят что у человека в кармане да в петлице фрака, а до остального и дела нет. Хотят, чтоб и все были такие! Нашелся между ними один чувствительный, способный любить и заставить любить себя...

– Славно он заставил любить себя эту... как ее? Верочку, что ли? – заметил Петр Иваныч.

– Нашел кого поставить с ним наравне! это насмешка судьбы. Она всегда, будто нарочно, сведет нежного, чувствительного человека с холодным созданием! Бедный Александр! У него ум нейдет наравне с сердцем, вот он и виноват в глазах тех, у кого ум забежал слишком вперед, кто хочет взять везде только рассудком...

– Согласись, однако, что это главное; иначе...

– Не соглашусь, ни за что не соглашусь: это главное там на заводе, может быть, а вы забываете, что у человека есть еще чувство...

– Пять! – сказал Адуев, – я еще это в азбуке затвердил.

– И досадно и грустно! – прошептала Лизавета Александровна.

– Ну, ну, не сердись: я сделаю все, что прикажешь, только научи – как! – сказал Петр Иваныч.

– А ты дай ему легкий урок...

– Нагоняй? изволь, это мое дело.

– Вот уж и нагоняй! Ты объясни ему поласковее, чего можно требовать и ожидать от нынешних друзей; скажи, что друг не так виноват, как он думает... Да мне ли учить тебя? ты такой умный... так хорошо хитришь... – прибавила Лизавета Александровна.

Петр Иваныч при последнем слове немного нахмурился.

– Мало ли там у вас было искренних излияний? – сказал он сердито, – шептались, шептались и все еще не перешептали всего о дружбе да о любви; теперь меня путают...

– Зато это в последний раз, – сказала Лизавета Александровна, – я надеюсь, что после этого он утешится.

Петр Иваныч недоверчиво покачал головой.

– Есть ли у него деньги? – спросил он, – может быть, нет, он и того…

– Только деньги на уме! Он готов был бы отдать все деньги за одно приветливое слово друга.

– Чего доброго: от него станется! Раз он и так дал там, у себя в департаменте, чиновнику денег за искренние излияния… Вот кто-то позвонил: не он ли? Что надо сделать? повтори: дать ему нагоняй… еще что? денег?

– Какой нагоняй! ты, пожалуй, хуже наделаешь. О дружбе я просила тебя поговорить, о сердце, да поласковее, повнимательнее…

Александр молча поклонился, молча и много ел за обедом, а в антрактах катал шарики из хлеба и смотрел на бутылки и графины исподлобья. После обеда он взялся было за шляпу.

– Куда же ты? – спросил Петр Иваныч, – посиди с нами.

Александр молча повиновался. Петр Иваныч думал, как бы приступить к делу понежнее и половчее, и вдруг спросил скороговоркою:

– Я слышал, Александр, что друг твой поступил с тобой как-то коварно?

При этих неожиданных словах Александр встряхнул головой, как будто его ранили, и устремил полный упрека взгляд на тетку. Она тоже не ожидала такого крутого приступа к делу и сначала опустила голову на работу, потом также с упреком поглядела на мужа; но он был под двойной эгидою пищеварения и дремоты и оттого не почувствовал рикошета этих взглядов.

Александр отвечал на его вопрос чуть слышным вздохом.

– В самом деле, – продолжал Петр Иваныч, – какое коварство! что за друг! не видался лет пять и охладел до того, что при встрече не задушил друга в объятиях, а позвал его к себе вечером, хотел усадить за карты… и накормить… А потом – коварный человек! – заметил на лице друга кислую мину и давай расспрашивать о его делах, об обстоятельствах, о нуждах – какое гнусное любопытство! да еще – о, верх коварства! – осмелился предлагать свои услуги… помощь… может быть, деньги! и никаких искренних излияний! ужасно, ужасно! Покажи, пожалуйста, мне это чудовище, приведи в пятницу обедать!.. А почем он играет?

– Не знаю, – сказал Александр сердито. – Смейтесь, дядюшка: вы правы; я виноват один. Поверить людям, искать симпатии – в ком? рассыпать бисер – перед кем! Кругом низость, слабодушие, мелочность, а я еще сохранил юношескую веру в добро, в доблесть, в постоянство…

Петр Иваныч начал что-то часто и мерно кивать головой.

– Петр Иваныч! – сказала Лизавета Александровна шепотом, дернув его за рукав, – ты спишь?

– Вот, сплю! – сказал, проснувшись, Петр Иваныч, – я всё слышу: «доблесть, постоянство», где же сплю?

– Не мешайте дядюшке, ma tante! – заметил Александр, – он не уснет, у него расстроится пищеварение, и бог знает, что из этого будет. Человек, конечно, властелин земли, но он также и раб своего желудка.

При этом он хотел, кажется, горько улыбнуться, но улыбнулся как-то кисло.

– Скажи же мне, чего ты хотел от своего друга? жертвы, что ли, какой-нибудь: чтоб он на стену полез или кинулся из окошка? Как ты понимаешь дружбу, что она такое? – спросил Петр Иваныч.

– Теперь уж жертвы не потребую – не беспокойтесь. Я благодаря людям низошел до жалкого понятия и о дружбе, как о любви... Вот я всегда носил с собой эти строки, которые казались мне вернейшим определением этих двух чувств, как я их понимал и как они должны быть, а теперь вижу, что это ложь, клевета на людей или жалкое незнание их сердца... Люди не способны к таким чувствам. Прочь – это коварные слова!..

Он достал из кармана бумажник, а из бумажника две осьмушки исписанной бумаги.

– Что это такое? – спросил дядя, – покажи.

– Не стоит! – сказал Александр и хотел рвать бумаги.

– Прочтите, прочтите! – стала просить Лизавета Александровна.

– Вот как два новейших французских романиста определяют истинную дружбу и любовь, и я согласился с ними, думал, что встречу в жизни такие существа и найду в них... да что! – Он презрительно махнул рукой и начал читать: «Любить не тою фальшивою, робкою дружбою, которая живет в наших раззолоченных палатах, которая не устоит перед горстью золота, которая боится двусмысленного слова, но тою могучею дружбою, которая отдает кровь за кровь, которая докажет себя в битве и кровопролитии, при громе пушек, под ревом бурь, когда друзья лобзаются прокопченными порохом устами, обнимаются окровавленными объятиями... И если Пилад ранен насмерть, Орест, энергически прощаясь с ним, верным ударом кинжала прекращает его мучения, страшно клянется отмстить и сдерживает клятву, потом отирает слезу и успокаивается...»

Петр Иваныч засмеялся своим мерным, тихим смехом.

– Над кем вы, дядюшка, смеетесь? – спросил Александр.

– Над автором, если он говорит это не шутя и от себя, а потом над тобой, если ты действительно так понимал дружбу.

– Ужели это только смешно? – спросила Лизавета Александровна.

– Только. Виноват: смешно и жалко. Впрочем, и Александр согласен с этим и позволил смеяться. Он сам сейчас сознался, что такая дружба –

ложь и клевета на людей. Это уж важный шаг вперед.

– Ложь потому, что люди не способны возвышаться до того понятия о дружбе, какая должна быть...

– Если люди не способны, так и не должна быть... – сказал Петр Иваныч.

– Но бывали же примеры...

– Это исключения, а исключения почти всегда не хороши. «Окровавленные объятия, страшная клятва, удар кинжала!..»

И он опять засмеялся.

– Ну-ка, прочти о любви, – продолжал он, – у меня и сон прошел.

– Если это может доставить вам случай посмеяться еще – извольте! – сказал Александр и начал читать следующее:

«Любить – значит не принадлежать себе, перестать жить для себя, перейти в существование другого, сосредоточить на одном предмете все человеческие чувства – надежду, страх, горесть, наслаждение; любить – значит жить в бесконечном...»

– Черт знает, что такое! – перебил Петр Иваныч, – какой набор слов!

– Нет, это очень хорошо! мне нравится, – заметила Лизавета Александровна. – Продолжайте, Александр.

«Не знать предела чувству, посвятить себя одному существу, – продолжал Александр читать, – и жить, мыслить только для его счастия, находить величие в унижении, наслаждение в грусти и грусть в наслаждении, предаваться всевозможным противоположностям, кроме любви и ненависти. Любить – значит жить в идеальном мире...»

Петр Иваныч покачал при этом головой.

«В идеальном мире (продолжал Александр), превосходящем блеском и великолепием всякий блеск и великолепие. В этом мире небо кажется чище, природа роскошнее; разделять жизнь и время на два разделения – присутствие и отсутствие, на два времени года – весну и зиму; первому соответствует весна, зима второму, – потому что, как бы ни были прекрасны цветы и чиста лазурь неба, но в отсутствии вся прелесть того и другого помрачается; в целом мире видеть только одно существо и в этом существе заключать вселенную... Наконец, любить – значит подстерегать каждый взгляд любимого существа, как бедуин подстерегает каждую каплю росы для освежения запекшихся от зноя уст; волноваться в отсутствии его роем мыслей, а при нем не уметь высказать ни одной, стараться превзойти друг друга в пожертвованиях...»

– Довольно, ради бога, довольно! – перебил Петр Иваныч, – терпенья нет! ты рвать хотел: рви же, рви скорей! вот так!

Петр Иваныч даже встал с кресел и начал ходить взад и вперед по комнате.

– Неужели был век, когда не шутя думали так и проделывали все это? – сказал он. – Неужели все, что пишут о рыцарях и пастушках, не обидная выдумка на них? И как достает охоты расшевеливать и анализировать так подробно эти жалкие струны души человеческой... любовь! придавать всему этому такое значение...

Он пожал плечами.

– Зачем, дядюшка, уноситься так далеко? – сказал Александр, – я сам чувствую в себе эту силу любви и горжусь ею. Мое несчастие состоит в том только, что я не встретил существа, достойного этой любви и одаренного такою же силой...

– Сила любви! – повторил Петр Иваныч, – все равно, если б ты сказал – сила слабости.

– Это не по тебе, Петр Иваныч, – заметила Лизавета Александровна, – ты не хочешь верить существованию такой любви и в других...

– А ты? неужели ты веришь? – спросил Петр Иваныч, подходя к ней, – да нет, ты шутишь! Он еще ребенок и не знает ни себя, ни других, а тебе было бы стыдно! Неужели ты могла бы уважать мужчину, если б он полюбил так?.. Так ли любят?..

Лизавета Александровна оставила свою работу.

– Как же? – спросила она тихо, взяв его за руки и притягивая к себе.

Петр Иваныч тихо высвободил свои руки из ее рук и украдкой показал на Александра, который стоял у окна, спиной к ним, и опять начал совершать свое хождение по комнате.

– Как! – говорил он, – будто ты не слыхала, как любят!..

– Любят! – повторила она задумчиво и медленно принялась опять за работу.

С четверть часа длилось молчание. Петр Иваныч первый прервал его.

– Что ты теперь делаешь? – спросил он племянника.

– Да... ничего.

– Мало. Ну, читаешь, по крайней мере?

– Да...

– Что же?

– Басни Крылова.

– Хорошая книга; да не одну же ее?

– Теперь одну. Боже мой! какие портреты людей, какая верность!

– Ты что-то сердит на людей. Ужели любовь к этой... как ее? сделала тебя таким?..

– О! я и забыл об этой глупости. Недавно я проехал по тем местам, где был так счастлив и так страдал, думал, что воспоминаниями разорву сердце на части.

– Что же, разорвал?

– Видел и дачу, и сад, и решетку, а сердце и не стукнуло.

– Ну вот: я ведь говорил. Чем же тебе так противны люди?

– Чем! своею низостью, мелкостью души... Боже мой! когда

подумаешь, сколько подлостей вращается там, где природа бросила такие чудные семена...

– Да тебе что за дело? Исправить, что ли, хочешь людей!

– Что за дело? Разве до меня не долетают брызги этой грязи, в которой купаются люди? Вы знаете, что случилось со мною, – и после всего этого не ненавидеть, не презирать людей!

– Что же случилось с тобой?

– Измена в любви, какое-то грубое, холодное забвение в дружбе... Да и вообще противно, гадко смотреть на людей, жить с ними! Все их мысли, слова, дела – все зиждется на песке. Сегодня бегут к одной цели, спешат, сбивают друг друга с ног, делают подлости, льстят, унижаются, строят козни, а завтра – и забыли о вчерашнем и бегут за другим. Сегодня восхищаются одним, завтра ругают; сегодня горячи, нежны, завтра холодны... нет! как посмотришь – страшна, противна жизнь! А люди!..

Петр Иваныч, сидя в креслах, задремал было опять.

– Петр Иваныч! – сказала Лизавета Александровна, толкнув его тихонько.

– Хандришь, хандришь! Надо делом заниматься, – сказал Петр Иваныч, протирая глаза, – тогда и людей бранить не станешь, не за что. Чем не хороши твои знакомые? всё люди порядочные.

– Да! за кого ни хватишься, так какой-нибудь зверь из басен Крылова и есть, – сказал Александр.

– Хозаровы, например?

– Целая семья животных! – перебил Александр. – Один расточает вам в глаза лесть, ласкает вас, а за глаза... я слышал, что он говорит обо мне. Другой сегодня с вами рыдает о вашей обиде, а завтра зарыдает с вашим обидчиком; сегодня смеется с вами над другим, а завтра с другим над вами... гадко!

– Ну, Лунины?

– Хороши и эти. Сам он точно тот осел, от которого соловей улетел за тридевять земель. А она такой доброй лисицей смотрит...

– Что скажешь о Сониных?

– Да хорошего ничего не скажешь. Сонин всегда даст хороший совет, когда пройдет беда, а попробуйте обратиться в нужде... так он и отпустит без ужина домой, как лисица волка. Помните, как он юлил перед вами, когда искал места чрез ваше посредство? А теперь послушайте, что говорит про вас...

– И Волочков не нравится тебе?

– Ничтожное и еще вдобавок злое животное...

Александр даже плюнул.

– Ну, отделал же! – промолвил Петр Иваныч.

– Чего же мне ждать от людей? – продолжал Александр.

– Всего: и дружбы, и любви, и штаб-офицерского чина, и денег... Ну, теперь заключи эту галерею портретов нашими: скажи, какие мы с женой звери?

Александр ничего не отвечал, но на лице у него мелькнуло выражение тонкой, едва заметной иронии. Он улыбнулся. Ни это выражение, ни улыбка не ускользнули от Петра Иваныча. Он переглянулся с женой, та потупила глаза.

– Ну, а ты сам что за зверь? – спросил Петр Иваныч.

– Я не сделал людям зла! – с достоинством произнес Александр, – я исполнил в отношении к ним все… У меня сердце любящее; я распахнул широкие объятия для людей, а они что сделали?

– Что это, как он смешно говорит! – заметил Петр Иваныч, обратясь к жене.

– Тебе все смешно! – отвечала она.

– И сам я от людей не требовал, – продолжал Александр, – ни подвигов добра, ни великодушия, ни самоотвержения… требовал только должного, следующего мне по всем правам…

– Так ты прав? Вышел совсем сух из воды. Постой же, я выведу тебя на свежую воду…

Лизавета Александровна заметила, что супруг ее заговорил строгим тоном, и встревожилась.

– Петр Иваныч! – шептала она, – перестань…

– Нет, пусть выслушает правду. Я мигом кончу. Скажи, пожалуйста, Александр, когда ты клеймил сейчас своих знакомых то негодяями, то дураками, у тебя в сердце не зашевелилось что-нибудь похожее на угрызение совести?

– Отчего же, дядюшка?

– А оттого, что у этих зверей ты несколько лет сряду находил всегда радушный прием: положим, перед теми, от кого эти люди добивались чего-нибудь, они хитрили, строили им козни, как ты говоришь; а в тебе им нечего было искать: что же заставило их зазывать тебя к себе, ласкать?.. Нехорошо, Александр!.. – прибавил серьезно Петр Иваныч. – Другой за одно это, если б и знал за ними какие-нибудь грешки, так промолчал бы.

Александр весь вспыхнул.

– Я приписывал их внимательность к себе вашей рекомендации, – отвечал он, но уже без достоинства, а довольно смиренно. – Притом это светские отношения…

– Ну, хорошо; возьмем несветские. Я уж доказывал тебе, не знаю только, доказал ли, что к своей этой… как ее? Сашеньке, что ли? ты был несправедлив. Ты полтора года был у них в доме как свой: жил там с утра до вечера, да еще был любим этой *презренной девчонкой*, как ты ее называешь. Кажется, это не презрения заслуживает…

– А зачем она изменила?

– То есть полюбила другого? И это мы решили удовлетворительно.

Да неужели ты думаешь, что если б она продолжала любить тебя, ты бы не разлюбил ее?

– Я? никогда.

– Ну, так ты ничего не смыслишь. Пойдем дальше. Ты говоришь, что у тебя нет друзей, а я все думал, что у тебя их трое.

– Трое? – был когда-то один, да и тот...

– Трое, – настойчиво повторил Петр Иваныч. – Первый, начнем по старшинству, этот *один*. Не видавшись несколько лет, другой бы при встрече отвернулся от тебя, а он пригласил тебя к себе, и когда ты пришел с кислой миной, он с участием расспрашивал, не нужно ли тебе чего, стал предлагать тебе услуги, помощь, и я уверен, что дал бы и денег – да! а в наш век об этот пробный камень споткнется не одно чувство... нет, ты познакомь меня с ним: он, я вижу, человек порядочный... а по-твоему, коварный.

Александр стоял, потупя голову.

– Ну, как ты думаешь, кто твой второй друг? – спросил Петр Иваныч.

– Кто? – сказал с недоумением Александр, – да никто...

– Бессовестный! – перебил Петр Иваныч, – а? Лиза! и не краснеет! а я как довожусь тебе, позволь спросить?

– Вы... родственник.

– Важный титул! Нет, я думал – больше. Нехорошо, Александр: это такая черта, которая даже на школьных прописях названа *гнусною* и которой, кажется, у Крылова нет.

– Но вы всегда отталкивали меня... – робко говорил Александр, не поднимая глаз.

– Да, когда ты хотел обниматься.

– Вы смеялись надо мной, над чувством...

– А для чего, а зачем? – спросил Петр Иваныч.

– Вы следили за мной шаг за шагом.

– А! договорился! следил! Найми-ка себе такого гувернера! Из чего я хлопотал? Я мог бы еще прибавить кое-что, но это походило бы на пошлый упрек...

– Дядюшка!.. – сказал Александр, подходя к нему и протягивая обе руки.

– На свое место: я еще не кончил! – холодно сказал Петр Иваныч. – Третьего и лучшего друга, надеюсь, назовешь сам...

Александр опять смотрел на него и, кажется, спрашивал: «Да где же он?» Петр Иваныч указал на жену.

– Вот она.

– Петр Иваныч, – перебила Лизавета Александровна, – не умничай, ради бога, оставь...

– Нет, не мешай.

– Я умею ценить дружбу тетушки... – бормотал Александр невнятно.

– Нет, не умеешь: если б умел, ты бы не искал глазами друга на потолке, а указал бы на нее. Если б чувствовал ее дружбу, ты из уважения к ее достоинствам не презирал бы людей. Она одна выкупила бы в глазах твоих недостатки других. Кто осушал твои слезы да хныкал с тобой вместе? Кто во всяком твоем вздоре принимал участие, и какое участие! Разве только мать могла бы так горячо принимать к сердцу все, что до тебя касается, и та не сумела бы. Если б ты чувствовал это, ты не улыбнулся бы давеча иронически, ты бы видел, что тут нет ни лисы, ни волка, а есть женщина, которая любит тебя, как родная сестра...

– Ах, ma tante! – сказал Александр, растерянный и совсем уничтоженный этим упреком, – неужели вы думаете, что я не ценю этого и не считаю вас блистательным исключением из толпы? Боже, боже! клянусь...

– Верю, верю, Александр! – отвечала она, – вы не слушайте Петра Иваныча: он из мухи делает слона: рад случаю поумничать. Перестань, ради бога, Петр Иваныч.

– Сейчас, сейчас, кончу – *еще одно, последнее сказанье!* [18] Ты сказал, что исполняешь все, чего требуют от тебя твои обязанности к другим?

Александр уже ни слова не отвечал и не поднимал глаз.

– Ну, скажи, любишь ли ты свою мать?

Александр вдруг ожил.

– Какой вопрос? – сказал он, – кого после этого любить мне? Я ее обожаю, я отдал бы за нее жизнь...

– Хорошо. Стало быть, тебе известно, что она живет, дышит только тобою, что всякая твоя радость и горе – радость и горе для нее. Она теперь время считает не месяцами, не неделями, а вестями о тебе и от тебя... Скажи-ка, давно ли ты писал к ней?

Александр встрепенулся.

– Недели... три, – пробормотал он.

– Нет: четыре месяца! Как прикажешь назвать такой поступок? Ну-ка, какой ты зверь? Может быть, оттого и не называешь, что у Крылова такого нет.

– А что? – вдруг с испугом спросил Александр.

– А то, что старуха больна с горя.

– Ужели? Боже! боже!

– Неправда! неправда! – сказала Лизавета Александровна и тотчас же побежала к бюро и достала оттуда письмо, которое подала Александру. – Она не больна, но очень тоскует.

– Ты балуешь его, Лиза, – сказал Петр Иваныч.

– А ты уж не в меру строг. У Александра были такие обстоятельства, которые отвлекали его на время...

– Для девчонки забыть мать – славные обстоятельства!

18 ...еще одно последнее сказанье – из «Бориса Годунова» А.С. Пушкина

– Да полно, ради бога! – сказала она убедительно и указала на племянника.

Александр, прочитав письмо матери, закрыл им себе лицо.

– Не мешайте дядюшке, ma tante: пусть он гремит упреками; я заслужил хуже: я чудовище! – говорил он, делая отчаянные гримасы.

– Ну, успокойся, Александр! – сказал Петр Иваныч, – таких чудовищ много. Увлекся глупостью и на время забыл о матери – это естественно; любовь к матери – чувство покойное. У ней на свете одно – ты: оттого ей естественно огорчаться. Казнить тебя тут еще не за что; скажу только словами любимого твоего автора:

Чем кумушек считать трудиться,
Не лучше ль на себя, кума, оборотиться?

и быть снисходительным к слабостям других. Это такое правило, без которого ни себе, ни другим житья не будет. Вот и всё. Ну, я пойду уснуть.

– Дядюшка! вы сердитесь? – сказал Александр голосом глубокого раскаяния.

– С чего ты это взял? Из чего я стану себе портить кровь? и не думал сердиться. Я только хотел разыграть роль медведя в басне «Мартышка и зеркало»[19]. Что, ведь искусно разыграл? Лиза, а?

Он мимоходом хотел ее поцеловать, но она увернулась.

– Кажется, я в точности исполнил твои приказания, – прибавил Петр Иваныч, – что же ты?.. да: забыл одно... в каком положении твое сердце, Александр? – спросил он.

Александр молчал.

– А денег не нужно? – спросил опять Петр Иваныч.

– Нет, дядюшка...

– Никогда не попросит! – сказал Петр Иваныч, затворяя за собою дверь.

– Что будет думать обо мне дядюшка? – спросил Александр, помолчав.

– То же, что и прежде, – отвечала Лизавета Александровна. – Вы думаете, что он говорил вам все это с сердцем, от души?

– А как же?

– И! нет. Поверьте, что он поважничать хотел. Видите, как он все это методически сделал? расположил доказательства против вас по порядку: прежде слабые, а потом посильнее; сначала выведал причину ваших дурных отзывов о людях... а потом уж... везде метода! Теперь и забыл, я думаю.

– Сколько ума! какое знание жизни, людей, уменье владеть собой!

19 Мартышка и зеркало. – Имеется в виду басня И.А. Крылова «Зеркало и Обезьяна»

– Да, много ума и слишком много уменья владеть собой, – задумчиво говорила Лизавета Александровна, – но...

– А вы, ma tante, вы перестанете уважать меня? Но поверьте, только такие потрясения, какие были со мной, могли отвлечь меня... Боже! бедная маменька!

Лизавета Александровна подала ему руку.

– Я, Александр, не перестану уважать в вас сердце, – сказала она. – Чувство увлекает вас и в ошибки, оттого я всегда извиню их.

– Ах, ma tante! вы идеал женщины!

– Просто женщина.

На Александра довольно сильно подействовал нагоняй дяди. Он тут же, сидя с теткой, погрузился в мучительные думы. Казалось, спокойствие, которое она с таким трудом, так искусно водворила в его сердце, вдруг оставило его. Напрасно ждала она какой-нибудь злой выходки, сама называлась на колкость и преусердно подводила под эпиграмму Петра Иваныча: Александр был глух и нем. На него как будто вылили ушат холодной воды.

– Что с вами? отчего вы такие? – спрашивала тетка.

– Да так, ma tante: что-то невесело на сердце. Дядюшка дал мне понять меня самого: славно растолковал!

– Вы не слушайте его: он иногда и неправду говорит.

– Нет, не утешайте меня. Я теперь гадок самому себе. Презирал, ненавидел людей, а теперь и себя. От людей можно скрыться, а от себя куда уйдешь? Так все ничтожно: все эти блага, вся пустошь жизни, и люди, и сам...

– Ах, этот Петр Иваныч! – промолвила с глубоким вздохом Лизавета Александровна, – он хоть на кого нагонит тоску!

– Одно только отрицательное утешение и осталось мне, что я не обманул никого, не изменил ни в любви, ни в дружбе...

– Вас не умели ценить, – промолвила тетка, – но поверьте, найдется сердце, которое вас оценит: я вам порука в том. Вы еще так молоды, забудьте это все, займитесь: у вас есть талант: пишите... Пишете ли вы что-нибудь теперь?

– Нет.

– Напишите.

– Боюсь, ma tante...

– Не слушайте Петра Иваныча: рассуждайте с ним о политике, об агрономии, о чем хотите, только не о поэзии. Он вам никогда об этом правды не скажет. Вас оценит публика – вы увидите... Так будете писать?

– Хорошо.

– Скоро начнете?

– Как только могу. Теперь на одно это и осталась надежда...

Петр Иваныч, выспавшись, пришел к ним, одетый совсем и со

шляпой в руках. Он тоже посоветовал Александру заняться делом по службе и по отделу сельского хозяйства для журнала.

– Постараюсь, дядюшка, – отвечал Александр, – но вот я обещал тетушке…

Лизавета Александровна сделала ему знак, чтоб он молчал, но Петр Иваныч заметил.

– Что, что обещал? – спросил он.

– Привезти новые ноты, – отвечала она.

– Нет, неправда; что такое, Александр?

– Написать повесть или что-нибудь…

– Ты еще не отказался от изящной литературы? – говорил Петр Иваныч, обирая пылинки с платья. – А ты, Лиза, сбиваешь его с толку – напрасно!

– Я не вправе отказаться от этого, – заметил Александр.

– Кто ж тебя неволит?

– Зачем я самовольно и неблагодарно отвергну почетное назначение, к которому призван? Одна светлая надежда в жизни и осталась, а я уничтожу и ее? Если я погублю, что свыше вложено в меня, то погублю и себя…

– Да что вложено в тебя такое, растолкуй мне, пожалуйста?

– Этого я, дядюшка, не могу растолковать вам. Надо понимать самому. Воздымались ли у вас на голове волосы от чего-нибудь, кроме гребенки?

– Нет! – сказал Петр Иваныч.

– Ну вот видите. Бушевали ли в вас страсти, кипело ли воображение и создавало ли вам изящные призраки, которые просились воплотиться? билось ли сердце особенным биением?

– Дико, дико! Ну, так что ж? – спросил Петр Иваныч.

– А то, что с кем этого не бывало, так тому и растолковать нельзя, почему хочется писать, когда какой-то беспокойный дух твердит и днем и ночью, и во сне и наяву: пиши, пиши…

– Да ведь ты не умеешь писать?

– Полно, Петр Иваныч: сам не умеешь, так зачем же мешать другим? – сказала Лизавета Александровна.

– Извините, дядюшка, если замечу, что вы не судья в этом деле.

– Кто ж судья? она?

Петр Иваныч указал на жену.

– Она – нарочно, а ты веришь, – прибавил он.

– Да и сами вы в начале моего приезда сюда советовали писать, испытывать себя…

– Ну так что ж? попробовал – не выходит ничего: и бросить бы.

– Неужели вы никогда не нашли у меня ни дельной мысли, ни удачного стиха?

– Как не найти! есть. Ты не глуп: как же у неглупого человека в нескольких пудах сочинений не найти удачной мысли? Так ведь это не талант, а ум.

– Ах! – сказала Лизавета Александровна, с досадой повернувшись на стуле.

– А биение сердца, трепет, сладостная нега и прочее такое – с кем не бывает?

– Да с тобой, я думаю, первым! – заметила жена.

– Ну вот! А помнишь, я, бывало, восхищался...

– Чем это? не помню.

– Все испытывают эти вещи, – продолжал Петр Иваныч, обращаясь к племяннику, – кого не трогают тишина или там темнота ночи, что ли, шум дубравы, сад, пруды, море? Если б это чувствовали одни художники, так некому было бы понимать их. А отражать все эти ощущения в своих произведениях – это другое дело: для этого нужен талант, а его у тебя, кажется, нет. Его не скроешь: он блестит в каждой строке, в каждом ударе кисти...

– Петр Иваныч! тебе пора ехать, – сказала Лизавета Александровна.

– Сейчас.

– Отличиться хочется? – продолжал он, – тебе есть чем отличиться. Редактор хвалит тебя, говорит, что статьи твои о сельском хозяйстве обработаны прекрасно, в них есть мысль – все показывает, говорит, ученого производителя, а не ремесленника. Я порадовался: «Ба! думаю, Адуевы все не без головы!» – видишь: и у меня есть самолюбие! Ты можешь отличиться и в службе и приобресть известность писателя...

– Хороша известность: писатель о наземе.

– Всякому свое: одному суждено витать в небесных пространствах, а другому рыться в наземе и оттуда добывать сокровища. Я не понимаю, отчего пренебрегать скромным назначением? и оно имеет свою поэзию. Вот ты бы выслужился, нажил бы трудами денег, выгодно женился бы, как большая часть... Не понимаю, чего еще? Долг исполнен, жизнь пройдена с честью, трудолюбиво – вот в чем счастье! по-моему, так. Вот я статский советник по чину, заводчик по ремеслу; а предложи-ка мне взамен звание первого поэта, ей-богу, не возьму!

– Послушай, Петр Иваныч: ты, право, опоздаешь! – перебила Лизавета Александровна, – скоро десять часов.

– В самом деле, пора. Ну, до свидания. А то вообразят себя, бог знает с чего, необыкновенными людьми, – ворчал Петр Иваныч, уходя вон, – да и того...

II

Александр, возвратясь домой от дяди, сел в кресло и задумался. Он припомнил весь разговор с дядей и теткой и потребовал строгого отчета от самого себя.

Как, в свои лета, позволив себе ненавидеть и презирать людей, рассмотрев и обсудив их ничтожность, мелочность, слабости, перебрав всех и каждого из своих знакомых, он забыл разобрать себя! Какая слепота! И дядя дал ему урок, как школьнику, разобрал его по ниточке, да еще при женщине; что бы ему самому оглянуться на себя! Как дядя должен выиграть в этот вечер в глазах жены! Это бы, пожалуй, ничего, оно так и должно быть; но ведь он выиграл на его счет. Дядя имеет над ним неоспоримый верх, всюду и во всем.

«Где же, – думал он, – после этого преимущество молодости, свежести, пылкости ума и чувств, когда человек, с некоторою только опытностью, но с черствым сердцем, без энергии, уничтожает его на каждом шагу, так, мимоходом, небрежно? Когда же спор будет равен и когда наконец перевес будет на его стороне? А на его стороне, кажется, и талант, и избыток душевных сил... а дядя является исполином в сравнении с ним. С какою уверенностью он спорит, как легко устраняет всякое противоречие и достигает цели, шутя, с зевотой, насмехаясь над чувством, над сердечными излияниями дружбы и любви, словом, над всем, в чем пожилые люди привыкли завидовать молодым».

Перебирая все это в уме, Александр покраснел от стыда. Он дал себе слово строго смотреть за собой и при первом случае уничтожить дядю: доказать ему, что никакая опытность не заменит того, что *вложено свыше;* что как он, Петр Иваныч, там себе ни проповедуй, а с этой минуты не сбудется ни одно из его холодных, методических предсказаний. Александр сам найдет свой путь и пойдет по нем не робкими, а твердыми и ровными шагами. Он теперь не то, что был три года назад. Он проник взглядом в тайники сердца, рассмотрел игру страстей, добыл себе тайну жизни, конечно не без мучений, но зато закалил себя против них навсегда. Будущее ему ясно, он восстал, окрылился, – он не ребенок, а муж, – смело вперед! Дядя увидит и в свою очередь разыграет впоследствии перед ним, опытным мастером, роль жалкого ученика; он узнает, к удивлению своему, что есть иная жизнь, иные отличия, иное счастье, кроме жалкой карьеры, которую он себе избрал и которую навязывает и ему, может быть, из зависти. Еще, еще одно благородное усилие – и борьба кончена!

Александр ожил. Он опять стал творить особый мир, несколько помудрее первого. Тетка поддерживала в нем это расположение, но тайком, когда Петр Иваныч спал или уезжал на завод и в английский клуб.

Она расспрашивала Александра о занятиях. А уж как это нравилось ему! Он рассказывал ей план своих сочинений и иногда, в виде совета, требовал одобрения.

Она часто спорила с ним, но еще чаще соглашалась.

Александр привязался к труду, как привязываются к последней надежде. «За этим, – говорил он тетке, – ведь уж нет ничего: там голая степь, без воды, без зелени, мрак, пустыня, – что тогда будет жизнь? хоть в гроб ложись!» И он работал неутомимо.

Иногда угасшая любовь придет на память, он взволнуется – и за перо: и напишет трогательную элегию. В другой раз желчь хлынет к сердцу и поднимет со дна недавно бушевавшую там ненависть и презрение к людям, – смотришь – и родится несколько энергических стихов. В то же время он обдумывал и писал повесть. Он потратил на нее много размышления, чувства, материального труда и около полугода времени. Вот наконец повесть готова, пересмотрена и переписана набело. Тетка была в восхищении.

В этой повести действие происходило уже не в Америке, а где-то в тамбовской деревне. Действующие лица были обыкновенные люди: клеветники, лжецы и всякого рода изверги – во фраках, изменницы в корсетах и в шляпках. Все было прилично, на своих местах.

– Я думаю, ma tante, это можно показать дядюшке?

– Да, да, конечно, – отвечала она, – а впрочем… не лучше ли отдать напечатать так, без него? Он всегда против этого: скажет что-нибудь… Вы знаете, это кажется ему ребячеством.

– Нет, лучше показать! – отвечал Александр. – Я после вашего суда и собственного сознания не боюсь никого, а между тем пусть он увидит…

Показали. Петр Иваныч, увидя тетрадь, немного нахмурился и покачал головой.

– Что это, вы вдвоем сочинили? – спросил он, – что-то много. Да как мелко писано: охота же писать!

– Ты погоди качать головой, – отвечала жена, – а прежде выслушай. Прочтите нам, Александр. Только ты выслушай внимательно, не дремли и скажи потом свой приговор. Недостатки везде можно найти, если захочешь искать их. А ты будь снисходителен.

– Нет, зачем? будьте только справедливы, – прибавил Александр.

– Нечего делать; я выслушаю, – сказал Петр Иваныч со вздохом, – только с условием, во-первых, не после обеда вскоре читать, а то я за себя не ручаюсь, что не засну. Этого, Александр, на свой счет не принимай; что бы ни читали после обеда, а меня всегда клонит сон; а во-вторых, если это что-нибудь дельное, то я скажу свое мнение, а нет – я буду только молчать, а вы там как себе хотите.

Стали читать. Петр Иваныч ни разу не вздремнул, слушал, не сводя глаз с Александра, даже редко мигал, а два раза так одобрительно кивнул головой.

– Видишь! – сказала жена вполголоса. – Я тебе говорила.

Он и ей кивнул.

Читали два вечера сряду. В первый вечер, после чтения, Петр Иваныч рассказал, к удивлению жены, все, что будет дальше.

– Ты почему знаешь? – спросила она.

– Мудрено! Идея уж не новая, – тысячу раз писали об этом. Дальше и читать бы не нужно, да посмотрим, как она развилась у него.

Когда на другой вечер Александр дочитывал последнюю страницу, Петр Иваныч позвонил. Вошел человек.

– Приготовь одеться, – сказал он. – Извини, Александр, что перервал: тороплюсь, – опоздаю в клуб к висту.

Александр кончил. Петр Иваныч проворно пошел вон.

– Ну, до свиданья! – сказал он жене и Александру. – Я уж не заеду сюда.

– Постой! постой! – закричала жена, – что ж ты ничего не скажешь о повести?

– По уговору не следует! – отвечал он и хотел идти.

– Это упрямство! – сказала она. – О, он упрям – я его знаю! Вы не смотрите на это, Александр.

«Это недоброжелательство! – подумал Александр. – Он меня хочет втоптать в грязь, стащить в свою сферу. Все-таки он умный чиновник, заводчик – и больше ничего, а я поэт...»

– Это из рук вон, Петр Иваныч! – начала жена чуть не со слезами. – Ты хоть что-нибудь скажи. Я видала, что ты в знак одобрения качал головой, стало быть, тебе понравилось. Только по упрямству не хочешь сознаться. Как сознаться, что нам нравится повесть! мы слишком умны для этого. Признайся, что хорошо.

– Я качал головой потому, что и из этой повести видно, что Александр умен, но он неумно сделал, что написал ее.

– Однако ж, дядюшка, суд такого рода...

– Послушай: ведь ты мне не веришь, нечего и спорить; изберем лучше посредника. Я даже вот что сделаю, чтоб кончить это между нами однажды навсегда: я назовусь автором этой повести и отошлю ее к моему приятелю, сотруднику журнала: посмотрим, что он скажет. Ты его знаешь и, вероятно, положишься на его суд. Он человек опытный.

– Хорошо, посмотрим.

Петр Иваныч сел к столу и наскоро написал несколько строк, потом передал письмо Александру.

«Я, на старости лет, пустился в авторство, – писал он, – что делать: хочется прославиться, взять и тут, – с ума сошел! Вот я и произвел прилагаемую при сем повесть. Просмотрите ее, и если годится, то напечатайте в вашем журнале, разумеется, за деньги: вы знаете, я даром работать не люблю. Вы удивитесь и не поверите, но я позволяю вам даже подписать мою фамилию, стало быть, не лгу».

Уверенный в благоприятном отзыве о повести, Александр покойно ожидал ответа. Он даже радовался, что дядя упомянул в записке о деньгах.

«Очень, очень умно, – думал он. – Маменька жалуется, что хлеб дешев: пожалуй, не скоро пришлет денег; а тут оно и кстати получить тысячи полторы».

Прошло, однако же, недели три, ответа все не было. Вот наконец однажды утром к Петру Иванычу принесли большой пакет и письмо.

– А! назад прислали! – сказал он, лукаво взглянув на жену.

Он не распечатал записки и не показал жене, как она ни просила. В тот же день вечером, перед тем как ехать в клуб, он сам отправился к племяннику.

Дверь была не заперта. Он вошел. Евсей храпел, растянувшись в передней диагонально на полу. Светильня страшно нагорела и свесилась с подсвечника. Он заглянул в другую комнату: темно.

– О, провинция! – проворчал Петр Иваныч.

Он растолкал Евсея, показал ему на дверь, на свечку и погрозил тростью. В третьей комнате за столом сидел Александр, положив руки на стол, а на руки голову, и тоже спал. Перед ним лежала бумага. Петр Иваныч взглянул – стихи.

Он взял бумагу и прочитал следующее:

Весны пора прекрасная минула,
Исчез навек волшебный миг любви,
Она в груди могильным сном уснула
И пламенем не пробежит в крови!
На алтаре ее осиротелом
Давно другой кумир воздвигнул я,
Молюсь ему... но...[20]

– И сам уснул! Молись, милый, не ленись! – сказал вслух Петр Иваныч. – Свои же стихи, да как уходили тебя! Зачем другого приговора? сам изрек себе.

– А! – сказал Александр, потягиваясь, – вы всё еще против моих сочинений! Скажите, дядюшка, откровенно, что заставляет вас так настойчиво преследовать талант, когда нельзя не признать...

– Да зависть, Александр. Посуди сам: ты приобретешь славу, почет, может быть, еще бессмертие, а я останусь темным человеком и принужден буду довольствоваться названием полезного труженика. А ведь я тоже Адуев! воля твоя, обидно! Что я такое? прожил век свой тихо, безвестно, исполнил только свое дело и был еще горд и

20 Весны пора прекрасная минула и т.д. – строки из романтического стихотворения И.А. Гончарова «Романс», помещенного в рукописном альманахе Майковых «Подснежник», 1835

счастлив этим. Не жалкий ли удел? Когда умру, то есть ничего не буду чувствовать и знать, *струны вещие баянов* не станут говорить обо мне, *отдаленные века, потомство, мир* не наполнятся моим именем, не узнают, что жил на свете статский советник Петр Иваныч Адуев, и я не буду утешаться этим в гробе, если я и гроб уцелеем как-нибудь до потомства. Какая разница ты: когда, *расширяся шумящими крылами,* будешь летать *под облаками,* мне придется утешаться только тем, что в массе человеческих трудов есть *капля и моего меда* [21], как говорит твой любимый автор.

– Оставьте его, ради бога, в стороне; что он за любимый автор! Издевается только над ближним.

– А! издевается! Не с тех ли пор ты разлюбил Крылова, как увидел у него свой портрет! А propos! знаешь ли, что твоя будущая слава, твое бессмертие у меня в кармане? но я желал бы лучше, чтоб там были твои деньги: это вернее.

– Какая слава?

– А ответ на мою записку.

– Ах! дайте, ради бога, скорее. Что он пишет?

– Я не читал; прочитай сам, да вслух.

– И вы могли утерпеть?

– Да мне-то что?

– Как что! Ведь я ваш родной племянник: как не полюбопытствовать? Какая холодность! это эгоизм, дядюшка!

– Может быть: я не запираюсь. Впрочем, я знаю, что тут написано. На, читай!

Александр начал читать громко, а Петр Иваныч постукивал палкой по сапогам. В записке было вот что:

«Что это за мистификация, мой любезнейший Петр Иваныч? Вы пишете повести! Да кто ж вам поверит? И вы думали обморочить меня, старого воробья! А если б, чего боже сохрани, это была правда, если б вы оторвали на время ваше перо от дорогих, в буквальном смысле, строк, из которых каждая, конечно, не один червонец стоит, и перестав выводить почтенные итоги, произвели бы лежащую передо мною повесть, то я и тогда сказал бы вам, что хрупкие произведения вашего завода гораздо прочнее этого творения...»

У Александра голос вдруг упал.

21 ...струны вещие баянов – в третьей песне поэмы «Руслан и Людмила» А.С. Пушкина: «И струны громкие Баянов...»
...расширяся шумящими крылами... летать под облаками... капля и моего меда – в басне И.А. Крылова «Орел и Пчела»:
«Когда, расширяся шумящими крылами.
Ношуся я под облаками.
....
Что в них и моего хоть капля меду есть»

«Но я отвергаю такое обидное подозрение на ваш счет», – продолжал он робко и тихо.

– Не слышу, Александр, погромче! – сказал Петр Иваныч.

Александр продолжал тихим голосом:

«Принимая участие в авторе повести, вы, вероятно, хотите знать мое мнение. Вот оно. Автор должен быть молодой человек. Он не глуп, но что-то не путем сердит на весь мир. В каком озлобленном, ожесточенном духе пишет он! Верно, разочарованный. О, боже! когда переведется этот народ? Как жаль, что от фальшивого взгляда на жизнь гибнет у нас много дарований в пустых, бесплодных мечтах, в напрасных стремлениях к тому, к чему они не призваны».

Александр остановился и перевел дух. Петр Иваныч закурил сигару и пустил кольцо дыму. Лицо его, по обыкновению, выражало совершенное спокойствие. Александр продолжал читать глухим, едва слышным голосом:

«Самолюбие, мечтательность, преждевременное развитие сердечных склонностей и неподвижность ума, с неизбежным последствием – ленью, – вот причины этого зла. Наука, труд, практическое дело – вот что может отрезвить нашу праздную и больную молодежь».

– Все дело можно бы в трех строках объяснить, – сказал Петр Иваныч, поглядев на часы, – а он в приятельском письме написал целую диссертацию! ну, не педант ли? Читать ли дальше, Александр? брось: скучно. Мне бы надо тебе кое-что сказать…

– Нет, дядюшка, позвольте, уж я выпью чашу до дна: дочитаю.

– Ну, читай на здоровье.

«Это печальное направление душевных способностей, – читал Александр, – обнаруживается в каждой строке присланной вами повести. Скажите ж вашему protégé, что писатель тогда только, во-первых, напишет дельно, когда не будет находиться под влиянием личного увлечения и пристрастия. Он должен обозревать покойным и светлым взглядом жизнь и людей вообще, – иначе выразит только свое *я*, до которого никому нет дела. Этот недостаток сильно преобладает в повести. Второе и главное условие – этого, пожалуй, автору не говорите из сожаления к молодости и авторскому самолюбию, самому беспокойному из всех самолюбий, – нужен талант, а его тут и следа нет. Язык, впрочем, везде правилен и чист; автор даже обладает слогом…» – насилу дочитал Александр.

– Вот давно бы так! – сказал Петр Иваныч, – а то бог знает что наговорил! О прочем мы с тобой и без него рассудим.

У Александра опустились руки. Он молча, как человек, оглушенный неожиданным ударом, глядел мутными глазами прямо в стену. Петр Иваныч взял у него письмо и прочитал в P.S. следующее: «Если вам непременно хочется поместить эту повесть в наш журнал – пожалуй, для вас, в летние месяцы, когда мало читают, я помещу, но о вознаграждении и думать нельзя».

– Ну, что, Александр, как ты себя чувствуешь? – спросил Петр Иваныч.

– Покойнее, нежели можно было ожидать, – отвечал с усилием Александр. – Чувствую, как человек, обманутый во всем.

– Нет, как человек, который обманывал сам себя да хотел обмануть и других...

Александр не слыхал этого возражения.

– Ужели и это мечта?.. и это изменило?.. – шептал он. – Горькая утрата! Что ж, не привыкать-стать обманываться! Но зачем же, я не понимаю, вложены были в меня все эти неодолимые побуждения к творчеству?..

– Вот то-то! в тебя вложили побуждения, а самое творчество, видно, и забыли вложить, – сказал Петр Иваныч, – я говорил!

Александр отвечал вздохом и задумался. Потом вдруг с живостью бросился отворять все ящики, достал несколько тетрадей, листков, клочков и начал с ожесточением бросать в камин.

– Вот это не забудь! – сказал Петр Иваныч, подвигая к нему листок с начатыми стихами, лежавший на столе.

– И это туда же! – говорил Александр с отчаянием, бросая стихи в камин.

– Нет ли еще чего? Поищи-ка хорошенько, – спросил Петр Иваныч, осматриваясь кругом, – уж за один бы раз делать умное дело. Вон что там это на шкафе за связка?

– Туда же! – говорил Александр, доставая ее, – это статьи о сельском хозяйстве.

– Не жги, не жги этого! Отдай мне! – сказал Петр Иваныч, протягивая руку, – это не пустяки.

Но Александр не слушал.

– Нет! – сказал он со злостью, – если погибло для меня благородное творчество в сфере изящного, так я не хочу и труженичества: в этом судьба меня не переломит!

И связка полетела в камин.

– Напрасно! – заметил Петр Иваныч и между тем сам палкой шарил в корзине под столом, нет ли еще чего-нибудь бросить в огонь.

– А что же мы с повестью сделаем, Александр? Она у меня.

– Не нужно ли вам оклеить перегородки?

– Нет, теперь нет. Не послать ли за ней? Евсей! Опять заснул: смотри, там мою шинель у тебя под носом украдут! Сходи скорее ко мне, спроси там у Василья толстую тетрадь, что лежит в кабинете на бюро, и принеси сюда.

Александр сидел, опершись на руку, и смотрел в камин. Принесли тетрадь. Александр поглядел на плод полугодовых трудов и задумался. Петр Иваныч заметил это.

– Ну, кончай, Александр, – сказал он, – да поговорим о другом.

– И это туда же! – крикнул Александр, швырнув тетрадь в печь.

Оба стали смотреть, как она загорится, Петр Иваныч, по-видимому, с удовольствием, Александр с грустью, почти со слезами. Вот верхний лист зашевелился и поднялся, как будто невидимая рука перевертывала его; края его загнулись, он почернел, потом скоробился и вдруг вспыхнул; за ним быстро вспыхнул другой, третий, а там вдруг несколько поднялись и загорелись кучей, но следующая под ними страница еще белелась и через две секунды тоже начала чернеть по краям.

Александр, однако ж, успел прочесть на ней: глава III-я. Он вспомнил, что было в этой главе, и ему стало жаль ее. Он встал с кресел и схватил щипцы, чтобы спасти остатки своего творения. «Может быть, еще…» – шептала ему надежда.

– Постой, вот я лучше тростью, – сказал Петр Иваныч, – а то обожжешься щипцами.

Он подвинул тетрадь в глубину камина, прямо на уголья. Александр остановился в нерешимости. Тетрадь была толста и не вдруг поддалась действию огня. Из-под нее сначала повалил густой дым; пламя изредка вырвется снизу, лизнет ее по боку, оставит черное пятно и опять спрячется. Еще можно было спасти. Александр уже протянул руку, но в ту же секунду пламя озарило и кресла, и лицо Петра Иваныча, и стол; вся тетрадь вспыхнула и через минуту потухла, оставив по себе кучу черного пепла, по которому местами пробегали огненные змейки. Александр бросил щипцы.

– Все кончено! – сказал он.

– Кончено! – повторил Петр Иваныч.

– Ух! – промолвил Александр, – я свободен!

– Уж это в другой раз я помогаю тебе очищать квартиру, – сказал Петр Иваныч, – надеюсь, что на этот раз…

– Невозвратно, дядюшка.

– Аминь! – примолвил дядя, положив ему руки на плечи. – Ну, Александр, советую тебе не медлить: сейчас же напиши к Ивану Иванычу, чтобы прислал тебе работу в отделение сельского хозяйства. Ты по горячим следам, после всех глупостей, теперь напишешь преумную вещь. А он все заговаривает: «Что ж, говорит, ваш племянник…»

Александр с грустью покачал головой.

– Не могу, – сказал он, – нет, не могу: все кончено.

– Что ж ты станешь теперь делать?

– Что? – спросил он и задумался, – теперь пока ничего.

– Это только в провинции как-то умеют ничего не делать; а здесь… Зачем же ты приезжал сюда? Это непонятно!.. Ну, пока довольно об этом. У меня до тебя есть просьба.

Александр медленно приподнял голову и взглянул на дядю вопросительно.

– Ведь ты знаешь, – начал Петр Иваныч, подвигая к Александру свои кресла, – моего компаниона Суркова?

Александр кивнул головой.

– Да, ты иногда обедывал у меня с ним, только успел ли ты разглядеть хорошенько, что это за птица? Он добрый малый, но препустой. Господствующая его слабость – женщины. Он же, к несчастию, как ты видишь, недурен собой, то есть румян, гладок, высок, ну, всегда завит, раздушен, одет по картинке: вот и воображает, что все женщины от него без ума – так, фат! Да черт с ним совсем, я бы не заметил этого; но вот беда: чуть заведется страстишка, он и пошел мотать. Тут у него пойдут и сюрпризы, и подарки, и угождения; сам пустится в щегольство, начнет менять экипажи, лошадей... просто разоренье! И за моей женой волочился. Бывало, уж я и не забочусь посылать человека за билетом в театр: Сурков непременно привезет. Лошадей ли надо променять, достать ли что-нибудь редкое, толпу ли растолкать, съездить ли осмотреть дачу, куда ни пошлешь – золото! Уж как был полезен: этакого за деньги не наймешь. Жаль! Я нарочно не мешал ему, да жене очень надоел: я и прогнал. Вот когда он этак пустится мотать, ему уж недостает процентов, он начинает просить денег у меня – откажешь, заговаривает о капитале. «Что, говорит, мне ваш завод? никогда нет свободных денег в руках!» Добро бы взял какую-нибудь... так нет: все ищет связей в свете: «Мне, говорит, надобно *благородную интригу: я без любви жить не могу!*» – не осел ли? Малому чуть не сорок лет, и не может жить без любви!

Александр вспомнил о себе и печально улыбнулся.

– Он все врет, – продолжал Петр Иваныч. – Я после рассмотрел, о чем он хлопочет. Ему только бы похвастаться, – чтоб о нем говорили, что он в связи с такой-то, что видят в ложе у такой-то, или что он на даче сидел вдвоем на балконе поздно вечером, катался, что ли, там с ней где-нибудь в уединенном месте, в коляске или верхом. А между тем выходит, что эти так называемые *благородные интриги* – чтоб черт их взял! – гораздо дороже обходятся, чем неблагородные. Вот из чего бьется, дурачина!

– К чему же это все ведет, дядюшка? – спросил Александр, – я не вижу, что я могу тут сделать.

– А вот увидишь. Недавно воротилась сюда из-за границы молодая вдова, Юлия Павловна Тафаева. Она очень недурна собой. С мужем я и Сурков были приятели. Тафаев умер в чужих краях. Ну, догадываешься?

– Догадываюсь: Сурков влюбился во вдову.

– Так: совсем одурел! а еще?

– Еще… не знаю…

– Экой какой! Ну, слушай: Сурков мне раза два проговорился, что ему скоро понадобятся деньги. Я сейчас догадался, что это значит, только с какой стороны ветер дует – не мог угадать. Я допытываться, зачем деньги? Он мялся, мялся, наконец сказал, что хочет отделать себе квартиру на Литейной. Я припоминать, что бы такое было на Литейной, – и вспомнил, что Тафаева живет там же и прямехонько против того места, которое он выбрал. Уж и задаток дал. Беда грозит неминучая, если… не поможешь ты. Теперь догадался?

Александр поднял нос немного кверху, провел взглядом по стене, по потолку, потом мигнул раза два и стал глядеть на дядю, но молчал.

Петр Иваныч смотрел на него с улыбкой. Он страх любил заметить в ком-нибудь промах со стороны ума, догадливости и дать почувствовать это.

– Что это, Александр, с тобой? А еще повести пишешь! – сказал он.

– Ах, догадался, дядюшка!

– Ну, слава богу!

– Сурков просит денег; у вас их нет, вы хотите, чтоб я… – и не договорил.

Петр Иваныч засмеялся. Александр не кончил фразы и смотрел на дядю в недоумении.

– Нет, не то! – сказал Петр Иваныч. – Разве у меня когда-нибудь не бывает денег? Попробуй обратиться когда хочешь, увидишь! А вот что: Тафаева через него напомнила мне о знакомстве с ее мужем. Я заехал. Она просила посещать ее; я обещал и сказал, что привезу тебя: ну, теперь, надеюсь, понял?

– Меня? – повторил Александр, глядя во все глаза на дядю. – Да, конечно… теперь понял… – торопливо прибавил он, но на последнем слове запнулся.

– А что ты понял? – спросил Петр Иваныч.

– Хоть убейте, ничего, дядюшка, не понимаю! Позвольте… может быть, у ней приятный дом… вы хотите, чтоб я рассеялся… так как мне скучно…

– Вот, прекрасно! стану я возить тебя для этого по домам! После этого недостает только, чтоб я тебе закрывал на ночь рот платком от мух! Нет, все не то. А вот в чем дело: влюби-ка в себя Тафаеву.

Александр вдруг поднял брови и посмотрел на дядю.

– Вы шутите, дядюшка? это нелепо! – сказал он.

– Там, где точно есть нелепости, ты их делаешь очень важно, а где дело просто и естественно – это у тебя нелепости. Что ж тут нелепого? Разбери, как нелепа сама любовь: игра крови, самолюбие… Да что толковать с тобой: ведь ты все еще веришь в неизбежное назначение кого любить, в симпатию душ!

– Извините: теперь ни во что не верю. Но разве можно влюбить и влюбиться по произволу?

– Можно, но не для тебя. Не бойся: я такого мудреного поручения тебе не дам. Ты вот только что сделай. Ухаживай за Тафаевой, будь внимателен, не давай Суркову оставаться с ней наедине... ну, просто взбеси его. Мешай ему: он слово, ты два, он мнение, ты опровержение. Сбивай его беспрестанно с толку, уничтожай на каждом шагу...

– Зачем?

– Все еще не понимаешь! А затем, мой милый, что он сначала будет с ума сходить от ревности и досады, потом охладеет. Это у него скоро следует одно за другим. Он самолюбив до глупости. Квартира тогда не понадобится, капитал останется цел, заводские дела пойдут своим чередом... ну, понимаешь? Уж это в пятый раз я с ним играю шутку: прежде, бывало, когда был холостой и помоложе, сам, а не то кого-нибудь из приятелей подошлю.

– Но я с нею незнаком, – сказал Александр.

– А для этого-то я и повезу тебя к ней в среду. По средам у ней собираются кое-кто из старых знакомых.

– А если она отвечает любви Суркова, тогда, согласитесь, что мои угождения и внимательность взбесят не одного его.

– Э, полно! Порядочная женщина, разглядев дурака, перестанет им заниматься, особенно при свидетелях: самолюбие не позволит. Тут же около будет другой, поумнее и покрасивее: она посовестится, скорей бросит. Вот для этого я и выбрал тебя.

Александр поклонился.

– Сурков не опасен, – продолжал дядя, – но Тафаева принимает очень немногих, так что он может, пожалуй, в ее маленьком кругу прослыть и львом и умником. На женщин много действует внешность. Он же мастер угодить, ну, его и терпят. Она, может быть, кокетничает с ним, а он и того... И умные женщины любят, когда для них делают глупости, особенно дорогие. Только они любят большею частью при этом не того, кто их делает, а другого... Многие этого не хотят понять, в том числе и Сурков, – вот ты и вразуми его.

– Но Сурков, вероятно, там и не по средам бывает: в среду я ему помешаю, а в другие дни как?

– Все учи тебя! Ты польсти ей, прикинься немножко влюбленным – со второго раза она пригласит тебя уж не в среду, а в четверг или в пятницу, ты удвой внимательность, а я потом немножко ее настрою, намекну, будто ты в самом деле – того... Она, кажется... сколько я мог заметить... Такая чувствительная... должно быть, слабонервная... она, я думаю, тоже не прочь от симпатии... от излияний...

– Как это можно? – говорил в раздумье Александр. – Если б я мог еще влюбиться – так? а то не могу... и успеха не будет.

– Напротив, тут-то и будет. Если б ты влюбился, ты не мог бы притворяться, она сейчас бы заметила и пошла бы играть с вами с обоими в дураки. А теперь… да ты мне взбеси только Суркова: уж я знаю его, как свои пять пальцев. Он, как увидит, что ему не везет, не станет тратить деньги даром, а мне это только и нужно… Слушай, Александр, это очень важно для меня: если ты это сделаешь – помнишь две вазы, что понравились тебе на заводе? они – твои: только пьедестал ты сам купи.

– Помилуйте, дядюшка, неужели вы думаете, что я…

– Да за что ж ты станешь даром хлопотать, терять время? Вот прекрасно! Ничего! вазы очень красивы. В наш век без ничего ничего и не сделают. Когда я что-нибудь для тебя сделаю, предложи мне подарок: я возьму.

– Странное поручение! – сказал Александр нерешительно.

– Надеюсь, ты не откажешься исполнить его для меня. Я для тебя тоже готов сделать, что могу: когда понадобятся деньги – обратись… Так в среду! Эта история продолжится месяц, много два. Я тебе скажу, как не нужно будет, тогда и брось.

– Извольте, дядюшка, я готов; только странно… За успех не ручаюсь… если б я мог еще сам влюбиться, тогда… а то нет…

– И очень хорошо, что не можешь, а то бы все дело испортил. Я сам ручаюсь за успех. Прощай!

Он ушел, а Александр долго еще сидел у камина, над милым пеплом.

Когда Петр Иваныч воротился домой, жена спросила: что Александр, что его повесть, будет ли он писать?

– Нет, я его вылечил навсегда.

Адуев рассказал ей содержание письма, полученного им с повестью, и о том, как они сожгли все.

– Ты без жалости, Петр Иваныч! – сказала Лизавета Александровна, – или не умеешь ничего порядочно сделать, за что ни примешься.

– Ты хорошо делала, что принуждала его бумагу марать! разве у него есть талант?

– Нет.

Петр Иваныч посмотрел на нее с удивлением.

– Так зачем же ты?..

– А ты все еще не понял, не догадался?

Он молчал и невольно вспомнил сцену свою с Александром.

– Чего ж тут не понять? это очень ясно! – говорил он, глядя на нее во все глаза.

– А что, скажи?

– Что… что… ты хотела дать ему урок… только иначе, мягче, по-своему…

– Не понимаешь, а еще умный человек! Отчего он был все это время весел, здоров, почти счастлив? Оттого, что надеялся. Вот я и поддерживала эту надежду: ну, теперь ясно?

– Так это ты все хитрила с ним?

– Я думаю, это позволительно. А ты что наделал? Тебе его вовсе не жаль: отнял последнюю надежду.

– Полно! Какую последнюю надежду: еще много глупостей впереди.

– Что он теперь будет делать? Опять станет ходить повеся нос?

– Нет! не станет: не до того будет: я задал ему работу.

– Что? опять перевод какой-нибудь о картофеле? Разве это может занять молодого человека и особенно пылкого и восторженного? У тебя бы только была занята голова.

– Нет, моя милая, не о картофеле, а по заводу кое-что.

III

Настала и среда. В гостиной Юлии Павловны собралось человек двенадцать или пятнадцать гостей. Четыре молодые дамы, два иностранца с бородами, заграничные знакомые хозяйки да офицер составляли один кружок.

Отдельно от них, на берkeerке, сидел старик, по-видимому отставной военный, с двумя клочками седых волос под носом и со множеством ленточек в петлице. Он толковал с каким-то пожилым человеком о предстоявших откупах.

В другой комнате старушка и двое мужчин играли в карты. За фортепиано сидела очень молоденькая девица, другая тут же разговаривала со студентом.

Явились Адуевы. Редко кто умел войти с такой непринужденностью и достоинством в гостиную, как Петр Иваныч. За ним с какой-то нерешимостью следовал Александр.

Какая разница между ними: один целой головой выше, стройный, полный, человек крепкой и здоровой натуры, с самоуверенностью в глазах и в манерах. Но ни в одном взгляде, ни в движении, ни в слове нельзя было угадать мысли или характера Петра Иваныча – так все прикрыто было в нем светскостью и искусством владеть собой. Кажется, у него рассчитаны были и жесты и взгляды. Бледное, бесстрастное лицо показывало, что в этом человеке немного разгула страстям под деспотическим правлением ума, что сердце у него бьется или не бьется по приговору головы.

В Александре, напротив, все показывало слабое и нежное сложение, и изменчивое выражение лица, и какая-то лень или медленность и неровность движений, и матовый взгляд, который сейчас высказывал, какое ощущение тревожило сердце его или какая мысль шевелилась в голове. Он был среднего роста, но худ и бледен, – не от природы, как Петр Иваныч, а от беспрерывных душевных волнений; волосы не росли, как у того, густым лесом по голове и по щекам, но спускались по вискам и по затылку длинными, слабыми, но чрезвычайно мягкими, шелковистыми прядями светлого цвета, с прекрасным отливом.

Дядя представил племянника.

– А моего приятеля Суркова нет? – спросил Петр Иваныч, оглядываясь с удивлением. – Он забыл вас.

– О нет! я очень благодарна ему, – отвечала хозяйка. – Он посещает меня. Вы знаете, я, кроме знакомых моего покойного мужа, почти никого не принимаю.

– Да где же он?

– Он сейчас будет. Вообразите, он дал слово мне и кузине достать непременно ложу на завтрашний спектакль, когда, говорят, нет никакой возможности... и теперь поехал.

– И достанет; я ручаюсь за него: он гений на это. Он всегда достает мне, когда ни знакомство, ни протекция не помогают. Где он берет и за какие деньги – это его тайна.

Приехал и Сурков. Туалет его был свеж, но в каждой складке платья, в каждой безделице резко проглядывала претензия быть львом, превзойти всех модников и самую моду. Если, например, мода требовала распашных фраков, так его фрак распахивался до того, что походил на распростертые птичьи крылья; если носили откидные воротники, так он заказывал себе такой воротник, что в своем фраке он похож был на пойманного сзади мошенника, который рвется вон из рук. Он сам давал наставления своему портному, как шить. Когда он явился к Тафаевой, шарф его на этот раз был приколот к рубашке булавкой такой неумеренной величины, что она походила на дубинку.

– Ну что, достали? – раздалось со всех сторон.

Сурков только что хотел отвечать, но, увидев Адуева с племянником, вдруг остановился и поглядел на них с удивлением.

– Предчувствует! – сказал Петр Иваныч тихо племяннику. – Ба! да он с тростью: что это значит?

– Это что? – спросил он Суркова, показывая на трость.

– Давеча выходил из коляски... оступился и немного хромаю, – отвечал тот, покашливая.

– Вздор! – шепнул Петр Иваныч Александру. – Заметь набалдашник: видишь золотую львиную голову? Третьего дня он хвастался мне, что заплатил за нее Барбье шестьсот рублей, и теперь показывает; вот тебе образчик средств, какими он действует. Сражайся и сбей его вон с этой позиции.

Петр Иваныч указал в окно на дом, бывший напротив.

– Помни, что вазы твои, и одушевись, – прибавил он.

– На завтрашний спектакль имеете билет? – спросил Сурков Тафаеву, подходя к ней торжественно.

– Нет.

– *Позвольте вам вручить!* – продолжал он и досказал весь ответ Загорецкого из «Горе от ума».

Усы офицера слегка зашевелились от улыбки. Петр Иваныч искоса поглядел на племянника, а Юлия Павловна покраснела. Она стала приглашать Петра Иваныча в ложу.

– Очень вам благодарен, – отвечал он, – но я завтра дежурный в театре при жене; а вот позвольте представить вам взамен молодого человека...

Он показал на Александра.

– Я хотела просить и его; нас только трое: я с кузиной, да...

– Он вам заменит и меня, – сказал Петр Иваныч, – а в случае нужды и этого повесу.

Он указал на Суркова и начал что-то тихо говорить ей. Она при этом два раза украдкою взглянула на Александра и улыбнулась.

– Благодарю, – отвечал Сурков, – только не худо было бы предложить этот замен пораньше, когда не было билета: я бы посмотрел тогда, как бы заменили меня.

– Ах! я вам очень благодарна за вашу любезность, – с живостью сказала хозяйка Суркову, – но не пригласила вас в ложу потому, что у вас есть кресло. Вы, верно, предпочтете быть прямо против сцены... особенно в балете...

– Нет, нет, лукавите, вы не думаете этого: променять место подле вас – ни за что!

– Но оно уж обещано...

– Как? Кому?

– Monsieur Рене.

Она показала на одного из бородатых иностранцев.

– Oui, madame m'a fait cet honneur...[22] – живо забормотал тот.

Сурков, разиня рот, поглядел на него, потом на Тафаеву.

– Я переменюсь с ним: я предложу ему кресло, – сказал он.

– Попробуйте.

Бородач и руками и ногами.

– Покорно вас благодарю! – сказал Сурков Петру Иванычу, косясь на Александра, – этим я вам обязан.

– Не стоит благодарности. Да не хочешь ли в мою ложу? нас только двое с женой: ты же давно с ней не видался: поволочился бы.

Сурков с досадой отвернулся от него. Петр Иваныч тихонько уехал. Юлия посадила Александра подле себя и говорила с ним целый час. Сурков вмешивался несколько раз в разговор, но как-то некстати. Заговорил что-то о балете и получил в ответ *да,* когда надо было сказать *нет,* и наоборот: ясно, что его не слушали. Потом вдруг перескочил к устрицам, уверяя, что он съел их утром сто восемьдесят

22 Да, сударыня оказала мне эту честь... (франц.)

штук, – и не получил даже взгляда. Он сказал еще несколько общих мест и, не видя никакого толку, схватил шляпу и вертелся около Юлии, давая ей заметить, что он недоволен и сбирается уехать. Но она не заметила.

– Я уезжаю! – сказал он наконец выразительно. – Прощайте!

В этих словах слышалась худо скрытая досада.

– Уже! – отвечала она покойно. – Завтра дадите взглянуть на себя в ложе хоть на одну минуту?

– Какое коварство! Одну минуту, когда знаете, что за место подле вас я не взял бы места в раю.

– Если в театральном, верю!

Ему уж не хотелось уезжать. Досада его прошла от брошенного Юлиею ласкового слова на прощанье. Но все видели, что он раскланивался: надо было поневоле уходить, и он ушел, оглядываясь как собачонка, которая пошла было вслед за своим господином, но которую гонят назад.

Юлии Павловне было двадцать три, двадцать четыре года. Петр Иваныч угадал: она в самом деле была слабонервна, но это не мешало ей быть вместе очень хорошенькой, умной и грациозной женщиной. Только она была робка, мечтательна, чувствительна, как большая часть нервных женщин. Черты лица нежные, тонкие, взгляд кроткий и всегда задумчивый, частию грустный – без причины или, если хотите, по причине нерв.

На мир и жизнь она глядела не совсем благосклонно, задумывалась над вопросом о своем существовании и находила, что она лишняя здесь. Но, боже сохрани, если кто, даже случайно, проговаривался при ней о могиле, о смерти – она бледнела. От ее взгляда ускользала светлая сторона жизни. В саду, в роще она выбирала для прогулки темную, густую аллею и равнодушно глядела на смеющийся пейзаж. В театре смотрела всегда драму, комедию редко, водевиль никогда; зажимала уши от доходивших до нее случайно звуков веселой песни, никогда не улыбалась шутке.

В другое время черты ее лица выражали томление, но не страдальческое, не болезненное, а томление будто неги. Видно было, что она внутренне боролась с какою-нибудь обольстительною мечтою – и изнемогала. После такой борьбы долго она была молчалива, грустна, потом вдруг впадала в безотчетно веселое расположение духа, не изменяя, однако же, своему характеру: что веселило ее – не развеселило бы другого. Все нервы! А послушать этих дам, так чего они не скажут! слова: *судьба, симпатия, безотчетное влечение, неведомая грусть, смутные желания* – так и толкуют одно другое, а кончится все-таки вздохом, словом «нервы» и флакончиком со спиртом.

– Как вы угадали меня! – сказала Тафаева Александру при

прощанье. – Из мужчин никто, даже муж, не могли понять хорошенько моего характера.

А дело в том, что чуть ли Александр и сам не был таков. То-то было раздолье ему!

– До свиданья.

Она подала ему руку.

– Надеюсь, что теперь вы без дядюшки найдете ко мне дорогу? – прибавила она.

Настала зима. Александр обыкновенно обедал по пятницам у дяди. Но вот уж прошло четыре пятницы, он не являлся, не заходил и в другие дни. Лизавета Александровна сердилась; Петр Иваныч ворчал, что он заставлял понапрасну ждать себя лишние полчаса.

А между тем Александр был не без дела; он исполнял поручение дяди. Сурков уж давно перестал ездить к Тафаевой и везде объявил, что у них все кончено, что он *разорвал с ней связь*. Однажды вечером – это было в четверг – Александр, воротясь домой, нашел у себя на столе две вазы и записку от дяди. Петр Иваныч благодарил его за дружеское усердие и звал на другой день, по обыкновению, обедать. Александр задумался, как будто это приглашение расстроивало его планы. На другой день, однако же, он пошел к Петру Иванычу за час до обеда.

– Что с тобой? совсем тебя не видать? забыли нас? – закидали его вопросами и дядя и тетка.

– Ну! удружил, – продолжал Петр Иваныч, – сверх ожидания! а скромничал: «Не могу, говорит, не умею!» – не умеет! Я хотел давно повидаться с тобой, да тебя нельзя поймать. Ну, очень благодарен! Получил вазы в целости?

– Получил. Но я их назад пришлю.

– Зачем? ни, ни: они по всем правам твои.

– Нет! – сказал Александр решительно, – я не возьму этого подарка.

– Ну, как хочешь! они нравятся жене: она возьмет.

– Я не знала, Александр, – сказала Лизавета Александровна с лукавою улыбкой, – что вы так искусны на эти дела... мне ни слова...

– Это дядюшка придумал, – отвечал сконфуженный Александр, – я тут ровно ничего, он и меня научил...

– Да, да, слушай его: он сам не умеет. А так обработал дельце... Очень, очень благодарен! А дуралей-то мой, Сурков, чуть с ума не сошел. Насмешил меня. Недели две назад тому вбегает ко мне сам не свой: я сейчас понял, зачем, только не показываю виду, пишу, будто ничего не знаю. «А! это ты, говорю: что скажешь хорошего?» Он улыбнулся, хотел притвориться покойным... а у самого чуть не слезы на глазах. «Ничего, говорит, хорошего: я приехал к вам с дурными вестями». Я поглядел на него будто с удивлением. «Что такое?» – спрашиваю. «Да о вашем, говорит, племяннике!» – «А что? ты пугаешь меня, скажи скорей!» – спрашиваю я. Тут спокойствие его лопнуло: он начал кричать, беситься. Я откатился от него с креслами – нельзя говорить: так и брызжет. «Сами, говорит, жаловались, что он мало занимается, а вы же его и приучаете к безделью». – «Я?» – «Да, вы: кто его познакомил с Julie?» Надо тебе сказать, что он со второго дня знакомства с женщиной уж начинает звать ее полуименем. «Что ж за беда?» – говорю я. «А та беда, говорит, что он у ней теперь с утра до вечера сидит...»

Александр вдруг покраснел.

– Видишь ведь, как лжет от злости, думал я, – продолжал Петр Иваныч, поглядывая на племянника, – станет Александр сидеть там с утра до вечера! об этом я его не просил; так ли?

Петр Иваныч остановил на племяннике свой холодный и покойный взор, который показался Александру просто огненным.

– Да... я иногда... захожу... – бормотал Александр.

– Иногда – это разница, – продолжал дядя, – я так и просил; не каждый же день. Я знал, что он лжет. Что там делать каждый день? соскучишься!

– Нет! она очень умная женщина... прекрасно воспитана... любит музыку... – говорил Александр невнятно, с расстановкою, и почесал глаз, хотя он не чесался, погладил левый висок, потом достал платок и отер губы.

Лизавета Александровна пристально, украдкою, взглянула на него, отвернулась к окну и улыбнулась.

– А! ну, тем лучше, – сказал Петр Иваныч, – если тебе не было скучно; а я все боялся, не наделал ли я тебе неприятных хлопот. Вот я говорю Суркову: «Спасибо, милый, что ты принимаешь участие в моем племяннике; очень, очень благодарен тебе... только не преувеличиваешь ли ты дела? Беда не так еще велика...» – «Как не беда! – закричал он, – он, говорит, делом не занимается; молодой человек должен трудиться...» – «И это не беда, говорю я, – тебе что за нужда?» – «Как, говорит, что за нужда: он вздумал действовать против меня хитростями...» – «А, вот где беда!» – стал я дразнить. «Внушает, говорит, Юлии черт знает что про меня... Она совсем теперь переменилась ко мне. Я проучу его, молокососа, – извини, повторяю его слова, – где, говорит, ему со мной бороться? он только клеветой взял; надеюсь, что вы вразумите его...» – «Пожурю, – говорю я, – непременно пожурю; только, полно, правда ли это? чем он тебе надосадил?» Ты ей там цветы, что ли, дарил?.. – Петр Иваныч опять остановился, как будто ожидая ответа. Александр молчал. Петр Иваныч продолжал: – «Как, говорит, неправда? зачем он ей каждый день букет цветов носит? теперь, говорит, зима... чего это стоит?.. я знаю, говорит, что значат эти букеты». Вот что, подумал я сам про себя, свой-то человек: нет, я вижу, родство не пустая вещь: стал ли бы ты так хлопотать для другого? «Только точно ли каждый день? – говорю я. – Постой, я спрошу его: ты, пожалуй, солжешь». И верно соврал! да? Не может быть, чтоб ты...

Александру хоть сквозь землю провалиться. А Петр Иваныч беспощадно смотрел прямо ему в глаза и ждал ответа.

– Иногда... я точно... носил... – сказал Александр, потупив глаза.

– Ну, опять-таки – иногда. Не каждый день: это в самом деле убыточно. Ты, впрочем, скажи мне, что все это стоит тебе: я не хочу, чтоб ты тратился для меня; довольно и того, что ты хлопочешь. Ты дай мне счет. Ну, и долго тут Сурков порол горячку. «Они всегда, говорит, прогуливаются вдвоем пешком или в экипаже там, где меньше народу».

Александра при этих словах немного покоробило: он вытянул ноги из-под стула и вдруг опять поджал их.

– Я покачал сомнительно головой, – продолжал дядя. – «Станет он гулять каждый день!» – говорю. «Спросите, говорит, у людей...» – «Я лучше у самого спрошу», сказал я... Ведь неправда?

– Я несколько раз... точно... гулял с ней...

– Так не каждый же день; об этом я не просил; я знал, что он врет. Ну, что ж, – я говорю ему, – за важность? Она вдова, близких мужчин нет у ней; Александр скромен – не то, что ты, повеса. Вот она и берет его: нельзя же ей одной». Он слушать ничего не хочет. «Нет, говорит, меня не проведете! я знаю. Всегда с ней в театре; я же, говорит, и ложу достану, иногда бог знает с какими хлопотами, а он в ней и заседает». Я уж тут не выдержал и расхохотался. «Так тебе и надо, думаю, болван!» Ай да Александр! вот племянник! Только совестно мне, что ты так хлопочешь для меня.

Александр был как в пытке. Со лба капали крупные капли пота. Он едва слышал, что говорил дядя, и не смел взглянуть ни на него, ни на тетку.

Лизавета Александровна сжалилась над ним. Она покачала мужу головой, упрекая, что он мучит племянника. Но Петр Иваныч не унялся.

– Сурков от ревности вздумал уверять меня, – продолжал он, – что ты уж будто и влюблен по уши в Тафаеву. «Нет, уж извини, – говорю я ему, – вот это неправда: после всего, что с ним случилось, он не влюбится. Он слишком хорошо знает женщин и презирает их...» Не правда ли?

Александр, не поднимая глаз, кивнул головой.

Лизавета Александровна страдала за него.

– Петр Иваныч! – сказала она, чтоб как-нибудь замять речь.

– А? что?

– Давеча приходил человек от Лукьяновых с письмом.

– Знаю; хорошо. На чем я остановился?

– Опять, Петр Иваныч, ты стал сбрасывать пепел в мои цветы. Смотри, что это такое?

– Ничего, милая: говорят, пепел способствует растительности... Так я хотел сказать...

– Да не пора ли, Петр Иваныч, обедать?

– Хорошо, вели давать! Вот ты кстати напомнила об обеде. Сурков говорит, что ты, Александр, там почти каждый день обедаешь, что, говорит, оттого нынче у вас и по пятницам не бывает, что будто вы целые дни вдвоем проводите... черт знает, что врал тут, надоел; наконец я его выгнал. Так и вышло, что соврал. Нынче пятница, а вот ты налицо!

Александр переложил одну ногу на другую и склонил голову к левому плечу.

– Я весьма, весьма благодарен тебе. Это – и дружеская и родственная услуга! – заключил Петр Иваныч. – Сурков убедился, что ему нечего взять, и ретировался: «Она, говорит, воображает, что я стану вздыхать по ней, – ошибается! А я еще хотел, говорит, отделать этаж из окон в окна и бог знает какие намерения имел: она, говорит, может быть, и не мечтала о таком счастье, какое ей готовилось. Я бы, говорит, не прочь жениться, если б она умела привязать меня к себе. Теперь все кончено. Вы правду, говорит, советовали, Петр Иваныч. Я сохраню и деньги и время!» И теперь малый байронствует, ходит такой угрюмый и денег не просит. И я с ним скажу: все кончено! Твое дело сделано, Александр, и мастерски! я теперь покоен надолго. Больше не хлопочи. Можешь к ней теперь и не заглядывать: я воображаю, какая там скука!.. извини меня, пожалуйста... я заслужу это как-нибудь. Когда понадобятся деньги, обратись. Лиза! вели нам подать хорошего вина к обеду: мы выпьем за успех дела.

Петр Иваныч вышел из комнаты. Лизавета Александровна посмотрела украдкой раза два на Александра и, видя, что он не говорит ни слова, тоже вышла что-то приказать людям.

Александр сидел как будто в забытьи и все смотрел себе на колени. Наконец поднял голову, осмотрелся – никого нет. Он перевел дух, посмотрел на часы – четыре. Он поспешно взял шляпу, махнул рукой в ту сторону, куда ушел дядя, и тихонько, на цыпочках, оглядываясь во все стороны, добрался до передней, там взял шинель в руки, опрометью бросился бежать с лестницы и уехал к Тафаевой.

Сурков не солгал: Александр любил Юлию. Он почти с ужасом почувствовал первые припадки этой любви, как будто какой-нибудь заразы. Его мучили и страх и стыд: страх – подвергнуться опять всем прихотям и своего и чужого сердца, стыд – перед другими, более всего перед дядей. Дорого он дал бы, чтоб скрыть от него. Давно ли, три месяца назад тому, он так гордо, решительно отрекся от любви, написал даже эпитафию в стихах этому беспокойному чувству, читанную дядей, наконец явно презирал женщин – и вдруг опять у ног женщины! Опять доказательство ребяческой опрометчивости. Боже! когда же он освободится от несокрушимого влияния дяди? Неужели жизнь его никогда не примет особенного, неожиданного оборота, а будет вечно идти по предсказаниям Петра Иваныча?

Эта мысль приводила его в отчаяние. Он рад бы бежать от новой любви. Но как бежать? Какая разница между любовью к Наденьке и любовью к Юлии! Первая любовь – не что иное, как несчастная ошибка сердца, которое требовало пищи, а сердце в те лета так неразборчиво: принимает первое, что попадается. А Юлия! это уже не капризная девочка, не понимающая ни его, ни самой себя, ни любви. Это – женщина в полном развитии, слабая телом, но с энергией духа – для любви: она – вся любовь! Других условий для счастья и жизни она не признает. Любить – будто безделица? это также дар; а Юлия – гений в этом. Вот о какой любви мечтал он: о сознательной, разумной, но вместе сильной, не знающей ничего вне своей сферы.

«Я не задыхаюсь от радости, как животное, – говорил он сам себе, – дух не замирает, но во мне совершается процесс важнее, выше: я сознаю свое счастье, размышляю о нем, и оно полнее, хотя, может быть, тише… Как благородно, непритворно, совсем без жеманства отдалась Юлия своему чувству! Она как будто ждала человека, понимающего глубоко любовь, – и человек явился. Он, как законный властелин, вступил гордо во владение наследственного богатства и признан с покорностью. Какая отрада, какое блаженство, – думал Александр, едучи к ней от дяди, – знать, что есть в мире существо, которое, где бы ни было, что бы ни делало, помнит о нас, сближает все мысли, занятия, поступки, – все к одной точке и одному понятию – о любимом существе! Это как будто наш двойник. Что он ни слышит, что ни видит, мимо чего ни пройдет, или что ни пройдет мимо него, все поверяется впечатлением другого, своего двойника; это впечатление известно обоим, оба изучили друг друга – и потом поверенное таким образом впечатление принимается и утверждается в душе неизгладимыми чертами. Двойник отказывается от собственных ощущений, если они не могут быть разделены или приняты другим. Он любит то, что любит другой, и ненавидит, что тот ненавидит. Они живут нераздельно в одной мысли, в одном чувстве: у них одно духовное око, один слух, один ум, одна душа…»

– Барин! кое место на Литейной? – спросил извозчик.

Юлия любила Александра еще сильнее, нежели он ее. Она даже не сознавала всей силы своей любви и не размышляла о ней. Она любила в первый раз – это бы еще ничего – нельзя же полюбить прямо во второй раз; но беда была в том, что сердце у ней было развито донельзя, обработано романами и приготовлено не то что для первой, но для той романической любви, которая существует в некоторых романах, а не в природе, и которая оттого всегда бывает несчастлива, что невозможна на деле. Между тем ум Юлии не находил в чтении одних романов здоровой пищи и отставал от сердца. Она не могла никак представить себе тихой, простой любви без бурных проявлений, без неумеренной нежности. Она бы тотчас разлюбила человека, если б он *не пал к ее ногам,* при удобном случае, если б не клялся ей *всеми силами души,* если б осмелился *не сжечь и испепелить ее в своих объятиях,* или дерзнул бы, кроме любви, заняться другим делом, а не пил бы только *чашу жизни* по капле в ее слезах и поцелуях.

Отсюда родилась мечтательность, которая создала ей особый мир. Чуть что-нибудь в простом мире совершалось не по законам особого, сердце ее возмущалось, она страдала. Слабый и без того организм женщины подвергался потрясению, иногда весьма сильному. Частые волнения раздражали нервы и наконец довели их до совершенного расстройства. Вот отчего эта задумчивость и грусть без причины, этот сумрачный взгляд на жизнь у многих женщин; вот отчего стройный, мудро созданный и совершающийся по непреложным законам порядок людского существования кажется им тяжкою цепью; вот, одним словом, отчего пугает их действительность, заставляя строить мир, подобный миру фата-морганы.

Кто же постарался обработать преждевременно и так неправильно сердце Юлии и оставить в покое ум?.. Кто? А тот классический триумвират педагогов, которые, по призыву родителей, являются воспринять на свое попечение юный ум, открыть ему *всех вещей действа и причины,* расторгнуть завесу прошедшего и показать, что под нами, над нами, что в самих нас – трудная обязанность! Зато и призваны были три нации на этот важный подвиг. Родители сами отступились от воспитания, полагая, что все их заботы кончаются тем, чтоб, положась на рекомендацию добрых приятелей, нанять француза Пуле, для обучения французской литературе и другим наукам; далее немца Шмита, потому что это принято – учиться, но отнюдь не выучиваться по-немецки; наконец, русского учителя Ивана Иваныча.

– Да они все такие нечесаные, – говорит мать, – одеты так всегда дурно, хуже лакея на вид; иногда еще от них вином пахнет...

– Как же без русского учителя? нельзя! – решил отец, – не беспокойся: я сам выберу почище.

Вот француз принялся за дело. Около него ухаживали и отец и мать. Его приглашали в дом как гостя, обходились с ним очень почтительно: это был дорогой француз.

Ему было легко учить Юлию: она благодаря гувернантке болтала по-французски, читала и писала почти без ошибок. Месье Пуле оставалось только занять ее сочинениями. Он задавал ей разные темы: то описать восходящее солнце, то определить любовь и дружбу, то написать поздравительное письмо родителям или излить грусть при разлуке с подругой.

А Юлии из своего окна видно было только, как солнце заходит за дом купца Гирина; с подругами она никогда не разлучалась, а дружба и любовь... но тут впервые мелькнула у ней идея об этих чувствах. Надо же когда-нибудь узнать о них.

Истощив весь запас этих тем, Пуле решился наконец приступить к той заветной тоненькой тетрадке, на заглавном листе которой крупными буквами написано: «Cours de littérature française»[23]. Кто из нас не помнит этой тетради? Через два месяца Юлия знала наизусть французскую литературу, то есть тоненькую тетрадку, а через три забыла ее; но гибельные следы остались. Она знала, что был Вольтер, и иногда навязывала ему «Мучеников[24]», а Шатобриану приписывала «Dictionnaire philosophique[25]». Монтаня называла M-r de Montaigne[26] и упоминала о нем иногда рядом с Гюго. Про Мольера говорила, что он *пишет* для театра; из Расина выучила знаменитую тираду: «A peine nous sortions des portes de Trezènes».[27]

В мифологии ей очень понравилась комедия, разыгранная между Вулканом, Марсом и Венерой. Она было заступилась за Вулкана, но, узнав, что он был хромой и неуклюжий, и притом кузнец, сейчас перешла на сторону Марса. Она полюбила и басню о Семеле и Юпитере, и об изгнании Аполлона и его проказах на земле, принимая все это так, как оно написано, и не подозревая никакого другого значения в этих сказках. Подозревал ли сам француз – бог знает! На вопросы ее об этой религии древних он, наморщив лоб, с важностью отвечал ей: «Des bêtises! Mais cette bête de Vulcain devait avoir une drôle de mine... écoutez, – прибавил он потом, прищурив немного глаза и потрепав ее по руке, – que feriez-vousà la place de Venus?»[28] Она ничего

---

23 «Курс французской литературы» (франц.)

24 «Мученики» (1809) – роман французского реакционного писателя-романтика Шатобриана Франсуа-Рене (1768–1848). К. Маркс отмечал в его творчестве фальшивую глубину, «кокетничанье чувствами», театральность (К. Маркс и Ф. Энгельс, Сочинения, Гиз, т. XXIV, стр. 425)

25 «Философский словарь». – Имеется в виду карманный «Философский словарь» (1764) крупнейшего французского просветителя XVIII в. Вольтера Франсуа-Мари (1694–1778)

26 Монтень Мишель-Эйкем (1533–1592) – французский философ и писатель эпохи Возрождения. Его «Опыты» – образец нравственно-наставительной гуманистической литературы XVI в.

27 «Едва мы вышли из Трезенских ворот» (из трагедии Расина «Федра»)

28 Глупости! Но у этого дурака Вулкана, должно быть, было глупое выражение лица. Послушайте, что сделали бы вы на месте Венеры?

не отвечала, но в первый раз в жизни покраснела по неизвестной ей причине.

Француз усовершенствовал наконец воспитание Юлии тем, что познакомил ее уже не теоретически, а практически с новой школой французской литературы. Он давал ей наделавшие в свое время большого шуму: «Le manuscrit wert», «Les sept péchés capitaux», «L'âne mort»[29] и целую фалангу книг, наводнявших тогда Францию и Европу.

Бедная девушка с жадностью бросилась в этот безбрежный океан. Какими героями казались ей Жанены, Бальзаки, Друино – и целая вереница великих мужей! Что перед их дивными изображениями жалкая сказка о Вулкане? Венера перед этими новыми героинями просто невинность! И она жадно читала новую школу, вероятно, читает и теперь.

Между тем как француз зашел так далеко, солидный немец не успел пройти и грамматики: он очень важно составлял таблички склонений, спряжений, придумывал разные затейливые способы, как запомнить окончания падежей; толковал, что иногда частица zu ставится на конце и т.п.

А когда от него потребовали литературы, бедняк перепугался. Ему показали тетрадь француза, он покачал головой и сказал, что по-немецки этому нельзя учить, а что есть хрестоматия Аллера, в которой все писатели с своими сочинениями состоят налицо. Но он этим не отделался: к нему пристали, чтоб он познакомил Юлию, как m-r Пуле, с разными сочинителями.

Немец наконец обещал и пришел домой в сильном раздумье. Он отворил, или, правильнее, вскрыл шкаф, вынул одну дверцу совсем и приставил ее к стенке, потому что шкаф с давних пор не имел ни петель, ни замка, – достал оттуда старые сапоги, полголовы сахару, бутылку с нюхательным табаком, графин с водкой и корку черного хлеба, потом изломанную кофейную мельницу, далее бритвенницу с куском мыла и с щеточкой в помадной банке, старые подтяжки, оселок для перочинного ножа и еще несколько подобной дряни. Наконец за этим показалась книга, другая, третья, четвертая – так, пять счетом – все тут. Он похлопал их одну об другую: пыль поднялась облаком, как дым, и торжественно осенила голову педагога.

Первая книга была: «Идиллии» Геснера[30], – «Gut!» – сказал немец и с

(франц.)

29 «Зеленая рукопись» (Гюстава Друино), «Семь смертных грехов» (Эжена Сю), «Мертвый осел» (Жюля Жанена) (франц.)

30 «Идиллии» Геснера. – Геснер Соломон (1730–1788) немецкий поэт и художник Известен был своими сентиментальными «Идиллиями». Первые русские переводы «Идиллий» Василия Левшина, М. 1787, и И. Тимковского, М. 1802–1803

наслаждением прочел идиллию о разбитом кувшине. Развернул вторую книгу: «Готский календарь 1804 года». Он перелистовал ее: там династии европейских государей, картинки разных замков, водопадов, – «Sehr gut!» – сказал немец. Третья – Библия: он отложил ее в сторону, пробормотав набожно: «Nein!» Четвертая – «Юнговы ночи»: он покачал головой и пробормотал: «Nein!» Последняя – Вейссе![31] – и немец торжественно улыбнулся. «Da habe ich's»[32], – сказал он. Когда ему сказали, что есть еще Шиллер, Гете и другие, он покачал головой и упрямо затвердил: «Nein!»

Юлия зевнула, только что немец перевел ей первую страницу из Вейссе, и потом вовсе не слушала. Так от немца у ней в памяти и осталось только, что частица zu ставится иногда на конце.

А русский? этот еще добросовестнее немца делал свое дело. Он почти со слезами уверял Юлию, что *существительное имя* или *глагол* есть такая часть речи, а *предлог* вот такая-то, и наконец достиг, что она поверила ему и выучила наизусть определения всех частей речи. Она могла даже разом исчислить все предлоги, союзы, наречия, и когда учитель важно вопрошал: «А какие суть междометия страха или удивления?» – она вдруг, не переводя духу, проговаривала: «ах, ох, эх, увы, о, а, ну, эге!» И наставник был в восторге.

Она узнала несколько истин и из синтаксиса, но не могла никогда приложить их к делу и осталась при грамматических ошибках на всю жизнь.

Из истории она узнала, что был Александр Македонский, что он много воевал, был прехрабрый... и, конечно, прехорошенький... а что еще он значил и что значил его век, об этом ни ей, ни учителю и в голову не приходило, да и Кайданов не распространяется очень об этом.

Когда от учителя потребовали литературы, он притащил кучу старых, подержанных книг. Тут были и Кантемир, и Сумароков, потом Ломоносов, Державин, Озеров. Все удивились; осторожно развернули одну книгу, понюхали, потом бросили и потребовали чего-нибудь поновее. Учитель принес Карамзина. Но после новой французской школы читать Карамзина! Юлия прочла «Бедную Лизу»[33], несколько страниц из «Путешествий»[34] и отдала назад.

Антрактов у бедной ученицы между этими занятиями оставалось пропасть, и никакой благородной, здоровой пищи для мысли! Ум

31 Вейсе Христиан-Феликс (1726–1804) – немецкий писатель, автор рассказов для детей
32 Вот, нашел (нем.)
33 «Бедная Лиза» (1792) – сентиментальная повесть Н.М. Карамзина (1766–1826), пользовавшаяся успехом у современников
34 «Путешествия» – «Письма русского путешественника» (1791–1804) Карамзина

начинал засыпать, а сердце бить тревогу. Вот тут-то подвернулся услужливый кузен и кстати привез ей несколько глав «Онегина», «Кавказского пленника» и проч. И дева познала сладость русского стиха. «Онегин» был выучен наизусть и не покидал изголовья Юлии. И кузен, как прочие наставники, не умел растолковать ей значения и достоинства этого произведения. Она взяла себе за образец Татьяну и мысленно повторяла своему идеалу пламенные строки Татьянина письма к Онегину, и сердце ее ныло, билось. Воображение искало то Онегина, то какого-нибудь героя мастеров новой школы – бледного, грустного, разочарованного...

Итальянец и другой француз довершили ее воспитание, дав ее голосу и движениям стройные размеры, то есть выучили танцевать, петь, играть или, лучше, поиграть до замужества на фортепиано, но музыке не выучили. И вот она осьмнадцати лет, но уже с постоянно задумчивым взором, с интересной бледностью, с воздушной талией, с маленькой ножкой, явилась в салонах напоказ свету.

Ее заметил Тафаев, человек со всеми атрибутами жениха, то есть с почтенным чином, с хорошим состоянием, с крестом на шее, словом, с карьерой и фортуной. Нельзя сказать про него, чтоб он был только простой и добрый человек. О нет! он в обиду себя не давал и судил весьма здраво о нынешнем состоянии России, о том, чего ей недостает в хозяйственном и промышленном состоянии, и в своей сфере считался деловым человеком.

Бледная, задумчивая девушка, по какому-то странному противоречию с его плотной натурой, сделала на него сильное впечатление. Он на вечерах уходил из-за карт и погружался в непривычную думу, глядя на этот полувоздушный призрак, летавший перед ним. Когда на него падал ее томный взор, разумеется, случайно, он, бойкий гладиатор в салонных разговорах, смущался перед робкой девочкой, хотел ей иногда сказать что-нибудь, но не мог. Это надоело ему, и он решился действовать положительнее, чрез разных теток.

Справки о приданом оказались удовлетворительны. «Что же: нас пара! – рассуждал он сам с собой. – Мне только сорок пять лет, ей осьмнадцать: с нашим состоянием и не двое прожили бы хорошо. Наружность? она еще зауряд хорошенькая, а я, что называется, мужчина... видный. Образована она, говорят: что же? И я когда-то учился; помню, учили и по-латыни и римскую историю. Еще и теперь помню: там консул этот – как его... ну, черт с ним! Помню, и о реформации читали... и эти стихи: Beatus ille...[35] как дальше? puer, pueri, puero...[36] нет, не то, черт знает – все перезабыл. Да ведь, ей-богу, затем и учат, чтобы забыть. Ну, вот хоть зарежь меня, а я говорю, что

35 Блажен тот... (лат.)
36 отрок, отрока, отроку... (лат.)

вон и этот, и тот, все эти чиновные и умные люди, ни один не скажет, какой это консул там… или в котором году были олимпийские игры, стало быть, учат так… потому что порядок такой! чтоб по глазам только было видно, что учился. Да и как не забыть: ведь в свете об этом уж потом ничего никогда не говорят, а заговори-ка кто, так, я думаю, просто выведут! Нет, нас пара».

И вот, когда Юлия вышла из детства, ее на первом шагу встретила самая печальная действительность – обыкновенный муж. Как он далек был от тех героев, которых создало ей воображение и поэты!

Пять лет провела она в этом скучном сне, как она называла замужество без любви, и вдруг явились свобода и любовь. Она улыбнулась, простерла к ним горячие объятия и предалась своей страсти, как человек предается быстрому бегу на коне. Он несется с могучим животным, забывая пространство. Дух замирает, предметы бегут назад; в лицо веет свежесть; грудь едва выносит ощущение неги… или как человек, предающийся беспечно в челноке течению волн: солнце греет его, зеленые берега мелькают в глазах, игривая волна ласкает корму и так сладко шепчет, забегает вперед и манит все дальше, дальше, показывая путь бесконечной струей… И он влечется. Некогда смотреть и думать тогда, чем кончится путь: мчит ли конь в пропасть, влечет ли волна на скалу?.. Мысли уносит ветер, глаза закрываются, обаяние непреодолимо… так и она не преодолевала его, а все влеклась, влеклась… Для нее наконец настали поэтические мгновения жизни: она полюбила эту то сладостную, то мучительную тревожность души, искала сама волнений, выдумывала себе и муку и счастье. Она пристрастилась к своей любви, как пристращаются к опиуму, и жадно пила сердечную отраву.

Юлия была уж взволнована ожиданием. Она стояла у окна, и нетерпение ее возрастало с каждой минутой. Она ощипывала китайскую розу и с досадой бросала листья на пол, а сердце так и замирало: это был момент муки. Она мысленно играла в вопрос и ответ: придет или не придет? вся сила ее соображения была устремлена на то, чтоб решить эту мудреную задачу. Если соображения говорили утвердительно, она улыбалась, если нет – бледнела.

Когда Александр подъехал, она, бледная, опустилась в кресла от изнеможения – так сильно работали в ней нервы. Когда он вошел… невозможно описать этого взгляда, которым она встретила его, этой радости, которая мгновенно разлилась по всем ее чертам, как будто они год не видались, а они виделись накануне. Она молча указала на стенные часы; но едва он заикнулся, чтоб оправдаться, она, не выслушав, поверила, простила, забыла всю боль нетерпения, подала ему руку, и оба сели на диван и долго говорили, долго молчали, долго смотрели друг на друга. Не напомни человек, они непременно забыли бы обедать.

Сколько наслаждений! Никогда Александру и не мечталось о такой полноте *искренних, сердечных излияний.* Летом прогулки вдвоем за городом: если толпу привлекали куда-нибудь музыка, фейерверк, вдали между деревьями мелькали они, гуляя под руку. Зимой Александр приезжал к обеду, и после они сидели рядом у камина до ночи. Иногда велели закладывать санки и, промчавшись по темным улицам, спешили продолжать нескончаемую беседу за самоваром. Каждое явление кругом, каждое мимолетное движение мысли и чувства – все замечалось и делилось вдвоем.

Александр боялся встречи с дядей, как огня. Он иногда приходил к Лизавете Александровне, но она никогда не успевала расшевелить в нем откровенности. Он всегда был в беспокойстве, чтоб не застал дядя и не разыграл с ним опять какой-нибудь сцены, и оттого всегда сокращал свои визиты.

Был ли он счастлив? Про других можно сказать в таком случае и *да* и *нет,* а про него *нет;* у него любовь начиналась страданием. Минутами, когда он успевал забыть прошлое, он верил в возможность счастья, в Юлию и в ее любовь. В другое время он вдруг смущался в пылу самых *искренних излияний,* с боязнию слушал ее страстный, восторженный бред. Ему казалось, что вот, того и гляди, она изменит или какой-нибудь другой неожиданный *удар судьбы* мигом разрушит великолепный мир блаженства. Вкушая минуту радости, он знал, что ее надо выкупить страданием, и хандра опять находила на него.

Однако ж прошла зима, настало лето, а любовь не кончалась. Юлия привязывалась к нему все сильнее. Ни измены, ни *удара судьбы* не было: случилось совсем другое. Взор его просветлел. Он свыкся с мыслию о возможности постоянной привязанности. «Только эта любовь уж не так пылка... – думал он однажды, глядя на Юлию, – но зато прочна, может быть вечна! Да, нет сомнения. А! наконец я понимаю тебя, судьба! Ты хочешь вознаградить меня за прошлые мучения и ввести после долгого странствования в мирную пристань. Так вот где приют счастья... Юлия!» – воскликнул он вслух.

Она вздрогнула.

– Что вы? – спросила она.

– Нет! так...

– Нет! скажите: у вас была какая-то мысль?

Александр упрямился. Она настаивала.

– Я думал, что для полноты нашего счастья недостает...

– Чего? – с беспокойством спросила она.

– Так, ничего! мне пришла странная идея.

Юлия смутилась.

– Ах, не мучьте меня, говорите скорей! – сказала она.

Александр задумался и говорил вполголоса, как будто с собой:

– Приобрести право не покидать ее ни на минуту, не уходить домой… быть всюду и всегда с ней. Быть в глазах света законным ее обладателем… Она назовет меня громко, не краснея и не бледнея, своим… и так на всю жизнь! и гордиться этим вечно…

Говоря этим высоким слогом, слово за слово, он добрался наконец до слова: *супружество*. Юлия вздрогнула, потом заплакала. Она подала ему руку с чувством невыразимой нежности и признательности, и они оба оживились, оба вдруг заговорили. Положено было Александру поговорить с теткой и просить ее содействия в этом мудреном деле.

В радости они не знали, что делать. Вечер был прекрасный. Они отправились куда-то за город, в глушь, и, нарочно отыскав с большим трудом где-то холм, просидели целый вечер на нем, смотрели на заходящее солнце, мечтали о будущем образе жизни, предполагали ограничиться тесным кругом знакомых, не принимать и не делать пустых визитов.

Потом воротились домой и начали толковать о будущем порядке в доме, о распределении комнат и прочее. Пришли к тому, как убрать комнаты. Александр предложил обратить ее уборную в свой кабинет, так, чтоб это было подле спальни.

– Какую же мебель хотите вы в кабинет? – спросила она.

– Я бы желал орехового дерева с синей бархатной покрышкой.

– Это очень мило и не марко: для мужского кабинета надобно выбирать непременно темные цвета: светлые скоро портятся от дыму. А вот здесь, в маленьком пассаже, который ведет из будущего вашего кабинета в спальню, я устрою боскет – не правда ли, это будет прекрасно? Там поставлю одно кресло, так, чтобы я могла, сидя на нем, читать или работать и видеть вас в кабинете.

– Недолго мне так прощаться с вами, – говорил, прощаясь, Александр.

Она зажала ему рот рукой.

На другой день Александр отправился к Лизавете Александровне открывать то, что ей давно было известно, и требовать ее совета и помощи. Петра Иваныча не было дома.

– Что ж, хорошо! – сказала она, выслушав его исповедь, – вы теперь не мальчик: можете судить о своих чувствах и располагать собой. Только не торопитесь: узнайте ее хорошенько.

– Ах, ma tante, если б вы ее знали! Сколько достоинств!

– Например?

– Она так любит меня…

– Это, конечно, важное достоинство, да не одно это нужно в супружестве.

Тут она сказала несколько общих истин насчет супружеского

состояния, о том, какова должна быть жена, каков муж.

– Только погодите. Теперь осень наступает, – прибавила она, – съедутся все в город. Тогда я сделаю визит вашей невесте; мы познакомимся, и я примусь за дело горячо. Вы не оставляйте ее: я уверена, что вы будете счастливейший муж.

Она обрадовалась.

Женщины страх как любят женить мужчин; иногда они и видят, что брак как-то не клеится и не должен бы клеиться, но всячески помогают делу. Им лишь бы устроить свадьбу, а там новобрачные как себе хотят. Бог знает, из чего они хлопочут.

Александр просил тетку до окончания дела ничего не говорить Петру Иванычу.

Промелькнуло лето, протащилась и скучная осень. Наступила другая зима. Свидания Адуева с Юлией были так же часты.

У ней как будто сделан был строгий расчет дням, часам и минутам, которые можно было провести вместе. Она выискивала все случаи к тому.

– Рано ли вы завтра отправитесь на службу? – спрашивала она иногда.

– Часов в одиннадцать.

– А в десять приезжайте ко мне, будем завтракать вместе. Да нельзя ли не ходить совсем? будто уж там без вас...

– Как же? отечество... долг... – говорил Александр.

– Вот прекрасно! А вы скажите, что вы любите и любимы. Неужели начальник ваш никогда не любил? Если у него есть сердце, он поймет. Или принесите сюда свою работу: кто вам мешает заниматься здесь?

В другой раз не пускала его в театр, а к знакомым решительно почти никогда. Когда Лизавета Александровна приехала к ней с визитом, Юлия долго не могла прийти в себя, увидев, как молода и хороша тетка Александра. Она воображала ее так себе теткой: пожилой, нехорошей, как большая часть теток, а тут, прошу покорнейше, женщина лет двадцати шести, семи, и красавица! Она сделала Александру сцену и стала реже пускать его к дяде.

Но что значили ее ревность и деспотизм в сравнении с деспотизмом Александра? Он уж убедился в ее привязанности, видел, что измена и охлаждение не в ее натуре, и – ревновал: но как ревновал! Это не была ревность от избытка любви: плачущая, стонущая, вопиющая от мучительной боли в сердце, трепещущая от страха потерять счастье, – но равнодушная, холодная, злая. Он тиранил бедную женщину из любви, как другие не тиранят из ненависти. Ему покажется, например, что вечером, при гостях, она не довольно долго и нежно или часто глядит на него, и он осматривается, как зверь, кругом, – и горе, если в это время около Юлии есть молодой человек, и даже не молодой, а просто человек, часто женщина, иногда – вещь.

Оскорбления, колкости, черные подозрения и упреки сыпались градом. Она тут же должна была оправдываться и откупаться разными пожертвованиями, безусловною покорностью: не говорить с тем, не сидеть там, не подходить туда, переносить лукавые улыбки и шепот хитрых наблюдателей, краснеть, бледнеть, компрометировать себя.

Если она получала приглашение куда-нибудь, она, не отвечая, прежде всего обращала на него вопросительный взгляд, – и чуть он наморщит брови, она, бледная и трепещущая, в ту же минуту отказывалась. Иногда он даст позволение – она соберется, оденется, готовится сесть в карету, – как вдруг он, по минутному капризу, произносит грозное veto! – и она раздевалась, карета откладывалась. После он, пожалуй, начнет просить прощенья, предлагает ехать, но когда же опять делать туалет, закладывать карету? Так и остается. Он ревновал не к красавцам, не к достоинству ума или таланта, а даже к уродам, наконец к тем, чья физиономия просто не нравилась ему.

Однажды приехал какой-то гость из ее стороны, где жили ее родные. Гость был пожилой, некрасивый человек, говорил все об урожае да о своем сенатском деле, так что Александр, соскучившись слушать его, ушел в соседнюю комнату. Ревновать было не к чему. Наконец гость стал прощаться.

– Я слышал, – сказал он, – что вы по средам дома; не позволите ли мне присоединиться к обществу ваших знакомых?

Юлия улыбнулась и готовилась сказать: «Прошу!» – как вдруг из другой комнаты раздался шепот громче всякого крика: «Не хочу!»

– Не хочу! – торопливо, вслух повторила Юлия гостю, вздрогнув.

Но Юлия сносила все. Она запиралась от гостей, никуда не выезжала и сидела с глазу на глаз с Александром.

Они продолжали систематически упиваться блаженством. Истратив весь запас известных и готовых наслаждений, она начала придумывать новые, разнообразить этот и без того богатый удовольствиями мир. Какой дар изобретательности обнаружила Юлия! Но и этот дар истощился. Начались повторения. Желать и испытывать было нечего.

Не было ни одного загородного места, которого бы они не посетили, ни одной пьесы, которой бы они не видали вместе, ни одной книги, которую бы не прочитали и не обсудили. Они изучили чувства, образ мыслей, достоинства и недостатки друг друга, и ничто уже не мешало им привести в исполнение задуманный план.

Искренние излияния стали редки. Они иногда по целым часам сидели, не говоря ни слова. Но Юлия была счастлива и молча.

Она изредка перекинется с Александром вопросом и получит: «да» или «нет» – и довольна; а не получит этого, так посмотрит на него пристально; он улыбнется ей, и она опять счастлива. Не улыбнись он и не ответь ничего, она начнет стеречь каждое движение, каждый взгляд и толковать по-своему, и тогда не оберешься упреков.

О будущем они перестали говорить, потому что Александр при этом чувствовал какое-то смущение, неловкость, которой не мог объяснить себе, и старался замять разговор. Он стал размышлять, задумываться. Магический круг, в который заключена была его жизнь любовью, местами разорвался, и ему вдали показались то лица приятелей и ряд разгульных удовольствий, то блистательные балы с толпой красавиц, то вечно занятой и деловой дядя, то покинутые занятия...

В таком расположении духа сидел он однажды вечером у Юлии. На дворе была метель. Снег бил в окна и клочьями прилипал к стеклам. В комнате слышалось однообразное качанье маятника столовых часов да изредка вздохи Юлии.

Александр окинул взглядом, от нечего делать, комнату, потом посмотрел на часы – десять, а надо просидеть еще часа два: он зевнул. Взгляд его остановился на Юлии.

Она, прислонясь спиной к камину, стояла, склонив бледное лицо к плечу, и следила глазами за Александром, но не с выражением недоверчивости и допроса, а неги, любви и счастья. Она, по-видимому, боролась с тайным ощущением, с сладкой мечтой и казалась утомленной.

Нервы так сильно действовали, что и самый трепет неги повергал ее в болезненное томление: мука и блаженство были у ней неразлучны.

Александр отвечал ей сухим, беспокойным взором. Он подошел к окну и начал слегка барабанить пальцами по стеклу, глядя на улицу.

С улицы доносился до них смешанный шум голосов, езды экипажей. В окнах везде светились огни, мелькали тени. Ему казалось, что там, где больше освещено, собралась веселая толпа; там, может быть, происходил живой размен мыслей, огненных, летучих ощущений: там живут шумно и радостно. А вон, в том слабо освещенном окне, вероятно, сидит над дельным трудом благородный труженик. И Александр подумал, что почти два года уже он влачит праздную, глупую жизнь, – и вот два года вон из итога годов жизни, – а все любовь! Тут он напал на любовь.

«И что это за любовь! – думал он, – какая-то сонная, без энергии. Эта женщина поддалась чувству без борьбы, без усилий, без препятствий, как жертва: слабая, бесхарактерная женщина! осчастливила своей любовью первого, кто попался; не будь меня, она полюбила бы точно так же Суркова, и уже начала любить: да! как она ни защищайся – я видел! приди кто-нибудь побойчее и поискуснее меня, она отдалась бы тому... это просто безнравственно! Это ли любовь! где же тут симпатия душ, о которой проповедуют чувствительные души? А уж тут ли не тянуло душ друг к другу: казалось, слиться бы им навек, а вот поди ж ты! Черт знает, что это такое, не разберешь!» – шепнул он с досадой.

– Что вы там делаете? О чем думаете? – спросила Юлия.

– Так... – сказал он, зевая, и сел на диван подальше от нее, обхватив одной рукой угол шитой подушки.

– Сядьте здесь, поближе.

Он не сел и ничего не отвечал.

– Что с вами? – продолжала она, подходя к нему, – вы несносны сегодня.

– Я не знаю... – сказал он вяло, – мне что-то... как будто я...

Он не знал, что отвечать ей и самому себе. Он еще все хорошенько не объяснил себе, что с ним делается.

Она села подле него, начала говорить о будущем и мало-помалу оживилась. Она представляла счастливую картину семейной жизни, порой шутила и заключила очень нежно:

– Вы – мой муж! смотрите, – сказала она, показывая вокруг, – скоро все это будет ваше. Вы здесь будете владычествовать в доме, как у меня в сердце. Я теперь независима, могу делать, что хочу, поехать куда глаза глядят, а тогда ничто здесь не тронется с места без вашего приказания; я сама буду связана вашей волей; но какая прекрасная цепь! Заковывайте же поскорей; когда же?.. Всю жизнь мечтала я о таком человеке, о такой любви... и вот мечта исполняется... и счастье близко... я едва верю... Знаете ли: это мне кажется сном. Не награда ли это за все мои прошедшие страдания?..

Александру мучительно было слышать эти слова.

– А если б я вас разлюбил? – вдруг спросил он, стараясь придать голосу шутливый тон.

– Я бы вам уши выдрала! – отвечала она, взяв его за ухо, потом вздохнула и задумалась от одного шутливого намека. Он молчал.

– Да что с вами? – вдруг спросила она с живостию, – вы молчите, едва слушаете меня, смотрите в сторону...

Тут она подвинулась к нему и, положив ему на плечо руку, стала говорить тихо, почти шепотом, на ту же тему, но не так положительно. Она напомнила начало их сближения, начало любви, первые ее признаки и первые радости. Она почти задыхалась от неги ощущений; на бледных ее щеках зарделись два розовых пятнышка. Они постепенно разгорались, глаза блистали, потом сделались томны и полузакрылись; грудь дышала сильно. Она говорила едва внятно и одной рукой играла мягкими волосами Александра, потом заглянула ему в глаза. Он тихо освободил голову от ее руки, вынул из кармана гребенку и тщательно причесал приведенные ею в беспорядок волосы. Она встала и посмотрела на него пристально.

– Что с вами, Александр? – спросила она с беспокойством.

«Вот пристала! почем я знаю?» – думал он, но молчал.

– Вам скучно? – вдруг сказала она, и в голосе ее слышались и вопрос и сомнение.

«Скучно! – подумал он, – слово найдено! Да! это мучительная, убийственная скука! вот уж с месяц этот червь вполз ко мне в сердце и точит его... О, боже мой, что мне делать? а она толкует о любви, о супружестве. Как ее образумить?»

Она села за фортепиано и сыграла несколько любимых его пьес. Он не слушал и все думал свою думу.

У Юлии опустились руки. Она вздохнула, завернулась в шаль и бросилась в другой угол дивана, откуда взорами с тоской наблюдала за Александром.

Он взял шляпу.

– Куда вы? – спросила она с удивлением.

– Домой.

– Еще нет одиннадцати часов.

– Мне надо писать к маменьке: я давно не писал к ней.

– Как давно: вы третьего дня писали.

Он молчал: сказать было нечего. Он точно писал и как-то вскользь сказал ей тогда об этом, но забыл; а любовь не забывает ни одной мелочи. В глазах ее все, что ни касается до любимого предмета, все важный факт. В уме любящего человека плетется многосложная ткань из наблюдений, тонких соображений, воспоминаний, догадок обо всем, что окружает любимого человека, что творится в его сфере, что имеет на него влияние. В любви довольно одного слова, намека... чего намека! взгляда, едва приметного движения губ, чтобы составить догадку, потом перейти от нее к соображению, от соображения к решительному заключению и потом мучиться или блаженствовать от собственной мысли. Логика влюбленных, иногда фальшивая, иногда изумительно верная, быстро возводит здание догадок, подозрений, но сила любви еще быстрее разрушает его до основания: часто довольно для этого одной улыбки, слезы, много, много двух, трех слов – и прощай подозрения. Этого рода контроля ни усыпить, ни обмануть невозможно ничем. Влюбленный то вдруг заберет в голову то, чего другому бы и во сне не приснилось, то не видит того, что делается у него под носом, то проницателен до ясновидения, то недальновиден до слепоты.

Юлия вскочила с дивана, как кошка, и схватила его за руку.

– Что это значит? куда вы? – спросила она.

– Да ничего, право, ничего; ну, мне просто спать хочется: я нынче мало спал – вот и все.

– Мало спали! как же сами сказали давеча утром, что спали девять часов и что у вас даже оттого голова заболела?..

Опять нехорошо.

– Ну, голова болит... – сказал он, смутившись немного, – оттого и еду.

– А после обеда сказали, что голова прошла.

– Боже мой, какая у вас память! Это несносно! Ну, мне просто хочется домой.

– Разве вам здесь нехорошо? Что у вас там, дома?

Она, глядя ему в глаза, недоверчиво покачала головой. Он кое-как успокоил ее и уехал.

«Что, ежели я не поеду сегодня к Юлии?» – задал себе вопрос Александр, проснувшись на другой день поутру.

Он прошелся раза три по комнате. «Право, не поеду!» – прибавил он решительно.

– Евсей! одеваться. – И пошел бродить по городу.

«Как весело, как приятно гулять одному! – думал он, – пойти – куда хочется, остановиться, прочитать вывеску, заглянуть в окно магазина, зайти туда, сюда... очень, очень хорошо! Свобода – великое благо! Да! именно: свобода в обширном, высоком смысле значит – гулять одному!»

Он постукивал тростью по тротуару, весело кланялся со знакомыми Проходя по Морской, он увидел в окне одного дома знакомое лицо. Знакомый приглашал его рукой войти. Он поглядел. Ба! да это Дюмэ! И вошел, отобедал, просидел до вечера, вечером отправился в театр, из театра ужинать. О доме он старался не вспоминать: он знал, что там ждет его.

В самом деле, по возвращении он нашел до полдюжины записок на столе и сонного лакея в передней. Слуге не велено было уходить, не дождавшись его. В записках – упреки, допросы и следы слез. На другой день надо было оправдываться. Он отговорился делом по службе. Кое-как помирились.

Дня через три и с той и с другой стороны повторилось то же самое. Потом опять и опять. Юлия похудела, никуда не выезжала и никого не принимала, но молчала, потому что Александр сердился за упреки.

Недели через две после того Александр условился с приятелями выбрать день и повеселиться напропалую; но в то же утро он получил записку от Юлии с просьбой пробыть с ней целый день и приехать пораньше. Она писала, что она больна, грустна, что нервы ее страдают и т.п. Он рассердился, однако ж поехал предупредить ее, что он не может остаться с ней, что у него много дела.

– Да, конечно: обед у Дюмэ, театр, катанье на горах – очень важные дела... – сказала она томно.

– Это что значит? – спросил он с досадой, – вы, кажется, присматриваете за мной? я этого не потерплю.

Он встал и хотел идти.

– Постойте, послушайте! – сказала она, – поговоримте.

– Мне некогда.

– Одну минуту: сядьте.

Он сел нехотя на край стула.

Она, сложив руки, беспокойно вглядывалась в него, как будто старалась прочесть на лице его заранее ответ на то, что ей хотелось сказать.

Он от нетерпения вертелся на месте.

– Поскорей! мне некогда! – сказал он сухо.

Она вздохнула.

– Вы меня уж не любите? – спросила она, слегка качая головой.

– Старая песня! – сказал он, поглаживая шляпу рукавом.

– Как она вам надоела! – отвечала она.

Он встал и начал скорыми шагами ходить по комнате. Через минуту послышалось всхлипыванье.

– Этого только недоставало! – сказал он почти с яростью, остановясь перед ней, – мало вы мучили меня!

– Я мучила! – воскликнула она и зарыдала сильнее.

– Это нестерпимо! – сказал Александр, готовясь уйти.

– Ну, не стану, не стану! – торопливо заговорила она, отирая слезы, – видите, я не плачу, только не уходите, сядьте.

Она старалась улыбнуться, а слезы так и капали на щеки. Александр почувствовал жалость. Он сел и начал качать ногой. Он стал задавать себе мысленно вопрос за вопросом и дошел до заключения, что он охладел, не любит Юлию. А за что? Бог знает! Она любит его с каждым днем сильнее и сильнее; не оттого ли? Боже мой! какое противоречие! Все условия счастья тут. Ничто не препятствует им, даже и другое чувство не отвлекает, а он охладел! О, жизнь! Но как успокоить Юлию? Пожертвовать собой? влачить с нею скучные, долгие дни; притворяться – он не умеет, а не притворяться – значит видеть ежеминутно слезы, слышать упреки, мучить ее и себя... Заговорить ей вдруг о дядиной теории измен и охлаждений – прошу покорнейше: она, ничего не видя, плачет, а тогда! что делать?

Юлия, видя, что он молчит, взяла его за руку и поглядела ему в глаза. Он медленно отвернулся и тихо высвободил свою руку. Он не только не чувствовал влечения к ней, но от прикосновения ее по телу его пробежала холодная и неприятная дрожь. Она удвоила ласки. Он не отвечал на них и сделался еще холоднее, угрюмее. Она вдруг оторвала от него свою руку и вспыхнула. В ней проснулись женская гордость, оскорбленное самолюбие, стыд. Она выпрямила голову, стан, покраснела от досады.

– Оставьте меня! – сказала она отрывисто.

Он проворно пошел вон, без всякого возражения. Но когда шум шагов его стал затихать, она бросилась вслед за ним.

– Александр Федорыч! Александр Федорыч! – закричала она.

Он воротился.

– Куда же вы?

– Да ведь вы велели уйти.

– А вы и рады бежать. Останьтесь!

– Мне некогда!

Она взяла его за руку и – опять полилась нежная, пламенная речь, мольбы, слезы. Он ни взглядом, ни словом, ни движением не обнаружил сочувствия, – стоял точно деревянный, переминаясь с ноги на ногу. Его хладнокровие вывело ее из себя. Посыпались угрозы и упреки. Кто бы узнал в ней кроткую, слабонервную женщину? Локоны у ней распустились, глаза горели лихорадочным блеском, щеки пылали, черты лица странно разложились. «Как она нехороша!» – думал Александр, глядя на нее с гримасой.

– Я отмщу вам, – говорила она, – вы думаете, что так легко можно шутить судьбой женщины? Вкрались в сердце лестью, притворством, овладели мной совершенно, а потом кинули, когда я уж не в силах выбросить вас из памяти... нет! я вас не оставлю: я буду вас всюду преследовать. Вы никуда не уйдете от меня: поедете в деревню – и я за вами, за границу – и я туда же, всегда и везде. Я не легко расстанусь с своим счастьем. Мне все равно, какова ни будет жизнь моя... мне больше нечего терять; но я отравлю и вашу: я отмщу, отмщу; у меня должна быть соперница! Не может быть, чтоб вы так оставили меня... я найду ее – и посмотрите, что я сделаю: вы не будете рады и жизни! С каким бы наслаждением я услыхала теперь о вашей гибели... я бы сама убила вас! – крикнула она дико, бешено.

«Как это глупо! нелепо!» – думал Александр, пожимая плечами.

Видя, что Александр равнодушен и к угрозам, она вдруг перешла в тихий, грустный тон, потом молча глядела на него.

– Сжальтесь надо мной! – заговорила она, – не покидайте меня; что я теперь без вас буду делать? я не вынесу разлуки. Я умру! Подумайте: женщины любят иначе, нежели мужчины: нежнее, сильнее. Для них любовь – все, особенно для меня: другие кокетничают, любят свет, шум, суету; я не привыкла к этому, у меня другой характер. Я люблю тишину, уединение, книги, музыку, но вас более всего на свете...

Александр обнаружил нетерпение.

– Ну, хорошо! не любите меня, – с живостию продолжала она, – но исполните ваше обещание: женитесь на мне, будьте только со мной... вы будете свободны: делайте, что хотите, даже любите, кого хотите, лишь бы я иногда, изредка видела вас... О, ради бога, сжальтесь, сжальтесь!..

Она заплакала и не могла продолжать. Волнение истощило ее, она упала на диван, закрыла глаза, зубы ее стиснулись, рот судорожно искривился. С ней сделался истерический припадок. Через час она опомнилась, пришла в себя. Около нее суетилась горничная. Она огляделась кругом. «А где же?..» – спросила она.

– Они уехали!

– Уехал! – уныло повторила она и долго сидела молча и неподвижно.

На другой день записка за запиской к Александру. Он не являлся и не давал ответа. На третий, на четвертый день то же. Юлия написала к Петру Иванычу, приглашая его к себе по важному делу. Жену его она не любила, потому что она была молода, хороша и приходилась Александру теткой.

Петр Иваныч застал ее не шутя больной, чуть не умирающей. Он пробыл у ней часа два, потом отправился к Александру.

– Каков притворщик, а! – сказал он.

– Что такое? – спросил Александр.

– Смотрите, как будто не его дело! Не умеет влюбить в себя женщину, а сам с ума сводит.

– Я не понимаю, дядюшка...

– Чего тут не понимать? понимаешь! Я был у Тафаевой: она мне все сказала.

– Как! – пробормотал Александр в сильном смущении. – Все сказала!

– Все. Как она любит тебя! Счастливец! Ну, вот ты все плакал, что не находишь страсти: вот тебе и страсть: утешься! Она с ума сходит, ревнует, плачет, бесится... Только зачем вы меня путаете в свои дела? Вот ты женщин стал навязывать мне на руки. Этого только недоставало: потерял целое утро с ней. Я думал, за каким там делом: не имение ли хочет заложить в Опекунский совет... она как-то говорила... а вот за каким: ну дело!

– Зачем же вы у ней были?

– Она звала, жаловалась на тебя. В самом деле, как тебе не стыдно так неглижировать? четыре дня глаз не казал – шутка ли? Она, бедная, умирает! Ступай, поезжай скорее...

– Что ж вы ей сказали?

– Обыкновенно что: что ты также ее любишь без ума; что ты давно искал нежного сердца; что тебе страх как нравятся *искренние излияния* и без любви ты тоже не можешь жить; сказал, что напрасно она беспокоится: ты воротишься; советовал не очень стеснять тебя, позволить иногда и пошалить... а то, говорю, вы наскучите друг другу... ну, обыкновенно, что говорится в таких случаях. Она стала такая веселая, проговорилась, что у вас положено быть свадьбе, что и жена моя тут вмешалась. А мне ни слова – каковы! Ну, что ж: дай бог! у этой хоть что-нибудь есть; проживете вдвоем. Я сказал ей, что ты непременно исполнишь свое обещание... Я уж нынче постарался для тебя, Александр, в благодарность за услугу, которую ты мне оказал... уверил ее, что ты любишь так пламенно, так нежно...[37]

– Что вы наделали, дядюшка! – заговорил Александр, меняясь в лице, – я... я не люблю ее больше!.. я не хочу жениться!.. Я холоден к

37 ...любишь так пламенно, так нежно – у Пушкина: «...Любил так искренно, так нежно» (из стих. «Я вас любил...»)

ней, как лед!.. скорей в воду... чем...

– Ба, ба, ба! – сказал Петр Иваныч с притворным изумлением, – тебя ли я слышу? Да не ты ли говорил – помнишь? – что презираешь человеческую натуру и особенно женскую; что нет сердца в мире, достойного тебя?.. Что еще ты говорил?.. дай бог памяти...

– Ради бога, ни слова, дядюшка: довольно и этого упрека; зачем еще нравоучение? Вы думаете, что я так не понимаю... О люди! люди!

Он вдруг начал хохотать, а с ним и дядя.

– Вот так-то лучше! – сказал Петр Иваныч, – я говорил, что ты сам будешь смеяться над собою – вот оно...

И опять оба захохотали.

– Ну-ка, скажи, – продолжал Петр Иваныч, – какого ты мнения теперь об этой... как ее?.. Пашенька, что ли, с бородавкой-то?

– Дядюшка, это невеликодушно!

– Нет, я только говорю, чтоб узнать, все ли ты еще презираешь ее?

– Оставьте это, ради бога, а лучше помогите мне теперь выйти из ужасного положения. Вы так умны, так рассудительны...

– А! теперь комплименты, лесть! Нет, ты женись-ка поди.

– Ни за что, дядюшка! Умоляю, помогите!..

– То-то и есть, Александр: хорошо, что я давно догадался о твоих проделках...

– Как, давно!

– Да так: я знаю о твоей связи с самого начала.

– Вам, верно, сказала ma tante.

– Как не так! я ей сказал. Что тут мудреного? у тебя все на лице было написано. Ну, не тужи: я уж помог тебе.

– Как? когда?

– Сегодня же утром. Не беспокойся: Тафаева больше не станет тревожить тебя...

– Как же вы сделали? Что вы ей сказали?

– Долго повторять, Александр: скучно.

– Но, может быть, вы бог знает что наговорили ей. Она ненавидит, презирает меня...

– Не все ли равно? я успокоил ее – этого и довольно; сказал, что ты любить не можешь, что не стоит о тебе и хлопотать...

– Что ж она?

– Она теперь даже рада, что ты оставил ее.

– Как, рада! – сказал Александр задумчиво.

– Так, рада.

– Вы не заметили в ней ни сожаления, ни тоски? ей все равно? Это ни на что не похоже!

Он начал в беспокойстве ходить по комнате.

– Рада, покойна! – твердил он, – прошу покорнейше! сейчас же еду к ней.

– Вот люди! – заметил Петр Иваныч, – вот сердце: живи им – хорошо будет. Да не ты ли боялся, чтоб она не прислала за тобой? не ты ли просил помочь? а теперь встревожился, что она, расставаясь с тобой, не умирает с тоски.

– Рада, довольна! – говорил, ходя взад и вперед, Александр, и не слушая дяди. – А! так она не любила меня! ни тоски, ни слез. Нет, я увижу ее.

Петр Иваныч пожал плечами.

– Воля ваша: я не могу оставить так, дядюшка! – прибавил Александр, хватаясь за шляпу.

– Ну так поди к ней опять: тогда и не отвяжешься, а уж ко мне потом не приставай: я не стану вмешиваться; и теперь вмешался только потому, что сам же ввел тебя в это положение. Ну, полно, что еще повесил нос?

– Стыдно жить на свете!.. – сказал со вздохом Александр.

– И не заниматься делом, – примолвил дядя. – Полно! приходи сегодня к нам: за обедом посмеемся над твоей историей, а потом прокатаемся на завод.

– Как я мелок, ничтожен! – говорил в раздумье Александр, – нет у меня сердца! я жалок, нищ духом!

– А все от любви! – прервал Петр Иваныч. – Какое глупое занятие: предоставь его какому-нибудь Суркову. А ты дельный малый: можешь заняться чем-нибудь поважнее. Полно тебе гоняться за женщинами.

– Но ведь вы любите же вашу жену?..

– Да, конечно. Я очень к ней привык, но это не мешает мне делать свое дело. Ну, прощай же, приходи.

Александр сидел смущенный, угрюмый. К нему подкрался Евсей с сапогом, в который опустил руку.

– Извольте-ка посмотреть, сударь, – сказал он умильно, – какая вакса-то: вычистишь, словно зеркало, а всего четвертак стоит.

Александр очнулся, посмотрел машинально на сапог, потом на Евсея.

– Пошел вон! – сказал он, – ты дурак!

– В деревню бы послать... – начал опять Евсей.

– Пошел, говорю тебе, пошел! – закричал Александр, почти плача, – ты измучил меня, ты своими сапогами сведешь меня в могилу... ты... варвар!

Евсей проворно убрался в переднюю.

IV

– Отчего это Александр не ходит к нам? я его месяца три не видал, – спросил однажды Петр Иваныч у жены, воротясь откуда-то домой.

– Я уж потеряла надежду когда-нибудь увидеться с ним, – отвечала она.

– Да что с ним. Опять влюблен, что ли?

– Не знаю.

– Он здоров?

– Здоров.

– Напиши, пожалуйста, к нему, мне нужно поговорить с ним. У них опять перемены в службе, а он, я думаю, и не знает. Не понимаю, что за беспечность.

– Я уж десять раз писала, звала. Он говорит, что некогда, а сам играет с какими-то чудаками в шашки или удит рыбу. Поди ты лучше сам: ты бы узнал, что с ним.

– Нет, не хочется. Послать человека.

– Александр не пойдет.

– Попробуем.

Послали. Человек вскоре воротился.

– Ну что, он дома? – спросил Петр Иваныч.

– Дома-с. Кланяться приказали.

– Что он делает?

– Лежат на диване.

– Как, об эту пору?

– Они, слышь, всегда лежат.

– Да что ж он, спит?

– Никак нет-с. Я сам сначала думал, что почивают, да глазки-то у них открыты: на потолок изволят смотреть.

Петр Иваныч пожал плечами.

– Он придет сюда? – спросил он.

– Никак нет-с. «Кланяйся, говорит, доложи дяденьке, чтоб извинили: не так, дескать, здоров»; и вам, сударыня, кланяться приказали.

– Что еще там с ним? Это удивительно, право! Ведь уродится же этакой! Не вели откладывать кареты. Нечего делать, съезжу. Но уж, право, в последний раз.

И Петр Иваныч застал Александра на диване. Он при входе дяди привстал и сел.

– Ты нездоров? – спросил Петр Иваныч.

– Так… – отвечал Александр, зевая.

– Что же ты делаешь?

– Ничего.

– И ты можешь пробыть без дела?

– Могу.

– Я слышал, Александр, сегодня, что будто у вас Иванов выходит.

– Да, выходит.

– Кто же на его место?

– Говорят, Иченко.

– А ты что?

– Я? ничего.

– Как ничего? Отчего же не ты?

– Не удостоивают. Что же делать: верно, не гожусь.

– Помилуй, Александр, надо хлопотать. Ты бы съездил к директору.

– Нет, – сказал Александр, тряся головой.

– Тебе, по-видимому, все равно?

– Все равно.

– Да ведь уж тебя в третий раз обходят.

– Все равно: пусть!

– Вот посмотрим, что-то скажешь, когда твой бывший подчиненный станет приказывать тебе или когда войдет, а тебе надо встать и поклониться.

– Что ж: встану и поклонюсь.

– А самолюбие?

– У меня его нет.

– Однако ж у тебя есть же какие-нибудь интересы в жизни?

– Никаких. Были, да прошли.

– Не может быть: одни интересы сменяются другими. Отчего ж у тебя прошли, а у других не проходят? Рано бы, кажется: тебе еще и тридцати лет нет...

Александр пожал плечами.

Петру Иванычу уж и не хотелось продолжать этого разговора. Он называл все это капризами; но он знал, что по возвращении домой ему не избежать вопросов жены, и оттого нехотя продолжал:

– Ты бы развлекся чем-нибудь, посещал бы общество, – сказал он, – читал бы.

– Не хочется, дядюшка.

– Про тебя уж начинают поговаривать, что ты того... этак... тронулся от любви, делаешь бог знает что, водишься с какими-то чудаками... Я бы для одного этого пошел.

– Пусть их говорят, что хотят.

– Послушай, Александр, шутки в сторону. Это все мелочи; можешь кланяться или не кланяться, посещать общество или нет – дело не в том. Но вспомни, что тебе, как и всякому, надо сделать какую-нибудь карьеру. Думаешь ли ты иногда об этом?

– Как же не думаю: я уж сделал.

– Как так?

– Я очертил себе круг действия и не хочу выходить из этой черты. Тут я хозяин: вот моя карьера.

– Это лень.

– Может быть.

– Ты не вправе лежать на боку, когда можешь делать что-нибудь, пока есть силы. Сделано ли твое дело?

– Я делаю дело. Никто не упрекнет меня в праздности. Утро я занят в службе, а трудиться сверх того – это роскошь, произвольная обязанность. Зачем я буду хлопотать?

– Все хлопочут из чего-нибудь: иной потому, что считает своим долгом делать сколько есть сил, другой из денег, третий из почета... Ты что за исключение?

– Почет, деньги! особенно деньги! Зачем они? Ведь я сыт, одет: на это станет.

– И одет-то теперь плохо, – заметил дядя. – Да будто тебе только и надобно?

– Только.

– А роскошь умственных и душевных наслаждений, а искусство... – начал было Петр Иваныч, подделываясь под тон Александра. – Ты можешь идти вперед: твое назначение выше; долг твой призывает тебя к благородному труду... А стремления к высокому – забыл?

– Бог с ними! Бог с ними! – сказал с беспокойством Александр. – И вы, дядюшка, начали дико говорить! Этого прежде не водилось за вами. Не для меня ли? Напрасный труд! Я стремился выше – вы помните? Что ж вышло?

– Помню, как ты вдруг сразу в министры захотел, а потом в писатели. А как увидал, что к высокому званию ведет длинная и трудная дорога, а для писателя нужен талант, так и назад. Много вашей братьи приезжают сюда с высшими взглядами, а дела своего под носом не видят. Как понадобится бумагу написать – смотришь, и того... Я не про тебя говорю: ты доказал, что можешь заниматься, а со временем и быть чем-нибудь. Да скучно, долго ждать. Мы вдруг хотим; не удалось – и нос повесили.

– Да я стремиться выше не хочу. Я хочу так остаться, как есть: разве я не вправе избрать себе занятие, ниже ли оно моих способностей, или нет – что нужды? если я делаю дело добросовестно – я исполняю свой долг. Пусть упрекают меня в неспособности к высшему: меня нисколько не огорчило бы, если б это была и правда. Сами же вы говорили, что есть поэзия в скромном уделе, а теперь упрекаете, что я избрал скромнейший. Кто мне запретит сойти несколькими ступенями ниже и стать на той, которая мне нравится? Я не хочу высшего назначения – слышите ли, не хочу!..

– Слышу! я не глух, только все это жалкие софизмы.

– Нужды нет. Вот я нашел себе место и буду сидеть на нем век. Нашел простых, незатейливых людей, нужды нет, что ограниченных умом, играю с ними в шашки и ужу рыбу – и прекрасно! Пусть я, по-вашему, буду наказан за это, пусть лишусь наград, денег, почета, значения – всего, что так льстит вам. Я навсегда отказываюсь...

– Ты, Александр, хочешь притвориться покойным и равнодушным ко всему, а в твоих словах так и кипит досада: ты и говоришь как будто не словами, а слезами. Много желчи в тебе: ты не знаешь, на кого излить ее, потому что виноват только сам.

– Пусть! – сказал Александр.

– Что ж ты хочешь? Человек должен же хотеть чего-нибудь?

– Хочу, чтоб мне не мешали быть в моей темной сфере, не хлопотать ни о чем и быть покойным.

– Да разве это жизнь?

– А по-моему, та жизнь, которою вы живете, не жизнь: стало быть, и я прав.

– Тебе бы хотелось переделать жизнь по-своему: я воображаю, хороша была бы. У тебя, я думаю, среди розовых кустов гуляли бы всё попарно любовники да друзья…

Александр ничего не сказал.

Петр Иваныч молча глядел на него. Он опять похудел. Глаза впали. На щеках и на лбу появились преждевременные складки.

Дядя испугался. Душевным страданиям он мало верил, но боялся, не кроется ли под этим унынием начало какого-нибудь физического недуга. «Пожалуй, – думал он, – малый рехнется, а там поди разделывайся с матерью: то-то заведется переписка! того гляди, еще прикатит сюда».

– Да ты, Александр, разочарованный, я вижу, – сказал он.

«Как бы, – думал он, – повернуть его назад, к его любимым идеям. Постой-ка, я прикинусь…»

– Послушай, Александр, – сказал он, – ты очень опустился. Стряхни с себя эту апатию. Нехорошо! И отчего? Ты, может быть, принял слишком горячо к сердцу, что я иногда небрежно отзывался о любви, о дружбе. Ведь это я делал шутя, больше для того, чтоб умерить в тебе восторженность, которая в наш положительный век как-то неуместна, особенно здесь, в Петербурге, где все уравнено, как моды, так и страсти, и дела, и удовольствия, все взвешено, узнано, оценено… всему назначены границы. Зачем одному отступать наружно от этого общего порядка? Неужели же ты в самом деле думаешь, что я бесчувственный, что я не признаю любви? Любовь – чувство прекрасное: нет ничего святее союза двух сердец, или дружба, например… Я внутренне убежден, что чувство должно быть постоянно, вечно…

Александр засмеялся.

– Что ты? – спросил Петр Иваныч.

– Дико, дико говорите, дядюшка. Не прикажете ли сигару? закурим: вы будете продолжать говорить, а я послушаю.

– Да что с тобой?

– Так, ничего. Вздумали поддеть меня! А называли когда-то неглупым человеком! хотите играть мной, как мячиком, – это обидно! Не век же быть юношей. К чему-нибудь да пригодилась школа, которую я прошел. Как вы пустились ораторствовать! будто у меня нет глаз? Вы только устроили фокус, а я смотрел.

«Не за свое дело взялся, – подумал Петр Иваныч, – к жене послать».

– Приходи к нам, – сказал он, – жена очень хочет видеть тебя.

– Не могу, дядюшка.

– Хорошо ли ты делаешь, что забываешь ее?

– Может быть, очень дурно, но, ради бога, извините меня и теперь не ждите. Погодите еще несколько времени, приду.

– Ну, как хочешь, – сказал Петр Иваныч. Он махнул рукой и поехал домой.

Он сказал жене, что отступается от Александра, что как он хочет, так пусть и делает, а он, Петр Иваныч, сделал все, что мог, и теперь умывает руки.

Александр, бежав Юлии, бросился в вихрь шумных радостей. Он твердил стихи известного нашего поэта:

Пойдем туда, где дышит радость,
Где шумный вихрь забав шумит,
Где не живут, но тратят жизнь и младость!
Среди веселых игр за радостным столом,
На час упившись счастьем ложным,
Я приучусь к мечтам ничтожным,
С судьбою примирюсь вином.
Я сердца усмирю заботы,
Я думам не велю летать;
Небес на тихое сиянье
Я не велю глазам своим взирать,
и проч.

Явилась семья друзей, и с ними неизбежная *чаша.* Друзья созерцали лики свои в пенистой влаге, потом в лакированных сапогах. «Прочь горе, – восклицали они, ликуя, – прочь заботы! Истратим, уничтожим, испепелим, выпьем жизнь и молодость! Ура!» Стаканы и бутылки с треском летели на пол.

На некоторое время свобода, шумные сборища, беспечная жизнь заставили его забыть Юлию и тоску. Но все одно да одно, обеды у рестораторов, те же лица с мутными глазами; ежедневно все тот же глупый и пьяный бред собеседников и, вдобавок к этому, еще постоянно расстроенный желудок: нет, это не по нем. Слабый организм тела и душа Александра, настроенная на грустный, элегический тон, не вынесли этих забав.

Он бежал веселых игр за радостным столом и очутился один в своей комнате, наедине с собой, с забытыми книгами. Но книга вываливалась из рук, перо не слушалось вдохновения. Шиллер, Гете, Байрон являли ему мрачную сторону человечества – светлой он не замечал: ему было не до нее.

А как счастлив бывал он в этой комнате некогда! он был не один: около него присутствовал тогда прекрасный призрак и осенял его днем за заботливым трудом, ночью бодрствовал над его изголовьем. Там жили с ним тогда мечты, будущее было одето туманом, но не тяжелым, предвещающим ненастье, а утренним, скрывающим светлую зарю. За тем туманом таилось что-то, вероятно – счастье... А теперь? не только его комната, для него опустел целый мир, и в нем самом холод, тоска...

Вглядываясь в жизнь, вопрошая сердце, голову, он с ужасом видел, что ни там, ни сям не осталось ни одной мечты, ни одной розовой надежды: все уже было назади; туман рассеялся; перед ним разостлалась, как степь, голая действительность. Боже! какое необозримое пространство! какой скучный, безотрадный вид! Прошлое погибло, будущее уничтожено, счастья нет: все химера – а живи!

Чего он хотел, и сам не знал; а как многого не хотел!

Голова его была как будто в тумане. Он не спал, но был, казалось, в забытьи. Тяжелые мысли бесконечной вереницей тянулись в голове. Он думал:

«Что могло увлечь его? Пленительных надежд, беспечности – нет! он знал все, что впереди. Почет, стремление по пути честей? Да что ему в них. Стоит ли, для каких-нибудь двадцати, тридцати лет, биться как рыба об лед? И греет ли это сердце? Отрадно ли душе, когда тебе несколько человек поклонятся низко, а сами подумают, может быть: „Черт бы тебя взял!"

Любовь? Да, вот еще! Он знает ее наизусть, да и потерял уже способность любить. А услужливая память, как на смех, напоминала ему Наденьку, но не невинную, простодушную Наденьку – этого она никогда не напоминала – а непременно Наденьку-изменницу, со всею обстановкой, с деревьями, с дорожкой, с цветами, и среди всего этот змеенок, с знакомой ему улыбкой, с краской неги и стыда... и все для другого, не для него!.. Он со стоном хватался за сердце.

«Дружба, – подумал он, – другая глупость! Все изведано, нового ничего нет, старое не повторится, а живи!»

Он никому и ничему не верил, не забывался в наслаждении; вкушал его, как человек без аппетита вкушает лакомое блюдо, холодно, зная, что за этим наступит скука, что наполнить душевной пустоты ничем нельзя. Ввериться чувству – оно обманет и только взволнует душу и прибавит еще несколько ран к прежним. Глядя на людей, связанных любовью, не помнящих себя от восторга, он улыбался иронически и думал: «Погодите, опомнитесь; после первых радостей начнется ревность, сцены примирения, слезы. Живучи вместе, надоедите друг другу смертельно, а расстанетесь – вдвое заплачете. Сойдетесь опять

– еще хуже. Сумасшедшие! беспрерывно ссорятся, дуются друг на друга, ревнуют, потом мирятся на минуту, чтоб сильнее поссориться: это у них любовь, преданность! а всё вместе, с пеной на устах, иногда со слезами отчаяния на глазах, упрямо называют счастьем! А дружба ваша... брось-ка кость[38], так что твои собаки!»

Желать он боялся, зная, что часто, в момент достижения желаемого судьба вырвет из рук счастье и предложит совсем другое, чего вовсе не хочешь – так, дрянь какую-нибудь; а если наконец и даст желаемое, то прежде измучит, истомит, унизит в собственных глазах и потом бросит, как бросают подачку собаке, заставивши ее прежде проползти до лакомого куска, смотреть на него, держать на носу, завалять в пыли, стоять на задних лапах, и тогда – пиль!

Его пугал и периодический прилив счастья и несчастья в жизни. Радостей он не предвидел, а горе все непременно впереди, его не избежишь: все подвержены общему закону; всем, как казалось ему, отпущена ровная доля и счастья и несчастья. Счастье для него кончилось, и какое счастье? фантасмагория, обман. Только горе реально, а оно впереди. Там и болезни, и старость, и разные утраты, может быть еще нужда... Все эти *удары рока,* как говорит деревенская тетушка, стерегут его; а отрады какие? Высокое поэтическое назначение изменило; на него наваливают тяжкую ношу и называют это долгом! Остаются жалкие блага – деньги, комфорт, чины... Бог с ними! О, как грустно разглядеть жизнь, понять, какова она, и не понять, зачем она!

Так хандрил он и не видел исхода из омута этих сомнений. Опыты только понапрасну измяли его, а здоровья не подбавили в жизнь, не очистили воздуха в ней и не дали света. Он не знал, что делать: ворочался с боку на бок на диване, стал перебирать в уме знакомых – и пуще затосковал. Один служит отлично, пользуется почетом, известностью, как хороший администратор; другой обзавелся семьей и предпочитает тихую жизнь всем суетным благам мира, никому не завидуя, ничего не желая; третий... да что? все, все как-то пристроились, основались и идут по своему ясному и угаданному пути. «Один я только... да что же я такое?»

Тут он стал допытываться у самого себя: мог ли бы он быть администратором, каким-нибудь командиром эскадрона? мог ли бы довольствоваться семейною жизнью? и увидел, что ни то, ни другое, ни третье не удовлетворило бы его. Какой-то бесенок все шевелился в нем, все шептал ему, что это мелко для него, что ему бы летать выше... а где и как – он не мог решить. В авторстве он ошибся. «Что же делать, что начать?» – спрашивал он себя и не знал, что отвечать. А досада так и грызла его: ну, хоть, пожалуй, администратором или

38 ...брось-ка кость, так что твои собаки – в басне И.А. Крылова «Собачья дружба»: «А только кинь им кость, так что твои собаки!»

эскадронным командиром... да нет: время ушло, надо начинать с азбуки.

Отчаяние выдавило у него слезы из глаз – слезы досады, зависти, недоброжелательства ко всем, самые мучительные слезы. Он горько каялся, что не послушал матери и бежал из глуши.

«Маменька сердцем чуяла отдаленное горе, – думал он, – там эти беспокойные порывы спали бы непробудным сном; там не было бы бурного брожения этой сложной жизни. Между тем и там посетили бы меня все человеческие чувства и страсти: и самолюбие, и гордость, и честолюбие – все, в малом размере, коснулось бы сердца в тесных границах нашего уезда – и все бы удовлетворилось. Первый в уезде! да! все условно. Божественная искра небесного огня, который, более или менее, горит во всех нас, сверкнула бы там незаметно во мне и скоро потухла бы в праздной жизни или зажглась бы в привязанности к жене и детям. Существование не было бы отравлено. Я прошел бы гордо свое назначение: путь жизни был бы тих, казался бы и прост и понятен мне, жизнь была бы по силам, я бы вынес борьбу с ней... А любовь? Она цвела бы пышным цветом и наполнила бы всю жизнь мою. Софья пролюбила бы меня в тишине. Я не терял бы веры ни во что, рвал бы одни розы, не зная шипов, не испытывая даже ревности, за недостатком – соперничества! Зачем же так сильно и слепо влекло меня вдаль, в туман, на неровную и неизвестную борьбу с судьбой? А как прекрасно понимал я тогда и жизнь и людей! так понимал бы их еще и теперь, ничего не понимая. Я ждал тогда от жизни так много, и, не рассмотрев ее пристально, ждал бы там от нее чего-нибудь еще и до сих пор. Сколько сокровищ открыл я в душе своей: куда они делись? Я пустил их в размен по свету, я отдал искренность сердца, первую заветную страсть – и что получил? горькое разочарование, узнал, что все обман, все непрочно, что нельзя надеяться ни на себя, ни на других – и стал бояться и других и себя... Я не мог, среди этого анализа, признать мелочей жизни и быть ими доволен, как дядюшка и многие другие... И вот теперь!..»

Теперь он желал только одного: забвения прошедшего, спокойствия, сна души. Он охлаждался более и более к жизни, на все смотрел сонными глазами. В толпе людской, в шуме собраний он находил скуку, бежал от них, а скука за ним.

Он удивлялся, как могут люди веселиться, беспрестанно заниматься чем-нибудь, увлекаться каждый день новыми интересами. Ему странно казалось, как это все не ходят сонные, как он, не плачут и, вместо того чтоб болтать о погоде, не говорят о тоске и взаимных страданиях, а если и говорят, так о тоске в ногах или в другом месте, о ревматизме или геморрое. Одно тело наводит на них заботу, а души и в помине нет! «Пустые, ничтожные люди, животные!» – думал он. А иногда таки впадал в глубокое раздумье. «Их так много, этих ничтожных людей, – говорил он себе с некоторым беспокойством, – а я один: неужели... все они... пусты... неправы... а я?..»

Тут ему казалось, что чуть ли не он один виноват, и он делался от этого еще несчастнее.

Со старыми знакомыми он перестал видеться; приближение нового лица обдавало его холодом. После разговора с дядей он еще глубже утонул в апатическом сне: душа его погрузилась в совершенную дремоту. Он предался какому-то истуканному равнодушию, жил праздно, упрямо удалялся от всего, что только напоминало образованный мир.

«Как бы ни прожить, лишь бы прожить! – говорил он, – всякий волен понимать жизнь, как хочет; а там, как умрешь...»

Он искал беседы людей с желчным, озлобленным умом, с ожесточенным сердцем и отводил душу, слушая злые насмешки над судьбой; или проводил время с людьми, не равными ему ни по уму, ни по воспитанию, всего чаще со стариком Костяковым, с которым Заезжалов хотел познакомить Петра Иваныча.

Костяков жил на Песках и ходил по своей улице в лакированном картузе, в халате, подпоясавшись носовым платком. У него жила кухарка, с которой он играл по вечерам в свои козыри. Если случался пожар, он являлся первый и уходил последний. Проходя мимо церкви, в которой отпевали покойника, он продирался сквозь толпу взглянуть мертвому в лицо и потом шел провожать его на кладбище. Вообще он был страстный любитель всяких церемоний, и веселых и печальных; любил также присутствовать при разных экстраординарных происшествиях, как-то: драках, несчастных смертных случаях, провалах потолков и т.п., и читал с особенным наслаждением исчисление подобных случаев в газетах. Читал он, кроме этого, еще медицинские книги, «для того, говорил он, чтоб знать, что в человеке есть». Зимой Александр играл с ним в шашки, а летом за городом удил рыбу. Старик разговаривал о том, о сем. Когда шли к полю, он говорил о хлебе, о посеве; по берегу – о рыбе, о судоходстве; по улице – делал замечания о домах, о постройке, о материалах и доходах... отвлеченностей никаких. На жизнь смотрел как на хорошую вещь, когда есть деньги, и наоборот. Такой человек был не опасен Александру и душевных волнений пробудить не мог.

Александр так же усердно старался умертвить в себе духовное начало, как отшельники стараются об умерщвлении плоти. На службе он был молчалив, при встрече с знакомыми отделывался двумя, тремя словами и, отговариваясь недосугом, бежал прочь. Зато с своим приятелем Костяковым он виделся каждый день. То старик сидит у него целый день, то зазовет к себе Адуева на щи. Уж он выучил Александра делать настойку, варить селянку и рубцы. Потом они отправляются вместе куда-нибудь в окрестную деревню – в поле. У Костякова везде было много знакомых. С мужиками он рассуждал о их житье-бытье, с бабами шутил – и точно был балагур, как рекомендовал его Заезжалов. Александр предоставлял ему полную волю говорить, а сам большею частью молчал.

Он уже чувствовал, что идеи покинутого мира посещали его реже, вращаясь в голове медленнее и, не находя в окружающем ни отражения, ни сопротивления, не сходили на язык и умирали не плодясь. В душе было дико и пусто, как в заглохшем саду. Ему оставалось уж немного до состояния совершенной одеревенелости. Еще несколько месяцев – и прощай! Но вот что случилось.

Однажды Александр с Костяковым удили рыбу. Костяков, в архалуке, в кожаной фуражке, водрузив на берегу несколько удочек разной величины, и донных, и с поплавками, с бубенчиками и с колокольчиками, курил из коротенькой трубки, а сам наблюдал, не смея мигнуть, за всей этой батареей удочек, в том числе и за удочкой Адуева, потому что Александр стоял, прислонясь к дереву, и смотрел в другую сторону. Долго так стояли они молча.

– У вас клюет, смотрите, Александр Федорыч! – вдруг шепотом сказал Костяков.

Адуев посмотрел на воду и опять отвернулся.

– Нет, это так показалось вам от зыби, – сказал он.

– Смотрите, смотрите! – закричал Костяков, – клюет, ей-богу, клюет! ай, ай! тащите, тащите! держите!

В самом деле, поплавок нырнул в воду, леса проворно побежала за ним же, за лесой поползла и палка с куста. Александр ухватился за палку, потом за лесу.

– Тише, полегоньку, не так... что вы это? – кричал Костяков, проворно перехватывая лесу. – Батюшки! тяжесть какая! не дергайте; водите, водите, а то оборвет. Вот так, направо, налево, сюда, к берегу! Отходите! дальше; теперь тащите, тащите, только не вдруг; вот так, вот так...

На поверхности воды показалась огромная щука. Она быстро свилась кольцом, сверкнув серебристой чешуей, хлестнула хвостом направо, налево и обдала их обоих брызгами. Костяков побледнел.

– Какая щука-то! – закричал он почти с испугом и распростерся над водой, падал, спотыкался о свои удочки и ловил обеими руками вертевшуюся над водой щуку. – Ну, на берег, на берег, туда, дальше! там уж наша будет, как ни вертись. Вишь как скользит: словно бес! Ах, какая!

«Ах!» – кто-то повторил сзади.

Александр обернулся. В двух шагах от них стоял старик, под руку с ним хорошенькая девушка, высокого роста, с открытой головой и с зонтиком в руках. Брови у ней слегка нахмурились. Она немного нагнулась вперед и с сильным участием следила глазами за каждым движением Костякова. Она даже не заметила Александра.

Адуева смутило это неожиданное явление. Он выпустил из рук палку, щука бухнулась в воду, грациозно вильнула хвостом и умчалась в глубь, увлекая за собой лесу. Все это сделалось в одно мгновение.

– Александр Федорыч! что вы это? – как бешеный закричал Костяков и начал хватать лесу. Он дернул ее и вытащил только конец, но без крючка и без щуки.

Он, весь бледный, оборотился к Александру, показывая ему конец лесы, и с яростью посмотрел на него с минуту молча, потом плюнул.

– Никогда не пойду с вами рыбу ловить, будь я анафема! – промолвил он и отошел к своим удочкам.

В это время девушка заметила, что Александр смотрит на нее, покраснела и отступила назад. Старик, по-видимому ее отец, поклонился Адуеву. Адуев угрюмо отвечал на поклон, бросил удочку и сел шагах в десяти оттуда на скамью под деревом.

«И тут покоя нет! – думал он. – Вот какой-то Эдип с Антигоной. Опять женщина! Никуда не уйдешь. Боже мой! какая их пропасть везде!»

– Эх вы, рыболовы! – говорил между тем Костяков, поправляя свои удочки и поглядывая по временам злобно на Александра, – куда вам рыбу ловить! ловили бы вы мышей, сидя там у себя, на диване; а то рыбу ловить! Где уж ловить, коли из рук ушла? чуть во рту не была, только что не жареная! Диво еще, как у вас с тарелки не уходит!

– А есть клев? – спросил старик.

– Да, вот видите, – отвечал Костяков, – вон у меня на шести удочках хоть бы поганый ершишка на смех клюнул; а там об эту пору, – диви бы на донную, – а то с поплавком, вот что привалило: щука фунтов в десять, да и тут прозевали. Вот, говорят, на ловца зверь бежит! Как не так: сорвись-ка у меня, так я бы ее в воде достал; а тут щука сама в зубы лезет, а мы спим... а еще рыболовы называются! Какие это рыболовы! этакие ли рыболовы бывают? Нет, настоящий-то рыболов, хоть из пушки рядом пали, не смигнет. А то это рыболовы! Куда вам рыбу ловить!

Девушка между тем успела разглядеть, что Александр был совсем другого рода человек, нежели Костяков. И костюм Александра был не такой, как Костякова, и талия, и лета, и манеры, да и все. Она быстро заметила в нем признаки воспитания, на лице прочла мысль; от нее не ускользнул даже и оттенок грусти.

«Но что ж он убежал! – подумала она. – Странно, кажется, я не такая, чтоб бегать от меня...»

Она гордо выпрямилась, опустила ресницы, потом подняла их и неблагосклонно взглянула на Александра.

Ей уж было досадно. Она увлекла отца и величаво прошла мимо

Адуева. Старик опять раскланялся с Александром; но дочь не удостоила его даже взгляда.

«Пусть узнает он, что им вовсе не занимаются!» – думала она, поглядывая украдкой, смотрит ли Адуев.

Александр, хотя и не взглянул на нее, однако невольно принял позу поживописнее.

«Каково! он и не смотрит! – думала девушка. – Какая дерзость!»

Костяков на другой же день повлек Александра опять на рыбную ловлю и таким образом, по собственному заклятию, стал анафемой.

Два дня ничто не нарушало их уединения. Александр сначала оглядывался, будто с боязнию; но, не видя никого, успокоился опять. Во второй день он вытащил огромного окуня. Костяков вполовину помирился с ним.

– Но все это не щука! – говорил он со вздохом, – было счастье в руках, да не умели пользоваться; дважды этого не случится! А у меня опять ничего! на шесть удочек – ничего.

– А вы позвоните в колокольчики-то! – сказал какой-то крестьянин, остановившийся мимоходом посмотреть на успех ловли, – может, рыба на благовест-то и того... пойдет.

Костяков злобно посмотрел на него.

– Молчи ты, необразованный человек! – сказал он, – мужик!

Мужик пошел прочь.

– Дубина! – кричал вслед ему Костяков, – скот, так скот и есть. Шутил бы с своим братом, анафема этакая! скот, говорю тебе, мужик!

Боже сохрани раздразнить охотника в минуту неудачи!

На третий день, когда они молча удили, устремив неподвижный взор на воду, сзади послышался шорох. Александр обернулся и вздрогнул, как будто его укусил комар, ни более, ни менее. Старик и девушка были тут.

Адуев, косясь на них, едва отвечал на поклон старика, но, кажется, он ожидал этого посещения. Обыкновенно он ходил на рыбную ловлю очень небрежно одетый; а тут надел новое пальто и кокетливо повязал на шею голубую косыночку, волосы расправил, даже, кажется, немного позавил и стал походить на идиллического рыбака. Выждав столько времени, сколько требовало приличие, он ушел и сел под дерево.

«Cela passe toute permission!»[39] – подумала Антигона, вспыхнув от гнева.

– Извините! – сказал Эдип Адуеву, – мы, может быть, помешали вам?..

– Нет! – отвечал Адуев. – Я устал.

– Есть ли клев? – спросил старик Костякова.

– Какой клев, когда под руку говорят, – отвечал тот сердито. – Вот тут прошел какой-то леший, болтнул под руку – и хоть бы клюнуло с тех

39 Это переходит всякие границы (франц.)

пор. А вы, видно, близко в этих местах изволите жить? – спросил он у Эдипа.

– Вон наша дача, с балконом, – отвечал тот.

– Дорого изволите платить?

– Пятьсот рублей за лето.

– Дача, кажется, хорошая, хозяйственная, и на дворе строения много. Тысяч тридцать, чай, стала хозяину.

– Да, около того.

– Так-с.

– А это дочка ваша?

– Дочь.

– Так-с. Славная барышня! Гулять изволите?

– Да, гуляем. На даче жить – надо гулять.

– Точно, точно, как не гулять: время стоит хорошее; не то что на той неделе: какая была погода, ай, ай, ай! не приведи бог! Чай, озими досталось.

– Бог даст, поправится.

– Дай бог!

– Так у вас нынче не ловится!

– У меня ничего, а у них так вот, извольте посмотреть.

Он показал окуня.

– Доложу вам, – продолжал он, – это редкость, как они счастливы! Жаль, что думают не об этом, а то бы с их счастьем мы никогда с пустыми руками не уходили. Упустить этакую щуку!

Он вздохнул.

Антигона начала живее вслушиваться, но Костяков замолчал.

Появление старика с дочерью стало повторяться чаще и чаще. И Адуев удостоил их внимания. Он иногда тоже перемолвит слова два со стариком, а с дочерью все ничего. Ей сначала было досадно, потом обидно, наконец стало грустно. А поговори с ней Адуев или даже обрати на нее обыкновенное внимание – она бы забыла о нем; а теперь совсем другое. Сердце людское только, кажется, и живет противоречиями: не будь их, и его как будто нет в груди.

Антигона обдумала было какой-то ужасный план мщения, но потом мало-помалу оставила его.

Однажды, когда старик с дочерью подошли к нашим приятелям, Александр, погодя немного, положил удочку на куст, а сам по обыкновению сел на свое место и машинально смотрел то на отца, то на дочь.

Они стояли к нему боком. В отце он не открыл ничего особенного. Белая блуза, нанковые панталоны и низенькая шляпа с большими полями, подбитыми зеленым плюшем. Но зато дочь! как грациозно оперлась она на руку старика! Ветер по временам отвевал то локон от ее лица, как будто нарочно, чтобы показать Александру прекрасный профиль и белую шею, то приподнимал шелковую мантилью и выказывал стройную талию, то заигрывал с платьем и открывал маленькую ножку. Она задумчиво смотрела на воду.

Александр долго не мог отвести глаз от нее и почувствовал, что по телу его пробежала лихорадочная дрожь. Он отвернулся от соблазна и стал прутом срывать головки с цветов.

«А! знаю я, что это такое! – думал он, – дай волю, оно бы и пошло! Вот и любовь готова: глупо! Дядюшка прав. Но одно животное чувство меня не увлечет, – нет, я до этого не унижусь».

– Можно мне поудить? – робко спросила девушка у Костякова.

– Можно, сударыня, отчего неможно? – отвечал тот, подавая ей удочку Адуева.

– Ну вот вам и товарищ! – сказал отец Костякову и, оставя дочь, пошел бродить вдоль берега.

– Смотри же, Лиза, налови рыбы к ужину, – прибавил он.

Несколько минут длилось молчание.

– Отчего это ваш товарищ такой угрюмый? – спросила Лиза тихо у Костякова.

– Третий раз местом обошли, сударыня.

– Что? – спросила она, сдвинув слегка брови.

– В третий раз, мол, места не дают.

Она покачала головой.

«Нет: не может быть! – подумала она, – не то!»

– Вы мне не верите, сударыня? будь я анафема! И щуку-то, помните, упустил – все от этого.

«Не то, не то, – подумала она уже с уверенностью, – я знаю, отчего он упустил щуку».

– Ах, ах, – закричала она вдруг, – посмотрите, шевелится, шевелится.

Она дернула и ничего не поймала.

– Сорвалась! – сказал Костяков, глядя на удочку, – вишь, как червяка-то схватила: большой окунь должен быть. А вы не умеете, сударыня: не дали ему клюнуть хорошенько.

– Да разве и тут надо уметь?

– Как и во всем, – сказал Александр машинально.

Она вспыхнула и с живостью обернулась, уронив в свою очередь удочку в воду. Но Александр смотрел уже в другую сторону.

– Как же достичь этого, чтобы уметь? – сказала она с легким трепетом в голосе.

– Чаще упражняться, – отвечал Александр.

«А, вот что! – думала она, замирая от удовольствия, – то есть чаще приходить сюда – понимаю! Хорошо, я буду приходить, но я помучаю вас, господин дикарь, за все ваши дерзости...»

Так кокетство перевело ей ответ Александра, а он в тот день больше ничего и не сказал.

«Она подумает, пожалуй, бог знает что! – говорил он сам себе, – станет жеманиться, кокетничать… это глупо!»

С того дня посещения старика и девушки повторялись ежедневно. Иногда Лиза приходила без старика, с нянькой. Она приносила с собою работу, книги и садилась под дерево, показывая вид совершенного равнодушия к присутствию Александра.

Она думала тем затронуть его самолюбие и, как она говорила, *помучить*. Она вслух разговаривала с нянькой о доме, о хозяйстве, чтобы показать, что она даже и не видит Адуева. А он иногда и точно не видал ее, увидев же, сухо кланялся – и ни слова.

Видя, что этот обыкновенный маневр ей не удался, она переменила план атаки и раза два заговаривала с ним сама; иногда брала у него удочку. Александр мало-помалу стал с ней разговорчивее, но был очень осторожен и не допускал никакой искренности. Расчет ли то был с его стороны, или еще *прежних ран*, что ли, *ничто не излечило* [40], как он говорил, только он был довольно холоден с ней и в разговоре.

Однажды старик велел принести на берег самовар. Лиза разливала чай. Александр упрямо отказался от чаю, сказав, что он не пьет его по вечерам.

«Все эти чаи ведут за собой сближение… знакомства… не хочу!» – подумал он.

– Что вы? да вчера четыре стакана выпили! – сказал Костяков.

– Я на воздухе не пью, – поспешно прибавил Александр.

– Напрасно! – сказал Костяков, – чай славнейший, цветочный, поди, рублев пятнадцать. Пожалуйте-ка еще, сударыня, да хорошо бы ромку!

Принесли и ром.

Старик зазывал Александра к себе, но он отказался наотрез. Лиза, услышав отказ, надула губки. Она стала добиваться от него причины нелюдимости. Как ни хитро наводила она разговор на этот предмет, Александр еще хитрее отделывался.

Эта таинственность только раздражала любопытство, а может быть, и другое чувство Лизы. На лице ее, до тех пор ясном, как летнее небо, появилось облачко беспокойства, задумчивости. Она часто устремляла на Александра грустный взгляд, со вздохом отводила глаза и потупляла в землю, а сама, кажется, думала: «Вы несчастливы! может быть, обмануты… О, как бы я умела сделать вас счастливым! как бы берегла вас, как бы любила… я бы защитила вас от самой судьбы, я бы…» и прочее.

Так думает большая часть женщин и большая часть обманывает тех,

40 …прежних ран, что ли, ничто не излечило – в стихотворении А.С. Пушкина «Погасло дневное светило»: «Но прежних сердца ран, глубоких ран любви, ничто не излечило…»

кто верит этому пению сирен. Александр будто ничего не замечает. Он говорит с ней, как бы говорил с приятелем, с дядей: никакого оттенка той нежности, которая невольно вкрадывается в дружбу мужчины и женщины и делает эти отношения непохожими на дружбу. Оттого и говорят, что между мужчиной и женщиной нет и не может быть дружбы, что называемое дружбой между ними – есть не что иное, как или начало, или остатки любви, или, наконец, самая любовь. Но, глядя на обращение Адуева с Лизой, можно было поверить, что такая дружба существует.

Однажды только он отчасти открыл или хотел открыть ей образ своих мыслей. Он взял со скамьи принесенную ею книгу и развернул. То был «Чайльд-Гарольд» во французском переводе. Александр покачал головой, вздохнул и молча положил книгу на место.

– Вам не нравится Байрон? Вы против Байрона? – сказала она. – Байрон такой великий поэт – и не нравится вам!

– Я ничего не говорю, а вы уж напали на меня, – отвечал он.

– Отчего же вы покачали головой?

– Так; мне жаль, что эта книга попалась вам в руки.

– Кого же жаль: книги или меня?

Александр молчал.

– Отчего же мне не читать Байрона? – спросила она.

– По двум причинам, – сказал Александр, помолчав. Он положил свою руку на ее руку, для большего ли убеждения или потому, что у ней была беленькая и мягкая ручка, – и начал говорить тихо, мерно, поводя глазами то по локонам Лизы, то по шее, то по талии. По мере этих переходов возвышался постепенно и голос его.

– Во-первых, потому, – говорил он, – что вы читаете Байрона по-французски, и, следовательно, для вас потеряны красота и могущество языка поэта. Посмотрите, какой здесь бледный, бесцветный, жалкий язык! Это прах великого поэта: идеи его как будто расплылись в воде. Во-вторых, потому бы я не советовал вам читать Байрона, что... он, может быть, пробудит в душе вашей такие струны, которые бы век молчали без того...

Тут он крепко и выразительно сжал ее руку, как будто хотел придать тем вес своим словам.

– Зачем вам читать Байрона? – продолжал он, – может быть, жизнь ваша протечет тихо, как этот ручей: видите, как он мал, мелок; он не отразит ни целого неба в себе, ни туч; на берегах его нет ни скал, ни пропастей; он бежит игриво; чуть-чуть лишь легкая зыбь рябит его поверхность; отражает он только зелень берегов, клочок неба да маленькие облака... Так, вероятно, протекла бы и жизнь ваша, а вы напрашиваетесь на напрасные волнения, на бури; хотите взглянуть на жизнь и людей сквозь мрачное стекло... Оставьте, не читайте! глядите на все с улыбкой, не смотрите вдаль, живите день за днем, не разбирайте темных сторон в жизни и людях, а то…

– А то что?

– Ничего! – сказал Александр, будто опомнившись.

– Нет, скажите мне: вы, верно, испытали что-нибудь?

– Где моя удочка? Позвольте, мне пора.

Он казался встревоженным, что высказался так неосторожно.

– Нет, еще слово, – заговорила Лиза, – ведь поэт должен пробуждать сочувствие к себе. Байрон великий поэт, отчего же вы не хотите, чтоб я сочувствовала ему? разве я так глупа, ничтожна, что не пойму?..

Она обиделась.

– Не то совсем: сочувствуйте тому, что свойственно вашему женскому сердцу; ищите того, что под лад ему, иначе может случиться страшный разлад… и в голове, и в сердце. – Тут он покачал головой, намекая на то, что он сам – жертва этого разлада.

– Один покажет вам, – говорил он, – цветок и заставит наслаждаться его запахом и красотой, а другой укажет только ядовитый сок в его чашечке… тогда для вас пропадут и красота, и благоухание… Он заставит вас сожалеть о том, зачем там этот сок, и вы забудете, что есть и благоухание… Есть разница между этими обоими людьми и между сочувствием к ним. Не ищите же яду, не добирайтесь до начала всего, что делается с нами и около нас; не ищите ненужной опытности: не она ведет к счастью.

Он замолчал. Она доверчиво и задумчиво слушала его.

– Говорите, говорите… – сказала она с детской покорностью, – я готова слушать вас целые дни, повиноваться вам во всем…

– Мне? – сказал Александр холодно, – помилуйте! какое я имею право располагать вашей волей? Извините, что я позволил себе сделать замечание. Читайте что угодно… «Чайльд-Гарольд» – очень хорошая книга, Байрон – великий поэт!

– Нет, не притворяйтесь! не говорите так. Скажите, что мне читать?

Он с педантическою важностью предложил было ей несколько исторических книг, путешествий, но она сказала, что это ей и в пансионе надоело. Тогда он указал ей Вальтер Скотта, Купера, несколько французских и английских писателей и писательниц, из русских двух или трех авторов, стараясь при этом, будто нечаянно, обнаружить свой литературный вкус и такт. Потом между ними уже не было подобного разговора.

Александр все хотел бежать прочь. «Что мне женщины! – говорил он, – любить я не могу: я отжил для них…»

«Ладно, ладно! – возражал на это Костяков, – вот женитесь, так увидите. Я сам, бывало, только бы играть с молодыми девками да бабами, а как пришла пора к венцу, словно кол в голову вбили: так кто-то и пихал жениться!»

И Александр не бежал. В нем зашевелились все прежние мечты.

Сердце стало биться усиленным тактом. В глазах его мерещились то талия, то ножка, то локон Лизы, и жизнь опять немного просветлела. Дня три уж не Костяков звал его, а он сам тащил Костякова на рыбную ловлю. «Опять! опять прежнее! – говорил Александр, – но я тверд!» – и между тем торопливо шел на речку.

Лиза всякий раз с нетерпением поджидала прихода приятелей. Костякову каждый вечер готовилась чашка душистого чаю с ромом – и, может быть, Лиза отчасти обязана была этой хитрости тем, что они не пропускали ни одного вечера. Если они опаздывали, Лиза с отцом шла им навстречу. Когда ненастная погода удерживала приятелей дома, на другой день упрекам, и им, и погоде, не было конца.

Александр думал, думал и решился на время прекратить свои прогулки, бог знает с какою целью, он и сам не знал этого, и не ходил ловить рыбу целую неделю. И Костяков не ходил. Наконец пошли.

Еще за версту до того места, где они ловили, встретили они Лизу с нянькой. Она вскрикнула, завидя их, потом вдруг смешалась, покраснела. Адуев холодно поклонился, Костяков пустился болтать.

– Вот и мы, – сказал он, – вы не ждали? хе, хе, хе! вижу, что не ждали: и самовара нет! Давненько, сударыня, давненько не видались! Есть ли клев? Я все порывался, да вот Александра Федорыча не мог уговорить: сидит дома… или нет, бишь, все лежит.

Она с упреком взглянула на Адуева.

– Что это значит? – спросила она.

– Что?

– Вы не были целую неделю?

– Да, кажется, с неделю не был.

– Отчего же?

– Так, не хотелось…

– Не хотелось! – сказала она с изумлением.

– Да, а что?

Она молчала, но, кажется, думала: «Да разве вам может не хотеться идти сюда?»

– Я хотела послать папеньку в город к вам, – сказала она, – да не знала, где вы живете.

– В город, ко мне? зачем?

– Прекрасный вопрос! – сказала она обиженным тоном, – зачем? Проведать, не случилось ли с вами чего-нибудь, здоровы ли вы?..

– Да что же вам?..

– Что мне? Боже!

– Что боже?

– Как что!.. да ведь… у меня ваши книги есть… – Она смешалась. – Неделю не быть! – прибавила она.

– Разве я непременно должен бывать здесь каждый день?

– Непременно!

– Зачем?

– Зачем, зачем! – Она печально глядела на него и твердила: – зачем, зачем!

Он взглянул на нее. Что это? слезы, смятение, и радость, и упреки? Она бледна, немного похудела, глаза покраснели.

«Так вот что! уже! – подумал Александр, – я не ожидал так скоро!» Потом он громко засмеялся.

– Зачем? – говорите вы. Послушайте… – продолжала она. У ней в глазах блеснула какая-то решимость. Она, по-видимому, готовилась сказать что-то важное, но в ту минуту подходил к ним ее отец.

– До завтра, – сказала она, – завтра мне надо с вами поговорить; сегодня я не могу: сердце мое слишком полно… Завтра вы придете? да, слышите? вы не забудете нас? не покинете?..

И побежала, не дождавшись ответа.

Отец поглядел пристально на нее, потом на Адуева и покачал головой. Александр молча смотрел ей вслед. Он будто и жалел и досадовал на себя, что незаметно довел ее до этого положения; кровь бросилась ему не к сердцу, а в голову.

«Она любит меня, – думал Александр, едучи домой. – Боже мой, какая скука! как это нелепо: теперь нельзя и приехать сюда, а в этом месте рыба славно клюет… досадно!»

А между тем внутренне он, кажется, почему-то был не недоволен этим, стал весел и болтал поминутно с Костяковым.

Услужливое воображение, как нарочно, рисовало ему портрет Лизы во весь рост, с роскошными плечами, с стройной талией, не забыло и ножку. В нем зашевелилось странное ощущение, опять по телу пробежала дрожь, но не добралась до души – и замерла. Он разобрал это ощущение от источника до самого конца.

«Животное! – бормотал он про себя, – так вот какая мысль бродит у тебя в уме… а! обнаженные плечи, бюст, ножка… воспользоваться доверчивостью, неопытностью… обмануть… ну, хорошо, обмануть, а там что? – Та же скука, да еще, может быть, угрызение совести, а из чего? Нет! нет! не допущу себя, не доведу и ее… О, я тверд! чувствую в себе довольно чистоты души, благородства сердца… Я не паду во прах – и не увлеку ее».

Лиза ждала его целый день с трепетом удовольствия, а потом сердце у ней сжалось; она оробела, сама не зная отчего, стала грустна и почти не желала прихода Александра. Когда же урочный час настал, а Александра не было, нетерпение ее превратилось в томительную тоску. С последним лучом солнца исчезла всякая надежда; она заплакала.

На другой день опять ожила, опять с утра была весела, а к вечеру сердце стало пуще ныть и замирать и страхом, и надеждой. Опять не пришли.

На третий, на четвертый день то же. А надежда все влекла ее на берег: чуть вдали покажется лодка или мелькнут по берегу две человеческие тени, она затрепещет и изнеможет под бременем радостного ожидания. Но когда увидит, что в лодке не они, что тени не их, она опустит уныло голову на грудь, отчаяние сильнее наляжет на душу... Через минуту опять коварная надежда шепчет ей утешительный предлог промедления – и сердце опять забьется ожиданием. А Александр медлил, как будто нарочно.

Наконец, когда она, полубольная, с безнадежностью в душе, сидела однажды на своем месте под деревом, вдруг послышался ей шорох; она обернулась и задрожала от радостного испуга: перед ней, сложа руки крестом, стоял Александр.

Она с радостными слезами протянула ему руки и долго не могла прийти в себя. Он взял ее за руку и жадно, также с волнением, вглядывался ей в лицо.

– Вы похудели! – сказал он тихо, – вы страдаете?

Она вздрогнула.

– Как вы долго не были! – промолвила она.

– А вы ждали меня?

– Я? – с живостью отвечала она. – О, если б вы знали!.. – Она докончила ответ крепким пожатием его руки.

– А я пришел проститься с вами! – сказал он и остановился, наблюдая, что будет с ней.

Она с испугом и недоверчивостью взглянула на него.

– Неправда, – сказала она.

– Правда! – отвечал он.

– Послушайте! – вдруг заговорила она, робко оглядываясь во все стороны, – не уезжайте, ради бога, не уезжайте! я вам скажу тайну... Здесь нас увидит папенька из окошек: пойдемте к нам в сад, в беседку... она выходит в поле, я вас проведу.

Они пошли. Александр не сводил глаз с ее плеч, стройной талии и чувствовал лихорадочную дрожь.

«Что ж за важность, – думал он, идучи за ней, – что я пойду? ведь я так только... взгляну, как у них там, в беседке... отец звал же меня; ведь я мог бы идти прямо и открыто... но я далек от соблазна, ей-богу, далек, и докажу это: вот нарочно пришел сказать, что еду... хотя и не еду никуда! – Нет, демон! меня не соблазнишь». Но тут, кажется, как будто Крылова бесенок, явившийся из-за печки затворнику[41], шепнул и ему: «А зачем ты пришел сказать это? в этом не было надобности; ты бы не явился, и недели через две был бы забыт...»

Но Александру казалось, что он поступает благородно, являясь на подвиг самоотвержения, бороться с соблазном лицом к лицу. Первым

---

41 Крылова бесенок, явившийся из-за печки затворнику, – Имеется в виду басня И.А. Крылова «Напраслина»

трофеем его победы над собой был поцелуй, похищенный им у Лизы, потом он обнял ее за талию, сказал, что никуда не едет, что выдумал это, чтоб испытать ее, узнать, есть ли в ней чувство к нему. Наконец, к довершению победы, он обещал на другой день явиться в этот же час в беседку. Идучи домой, он рассуждал о своем поступке, и его обдавало то холодом, то жаром. Он замирал от ужаса и не верил самому себе; наконец решился не быть завтра – и явился ранее назначенного часа.

Это было в августе месяце. Уж смеркалось. Александр обещал быть в девять часов, а пришел в восемь, один, без удочки. Он, как вор, пробирался к беседке, то боязливо оглядывался, то бежал опрометью. Но кто-то опередил его. Тот тоже торопливо, запыхавшись, вбежал в беседку и сел на диван в темном углу.

Александра как будто стерегли. Он тихо отворил дверь, в сильном волнении, на цыпочках, подошел к дивану и тихо взял за руку – отца Лизы. Александр вздрогнул, отскочил, хотел бежать, но старик поймал его за фалду и посадил насильно подле себя на диван.

– Как это вы, батюшка, зашли сюда? – спросил он.

– Я... за рыбой... – бормотал Александр, едва шевеля губами. Зубы у него стучали один о другой. Старик был вовсе не страшен, но Александр, как и всякий вор, пойманный на деле, дрожал, как в лихорадке.

– За рыбой! – повторил старик насмешливо. – Знаете ли, что это значит ловить рыбу в мутной воде? Давно я замечаю за вами и вот узнал вас наконец; а Лизу свою знаю с пелен: она добра и доверчива, а вы, вы опасный плут...

Александр хотел встать, но старик удержал его за руку.

– Да, батюшка, не погневайтесь. Вы прикинулись несчастным, притворно избегали Лизы, завлекли ее, уверились, да и хотели воспользоваться... Хорошее ли это дело? Как вас назвать?

– Клянусь честью, я не предвидел последствий... – сказал Александр голосом глубокого убеждения, – я не хотел...

Старик молчал несколько минут.

– А может быть, и то! – сказал он, – может быть, вы не по любви, а так, от праздности, сбивали с толку бедную девочку, не зная сами, что из этого будет?.. удастся – хорошо, не удастся – нужды нет! В Петербурге много этаких молодцов... Знаете, как поступают с такими франтами?..

Александр сидел потупя взоры. У него недоставало духу оправдываться.

– А сначала я думал лучше об вас, да ошибся, крепко ошибся! Видишь, ведь каким тихеньким прикинулся! слава богу, что спохватился вовремя... Слушайте: терять времени некогда; глупая девчонка, того и гляди, явится на свидание. Я вчера подкараулил вас.

Не нужно, чтоб она видела нас вместе: вы уйдете и, разумеется, не воротитесь никогда; она подумает, что вы обманули ее, и это послужит ей уроком. Только смотрите, чтоб вас здесь никогда не было; найдите другое место для рыбной ловли, а не то... я провожу вас неласково... Счастье ваше, что Лиза еще может прямо глядеть мне в глаза; я целый день наблюдал за нею... иначе вы не этой дорогой вышли бы отсюда... Прощайте!

Александр что-то хотел сказать, но старик отворил дверь и почти вытолкал его.

Александр вышел, в каком положении – пусть судит читатель, если только ему не совестно будет на минуту поставить себя на его место. У моего героя брызнули даже слезы из глаз, слезы стыда, бешенства на самого себя, отчаяния...

«Зачем я живу? – громко сказал он, – отвратительная, убийственная жизнь! А я, я... нет! если у меня недостало твердости устоять против обольщения... то достанет духу прекратить это бесполезное, позорное существование...»

Он скорыми шагами подошел к речке. Она была черна. По волнам перебегали какие-то длинные, фантастические, уродливые тени. Берег, где стоял Александр, был мелок.

– Тут и умереть нельзя! – сказал он презрительно и пошел на мост, бывший оттуда во ста шагах. Александр облокотился на перила посредине моста и стал вглядываться в воду. Он мысленно прощался с жизнию, посылал вздохи к матери, благословлял тетку, даже простил Наденьку. Слезы умиления текли у него по щекам... Он закрыл лицо руками... Неизвестно, что бы он сделал, как вдруг мост заколебался у него под ногами; он оглянулся: боже мой! он на краю пропасти: перед ним зияет могила: половина моста отделилась и отплывает прочь... проходят барки; еще минута – и прощай! Он собрал все силы и сделал отчаянный прыжок... на ту сторону. Там он остановился, перевел дух и схватился за сердце.

– Что, барин, испужался? – спросил его сторож.

– Чего, братец, чуть было в середину не попал, – отвечал дрожащим голосом Александр.

– Боже храни! долго ль до греха? – промолвил сторож, зевая, – в запрошлом лете один барочник и так упал.

Александр пошел домой, придерживаясь рукой за сердце. Он по временам оглядывался на реку, на разведенный мост и, вздрагивая, тотчас же отворачивался и ускорял шаги.

Между тем Лиза кокетливо одевалась, не брала с собой ни отца, ни няньки и каждый вечер просиживала до поздней ночи под деревом.

Настали темные вечера: она все ждала; но о приятелях ни слуху ни духу.

Пришла осень. Желтые листья падали с деревьев и усеяли берега;

зелень полиняла; река приняла свинцовый цвет; небо было постоянно серо; дул холодный ветер с мелким дождем. Берега реки опустели: не слышно было ни веселых песен, ни смеху, ни звонких голосов по берегам; лодки и барки перестали сновать взад и вперед. Ни одно насекомое не прожужжит в траве, ни одна птичка не защебечет на дереве; только галки и вороны криком наводили уныние на душу; и рыба перестала клевать.

А Лиза все ждала: ей непременно нужно было поговорить с Александром: открыть ему тайну. Она все сидела на скамье, под деревом, в кацавейке. Она похудела; глаза у ней немного впали; щеки были подвязаны платком. Так застал ее однажды отец.

– Пойдем, полно тут сидеть, – сказал он, морщась и дрожа от холода, – посмотри, у тебя руки посинели; ты озябла. Лиза! слышишь ли? пойдем.

– Куда?

– Домой: мы сегодня переезжаем в город.

– Зачем? – спросила она с удивлением.

– Как зачем? осень на дворе; мы одни только остались на даче.

– Ах, боже мой! – сказала она, – здесь и зимой будет хорошо: останемтесь.

– Вот что еще вздумала! Полно, полно, пойдем!

– Погодите! – сказала она умоляющим голосом, – еще воротятся красные дни.

– Послушай! – отвечал отец, трепля ее по щеке и указывая на то место, где удили приятели, – они не воротятся…

– Не… воротятся! – повторила она вопросительно-печальным голосом, потом подала отцу руку и тихо, склонив голову, пошла домой, оглядываясь по временам назад.

А Адуев с Костяковым давно уже удили где-то в противоположной стороне от этого места.

V

Мало-помалу Александр успел забыть и Лизу, и неприятную сцену с ее отцом. Он опять стал покоен, даже весел, часто хохотал плоским шуткам Костякова. Его смешил взгляд этого человека на жизнь. Они строили даже планы уехать куда-нибудь подальше, выстроить на берегу реки, где много рыбы, хижину и прожить там остаток дней. Душа Александра опять стала утопать в тине скудных понятий и материального быта. Но судьба не дремала, и ему не удавалось утонуть совсем в этой тине.

Осенью он получил от тетки записку с убедительнейшею просьбою проводить ее в концерт, потому что дядя был не совсем здоров. Приехал какой-то артист, европейская знаменитость.

– Как, в концерт! – говорил Александр в сильной тревоге, – в концерт, опять в эту толпу, в самый блеск мишуры, лжи, притворства... нет, не поеду...

– Поди, чай, еще пять рублей стоит, – заметил бывший тут Костяков.

– Билет стоит пятнадцать рублей, – сказал Александр, – но я охотно бы дал пятьдесят, чтоб не ехать.

– Пятнадцать! – закричал Костяков, всплеснув руками, – вот мошенники! анафемы! ездят сюда надувать нас, обирать деньги. Дармоеды проклятые! Не ездите, Александр Федорыч, плюньте! Добро бы вещь какая-нибудь: взял бы домой, на стол поставил или съел; а то послушал только, да и на: плати пятнадцать рублей! За пятнадцать рублей можно жеребенка купить.

– Иногда за то, чтобы провести с удовольствием вечер, платят и дороже, – заметил Александр.

– Провести вечер с удовольствием! Да знаете что: пойдемте в баню, славно проведем! Я всякий раз, как соскучусь, иду туда – и любо; пойдешь часов в шесть, а выйдешь в двенадцать, и погреешься, и тело почешешь, а иногда и знакомство приятное сведешь: придет духовное лицо, либо купец, либо офицер; заведут речь о торговле, что ли, или о преставлении света... и не вышел бы! а всего по шести гривен с человека! Не знают, где вечер провести!

Но Александр поехал. Он со вздохом вытащил давно не надеванный, прошлогодний фрак, натянул белые перчатки.

– Перчатки пять рублей, итого двадцать? – считал Костяков, присутствовавший при туалете Адуева. – Двадцать рублей так вот, в один вечер кинули! Послушать: эко диво!

Александр отвык одеваться порядочно. Утром он ходил на службу в покойном вицмундире, вечером в старом сюртуке или в пальто. Ему было неловко во фраке. Там теснило, тут чего-то недоставало; шее было слишком жарко в атласном платке.

Тетка встретила его приветливо, с чувством благодарности за то, что он решился для нее покинуть свое затворничество, но ни слова о его образе жизни и занятиях.

Отыскав в зале место для Лизаветы Александровны, Адуев прислонился к колонне, под сенью какого-то плечистого меломана, и начал скучать. Он тихонько зевнул в руку, но не успел закрыть рта, как раздались оглушительные рукоплескания, приветствовавшие артиста. Александр и не взглянул на него.

Заиграли интродукцию. Через несколько минут оркестр стал стихать. К последним его звукам прицепились чуть-чуть слышно другие, сначала резвые, игривые, как будто напоминавшие игры детства: слышались точно детские голоса, шумные, веселые; потом звуки стали плавнее и мужественнее; они, казалось, выражали юношескую беспечность, отвагу, избыток жизни и сил. Потом полились медленнее, тише, как будто передавали нежное излияние любви, задушевный разговор, и, ослабевая, мало-помалу, слились в страстный шепот и незаметно смолкли…

Никто не смел пошевелиться. Масса людей замерла в безмолвии. Наконец вырвалось у всех единодушное *ах!* и шепотом пронеслось по зале. Толпа было зашевелилась, но вдруг звуки снова проснулись, полились crescendo[42], потоком, потом раздробились на тысячу каскадов и запрыгали, тесня и подавляя друг друга. Они гремели, будто упреками ревности, кипели бешенством страсти; ухо не успевало ловить их – и вдруг прервались, как точно у инструмента не стало более ни сил, ни голоса. Из-под смычка стал вырываться то глухой, отрывистый стон, то слышались плачущие, умоляющие звуки, и все окончилось болезненным, продолжительным вздохом. Сердце надрывалось: звуки как будто пели об обманутой любви и безнадежной тоске. Все страдания, вся скорбь души человеческой слышались в них.

Александр трепетал. Он поднял голову и поглядел сквозь слезы через плече соседа. Худощавый немец, согнувшись над своим инструментом, стоял перед толпой и могущественно повелевал ею. Он кончил и равнодушно отер платком руки и лоб. В зале раздался рев и страшные рукоплескания. И вдруг этот артист согнулся в свой черед перед толпой и начал униженно кланяться и благодарить.

«И он поклоняется ей, – думал Александр, глядя с робостью на эту тысячеглавую гидру, – он, стоящий так высоко перед ней!..»

Артист поднял смычок и – все мгновенно смолкло. Заколебавшаяся толпа слилась опять в одно неподвижное тело. Потекли другие звуки, величавые, торжественные; от этих звуков спина слушателя выпрямлялась, голова поднималась, нос вздергивался выше: они пробуждали в сердце гордость, рождали мечты о славе. Оркестр начал глухо вторить, как будто отдаленный гул толпы, как народная молва…

Александр побледнел и поник головой. Эти звуки, как нарочно, внятно рассказывали ему прошедшее, всю жизнь его, горькую и обманутую.

– Посмотри, какая мина у этого! – сказал кто-то, указывая на Александра, – я не понимаю, как можно так обнаружиться: я Паганини слыхал, да у меня и бровь не шевельнулась.

Александр проклинал и приглашение тетки, и артиста, а более всего судьбу, что она не дает ему забыться.

«И к чему? с какой целью? – думал он, – чего она добивается от меня? к чему напоминать мне мое бессилие, бесполезность прошедшего, которого не воротишь?»

Проводив тетку до дому, он хотел было ехать к себе, но она удержала

42 усиливаясь (итал.)

его за руку.

– Неужели вы не зайдете? – спросила она с упреком.

– Нет.

– Отчего же?

– Теперь уже поздно; когда-нибудь в другой раз.

– И это вы мне отказываете?

– Вам более, нежели кому-нибудь.

– Почему же?

– Долго говорить. Прощайте.

– Полчаса, Александр, слышите? не более. Если откажете, значит вы никогда ни на волос не имели ко мне дружбы.

Она просила с таким чувством, так убедительно, что у Александра не стало духу отказаться, и он пошел за ней, склонив голову. Петр Иваныч был у себя в кабинете.

– Неужели я заслужила от вас одно пренебрежение, Александр? – спросила Лизавета Александровна, усадив его у камина.

– Вы ошибаетесь: это не пренебрежение, – отвечал он.

– Что же это значит? как это назвать: сколько раз я писала к вам, звала к себе, вы не шли, наконец перестали отвечать на записки.

– Это не пренебрежение...

– Что же?

– Так! – сказал Александр и вздохнул. – Прощайте, ma tante.

– Постойте! что я вам сделала? что с вами, Александр? Отчего вы такие? отчего равнодушны ко всему, никуда не ходите, живете в обществе не по вас?

– Да так, ma tante; этот образ жизни мне нравится: так покойно жить, хорошо; это по мне...

– По вас? вы находите пищу для ума и сердца в такой жизни, с такими людьми?

Александр кивнул головой.

– Вы притворяетесь, Александр; вы чем-нибудь сильно огорчены и молчите. Прежде, бывало, вы находили, кому поверить ваше горе; вы знали, что всегда найдете утешение или, по крайней мере, сочувствие; а теперь разве у вас никого уж нет?

– Никого!..

– Вы никому не верите?

– Никому.

– Разве вы не вспоминаете иногда о вашей матушке... о ее любви к вам... ласках?.. Неужели вам не приходило в голову, что, может быть, кто-нибудь и здесь любит вас, если не так, как она, то, по крайней мере, как сестра или, еще больше, как друг?

– Прощайте, ma tante! – сказал он.

– Прощайте, Александр: я вас не удерживаю более, – отвечала тетка. У ней навернулись слезы.

Александр взял было шляпу, но потом положил и поглядел на Лизавету Александровну.

– Нет, не могу бежать от вас: недостает сил! – сказал он, – что вы делаете со мной?

– Будьте опять прежним Александром, хоть на одну минуту. Расскажите, поверьте мне все…

– Да, я не могу молчать перед вами: вам выскажу все, что у меня на душе, – сказал он. – Вы спрашиваете, отчего я прячусь от людей, отчего я ко всему равнодушен, отчего не вижусь даже с вами?.. отчего? Знайте же, что жизнь давно опротивела мне, и я избрал себе такой быт, где она меньше заметна. Я ничего не хочу, не ищу, кроме покоя, сна души. Я изведал всю пустоту и всю ничтожность жизни – и глубоко презираю ее. *Кто жил и мыслил, тот не может в душе не презирать людей* [43]. Деятельность, хлопоты, заботы, развлечение – все надоело мне. Я ничего не хочу добиваться и искать; у меня нет цели, потому что к чему повлечешься, достигнешь – и увидишь, что все призрак. Радости для меня миновали; я к ним охладел. В образованном мире, с людьми, я сильнее чувствую невыгоды жизни, а у себя, один, вдалеке от толпы, я одеревенел: случись что хочет в этом сне – я не замечаю ни людей, ни себя. Я ничего не делаю и не вижу ни чужих, ни своих поступков – и покоен… мне все равно: счастья не может быть, а несчастье не проймет меня…

– Это ужасно! Александр, – сказала тетка, – в эти лета такое охлаждение ко всему…

– Чему вы удивляетесь, ma tante? Отделитесь на минуту от тесного горизонта, в котором вы заключены, посмотрите на жизнь, на мир: что это такое?.. Что вчера велико, сегодня ничтожно; чего хотел вчера, не хочешь сегодня; вчерашний друг – сегодня враг. Стоит ли хлопотать из чего-нибудь, любить, привязываться, ссориться, мириться – словом, жить? не лучше ли спать и умом и сердцем? Я и сплю, оттого и не хожу никуда, и к вам особенно… Я уснул было совсем, а вы будите и ум и сердце и толкаете их опять в омут. Если хотите видеть меня веселым, здоровым, может быть живым, даже, пожалуй, по понятиям дядюшки, счастливым, – оставьте меня там, где я теперь. Дайте успокоиться этим волнениям; пусть мечты улягутся, пусть ум оцепенеет совсем, сердце окаменеет, глаза отвыкнут от слез, губы от улыбки – и тогда, через год, через два, я приду к вам совсем готовый на всякое испытание; тогда не пробудите, как ни старайтесь, а теперь…

Он сделал отчаянный жест.

– Смотрите, Александр, – живо перебила тетка, – вы в одну минуту изменились: у вас слезы на глазах; вы еще все те же; не

---

43 Кто жил и мыслил, тот не может в душе не презирать людей – из «Евгения Онегина» А.С. Пушкина (гл. 1, строфа XLVI)

притворяйтесь же, не удерживайте чувства, дайте ему волю...

– Зачем? я не буду лучше от этого! я буду только сильнее мучиться. Нынешний вечер уничтожил меня в собственных глазах. Я ясно понял, что не имею права никого винить в своей тоске. Я сам погубил свою жизнь. Я мечтал о славе, бог знает с чего, и пренебрег своим делом; я испортил свое скромное назначение и теперь не поправлю прошлого: поздно! Я бежал толпы, презирал ее, – а этот немец, с своей глубокой, сильной душой, с поэтической натурой, не отрекается от мира и не бежит от толпы: он гордится ее рукоплесканиями. Он понимает, что он едва заметное кольцо в бесконечной цепи человечества; он то же все знает, что я: ему знакомы страдания. Слышали, как он рассказал в звуках всю жизнь: и радости, и горечь ее, и счастье, и скорбь души? она понятна ему. Как стал я сегодня вдруг мелок, ничтожен в собственных глазах, с своей тоской, страданиями!.. Он пробудил во мне горькое сознание, что я горд – и бессилен... Ах, зачем вы вызвали меня? Прощайте, пустите меня.

– Чем же я виновата, Александр? неужели я могла пробудить в вас горькое чувство – я?..

– Вот то-то и беда! ваше ангельское, доброе лицо, ma tante, кроткие речи, дружеское пожатие руки – все это смущает и трогает меня: мне хочется плакать, хочется опять жить, томиться... а зачем?

– Как зачем? Останьтесь всегда с нами; и если вы считаете меня хоть немного достойною вашей дружбы, стало быть, вы найдете утешение и в другой; не одна я такая... вас оценят.

– Да! вы думаете, это всегда будет утешать меня? вы думаете, я поверю этому минутному умилению? Вы, точно, женщина в благороднейшем смысле слова; вы созданы на радость, на счастье мужчины; да можно ли надеяться на это счастье? можно ли поручиться, что оно прочно, что сегодня, завтра судьба не обернет вверх дном этой счастливой жизни, – вот вопрос! Можно ли верить чему-нибудь и кому-нибудь, даже себе? Не лучше ли жить без всяких надежд и волнений, не ожидать ничего, не искать радостей и, стало быть, не оплакивать потерь?..

– От судьбы вы нигде не уйдете, Александр: и там, где вы теперь, она все будет преследовать вас...

– Да, правда; только там судьбе не над чем забавляться, больше забавляюсь я над нею: смотришь, то рыба сорвется с удочки, когда уж протянул к ней руку, то дождь пойдет, когда собрался за город, или погода хороша, да самому не хочется... ну и смешно...

У Лизаветы Александровны недоставало более возражений.

– Вы женитесь... будете любить... – сказала она нерешительно.

– Женюсь! вот еще! Неужели вы думаете, что я вверю свое счастье женщине, если б даже и полюбил ее, чего тоже быть не может? или неужели вы думаете, что я взялся бы сделать женщину счастливой? Нет, я знаю, что мы обманем друг друга и оба обманемся. Дядюшка Петр Иваныч и опыт научили меня...

– Петр Иваныч! да, он много виноват! – сказала Лизавета Александровна со вздохом, – но вы имели право не слушать его... и были бы счастливы в супружестве...

– Да, в деревне, конечно; а теперь... Нет, ma tante, супружество не для меня. Я теперь не могу притвориться, когда разлюблю и перестану быть счастлив; не могу также не увидеть, когда жена притворится; будем оба хитрить, как хитрите... например, вы и дядюшка...

– Мы? – с изумлением и с испугом спросила Лизавета Александровна.

– Да, вы! Скажите-ка, так ли вы счастливы, как мечтали некогда?

– Не так, как мечтала... но счастлива иначе, нежели мечтала, разумнее, может быть, больше – не все ли это равно?.. – с замешательством отвечала Лизавета Александровна, – и вы тоже...

– Разумнее! Ах, ma tante, не вы бы говорили: так дядюшкой и отзывается! Знаю я это счастье по его методе: разумнее – так, но больше ли? ведь у него все счастье, несчастья нет. Бог с ним! Нет! моя жизнь исчерпана; я устал, утомился жить...

Оба замолчали. Александр поглядывал на шляпу; тетка придумывала, чем бы еще остановить его.

– А талант! – вдруг сказала она с живостью.

– Э! ma tante! охота вам смеяться надо мной! Вы забыли русскую пословицу: *лежачего не бьют.* У меня таланта нет, решительно нет. У меня есть чувство, была горячая голова; мечты я принял за творчество и творил. Недавно еще я нашел кое-что из старых грехов, прочел – и самому смешно стало. Дядюшка прав, что принудил меня сжечь все, что было. Ах, если б я мог воротить прошедшее! Не так я распорядился им.

– Не разочаровывайтесь до конца! – сказала она, – всякому из нас послан тяжкий крест...

– Кому это крест? – спросил Петр Иваныч, входя в комнату. – Здравствуй, Александр! тебе, что ли?

Петр Иваныч сгорбился и шел, едва передвигая ноги.

– Только не такой, как ты думаешь, – сказала Лизавета Александровна, – я говорю о тяжком кресте, который несет Александр...

– Что он там еще несет? – спросил Петр Иваныч, опускаясь с величайшею осторожностью в кресла. – Ох! какая боль! что это за наказание!

Лизавета Александровна помогла ему сесть, подложила под спину подушку, под ноги подвинула скамеечку.

– Что с вами, дядюшка? – спросил Александр.

– Видишь: тяжкий крест несу! Ох, поясница! Вот крест так крест:

дослужился-таки до него! Ох, боже мой!..

– Вольно же тебе так много сидеть: ты знаешь здешний климат, – сказала Лизавета Александровна, – доктор велел больше ходить, так нет: утро пишет, а вечером в карты играет.

– Что ж, я стану разиня рот по улицам ходить да время терять?

– Вот и наказан.

– Этого здесь не минуешь, если хочешь заниматься делом. У кого не болит поясница? Это почти вроде знака отличия у всякого делового человека... ох! не разогнешь спины. Ну, а что ты, Александр, делаешь?

– Все то же, что прежде.

– А! ну так у тебя поясница не заболит. Это удивительно, право!

– Что ж ты удивляешься: не ты ли сам отчасти виноват, что он стал такой... – сказала Лизавета Александровна.

– Я? вот это мне нравится! я приучил его ничего не делать!

– Точно, дядюшка, вам нечему удивляться, – сказал Александр, – вы много помогли обстоятельствам сделать из меня то, что я теперь; но я вас не виню. Я сам виноват, что не умел или, лучше сказать, не мог воспользоваться вашими уроками как следует, потому что не был приготовлен к ним. Вы, может быть, отчасти виноваты тем, что поняли мою натуру с первого раза и, несмотря на то, хотели переработать ее; вы, как человек опытный, должны были видеть, что это невозможно... вы возбудили во мне борьбу двух различных взглядов на жизнь и не могли примирить их: что ж вышло? Все превратилось во мне в сомнение, в какой-то хаос.

– Ох, поясница! – стонал Петр Иваныч. – Хаос! ну, вот из хаоса я и хотел сделать что-нибудь.

– Да! а что сделали? представили мне жизнь в самой безобразной наготе, и в какие лета? когда я должен был понимать ее только с светлой стороны.

– То есть я старался представить тебе жизнь, как она есть, чтоб ты не забирал себе в голову, чего нет. Я помню, каким ты молодцом приехал из деревни: надо ж было предостеречь тебя, что здесь таким быть нельзя. Я предостерег тебя, может быть, от многих ошибок и глупостей: если б не я, ты бы их еще не столько наделал!

– Может быть. Но вы только выпустили одно из виду, дядюшка: счастье. Вы забыли, что человек счастлив заблуждениями, мечтами и надеждами; действительность не счастливит...

– Какую ты дичь несешь! Это мнение привез ты прямо с азиатской границы: в Европе давно перестали верить этому. Мечты, игрушки, обман – все это годится для женщин и детей, а мужчине надо знать дело, как оно есть. По-твоему, это хуже, нежели обманываться?

– Да, дядюшка, что ни говорите, а счастье соткано из иллюзий, надежд, доверчивости к людям, уверенности в самом себе, потом из любви, дружбы... А вы твердили мне, что любовь – вздор, пустое чувство, что легко, и даже лучше, прожить без него, что любить страстно – не великое достоинство, что этим не перещеголяешь животное...

– Да ты вспомни, как ты хотел любить: сочинял плохие стихи, говорил диким языком, так что до смерти надоел этой твоей... Груне, что ли! Этим ли привязывают женщину?

– Чем же? – сухо спросила Лизавета Александровна мужа.

– Ох, как колет поясницу! – простонал Петр Иваныч.

– Потом вы твердили, – продолжал Александр, – что привязанности глубокой, симпатической нет, а есть одна привычка...

Лизавета Александровна молча и глубоко посмотрела на мужа.

– То есть я, вот видишь ли, я говорил тебе для того... чтоб... ты... того... ой, ой, поясница!

– И вы говорили это, – продолжал Александр, – двадцатилетнему мальчику, для которого любовь – все, которого деятельность, цель – все вертится около этого чувства: им он может спастись или погибнуть.

– Точно двести лет назад родился! – бормотал Петр Иваныч, – жить бы тебе при царе Горохе.

– Вы растолковали мне, – говорил Александр, – теорию любви, обманов, измен, охлаждений... зачем? я знал все это прежде, нежели начал любить; а любя, я уж анализировал любовь, как ученик анатомирует тело под руководством профессора и вместо красоты форм видит только мускулы, нервы...

– Однако, я помню, это не помешало тебе сходить с ума по этой... как ее?.. Дашеньке, что ли?

– Да; но вы не дали мне обмануться: я бы видел в измене Наденьки несчастную случайность и ожидал бы до тех пор, когда уж не нужно было бы любви, а вы сейчас подоспели с теорией и показали мне, что это общий порядок, – и я, в двадцать пять лет, потерял доверенность к счастью и к жизни и состарелся душой. Дружбу вы отвергали, называли и ее привычкой; называли себя, и то, вероятно, шутя, лучшим моим другом, потому разве, что успели доказать, что дружбы нет.

Петр Иваныч слушал и поглаживал одной рукой спину. Он возражал небрежно, как человек, который, казалось, одним словом мог уничтожить все взводимые на него обвинения.

– И дружбу хорошо ты понимал, – сказал он, – тебе хотелось от друга такой же комедии, какую разыграли, говорят, в древности вон эти два дурака... как их? что один еще остался в залоге, пока друг его съездил повидаться... Что, если б все-то так делали, ведь просто весь мир был бы дом сумасшедших!

– Я любил людей, – продолжал Александр, – верил в их достоинства, видел в них братьев, простер было к ним горячие объятия...

220

– Да, очень нужно! Помню твои объятия, – перебил Петр Иваныч, – ты мне ими тогда порядочно надоел.

– А вы показали мне, чего они стоят. Вместо того чтоб руководствовать мое сердце в привязанностях, вы научили меня не чувствовать, а разбирать, рассматривать и остерегаться людей; я рассмотрел их – и разлюбил!

– Кто ж тебя знал! Видишь, ведь ты какой прыткий: я думал, что ты от этого будешь только снисходительнее к ним. Я вот знаю их, да не возненавидел...

– Что ж, ты любишь людей? – спросила Лизавета Александровна.

– Привык... к ним.

– Привык! – повторила она монотонно.

– И он бы привык, – сказал Петр Иваныч, – да он уж прежде был сильно испорчен в деревне теткой да желтыми цветами, оттого так туго и развивается.

– Потом я верил в самого себя, – начал опять Александр, – вы показали мне, что я хуже других, – я возненавидел и себя.

– Если б ты рассматривал дело похладнокровнее, так увидел бы, что ты не хуже других и не лучше, чего я и хотел от тебя: тогда не возненавидел бы ни других, ни себя, а только равнодушнее сносил бы людские глупости и был бы повнимательнее к своим. Я вот знаю цену себе, вижу, что нехорош, а признаюсь, очень люблю себя.

– А! тут *любишь*, а не *привык!* – холодно заметила Лизавета Александровна.

– Ох, поясница! – заохал Петр Иваныч.

– Наконец вы, одним ударом, без предостережения, без жалости, разрушили лучшую мечту мою: я думал, что во мне есть искра поэтического дарования; вы жестоко доказали мне, что я не создан жрецом изящного; вы с болью вырвали у меня эту занозу из сердца и предложили мне труд, который был мне противен. Без вас я писал бы...

– И был бы известен публике как бездарный писатель, – перебил Петр Иваныч.

– Что мне до публики? Я хлопотал о себе, я приписывал бы свои неудачи злости, зависти, недоброжелательству и мало-помалу свыкся бы с мыслью, что писать не нужно, и сам бы принялся за другое. Чему же вы удивляетесь, что я, узнавши все, упал духом?..

– Ну, что скажешь? – спросила Лизавета Александровна.

– Не хочется и говорить-то: как отвечать на такой вздор? Я виноват, что ты, едучи сюда, воображал, что здесь все цветы желтые, любовь да дружба; что люди только и делают, что одни пишут стихи, другие слушают да изредка, так, для разнообразия, примутся за прозу?.. Я доказывал тебе, что человеку вообще везде, а здесь в особенности, надо работать, и много работать, даже до боли в пояснице... цветов желтых нет, есть чины, деньги: это гораздо лучше! Вот что я хотел доказать тебе! я не отчаивался, что ты поймешь наконец, что такое жизнь, особенно как ее теперь понимают. Ты и понял, да как увидел, что в ней мало цветов и стихов, и вообразил, что жизнь – большая ошибка, что ты видишь это и оттого имеешь право скучать; другие не замечают и оттого живут припеваючи. Ну чем ты недоволен? чего тебе недостает? Другой на твоем месте благословил бы судьбу. Ни нужда, ни болезнь, никакое реальное горе не дотрогивалось до тебя. Чего у тебя нет? Любви, что ли? Мало еще тебе: любил ты два раза и был любим. Тебе изменили, ты поквитался. Мы решили, что друзья у тебя есть, какие у другого редко бывают: не фальшивые; в воду за тебя, правда, не бросятся и на костер не полезут, обниматься тоже не охотники; да ведь это до крайности глупо; пойми, наконец! но зато совет, помощь, даже деньги – всегда найдешь... Это ли еще не друзья? Со временем ты женишься; карьера перед тобой: займись только; а вместе с ней и фортуна. Делай все, как другие, – судьба не обойдет тебя: найдешь свое. Смешно воображать себя особенным, великим человеком, когда ты не создан таким! Ну о чем же ты горюешь?

– Я вас не виню, дядюшка, напротив, я умею ценить ваши намерения и от души благодарю за них. Что делать, что они не удались? Не вините же и меня. Мы не поняли друг друга – вот в чем наша беда! Что может нравиться и годиться вам, другому, третьему – не нравится мне...

– Нравится мне, другому, третьему!.. не то говоришь, милый! разве я один так думаю и действую, как учил думать и действовать тебя?.. Посмотри кругом: рассмотри массу – *толпу*, как ты называешь ее, – не ту, что в деревне живет: туда это долго не дойдет, а современную, образованную, мыслящую и действующую: чего она хочет и к чему стремится? как мыслит? и увидишь, что именно так, как я учил тебя. Чего я требовал от тебя – не я все это выдумал.

– Кто же? – спросила Лизавета Александровна.

– Век.

– Так непременно и надо следовать всему, что выдумает твой век? – спросила она, – так все и свято, все и правда?

– Все и свято! – сказал Петр Иваныч.

– Как! правда, что надо больше рассуждать, нежели чувствовать? Не давать воли сердцу, удерживаться от порывов чувства? не предаваться и не верить искреннему излиянию?

– Да, – сказал Петр Иваныч.

– Действовать везде по методе, меньше доверять людям, считать все ненадежным и жить одному про себя?

– Да.

– И это свято, что любовь не главное в жизни, что надо больше любить свое дело, нежели любимого человека, не надеяться ни на чью преданность, верить, что любовь должна кончаться охлаждением, изменой или привычкой? что дружба привычка? Это все правда?

– Это была всегда правда, – отвечал Петр Иваныч, – только прежде не хотели верить ей, а нынче это сделалось общеизвестной истиной.

– Свято и это, что все надо рассматривать, все рассчитывать и обдумывать, не позволять себе забыться, помечтать, увлечься хоть и обманом, лишь бы быть оттого счастливым?..

– Свято, потому что разумно, – сказал Петр Иваныч.

– Правда и это, что умом надобно действовать и с близкими сердцу... например, с женой?..

– У меня еще никогда так не болела поясница... ох! – сказал Петр Иваныч, корчась на стуле.

– А! поясница! Хорош век! нечего сказать.

– Очень хорош, милая; так, из капризов, ничего не делается; везде разум, причина, опыт, постепенность и, следовательно, успех; все стремится к совершенствованию и добру.

– В ваших словах, дядюшка, может быть, есть и правда, – сказал Александр, – но она не утешает меня. Я по вашей теории знаю все, смотрю на вещи вашими глазами; я воспитанник вашей школы, а между тем мне скучно жить, тяжело, невыносимо... Отчего же это?

– А от непривычки к новому порядку. Не один ты такой: еще есть отсталые; это всё *страдальцы.* Они точно жалки; но что ж делать? Нельзя же для горсти людей оставаться назади целой массе. На все, в чем ты меня сейчас обвинил, – сказал Петр Иваныч, подумав, – у меня есть одно и главное оправдание: помнишь ли, когда ты явился сюда, я, после пятиминутного разговора с тобой, советовал тебе ехать назад? Ты не послушал. За что ж теперь нападаешь на меня? Я предсказал тебе, что ты не привыкнешь к настоящему порядку вещей, а ты понадеялся на мое руководство, просил советов... говорил высоким слогом о современных успехах ума, о стремлениях человечества... о практическом направлении века – ну вот тебе! Нельзя же мне было нянчиться с тобой с утра до вечера: что мне за надобность? Я не мог ни закрывать тебе рта платком на ночь от мух, ни крестить тебя. Я говорил тебе дело, потому что ты просил меня об этом; а что из этого вышло, то уж до меня не касается. Ты не ребенок и не глуп: можешь рассудить и сам... Тут чем бы свое дело делать, ты – то стонешь от измены девчонки, то плачешь в разлуке с другом, то страдаешь от душевной пустоты, то от полноты ощущений; ну что это за жизнь? Ведь это пытка! Посмотри-ка на нынешнюю молодежь: что за молодцы! Как все кипит умственною деятельностью, энергией, как ловко и легко управляются они со всем этим вздором, что на вашем старом языке называется *треволнениями, страданиями...* и черт знает что еще!

– Как ты легко рассуждаешь! – сказала Лизавета Александровна, – и тебе не жаль Александра?

– Нет. Вот если б у него болела поясница, так я бы пожалел: это не вымысел, не мечта, не поэзия, а реальное горе... Ох!

– Научите же меня, дядюшка, по крайней мере, что мне делать теперь? Как вы вашим умом разрешите эту задачу?

– Что делать? Да... ехать в деревню.

– В деревню! – повторила Лизавета Александровна, – в уме ли ты, Петр Иваныч? Что он там станет делать?

– В деревню! – повторил Александр, и оба глядели на Петра Иваныча.

– Да, в деревню: там ты увидишься с матерью, утешишь ее. Ты же ищешь покойной жизни: здесь вон тебя все волнует; а где покойнее, как не там, на озере, с теткой... Право, поезжай! А кто знает? может быть, ты и того... Ох!

Он схватился за спину.

Недели через две Александр вышел в отставку и пришел проститься с дядей и теткой. Тетка и Александр были грустны и молчаливы. У Лизаветы Александровны висели слезы на глазах. Петр Иваныч говорил один.

– Ни карьеры, ни фортуны! – говорил он, качая головою, – стоило приезжать! осрамил род Адуевых!

– Да полно, Петр Иваныч, – сказала Лизавета Александровна, – ты надоел с своей карьерой.

– Как же, милая, в восемь лет ничего не сделать!

– Прощайте, дядюшка, – сказал Александр. – Благодарю вас за все, за все...

– Не за что! Прощай, Александр! Не надо ли денег на дорогу?

– Нет, благодарю: мне станет.

– Что это, никогда не возьмет! это, наконец, бесит меня. Ну, с богом, с богом.

– И тебе не жаль расстаться с ним? – промолвила Лизавета Александровна.

– М-м! – промычал Петр Иваныч, – я... привык к нему. Помни же, Александр, что у тебя есть дядя и друг – слышишь? и если понадобятся служба, занятия и презренный металл, смело обратись ко мне: всегда найдешь и то, и другое, и третье.

– А если понадобится участие, – сказала Лизавета Александровна, – утешение в горе, теплая, надежная дружба...

– И искренние излияния, – прибавил Петр Иваныч.

– ...так вспомните, – продолжала Лизавета Александровна, – что у вас есть тетка и друг.

– Ну, этого, милая, и в деревне не занимать стать: все есть: и цветы, и любовь, и излияния, и даже тетка.

Александр был растроган; он не мог сказать ни слова. Прощаясь с дядей, он простер было к нему объятия, хоть и не так живо, как восемь лет назад. Петр Иваныч не обнял его, а взял только его за обе руки и пожал их крепче, нежели восемь лет назад. Лизавета Александровна залилась слезами.

– Ух! гора с плеч, слава богу! – сказал Петр Иваныч, когда Александр уехал, – как будто и пояснице легче стало!

– Что он тебе сделал? – промолвила сквозь слезы жена.

– Что? просто мученье: хуже, чем с фабричными: тех, если задурят, так посечешь; а с ним что станешь делать?

Тетка проплакала целый день, и когда Петр Иваныч спросил обедать, ему сказали, что стола не готовили, что барыня заперлась у себя в кабинете и не приняла повара.

– А все Александр! – сказал Петр Иваныч. – Что это за мука с ним!

Он поворчал, поворчал и поехал обедать в английский клуб.

Дилижанс рано утром медленно тащился из города и увозил Александра Федорыча и Евсея.

Александр, высунув голову из окна кареты, всячески старался настроить себя на грустный тон и наконец мысленно разрешился монологом.

Проезжали мимо куаферов, дантистов, модисток, барских палат. «Прощай, – говорил он, покачивая головой и хватаясь за свои жиденькие волосы, – прощай, город поддельных волос, вставных зубов, ваточных подражаний природе, круглых шляп, город учтивой спеси, искусственных чувств, безжизненной суматохи! Прощай, великолепная гробница глубоких, сильных, нежных и теплых движений души. Я здесь восемь лет стоял лицом к лицу с современною жизнью, но спиною к природе, и она отвернулась от меня: я утратил жизненные силы и состарился в двадцать девять лет; а было время...

Прощай, прощай, город,
Где я страдал, где я любил,
Где сердце я похоронил.[44]

К вам простираю объятия, широкие поля, к вам, благодатные веси и пажити моей родины: примите меня в свое лоно, да оживу и воскресну душой!»

Тут он прочел стихотворение Пушкина: «Художник варвар кистью сонной» и т.д., отер влажные глаза и спрятался в глубину кареты.

---

44 Где я страдал, где я любил – из «Евгения Онегина» А.С. Пушкина (гл. 1, строфа L)

Утро было прекрасное. Знакомое читателю озеро в селе Грачах чуть-чуть рябело от легкой зыби. Глаза невольно зажимались от слепительного блеска солнечных лучей, сверкавших то алмазными, то изумрудными искрами в воде. Плакучие березы купали в озере свои ветви, и кое-где берега поросли осокой, в которой прятались большие желтые цветы, покоившиеся на широких плавучих листьях. На солнце набегали иногда легкие облака; вдруг оно как будто отвернется от Грачей; тогда и озеро, и роща, и село – все мгновенно потемнеет; одна даль ярко сияет. Облако пройдет – озеро опять заблестит, нивы обольются точно золотом.

Анна Павловна с пяти часов сидит на балконе. Что ее вызвало: восход солнца, свежий воздух или пение жаворонка? Нет! она не сводит глаз с дороги, что идет через рощу. Пришла Аграфена просить ключей. Анна Павловна не поглядела на нее и, не спуская глаз с дороги, отдала ключи и не спросила даже зачем. Явился повар: она, тоже не глядя на него, отдала ему множество приказаний. Другой день стол заказывался на десять человек.

Анна Павловна осталась опять одна. Вдруг глаза ее заблистали; все силы ее души и тела перешли в зрение: на дороге что-то зачернело. Кто-то едет, но тихо, медленно. Ах! это воз спускается с горы. Анна Павловна нахмурилась.

– Вот кого-то понесла нелегкая! – проворчала она, – нет, чтоб объехать кругом; все лезут сюда.

Она с неудовольствием опустилась опять в кресло и опять с трепетным ожиданием устремила взгляд на рощу, не замечая ничего вокруг. А вокруг было что заметить: декорация начала значительно изменяться. Полуденный воздух, накаленный знойными лучами солнца, становился душен и тяжел Вот и солнце спряталось. Стало темно. И лес, и дальние деревни, и трава – все облеклось в безразличный, какой-то зловещий цвет.

Анна Павловна очнулась и взглянула вверх. Боже мой! С запада тянулось, точно живое чудовище, черное, безобразное пятно с медным отливом по краям и быстро надвигалось на село и на рощу, простирая будто огромные крылья по сторонам. Все затосковало в природе. Коровы понурили головы; лошади обмахивались хвостами, раздували ноздри и фыркали, встряхивая гривой. Пыль под их копытами не поднималась вверх, но тяжело, как песок, рассыпалась под колесами. Туча надвигалась грозно. Вскоре медленно прокатился отдаленный гул.

Все притихло, как будто ожидало чего-то небывалого. Куда девались эти птицы, которые так резво порхали и пели при солнышке? Где насекомые, что так разнообразно жужжали в траве? Все спряталось и безмолвствовало, и бездушные предметы, казалось, разделяли зловещее предчувствие. Деревья перестали покачиваться и задевать друг друга сучьями; они выпрямились; только изредка наклонялись верхушками между собою, как будто взаимно предупреждая себя шепотом о близкой опасности. Туча уже обложила горизонт и образовала какой-то свинцовый, непроницаемый свод. В деревне все старались убраться вовремя по домам. Наступила минута всеобщего, торжественного молчания. Вот от лесу как передовой вестник пронесся свежий ветерок, повеял прохладой в лицо путнику, прошумел по листьям, захлопнул мимоходом ворота в избе и, вскрутя пыль на улице, затих в кустах. Следом за ним мчится бурный вихрь, медленно двигая по дороге столб пыли; вот ворвался в деревню, сбросил несколько гнилых досок с забора, снес соломенную кровлю, взвил юбку у несущей воду крестьянки и погнал вдоль улицы петухов и кур, раздувая им хвосты.

Пронесся. Опять безмолвие. Все суетится и прячется; только глупый баран не предчувствует ничего: он равнодушно жует свою жвачку, стоя посреди улицы, и глядит в одну сторону, не понимая общей тревоги; да перышко с соломинкой, кружась по дороге, силятся поспеть за вихрем.

Упали две, три крупные капли дождя – и вдруг блеснула молния. Старик встал с завалинки и поспешно повел маленьких внучат в избу; старуха, крестясь, торопливо закрыла окно.

Грянул гром и, заглушая людской шум, торжественно, царственно прокатился в воздухе. Испуганный конь оторвался от коновязи и мчится с веревкой в поле; тщетно преследует его крестьянин. А дождь так и сыплет, так и сечет, все чаще и чаще, и дробит в кровли и окна сильнее и сильнее. Беленькая ручка боязливо высовывает на балкон предмет нежных забот – цветы.

При первом ударе грома Анна Павловна перекрестилась и ушла с балкона.

– Нет, уж сегодня нечего, видно, ждать, – сказала она со вздохом, – от грозы где-нибудь остановился, разве к ночи.

Вдруг послышался стук колес, только не от рощи, а с другой стороны. Кто-то въехал на двор. У Адуевой замерло сердце.

«Как же оттуда? – думала она, – разве не хотел ли он тайком приехать? Да нет, тут не дорога».

Она не знала, что подумать; но вскоре все объяснилось. Через минуту вошел Антон Иваныч. Волосы его серебрились проседью; сам он растолстел; щеки отекли от бездействия и объедения. На нем был тот же сюртук, те же широкие панталоны.

– Уж я вас ждала, ждала, Антон Иваныч, – начала Анна Павловна, – думала, что не будете, – отчаялась было.

– Грех это думать! к кому другому, матушка, – так! меня не ко всякому залучишь… только не к вам. Замешкался не по своей вине: ведь я нынче на одной лошадке разъезжаю.

– Что так? – спросила рассеянно Анна Павловна, подвигаясь к окну.

– Чего, матушка, с крестин у Павла Савича пегашка захромала: угораздила нелегкая кучера положить через канавку старую дверь от амбара… бедные люди, видите! Не стало новой дощечки! А на двери-то был гвоздь или крючок, что ли, – лукавый их знает! Лошадь как ступила, так в сторону и шарахнулась и мне чуть было шеи не сломала… пострелы этакие! Вот с тех пор и хромает… Ведь есть же скареды такие! Вы не поверите, матушка, что это у них в доме: в иной богадельне лучше содержат народ. А в Москве, на Кузнецком мосту, что год, то тысяч десять и просадят!

Анна Павловна слушала его рассеянно и слегка покачала головой, когда он кончил.

– А ведь я от Сашеньки письмо получила, Антон Иваныч! – перебила она, – пишет, что около двадцатого будет: так я и не вспомнилась от радости.

– Слышал, матушка: Прошка сказывал, да я сначала-то не разобрал, что он говорит: подумал, что уж и приехал; с радости меня индо в пот бросило.

– Дай бог вам здоровья, Антон Иваныч, что любите нас.

– Еще бы не любить! Да ведь я Александра Федорыча на руках носил: все равно, что родной.

– Спасибо вам, Антон Иваныч: бог вас наградит! А я другую ночь почти не сплю и людям не даю спать: неравно приедет, а мы все дрыхнем – хорошо будет! Вчера и третьего дня до рощи пешком ходила, и нынче бы пошла, да старость проклятая одолевает. Ночью бессонница истомила. Садитесь-ка, Антон Иваныч. Да вы все перемокли: не хотите ли выпить и позавтракать? Обедать-то, может быть, поздно придется: станем поджидать дорогого гостя.

– Так разве, закусить. А то я уж, признаться, завтракать-то завтракал.

– Где это вы успели?

– А на перепутье у Марьи Карповны остановился. Ведь мимо их приходилось: больше для лошади, нежели для себя: ей дал отдохнуть. Шутка ли по нынешней жаре двенадцать верст махнуть! Там кстати и закусил. Хорошо, что не послушался: не остался, как ни удерживали, а то бы гроза захватила там на целый день.

– Что, каково поживает Марья Карповна?

– Слава богу! кланяется вам.

– Покорно благодарю; а дочка-то, Софья Михайловна, с муженьком-то, что?

– Ничего, матушка; уж шестой ребеночек в походе. Недели через две ожидают. Просили меня побывать около того времени. А у самих в доме бедность такая, что и не глядел бы. Кажись, до детей ли бы? так нет: туда же!

– Что вы!

– Ей-богу! в покоях косяки все покривились; пол так и ходит под ногами; через крышу течет. И поправить-то не на что, а на стол подадут супу, ватрушек да баранины – вот вам и все! А ведь как усердно зовут!

– Туда же, за моего Сашеньку норовила, ворона этакая!

– Куда ей, матушка, за этакого сокола! Жду не дождусь, как бы взглянуть: чай, красавец какой! Я что-то смекаю, Анна Павловна: не высватал ли он там себе какую-нибудь княжну или графиню, да не едет ли просить вашего благословения да звать на свадьбу?

– Что вы, Антон Иваныч! – сказала Анна Павловна, млея от радости.

– Право!

– Ах! вы, голубчик мой, дай бог вам здоровья!.. Да! вот было из ума вон: хотела вам рассказать, да и забыла: думаю, думаю, что такое, так на языке и вертится; вот ведь, чего доброго, так бы и прошло. Да не позавтракать ли вам прежде, или теперь рассказать?

– Все равно, матушка, хоть во время завтрака: я не пророню ни кусочка... ни словечка, бишь.

– Ну вот, – начала Анна Павловна, когда принесли завтрак и Антон Иваныч уселся за стол, – и вижу я...

– А что ж, вы сами-то разве не станете кушать? – спросил Антон Иваныч.

– И! до еды ли мне теперь? Мне и кусок в горло не пойдет; давеча и чашки чаю не допила. Вот я вижу во сне, что я будто сижу этак-то, а так, напротив меня, Аграфена стоит с подносом. Я и говорю будто ей: «Что же, мол, говорю, у тебя, Аграфена, поднос-то пустой?» – а она молчит, а сама смотрит все на дверь. «Ах, матушки мои! – думаю во сне-то сама про себя, – что же это она уставила туда глаза?» Вот и я стала смотреть... смотрю: вдруг Сашенька и входит, такой печальный, подошел ко мне и говорит, да так, словно наяву говорит: «Прощайте, говорит, маменька, я еду далеко, вон туда, – и указал на озеро, – и больше, говорит, не приеду». – «Куда же это, мой дружочек?» – спрашиваю я, а сердце так и ноет у меня. Он будто молчит, а сам смотрит на меня так странно да жалостно. «Да откуда ты взялся, голубчик?» – будто спрашиваю я опять. А он, сердечный, вздохнул и опять указал на озеро. «Из омута, – молвил чуть слышно, – от водяных». Я так вся и затряслась – и проснулась. Подушка у меня вся в слезах; и наяву-то не могу опомниться; сижу на постели, а сама плачу, так и заливаюсь, плачу. Как встала, сейчас затеплила лампадку перед Казанской божией матерью: авось она, милосердная заступница наша, сохранит его от всяких бед и напастей. Такое сомнение навело, ей-богу! не могу понять, что бы это значило? Не случилось бы с ним чего-нибудь? Гроза же этакая...

– Это хорошо, матушка, плакать во сне: к добру! – сказал Антон Иваныч, разбивая яйцо о тарелку, – завтра непременно будет.

– А я было думала, не пойти ли нам после завтрака до рощи, навстречу ему; как-нибудь бы дотащились; да вон ведь грязь какая вдруг сделалась.

– Нет, сегодня не будет: у меня есть примета!

В эту минуту по ветру донеслись отдаленные звуки колокольчика и вдруг смолкли. Анна Павловна притаила дыхание.

– Ах! – сказала она, облегчая грудь вздохом, – а я было думала…

Вдруг опять.

– Господи, боже мой! никак колокольчик? – сказала она и бросилась к балкону.

– Нет, – отвечал Антон Иваныч, – это жеребенок тут близко пасется с колокольчиком на шее: я видел дорогой. Еще я пугнул его, а то в рожь бы забрел. Что вы не велите стреножить?

Вдруг колокольчик зазвенел как будто под самым балконом и заливался все громче и громче.

– Ах, батюшки! так и есть: сюда, сюда едет! Это он, он! – кричала Анна Павловна. – Ах, ах! Бегите, Антон Иваныч! Где люди? Где Аграфена? Никого нет!.. точно в чужой дом едет, боже мой!

Она совсем растерялась. А колокольчик звенел уже как будто в комнате.

Антон Иваныч выскочил из-за стола.

– Он! он! – кричал Антон Иваныч, – вон и Евсей на козлах! Где же у вас образ, хлеб-соль? Дайте скорее! Что же я вынесу к нему на крыльцо? Как можно без хлеба и соли? примета есть… Что это у вас за беспорядок! никто не подумал! Да что ж вы сами-то, Анна Павловна, стоите, нейдете навстречу? Бегите скорее!..

– Не могу! – проговорила она с трудом, – ноги отнялись.

И с этими словами опустилась в кресла. Антон Иваныч схватил со стола ломоть хлеба, положил на тарелку, поставил солонку и бросился было в дверь.

– Ничего не приготовлено! – ворчал он.

Но в те же двери навстречу ему ворвались три лакея и две девки.

– Едет! едет! приехал! – кричали они, бледные, испуганные, как будто приехали разбойники.

Вслед за ними явился и Александр.

– Сашенька! друг ты мой!.. – воскликнула Анна Павловна и вдруг остановилась и глядела в недоумении на Александра.

– Где же Сашенька? – спросила она.

– Да это я, маменька! – отвечал он, целуя у ней руку.

– Ты?

Она поглядела на него пристально.

– Ты, точно ты, мой друг? – сказала она и крепко обняла его. Потом вдруг опять посмотрела на него.

– Да что с тобой? Ты нездоров? – спросила она с беспокойством, не выпуская его из объятий.

– Здоров, маменька.

– Здоров! Что ж с тобой сталось, голубчик ты мой? Таким ли я отпустила тебя?

Она прижала его к сердцу и горько заплакала. Она целовала его в голову, в щеки, в глаза.

– Где же твои волоски? как шелк были! – приговаривала она сквозь слезы, – глаза светились, словно две звездочки; щеки – кровь с молоком; весь ты был, как наливное яблочко! Знать, извели лихие люди, позавидовали твоей красоте да моему счастью! А дядя-то чего смотрел? А еще отдала с рук на руки, как путному человеку! Не умел сберечь сокровища! Голубчик ты мой!..

Старушка плакала и осыпала ласками Александра.

«Видно, слезы-то во сне не к добру!» – подумал Антон Иваныч.

– Что это вы, матушка, над ним, словно над мертвым, вопите? – шепнул он, – нехорошо, примета есть.

– Здравствуйте, Александр Федорыч! – сказал он, – привел бог еще и на этом свете увидеться.

Александр молча подал ему руку. Антон Иваныч пошел посмотреть, все ли вытащили из кибитки, потом стал сзывать дворню здороваться с барином. Но все уже толпились в передней и в сенях. Он всех расставил в порядке и учил, кому как здороваться: кому поцеловать у барина руку, кому плечо, кому только полу платья, и что говорить при этом. Одного парня совсем прогнал, сказав ему: «Ты поди прежде рожу вымой да нос утри».

Евсей, подпоясанный ремнем, весь в пыли, здоровался с дворней; она кругом обступила его. Он дарил петербургские гостинцы: кому серебряное кольцо, кому березовую табакерку. Увидя Аграфену, он остановился как окаменелый, и смотрел на нее молча, с глупым восторгом. Она поглядела на него сбоку, исподлобья, но тотчас же невольно изменила себе: засмеялась от радости, потом заплакала было, но вдруг отвернулась в сторону и нахмурилась.

– Что молчишь? – сказала она, – экой болван: и не здоровается!

Но он не мог ничего говорить. Он с той же глупой улыбкой подошел к ней. Она едва дала ему обнять себя.

– Принесла нелегкая, – говорила она сердито, глядя на него по временам украдкой; но в глазах и в улыбке ее выражалась величайшая радость. – Чай, петербургские-то... свертели там вас с барином? Вишь, усищи какие отрастил!

Он вынул из кармана маленькую бумажную коробочку и подал ей. Там были бронзовые серьги. Потом он достал из мешка пакет, в котором завернут был большой платок.

Она схватила и проворно сунула, не поглядев, и то и другое в шкаф.

– Покажите гостинцы, Аграфена Ивановна, – сказали некоторые из дворни.

– Ну что тут смотреть? Чего не видали? Подите отсюда! Что вы тут набились? – кричала она на них.

– А вот еще! – выговорил Евсей, подавая ей другой пакет.

– Покажите, покажите! – пристали некоторые.

Аграфена рванула бумажку, и оттуда посыпалось несколько колод игранных, но еще почти новых карт.

– Вот нашел что привезти! – сказала Аграфена, – ты думаешь, мне только и дела, что играть? как же! Выдумал что: стану я с тобой играть!

Она спрятала и карты. Через час Евсей опять сидел уже на старом месте, между столом и печкой.

– Господи! какой покой! – говорил он, то поджимая, то протягивая ноги, – то ли дело здесь! А у нас, в Петербурге, просто каторжное житье! Нет ли чего перекусить, Аграфена Ивановна? С последней станции ничего не ели.

– Ты еще не отстал от своей привычки? На! Видишь, как принялся; видно, вас там не кормили совсем.

Александр прошел по всем комнатам, потом по саду, останавливаясь у каждого куста, у каждой скамьи. Ему сопутствовала мать. Она, вглядываясь в его бледное лицо, вздыхала, но плакать боялась; ее напугал Антон Иваныч. Она расспрашивала сына о житье-бытье, но никак не могла добиться причины, отчего он стал худ, бледен и куда девались волосы. Она предлагала ему и покушать и выпить, но он, отказавшись от всего, сказал, что устал с дороги и хочет уснуть.

Анна Павловна посмотрела, хорошо ли постлана постель, побранила девку, что жестко, заставила перестлать при себе и до тех пор не ушла, пока Александр улегся. Она вышла на цыпочках, погрозила людям, чтоб не смели говорить и дышать вслух и ходили бы без сапог. Потом велела послать к себе Евсея. С ним пришла и Аграфена. Евсей поклонился барыне в ноги и поцеловал у ней руку.

– Что это с Сашенькою сделалось? – спросила она грозно, – на кого он стал похож – а?

Евсей молчал.

– Что ж ты молчишь? – сказала Аграфена, – слышишь, барыня тебя спрашивает?

– Отчего он так похудел? – сказала Анна Павловна, – куда волоски-то у него девались?

– Не могу знать, сударыня! – сказал Евсей, – барское дело!

– Не можешь знать! А чего ж ты смотрел?

Евсей не знал, что сказать, и все молчал.

– Нашли кому поверить, сударыня! – промолвила Аграфена, глядя с любовью на Евсея, – добро бы человеку! Что ты там делал? Говори-ка барыне! Вот ужо будет тебе!

– Я ли, сударыня, не усердствовал! – боязливо сказал Евсей, глядя то на барыню, то на Аграфену, – служил верой и правдой, хоть извольте у Архипыча спросить.

– У какого Архипыча?

– У тамошнего дворника.

– Вишь ведь, что городит! – заметила Аграфена. – Что вы его, сударыня, слушаете! Запереть бы его в хлев – вот и стал бы знать!

– Готов не токмо что своим господам исполнять их барскую волю, – продолжал Евсей, – хоть умереть сейчас! Я образ сниму со стены…

– Все вы хороши на словах! – сказала Анна Павловна. – А как дело делать, так вас тут нет! Видно, хорошо смотрел за барином: допустил до того, что он, голубчик мой, здоровье потерял! Смотрел ты! Вот ты увидишь у меня…

Она погрозила ему.

– Я ли не смотрел, сударыня? В восемь-то лет из барского белья только одна рубашка пропала, а то у меня и изношенные-то целы.

– А куда она пропала? – гневно спросила Анна Павловна.

– У прачки пропала. Я тогда докладывал Александру Федорычу, чтоб вычесть у ней, да они ничего не сказали.

– Видишь, мерзавка, – заметила Анна Павловна, – польстилась на хорошее-то белье!

– Как не смотреть! – продолжал Евсей. – Дай бог всякому так свою должность справить. Они, бывало, еще почивать изволят, а я и в булочную сбегаю…

– Какие он булки кушал?

– Белые-с, хорошие.

– Знаю, что белые; да сдобные?

– Этакой ведь столб! – сказала Аграфена, – и слова-то путем не умеет молвить, а еще петербургский!

– Никак нет-с! – отвечал Евсей, – постные.

– Постные! ах ты, злодей этакой! душегубец! разбойник! – сказала Анна Павловна, покраснев от гнева. – Ты это не догадался сдобных-то булок покупать ему? а смотрел!

– Да они, сударыня, не приказывали…

– Не приказывали! Ему, голубчику моему, все равно, что ни подложи – все скушает. А тебе и этого в голову не пришло? Ты разве забыл, что он здесь кушал всё сдобные булки? Покупать постные булки! Верно, ты деньги-то в другое место относил? Вот я тебя! Ну, что еще? говори…

– После, как откушают чай, – продолжал Евсей, оробев, – в должность пойдут, а я за сапоги: целое утро чищу, всё перечищу, иные раза по три; вечером снимут – опять вычищу. Как, сударыня, не смотрел: да я ни у одного из господ таких сапог не видывал. У Петра Иваныча хуже вычищены, даром что трое лакеев.

– Отчего же он такой? – сказала, несколько смягчившись, Анна Павловна.

– Должно быть, от писанья, сударыня.

– Много писал?

– Много-с; каждый день.

– Что ж он писал? бумаги, что ли, какие?

– Должно быть, бумаги-с.

– А ты что не унимал?

– Я унимал, сударыня: «Не сидите, мол, говорю, Александр Федорыч, извольте идти гулять: погода хорошая, много господ гуляет. Что за писанье? грудку надсадите: маменька, мол, гневаться станут…»

– А он что?

– «Пошел, говорят, вон: ты дурак!»

– И подлинно дурак! – промолвила Аграфена.

Евсей взглянул при этом на нее, потом опять продолжал глядеть на барыню.

– Ну, а дядя-то разве не унимал? – спросила Анна Павловна.

– Куда, сударыня! придут, да коли застанут без дела, так и накинутся. «Что, говорят, ничего не делаешь? Здесь, говорят, не деревня, надо работать, говорят, а не на боку лежать! Все, говорят, мечтаешь!» А то еще и выбранят…

– Как выбранят?

– «Провинция…» говорят… и пойдут, и пойдут… так бранятся, что иной раз не слушал бы.

– Чтоб ему пусто было! – сказала, плюнув, Анна Павловна. – Своих бы пострелят народил, да и ругал бы! Чем бы унять, а он… Господи, боже мой, царь милосердый! – воскликнула она, – на кого нынче надеяться, коли и родные свои хуже дикого зверя? Собака и та бережет своих щенят, а тут дядя извел родного племянника! А ты, дурачина этакой, не мог дядюшке-то сказать, чтоб он не изволил так лаяться на барина, а отваливал бы прочь. Кричал бы на жену свою, мерзавку этакую! Видишь, нашел кого ругать: «Работай, работай!» Сам бы околевал над работой! Собака, право, собака, прости господи! Холопа нашел работать!

За этим последовало молчание.

– Давно ли Сашенька стал так худ? – спросила она потом.

– Вот уж года три, – отвечал Евсей, – Александр Федорыч стали больно скучать и пищи мало принимали; вдруг стали худеть, худеть, таяли словно свечка.

– Отчего же скучал-то?

– Бог их ведает, сударыня. Петр Иваныч изволили говорить им что-то об этом; я было послушал, да мудрено: не разобрал.

– А что он говорил?

Евсей подумал с минуту, стараясь, по-видимому, что-то припомнить, и шевелил губами.

– Называли как-то они их, да забыл...

Анна Павловна и Аграфена смотрели на него и дожидались с нетерпением ответа.

– Ну?.. – сказала Анна Павловна.

Евсей молчал.

– Ну же, разиня, молви что-нибудь, – прибавила Аграфена, – барыня дожидается.

– Ра... кажись, разочаро... ванный... – выговорил наконец Евсей.

Анна Павловна посмотрела с недоумением на Аграфену, Аграфена на Евсея, Евсей на них обеих, и все молчали.

– Как? – спросила Анна Павловна.

– Разо... разочарованный, точно так-с, вспомнил! – решительным голосом отвечал Евсей.

– Что это еще за напасть такая? Господи! болезнь, что ли? – спросила Анна Павловна с тоской.

– Ах, да не испорчен ли это значит, сударыня? – торопливо промолвила Аграфена.

Анна Павловна побледнела и плюнула.

– Чтоб тебе типун на язык! – сказала она. – Ходил ли он в церковь?

Евсей несколько замялся.

– Нельзя сказать, сударыня, чтоб больно ходили... – нерешительно отвечал он, – почти можно сказать, что и не ходили... там господа, почесть, мало ходят в церковь...

– Вот оно отчего! – сказала Анна Павловна со вздохом и перекрестилась. – Видно, богу не угодны были одни мои молитвы. Сон-то и не лжив: точно из омута вырвался, голубчик мой!

Тут пришел Антон Иваныч.

– Обед простынет, Анна Павловна, – сказал он, – не пора ли будить Александра Федорыча?

– Нет, нет, боже сохрани! – отвечала она, – он не велел себя будить. «Кушайте, говорит, одни: у меня аппетиту нет; я лучше усну, говорит: сон подкрепит меня; разве вечером захочу». Так вы вот что сделайте, Антон Иваныч: уж не прогневайтесь на меня, старуху: я пойду затеплю лампадку да помолюсь, пока Сашенька почивает; мне не до еды; а вы откушайте одни.

– Хорошо, матушка, хорошо, исполню: положитесь на меня.

– Да уж окажите благодеяние, – продолжала она, – вы наш друг, так любите нас, позовите Евсея и расспросите путем, отчего это Сашенька стал задумчивый и худой и куда делись его волоски? Вы мужчина: вам оно ловчее... не огорчили ли его там? ведь есть этакие злодеи на свете... все узнайте.

– Хорошо, матушка, хорошо: я допытаюсь, всю подноготную выведаю. Пошлите-ка ко мне Евсея, пока я буду обедать, – все исполню!

– Здорово, Евсей! – сказал он, садясь за стол и затыкая салфетку за галстук, – как поживаешь?

– Здравствуйте, сударь. Что наше за житье? плохое-с. Вот вы так подобрели здесь.

Антон Иваныч плюнул.

– Не сглазь, брат: долго ли до греха? – прибавил он и начал есть щи.

– Ну что вы там, как? – спросил он.

– Да так-с: не больно хорошо.

– Чай, провизия-то хорошая? Ты что ел?

– Что-с? возьмешь в лавочке студени да холодного пирога – вот и обед!

– Как, в лавочке? а своя-то печь?

– Дома не готовили. Там холостые господа стола не держут.

– Что ты! – сказал Антон Иваныч, положив ложку.

– Право-с: и барину-то из трактира носили.

– Экое цыганское житье! а! не похудеть! На-ка, выпей!

– Покорнейше вас благодарю, сударь! за ваше здоровье!

Затем последовало молчание. Антон Иваныч ел.

– Почем там огурцы? – спросил он, положив себе на тарелку огурец.

– Сорок копеек десяток.

– Полно?

– Ей-богу-с; да чего, сударь, срам сказать: иной раз из Москвы соленые-то огурцы возят.

– Ах ты, господи! ну! не похудеть!

– Где там этакого огурца увидишь! – продолжал Евсей, указывая на один огурец, – и во сне не увидишь! мелочь, дрянь: здесь и глядеть бы не стали, а там господа кушают! В редком доме, сударь, хлеб пекут. А этого там, чтобы капусту запасать, солонину солить, грибы мочить – ничего в заводе нет.

Антон Иваныч покачал головой, но ничего не сказал, потому что рот у него был битком набит.

– Как же? – спросил он, прожевав.

– Все в лавочке есть; а чего нет в лавочке, так тут же где-нибудь в колбасной есть; а там нет, так в кондитерской; а уж чего в кондитерской нет, так иди в аглицкий магазин: у французов все есть!

Молчание.

– Ну, а почем поросята? – спросил Антон Иваныч, взявши на тарелку почти полпоросенка.

– Не знаю-с; не покупывали: что-то дорого, рубля два, кажись…

– Ай, ай, ай! не похудеть! этакая дороговизна!

– Их хорошие-то господа мало и кушают: все больше чиновники.

Опять молчание.

– Ну, так как же вы там: плохо? – спросил Антон Иваныч.

– И не дай бог, как плохо! Вот здесь квас-то какой, а там и пиво-то жиже; а от квасу так целый день в животе словно что кипит! Только хороша одна вакса: уж вакса, так и не наглядишься! и запах какой: так бы и съел!

– Что ты!

– Ей-богу-с.

Молчание.

– Ну так как же? – спросил Антон Иваныч, прожевав.

– Да так-с.

– Плохо ели?

– Плохо. Александр Федорыч кушали так, самую малость: совсем отвыкли от еды; за обедом и фунта хлеба не скушают.

– Не похудеть! – сказал Антон Иваныч. – Все оттого, что дорого, что ли?

– И дорого-с, да и обычая нет наедаться каждый день досыта. Господа кушают словно украдкой, по одному разу в день, и то коли успеют, часу в пятом, иной раз в шестом; а то так чего-нибудь перехватят, да тем и кончат. Это у них последнее дело: сначала все дела переделают, а потом и кушать.

– Вот житье-то! – говорил Антон Иваныч. – Не похудеть! диво, как вы там не умерли! И весь век так?

– Нет-с: по праздникам господа, как соберутся иногда, так, не дай бог как едят! Поедут в какой-нибудь немецкий трактир, да рублей сто, слышь, и проедят. А пьют что – боже упаси! хуже нашего брата! Вот, бывало, у Петра Иваныча соберутся гости: сядут за стол часу в шестом, а встанут утром в четвертом часу.

Антон Иваныч вытаращил глаза.

– Что ты! – сказал он, – и всё едят?

– Все едят!

– Хоть бы посмотреть: не по-нашему! Что же они едят?

– Да что, сударь, не на что смотреть! Не узнаешь, что и ешь: немцы накладут в кушанье бог знает чего: и в рот-то взять не захочется. И перец-то у них не такой; подливают в соус чего-то из заморских склянок… Раз угостил меня повар Петра Иваныча барским кушаньем, так три дня тошнило. Смотрю, оливка в кушанье: думал, как и здесь оливка; раскусил – глядь: а там рыбка маленькая; противно стало, выплюнул; взял другую – и там то же; да во всех… ах вы, чтоб вас, проклятые!..

– Как же это они, нарочно кладут туда?

– Бог их ведает! Я спрашивал: ребята смеются, говорят: так, слышь, родятся. И что за кушанья? Сначала горячее подадут, как следует, с пирогами, да только уж пироги с наперсток; возьмешь в рот вдруг

237

штук шесть, хочешь пожевать, смотришь – уж там их и нет, и растаяли... После горячего вдруг чего-то сладкого дадут, там говядины, а там мороженого, а там травы какой-то, а там жаркое... и не ел бы!

– Так печь-то у вас и не топилась? Ну как не похудеть! – промолвил Антон Иваныч, вставая из-за стола.

«Благодарю тебя, боже мой, – начал он вслух, с глубоким вздохом, – яко насытил мя еси небесных благ... что я! замололся язык-то: земных благ, – и не лиши меня небесного твоего царствия».

– Убирайте со стола: господа не будут кушать. К вечеру приготовьте другого поросенка... или нет ли индейки? Александр Федорыч любит индейку; он, чай, проголодается. А теперь принесите-ка мне посвежее сенца в светелку: я вздохну часок-другой; там к чаю разбудите. Коли чуть там Александр Федорыч зашевелится, так того... растолкайте меня.

Восстав от сна, он пришел к Анне Павловне.

– Ну что, Антон Иваныч? – спросила она.

– Ничего, матушка, покорно благодарю за хлеб за соль... и уснул так сладко; сено такое свежее, душистое...

– На здоровье, Антон Иваныч. Ну, а что говорит Евсей? Вы спрашивали?

– Как не спрашивать! Все выведал: пустое! все поправится. Дело-то все, выходит, оттого, что пища там была, слышь, плоха.

– Пища?

– Да; судите сами: огурцы сорок копеек десяток, поросенок два рубля, а кушанье все кондитерское – и не наешься досыта. Как не похудеть! Не беспокойтесь, матушка, мы его поставим здесь на ноги, вылечим. Вы велите-ка заготовить побольше настойки березовой; я дам рецепт; мне от Прокофья Астафьича достался; да утром и вечером и давайте по рюмке или по две, и перед обедом хорошо; можно со святой водой... у вас есть?

– Есть, есть: вы же привезли.

– Да, ведь в самом деле я. Кушанья выбирайте пожирнее. Я уж к ужину велел поросенка или индейку зажарить.

– Благодарствуйте, Антон Иваныч.

– Не на чем, матушка! Не велеть ли еще цыплят с белым соусом?

– Я велю...

– Зачем вам самим? а я-то на что? похлопочу... дайте мне.

– Похлопочите, помогите, отец родной.

Он ушел, а она задумалась.

Женский инстинкт и сердце матери говорили ей, что не пища главная причина задумчивости Александра. Она стала искусно выведывать намеками, стороной, но Александр не понимал этих намеков и молчал. Так прошли недели две-три. Поросят, цыплят и индеек пошло на Антона Иваныча множество, а Александр все был задумчив, худ, и волосы не росли.

Тогда Анна Павловна решилась поговорить с ним напрямки.

– Послушай, друг мой, Сашенька, – сказала она однажды, – вот уж с месяц, как ты живешь здесь, а я еще не видала, чтоб ты улыбнулся хоть раз: ходишь словно туча, смотришь в землю. Или тебе ничто не мило на родной стороне? Видно, на чужой милее; тоскуешь по ней, что ли? Сердце мое надрывается, глядя на тебя. Что с тобой сталось? Расскажи ты мне: чего тебе недостает? я ничего не пожалею. Обидел ли кто тебя: я доберусь и до того.

– Не беспокойтесь, маменька, – сказал Александр, – это так, ничего! я вошел в лета, стал рассудительнее, оттого и задумчив…

– А худ-то отчего? а волосы-то где?

– Я не могу рассказать отчего… всего не перескажешь, что было в восемь лет… может быть, и здоровье немного, расстроилось…

– Что ж у тебя болит?

– Болит и тут, и здесь. – Он указал на голову и сердце. Анна Павловна дотронулась рукой до его лба.

– Жару нет, – сказала она. – Что ж бы это такое было? стреляет, что ли, в голову?

– Нет… так…

– Сашенька! пошлем за Иваном Андреичем.

– Кто это Иван Андреич?

– Новый лекарь; года два как приехал. Дока такой, что чудо! Лекарств почти никаких не прописывает; сам делает какие-то крохотные зернышки – и помогают. Вон у нас Фома животом страдал; трои сутки ревмя ревел: он дал ему три зернышка, как рукой сняло! Полечись, голубчик!

– Нет, маменька, он не поможет мне: это так пройдет.

– Да отчего же ты скучаешь? Что это за напасть такая?

– Так…

– Чего тебе хочется?

– И сам не знаю; так скучаю.

– Экое диво, господи! – сказала Анна Павловна. – Пища, ты говоришь, тебе нравится, удобства все есть, и чин хороший… чего бы, кажется? а скучаешь! Сашенька, – сказала она, помолчав, тихо, – не пора ли тебе… жениться?

– Что вы! нет, я не женюсь.

– А у меня есть на примете девушка – точно куколка: розовенькая, нежненькая; так, кажется, из косточки в косточку мозжечок и переливается. Талия такая тоненькая, стройная; училась в городе, в пансионе. За ней семьдесят пять душ да двадцать пять тысяч деньгами, и приданое славное: в Москве делали; и родня хорошая… А? Сашенька? Я уж с матерью раз за кофеем разговорилась, да шутя и забросила словечко: у ней, кажется, и ушки на макушке от радости…

– Я не женюсь, – повторил Александр.

– Как, никогда?

– Никогда.

– Господи помилуй! что ж из этого будет? Все люди как люди, только ты один бог знает на кого похож! А мне-то бы радость какая! привел бы бог понянчить внучат. Право, женись на ней; ты ее полюбишь…

– Я не полюблю, маменька: я уж отлюбил.

– Как отлюбил, не женясь? Кого ж ты любил там?

– Девушку.

– Что ж не женился?

– Она изменила мне.

– Как изменила? Ведь ты еще не был женат на ней?

Александр молчал.

– Хороши же там у вас девушки: до свадьбы любят! Изменила! мерзавка этакая! Счастье-то само просилось к ней в руки, да не умела ценить, негодница! Увидала бы я ее, я бы ей в рожу наплевала. Чего дядя-то смотрел? Кого это она нашла лучше, посмотрела бы я?.. Что ж, разве одна она? полюбишь в другой раз.

– Я и в другой раз любил.

– Кого же?

– Вдову.

– Ну, что ж не женился?

– Той я сам изменил.

Анна Павловна глядела на Александра и не знала, что сказать.

– Изменил!.. – повторила она. – Видно, беспутная какая-нибудь! – прибавила потом. – Подлинно омут, прости господи: любят до свадьбы, без обряда церковного; изменяют… Что это делается на белом свете, как поглядишь! Знать, скоро света преставление!.. Ну, скажи, не хочется ли тебе чего-нибудь? Может быть, пища тебе не по вкусу? Я из города повара выпишу…

– Нет, благодарю: все хорошо.

– Может быть, тебе скучно одному: я за соседями пошлю.

– Нет, нет. Не тревожьтесь, маменька! мне здесь покойно, хорошо; все пройдет… я еще не осмотрелся.

Вот и все, чего могла добиться Анна Павловна.

«Нет, – думала она, – без бога, видно, ни на шаг». Она предложила Александру поехать с ней к обедне в ближайшее село, но он проспал два раза, а будить она его не решалась. Наконец она позвала его вечером ко всенощной. «Пожалуй», – сказал Александр, и они поехали. Мать вошла в церковь и стала у самого клироса, Александр остался у дверей.

Солнце уж садилось и бросало косвенные лучи, которые то играли по золотым окладам икон, то освещали темные и суровые лики святых и уничтожали своим блеском слабое и робкое мерцание свеч. Церковь была почти пуста: крестьяне были на работе в поле; только в углу у выхода теснилось несколько старух, повязанных белыми платками. Иные, пригорюнившись и опершись щекой на руку, сидели на каменной ступеньке придела и по временам испускали громкие и тяжкие вздохи, бог знает, о грехах ли своих, или о домашних делах. Другие, припав к земле, долго лежали ниц, молясь.

Свежий ветерок врывался сквозь чугунную решетку в окно и то приподнимал ткань на престоле, то играл сединами священника, или перевертывал лист книги и тушил свечу. Шаги священника и дьячка громко раздавались по каменному полу в пустой церкви; голоса их уныло разносились по сводам. Вверху, в куполе, звучно кричали галки и чирикали воробьи, перелетавшие от одного окна к другому, и шум крыльев их и звон колоколов заглушали иногда службу...

«Пока в человеке кипят жизненные силы, – думал Александр, – пока играют желания и страсти, он занят чувственно, он бежит того успокоительного, важного и торжественного созерцания, к которому ведет религия... он приходит искать утешения в ней с угасшими, растраченными силами, с сокрушенными надеждами, с бременем лет...»

Мало-помалу при виде знакомых предметов в душе Александра пробуждались воспоминания. Он мысленно пробежал свое детство и юношество до поездки в Петербург; вспомнил, как, будучи ребенком, он повторял за матерью молитвы, как она твердила ему об ангеле-хранителе, который стоит на страже души человеческой и вечно враждует с нечистым; как она, указывая ему на звезды, говорила, что это очи божиих ангелов, которые смотрят на мир и считают добрые и злые дела людей; как небожители плачут, когда в итоге окажется больше злых, нежели добрых дел, и как радуются, когда добрые дела превышают злые. Показывая на синеву дальнего горизонта, она говорила, что это Сион... Александр вздохнул, очнувшись от этих воспоминаний.

«Ах! если б я мог еще верить в это! – думал он. – Младенческие верования утрачены, а что я узнал нового, верного?.. ничего: я нашел сомнения, толки, теории... и от истины еще дальше прежнего... К чему этот раскол, это умничанье?.. Боже!.. когда теплота веры не греет сердца, разве можно быть счастливым? Счастливее ли я?»

Всенощная кончилась. Александр приехал домой еще скучнее, нежели поехал. Анна Павловна не знала, что и делать. Однажды он проснулся ранее обыкновенного и услыхал шорох за своим изголовьем. Он оглянулся: какая-то старуха стоит над ним и шепчет. Она тотчас исчезла, как скоро увидела, что ее заметили. Под подушкой у себя Александр нашел какую-то траву; на шее у него висела ладанка.

– Что это значит? – спросил Александр у матери, – что за старуха была у меня в комнате?

Анна Павловна смутилась.

– Это... Никитишна, – сказала она.

– Какая Никитишна?

– Она, вот видишь, мой друг... ты не рассердишься?

– Да что такое? скажите.

– Она... говорят, многим помогает... Она только пошепчет на воду да подышит на спящего человека – все и пройдет.

– В третьем году, ко вдове Сидорихе, – примолвила Аграфена, – летал по ночам огненный змей в трубу...

Тут Анна Павловна плюнула.

– Никитишна, – продолжала Аграфена, – заговорила змея: перестал летать...

– Ну, а Сидориха что? – спросил Александр.

– Родила: ребенок был такой худой да черный! на третий день умер.

Александр засмеялся, может быть в первый раз после приезда в деревню.

– Откуда вы ее взяли? – спросил он.

– Антон Иваныч привез, – отвечала Анна Павловна.

– Охота вам слушать этого дурака!

– Дурака! Ах, Сашенька, что ты это? не грех ли? Антон Иваныч дурак! Как это у тебя язык-то поворотился? Антон Иваныч – благодетель, друг наш!

– Вот возьмите, маменька, ладанку и отдайте ее нашему другу и благодетелю: пусть он повесит ее себе на шею.

С тех пор он стал запираться на ночь.

Прошло два-три месяца. Мало-помалу уединение, тишина, домашняя жизнь и все сопряженные с нею материальные блага помогли Александру войти в тело. А лень, беззаботность и отсутствие всякого нравственного потрясения водворили в душе его мир, которого Александр напрасно искал в Петербурге. Там, бежавши от мира идей, искусств, заключенный в каменных стенах, он хотел заснуть сном крота, но его беспрестанно пробуждали волнения зависти и бессильные желания. Всякое явление в мире науки и искусства, всякая новая знаменитость будили в нем вопрос: «Почему это не я, зачем не я?» Там на каждом шагу он встречал в людях невыгодные для себя сравнения... там он так часто падал, там увидал как в зеркале свои слабости... там был неумолимый дядя, преследовавший его образ мыслей, лень и ни на чем не основанное славолюбие; там изящный мир и куча дарований, между которыми он не играл никакой роли. Наконец, там жизнь стараются подвести под известные условия, прояснить ее темные и загадочные места, не давая разгула чувствам, страстям и мечтам и тем лишая ее поэтической заманчивости, хотят издать для нее какую-то скучную, сухую, однообразную и тяжелую форму...

А здесь какое приволье! Он лучше, умнее всех! Здесь он всеобщий идол на несколько верст кругом. Притом здесь на каждом шагу, перед лицом природы, душа его отверзалась мирным, успокоительным впечатлениям. Говор струй, шепот листьев, прохлада и подчас самое молчание природы – все рождало думу, будило чувство. В саду, в поле, дома его посещали воспоминания детства и юности. Анна Павловна, сидя иногда подле него, как будто угадывала его мысли. Она помогала ему возобновлять в памяти дорогие сердцу мелочи из жизни или рассказывала то, чего он вовсе не помнил.

– Вот эти липы, – говорила она, указывая на сад, – сажал твой отец. Я была беременна тобой. Сижу, бывало, здесь на балконе да смотрю на него. Он поработает, поработает да взглянет на меня, а пот так градом и льет с него. «А! ты тут? – молвит, – то-то мне так весело работать!» – и опять примется. А вон лужок, где ты играл, бывало, с ребятишками; такой сердитый был: чуть что не по тебе – и закричишь благим матом. Однажды Агашка – вот что теперь за Кузьмой, его третья изба от околицы – толкнула как-то тебя, да нос до крови и расшиби: отец порол, порол ее, я насилу умолила.

Александр мысленно дополнял эти воспоминания другими: «Вон на этой скамье, под деревом, – думал он, – я сиживал с Софьей и был счастлив тогда. А вон там, между двух кустов сирени, получил от нее первый поцелуй...» И все это было перед глазами. Он улыбался этим воспоминаниям и просиживал по целым часам на балконе, встречая или провожая солнце, прислушиваясь к пению птиц, к плеску озера и к жужжанью невидимых насекомых.

«Боже мой! как здесь хорошо! – говорил он под влиянием этих кротких впечатлений, – вдали от суеты, от этой мелочной жизни, от того муравейника, где люди

...в кучах, за оградой,
Не дышат утренней прохладой,
Ни вешним запахом лугов[45]

Как устаешь там жить и как отдыхаешь душой здесь, в этой простой, несложной, немудреной жизни! Сердце обновляется, грудь дышит свободнее, а ум не терзается мучительными думами и нескончаемым разбором тяжебных дел с сердцем: и то, и другое в ладу. Не над чем задумываться. Беззаботно, без тягостной мысли, с дремлющим сердцем и умом и с легким трепетом скользишь взглядом от рощи к пашне, от пашни к холму, и потом погружаешь его в бездонную синеву неба».

45 ...в кучах, за оградой – из поэмы А.С. Пушкина «Цыгане»

Иногда он переходил к окну, выходившему на двор и на улицу в село. Там другая картина, картина теньеровская[46], полная хлопотливой, семейной жизни. Барбос от зноя растянется у конуры, положив морду на лапы. Десятки кур встречают утро, кудахтая взапуски; петухи дерутся. По улице гонят стадо в поле. Иногда одна отставшая от стада корова тоскливо мычит, стоя среди улицы и оглядываясь во все стороны. Мужики и бабы, с граблями и косами на плечах, идут на работу. Ветер по временам выхватит из их говора два-три слова и донесет до окна. Там крестьянская телега с громом проедет по мостику, за ней лениво проползет воз с сеном. Белокурые и жестковолосые ребятишки, подняв рубашонки, бродят по лужам. Глядя на эту картину, Александр начал постигать поэзию *серенького неба, сломанного забора, калитки, грязного пруда и трепака* [47]. Узкий щегольской фрак он заменил широким халатом домашней работы. И в каждом явлении этой мирной жизни, в каждом впечатлении и утра, и вечера, и трапезы, и отдыха присутствовало недремлющее око материнской любви.

Она не могла нарадоваться, глядя, как Александр полнел, как на щеки его возвращался румянец, как глаза оживлялись мирным блеском. «Только волоски не растут, – говорила она, – а были как шелк».

Александр часто гулял по окрестностям. Однажды он встретил толпу баб и девок, шедших в лес за грибами, присоединился к ним и проходил целый день. Воротясь домой, он похвалил девушку Машу за проворство и ловкость, и Маша взята была во двор *ходить за барином.* Ездил он иногда смотреть полевые работы и на опыте узнавал то, о чем часто писал и переводил для журнала. «Как мы часто врали там...» – думал он, качая головой, и стал вникать в дело глубже и пристальнее.

Однажды, в ненастную погоду, попробовал он заняться делом, сел

---

46 ...картина теньеровская. – Теньер Давид (1610–1690) – фламандский художник, мастер бытовой живописи.

47 ...серенького неба, сломанного забора – ср. у Пушкина:

Иные нужны мне картины:
Люблю песчаный косогор,
Перед избушкой две рябины,
Калитку, сломанный забор,
На небе серенькие тучи,
Перед гумном соломы кучи –
Да пруд под сенью ив густых,
Раздолье уток молодых;
Теперь мила мне балалайка
Да пьяный топот трепака...
(«Евгений Онегин», из «Путешествия Онегина»)

писать и остался доволен началом труда. Понадобилась для справок какая-то книга: он написал в Петербург, книгу выслали. Он занялся не шутя. Выписал еще книг. Напрасно Анна Павловна пустилась уговаривать его не писать, чтобы не *надсадил грудку:* он и слушать не хотел. Она подослала Антона Иваныча. Александр не послушал и его и все писал. Когда прошло месяца три-четыре, а он от писанья не только не похудел, а растолстел больше, Анна Павловна успокоилась.

Так прошло года полтора. Все бы хорошо, но Александр к концу этого срока стал опять задумываться. Желаний у него не было никаких, а какие и были, так их немудрено было удовлетворить: они не выходили из пределов семейной жизни. Ничто его не тревожило: ни забота, ни сомнение, а он скучал! Ему мало-помалу надоел тесный домашний круг; угождения матери стали докучны, а Антон Иваныч опротивел; надоел и труд, и природа не пленяла его.

Он сиживал молчаливо у окна и уже равнодушно глядел на отцовские липы, с досадой слушал плеск озера. Он начал размышлять о причине этой новой тоски и открыл, что ему было скучно – по Петербургу?! Удаляясь от минувшего, он начал жалеть о нем. Кровь еще кипела в нем, сердце билось, душа и тело просили деятельности… Опять задача. Боже мой! он чуть не заплакал от этого открытия. Он думал, что эта скука пройдет, что он приживется в деревне, привыкнет, – нет: чем дольше он жил там, тем сердце пуще ныло и опять просилось в омут, теперь уже знакомый ему.

Он помирился с прошедшим: оно стало ему мило. Ненависть, мрачный взгляд, угрюмость, нелюдимость смягчились уединением, размышлением. Минувшее предстало ему в очищенном свете, и сама изменница Наденька – чуть не в лучах. «И что я здесь делаю? – с досадой говорил он, – за что вяну? Зачем гаснут мои дарования? Почему мне не блистать там своим трудом?.. Теперь я стал рассудительнее. Чем дядюшка лучше меня? Разве я не могу отыскать себе дороги? Ну, не удалось до сих пор, не за свое брался – что ж? опомнился теперь: пора, пора! Но как огорчит мой отъезд матушку! А между тем необходимо ехать: нельзя же погибнуть здесь! Там тот и другой – все вышли в люди… А моя карьера, а фортуна?.. я только один отстал… да за что же? да почему же?» Он метался от тоски и не знал, как сказать матери о намерении ехать.

Но мать вскоре избавила его от этого труда: она умерла. Вот, наконец, что писал он к дяде и тетке в Петербург.

К тетке:

«Перед моим отъездом из Петербурга вы, ma tante, со слезами на глазах напутствовали меня драгоценными словами, которые врезались в моей памяти. Вы сказали: „Если когда-нибудь мне нужна будет теплая дружба, искреннее участие, то в вашем сердце всегда останется уголок для меня". Настала минута, когда я понял всю цену этих слов. В правах, которые вы мне так великодушно дали над вашим сердцем, заключается для меня залог мира, тишины, утешения, спокойствия, может быть, счастья всей моей жизни. Месяца три назад скончалась матушка: больше не прибавлю ни слова. Вы по письмам ее знаете, что она была для меня, и поймете, чего я лишился в ней… Я теперь бегу отсюда навсегда. Но куда, одинокий странник, направил бы я путь свой, как не в те места, где вы?.. Скажите одно слово: найду ли я в вас то, что оставил года полтора назад? Не изгнали ли вы меня из памяти? Согласитесь ли вы на скучную обязанность исцелить вашею дружбою, которая уже не раз спасала меня от горя, новую и глубокую рану? Всю надежду возлагаю на вас и другую, могучую союзницу – деятельность.

Вы удивляетесь – не правда ли? Вам странно слышать от меня это? читать эти строки, писанные в покойном, несвойственном мне тоне? Не удивляйтесь и не бойтесь моего возвращения: к вам приедет не сумасброд, не мечтатель, не разочарованный, не провинциал, а просто человек, каких в Петербурге много и каким бы давно мне пора быть. Предупредите особенно дядюшку на этот счет. Когда посмотрю на прошлую жизнь, мне становится неловко, стыдно и других, и самого себя. Но иначе и быть не могло. Вот когда только очнулся – в тридцать лет! Тяжкая школа, пройденная в Петербурге, и размышление в деревне прояснили мне вполне судьбу мою. Удаляясь на почтительное расстояние от уроков дядюшки и собственного опыта, я уразумел их здесь, в тишине, яснее, и вижу, к чему бы они давно должны были повести меня, вижу, как жалко и неразумно уклонялся я от прямой цели. Я теперь покоен: не терзаюсь, не мучусь, но не хвастаюсь этим; может быть, это спокойствие проистекает пока из эгоизма; чувствую, впрочем, что скоро взгляд мой на жизнь уяснится до того, что я открою другой источник спокойствия – чище. Теперь я еще не могу не жалеть, что я уже дошел до того рубежа, где – увы! – кончается молодость и начинается пора размышлений, поверка и разборка всякого волнения, пора сознания.

Хотя, может быть, мнение мое о людях и жизни изменилось и немного, но много надежд улетело, много миновалось желаний, словом, иллюзии утрачены; следовательно, не во многом и не во многих уж придется ошибиться и обмануться, а это очень утешительно с одной стороны! И вот я смотрю яснее вперед: самое тяжелое позади; волнения не страшны, потому что их осталось немного; главнейшие пройдены, и я благословляю их. Стыжусь вспомнить, как я, воображая себя страдальцем, проклинал свой жребий, жизнь. Проклинал! какое жалкое ребячество и неблагодарность! Как я поздно увидел, что страдания очищают душу, что они одни делают человека сносным и себе, и другим, возвышают его... Признаю теперь, что не быть причастным страданиям, значит не быть причастным всей полноте жизни: в них много важных условий, которых разрешения мы здесь, может быть, и не дождемся. Я вижу в этих волнениях руку Промысла, который, кажется, задает человеку нескончаемую задачу – стремиться вперед, достигать свыше предназначенной цели, при ежеминутной борьбе с обманчивыми надеждами, с мучительными преградами. Да, вижу, как необходима эта борьба и волнения для жизни, как жизнь без них была бы не жизнь, а застой, сон... Кончается борьба, смотришь – кончается и жизнь; человек был занят, любил, наслаждался, страдал, волновался, сделал свое дело и, следовательно, жил!

Видите ли, как я рассуждаю: я вышел из тьмы – и вижу, что все прожитое мною до сих пор было каким-то трудным приготовлением к настоящему пути, мудреною наукою для жизни. Что-то говорит мне, что остальной путь будет легче, тише, понятнее... Темные места осветились, мудреные узлы развязались сами собою; жизнь начинает казаться благом, а не злом. Скоро скажу опять: как хороша жизнь! но скажу не как юноша, упоенный минутным наслаждением, а с полным сознанием ее истинных наслаждений и горечи. Затем и не страшна и смерть: она представляется не пугалом, а прекрасным опытом. И теперь уже в душу веет неведомое спокойствие: ребяческих досад, вспышек уколотого самолюбия, детской раздражительности и комического гнева на мир и людей, похожего на гнев моськи на слона, – как не бывало.

Я сдружился опять, с чем давно раздружился, – с людьми, которые, мимоходом замечу, и здесь те же, как в Петербурге, только пожестче, погрубее, посмешнее. Но я не сержусь на них и здесь, а там и подавно не стану сердиться. Вот вам образчик моей кротости: к нам ездит чудак Антон Иваныч гостить, делить будто бы мое горе; завтра он поедет на свадьбу к соседу – делить радость, а там к кому-нибудь – исправлять должность повивальной бабки. Но ни горе, ни радость не мешают ему у всех есть раза по четыре в день. Я вижу, что ему все равно: умер ли, или родился, или женился человек, и мне не противно смотреть на него, не досадно... я терплю его, не выгоняю... Добрый признак – не правда ли, ma tante? Что вы скажете, прочтя это похвальное слово самому себе?»

К дяде:

«Любезнейший, добрейший дядюшка и, вместе с тем, ваше превосходительство!

С какою радостью узнал я, что и карьера ваша совершена достохвально; с фортуною вы уж поладили давно! Вы действительный статский советник, вы – директор канцелярии!

Осмелюсь ли напомнить вашему превосходительству обещание, данное мне при отъезде: «Когда понадобится служба, занятия или деньги, обратись ко мне!» – говорили вы. И вот мне понадобились и служба и занятия; понадобятся, конечно, и деньги. Бедный провинциал осмеливается просить места и работы. Какая участь ожидает мою просьбу? Не такая ли, какая постигла некогда письмо Заезжалова, который просил похлопотать о своем деле?.. Что касается *творчества,* о котором вы имели жестокость упомянуть в одном из ваших писем, то... не грех ли вам тревожить давно забытые глупости, когда я сам краснею за них?.. Эх, дядюшка, эх, ваше превосходительство! Кто ж не был молод и отчасти глуп? У кого не было какой-нибудь странной, так называемой *заветной мечты,* которой никогда не суждено сбываться? Вот мой сосед, справа, воображал себя героем, исполином – ловцом пред господом... он хотел изумить мир своими подвигами... и кончилось тем, что он вышел прапорщиком в отставку, не бывши на войне, и мирно разводит картофель и сеет репу. Другой, слева, мечтал по-своему переделать весь свет и Россию, а сам, пописав некоторое время бумаги в палате, удалился сюда и до сих пор не может переделать старого забора. Я думал, что в меня вложен свыше творческий дар, и хотел поведать миру новые, неведомые тайны, не подозревая, что это уже не тайны и что я не пророк. Все мы смешны; но скажите, кто, не краснея за себя, решится заклеймить позорною бранью эти юношеские, благородные, пылкие, хоть и не совсем умеренные мечты? Кто не питал в свою очередь бесплодного желания, не ставил себя героем доблестного подвига, торжественной песни, громкого повествования? Чье воображение не уносилось к баснословным, героическим временам? кто не плакал, сочувствуя высокому и прекрасному? Если найдется такой человек, пусть он бросит камень в меня – я ему не завидую. Я краснею за свои юношеские мечты, но чту их: они залог чистоты сердца, признак души благородной, расположенной к добру.

Вас, я знаю, не убедят эти доводы: вам нужен довод положительный, практический; извольте, вот он: скажите, как узнавались и обработывались бы дарования, если б молодые люди подавляли в себе эти ранние склонности, если б не давали воли и простора мечтам своим, а следовали рабски указанному направлению, не пробуя сил? Наконец, не есть ли это общий закон природы, что молодость должна быть тревожна, кипуча, иногда сумасбродна, глупа и что у всякого мечты со временем улягутся, как улеглись теперь у меня? А ваша собственная молодость разве чужда этих грехов? Вспомните, поройтесь в памяти. Вижу отсюда, как вы, с вашим покойным, никогда не смущающимся взором, качаете головой и говорите: нет ничего! Позвольте же уличить вас, например, хоть в любви… отрекаетесь? не отречетесь: улика у меня в руках… Вспомните, что я мог исследовать дело на месте действия. Театр ваших любовных похождений перед моими глазами – это озеро. На нем еще растут желтые цветы; один, высушив надлежащим образом, честь имею препроводить при сем к вашему превосходительству, для сладкого воспоминания. Но есть страшнее оружие против ваших гонений на любовь вообще и на мою в особенности – это документ… Вы хмуритесь? и какой документ!!! побледнели? Я похитил эту драгоценную ветхость у тетушки, с не менее ветхой груди, и везу с собой как вечную улику против вас и как защиту себе. Трепещите, дядюшка! Мало того, я в подробности знаю всю историю вашей любви: тетушка рассказывает мне каждый день, за утренним чаем и за ужином, на сон грядущий, по интересному факту, а я вношу все эти драгоценные материалы в особый мемуар. Я не премину вручить его вам лично, вместе с моими трудами по части сельского хозяйства, которыми занимаюсь здесь уже с год. Я, с своей стороны, долгом считаю уверять тетушку в неизменности ваших к ней *чувствований,* как она говорит. Когда удостоюсь получить от вашего превосходительства благоприятный, по моей просьбе, ответ, то буду иметь честь явиться к вам, с приношением сушеной малины и меду и с представлением нескольких писем, которыми обещают меня снабдить соседи по своим надобностям, кроме Заезжалова, умершего до окончания своего процесса».

Эпилог

Вот что, спустя года четыре после вторичного приезда Александра в Петербург, происходило с главными действующими лицами этого романа.

В одно утро Петр Иваныч ходил взад и вперед по своему кабинету. Это уже был не прежний бодрый, полный и стройный Петр Иваныч, всегда с одинаково покойным взором, с гордо поднятою головою и прямым станом. От лет ли, от обстоятельств ли, но он как будто опустился. Движения его были не так бодры, взгляд не так тверд и самоуверен. В бакенбардах и висках светилось много седых волос. Видно было, что он отпраздновал пятидесятилетний юбилей своей жизни. Он ходил немного сгорбившись. Особенно странно было видеть на лице этого бесстрастного и покойного человека - каким мы его до сих пор знали – более нежели заботливое, почти тоскливое выражение, хотя оно и имело свойственный Петру Иванычу характер.

Он как будто был в недоумении. Он делал шага два и вдруг останавливался посреди комнаты или скорыми шагами отмеривал два-три конца от одного угла до другого. Казалось, его посетила непривычная дума.

На кресле близ стола сидел невысокого роста, полный человек, с крестом на шее, в застегнутом наглухо фраке, положив одну ногу на другую. Недоставало только в руках трости с большим золотым набалдашником, той классической трости, по которой читатель, бывало, сейчас узнавал доктора в романах и повестях. Может быть, доктору и пристала эта булава, с которой он от нечего делать прогуливается пешком и по целым часам просиживает у больных, утешает их и часто в лице своем соединяет две-три роли: медика, практического философа, друга дома и т.п. Но все это хорошо там, где живут на раздолье, на просторе, болеют редко и где доктор – больше роскошь, чем необходимость. А доктор Петра Иваныча был петербургский доктор. Он не знал, что значит ходить пешком, хотя и предписывал больным моцион. Он член какого-то совета, секретарь какого-то общества, и профессор, и врач нескольких казенных заведений, и врач для бедных, и непременный посетитель всех консультаций; у него и огромная практика. Он не снимает даже перчатки с левой руки, не снимал бы и с правой, если б не надо было щупать пульса; не расстегивает никогда фрака и почти не садится. Доктор уж не раз перекладывал от нетерпения то левую ногу на правую, то правую на левую. Ему давно пора ехать, а Петр Иваныч все ничего не говорит. Наконец.

– Что делать, доктор? – спросил Петр Иваныч, вдруг остановясь перед ним.

– Ехать в Киссинген, – отвечал доктор, – одно средство. У вас припадки стали повторяться слишком часто…

– Э! вы все обо мне! – перебил Петр Иваныч, – я вам говорю о жене. Мне за пятьдесят лет, а она в цветущей поре, ей надо жить; и если здоровье ее начинает угасать с этих пор…

– Вот уж и угасать! – заметил доктор. – Я сообщил вам только свои опасения на будущее время, а теперь еще нет ничего… Я только хотел сказать, что здоровье ее… или не здоровье, а так она… как будто не в нормальном положении…

– Не все ли равно? Вы вскользь сделали ваше замечание, да и забыли, а я с тех пор слежу за ней пристально и с каждым днем открываю в ней новые, неутешительные перемены – и вот три месяца не знаю покоя. Как я прежде не видал – не понимаю! Должность и дела отнимают у меня и время, и здоровье… а вот теперь, пожалуй, и жену. Он опять пустился шагать по комнате.

– Вы сегодня расспрашивали ее? – спросил он, помолчав.

– Да; но она ничего в себе не замечает. Я сначала предполагал физиологическую причину: у нее не было детей… но, кажется, нет! Может быть, причина чисто психологическая…

– Еще легче! – заметил Петр Иваныч.

– А может быть, и ничего нет. Подозрительных симптомов

решительно никаких! Это так... вы засиделись слишком долго здесь в этом болотистом климате. Ступайте на юг: освежитесь, наберитесь новых впечатлений и посмотрите, что будет. Лето проживите в Киссингене, возьмите курс вод, а осень в Италии, зиму в Париже: уверяю вас, что накопления слизей, раздражительности... как не бывало!

Петр Иваныч почти не слушал его.

– Психологическая причина! – сказал он вполголоса и покачал головой.

– То есть, вот видите ли, почему я говорю психологическая, – сказал доктор, – иной, не зная вас, мог бы подозревать тут какие-нибудь заботы... или не заботы... а подавленные желания... иногда бывает нужда, недостаток... я хотел навести вас на мысль...

– Нужда, желания! – перебил Петр Иваныч, – все ее желания предупреждаются; я знаю ее вкус, привычки. А нужда... гм! Вы видите наш дом, знаете, как мы живем?..

– Хороший дом, славный дом, – сказал доктор, – чудесный... повар и какие сигары! А что этот приятель ваш, что в Лондоне живет... перестал присылать вам херес? Что-то нынешний год не видать у вас...

– Как коварна судьба, доктор! уж я ли не был осторожен с ней? – начал Петр Иваныч с несвойственным ему жаром, – взвешивал, кажется, каждый свой шаг... нет, где-нибудь да подкосит, и когда же? при всех удачах, на такой карьере... А!

Он махнул рукой и продолжал ходить.

– Что вы тревожитесь так? – сказал доктор, – опасного решительно ничего нет. Я повторяю вам, что сказал в первый раз, то есть что организм ее не тронут: разрушительных симптомов нет. Малокровие, некоторый упадок сил... – вот и все!

– Безделица! – сказал Петр Иваныч.

– Нездоровье ее отрицательное, а не положительное, – продолжал доктор. – Будто одна она? Посмотрите на всех нездешних уроженцев: на что они похожи? Ступайте, ступайте отсюда. А если нельзя ехать, развлекайте ее, не давайте сидеть, угождайте, вывозите; больше движения и телу, и духу: и то, и другое у ней в неестественном усыплении. Конечно, со временем оно может пасть на легкие или...

– Прощайте, доктор! я пойду к ней, – сказал Петр Иваныч и скорыми шагами пошел в кабинет жены. Он остановился у дверей, тихо раздвинул портьеры и устремил на жену беспокойный взгляд.

Она... что же особенного заметил в ней доктор? Всякий, увидев ее в первый раз, нашел бы в ней женщину, каких много в Петербурге. Бледна, это правда: взгляд у ней матовый, блуза свободно и ровно стелется по плоским плечам и гладкой груди; движения медленны, почти вялы... Но разве румянец, блеск глаз и огонь движений –

отличительные признаки наших красавиц? А прелесть форм... Ни Фидий, ни Пракситель не нашли бы здесь Венер для своего резца.

Нет, не пластической красоты надо искать в северных красавицах: они – не статуи; им не дались античные позы, в которых увековечилась красота греческих женщин, да не из чего и строить этих поз: нет тех безукоризненно правильных контуров тела... Чувственность не льется из глаз их жарким потоком лучей; на полуоткрытых губах не млеет та наивно-сладострастная улыбка, какою горят уста южной женщины. Нашим женщинам дана в удел другая, высшая красота. Для резца неуловим этот блеск мысли в чертах лиц их, эта борьба воли с страстью, игра не высказываемых языком движений души с бесчисленными, тонкими оттенками лукавства, мнимого простодушия, гнева и доброты, затаенных радостей и страданий... всех этих мимолетных молний, вырывающихся из концентрической души...

Как бы то ни было, но видевший в первый раз Лизавету Александровну не заметил бы в ней никакого расстройства. Тот только, кто знал ее прежде, кто помнил свежесть лица ее, блеск взоров, под которым, бывало, трудно рассмотреть цвет глаз ее – так тонули они в роскошных, трепещущих волнах света, кто помнил ее пышные плечи и стройный бюст, тот с болезненным изумлением взглянул бы на нее теперь, сердце его сжалось бы от сожаления, если он не чужой ей, как теперь оно сжалось, может быть, у Петра Иваныча, в чем он боялся признаться самому себе.

Он тихо вошел в кабинет и сел подле нее.

– Что ты делаешь? – спросил он.

– Вот просматриваю расходную книжку, – отвечала она. – Вообрази, Петр Иваныч: в прошедшем месяце на один стол вышло около полуторы тысячи рублей: это ни на что не похоже!

Он, не говоря ни слова, взял у ней книжку и положил на стол.

– Послушай, – начал он, – доктор говорит, что здесь моя болезнь может усилиться: он советует ехать на воды за границу. Что ты скажешь?

– Что же мне сказать? Тут, я думаю, голос доктора важнее моего. Надо ехать, если он советует.

– А ты? Желала ли бы ты сделать этот вояж?

– Пожалуй.

– Но, может быть, ты лучше хотела бы остаться здесь?

– Хорошо, я останусь.

– Что же из двух? – спросил Петр Иваныч с некоторым нетерпением.

– Распоряжайся и собой, и мной, как хочешь, – отвечала она с унылым равнодушием, – велишь – я поеду, нет – останусь здесь...

– Оставаться здесь нельзя, – заметил Петр Иваныч, – доктор говорит, что и твое здоровье несколько пострадало... от климата.

– С чего он взял? – сказала Лизавета Александровна, – я здорова, я ничего не чувствую.

– Продолжительное путешествие, – говорил Петр Иваныч, – тоже может быть для тебя утомительно; не хочешь ли ты пожить в Москве у тетки, пока я буду за границею?

– Хорошо; я, пожалуй, поеду в Москву.

– Или не съездить ли нам обоим на лето в Крым?

– Хорошо и в Крым.

Петр Иваныч не выдержал: он встал с дивана и начал, как у себя в кабинете, ходить по комнате, потом остановился перед ней.

– Тебе все равно, где ни быть? – спросил он.

– Все равно, – отвечала она.

– Отчего же?

Она, ничего не отвечая на это, взяла опять расходную тетрадь со стола.

– Воля твоя, Петр Иваныч, – заговорила она, – нам надо сократить расходы: как, тысяча пятьсот рублей на один стол…

Он взял у ней тетрадь и бросил под стол.

– Что это так занимает тебя? – спросил он, – или денег тебе жаль?

– Как же не занимать? Ведь я твоя жена! Ты же сам учил меня… а теперь упрекаешь, что я занимаюсь… *Я делаю свое дело!*

– Послушай, Лиза! – сказал Петр Иваныч после краткого молчания, – ты хочешь переделать свою натуру, осилить волю… это нехорошо. Я никогда не принуждал тебя: ты не уверишь меня, чтоб эти дрязги (он указал на тетрадь) могли занимать тебя. Зачем ты хочешь стеснять себя? Я предоставляю тебе полную свободу…

– Боже мой! зачем мне свобода? – сказала Лизавета Александровна, – что я стану с ней делать? Ты до сих пор так хорошо, так умно распоряжался и мной и собой, что я отвыкла от своей воли; продолжай и вперед; а мне свобода не нужна.

Оба замолчали.

– Давно, – начал опять Петр Иваныч, – я не слыхал от тебя, Лиза, никакой просьбы, никакого желания, каприза.

– Мне ничего не нужно, – заметила она.

– У тебя нет никаких особенных… скрытых желаний? – спросил он с участием, пристально глядя на нее.

Она колебалась, говорить или нет.

Петр Иваныч заметил это.

– Скажи, ради бога, скажи! – продолжал он, – твои желания будут моими желаниями, я исполню их как закон.

– Ну хорошо, – отвечала она, – если ты можешь это сделать для меня… то… уничтожь наши пятницы… эти обеды утомляют меня…

Петр Иваныч задумался.

– Ты и так живешь взаперти, – сказал он, помолчав, – а когда к нам перестанут собираться приятели по пятницам, ты будешь совершенно в пустыне. Впрочем, изволь; ты желаешь этого – будет исполнено. Что ж ты станешь делать?

– Ты передай мне свои счеты, книги, дела... я займусь... – сказала она и потянулась под стол поднять расходную тетрадь.

Петру Иванычу это показалось худо скрытым притворством.

– Лиза!.. – с упреком сказал он.

Книжка осталась под столом.

– А я думал, не возобновишь ли ты некоторых знакомств, которые мы совсем оставили? Для этого я хотел дать бал, чтоб ты рассеялась, выезжала бы сама...

– Ах, нет, нет! – с испугом заговорила Лизавета Александровна, – ради бога, не нужно! Как можно... бал!

– Что ж это так пугает тебя? В твои лета бал не теряет своей занимательности; ты еще можешь танцевать...

– Нет, Петр Иваныч, прошу тебя, не затевай! – заговорила она с живостью, – заботиться о туалете, одеваться, принимать толпу, выезжать – боже сохрани!

– Ты, кажется, весь век хочешь проходить в блузе?

– Да, если ты позволишь, я бы не сняла ее. Зачем наряжаться? и трата денег, и лишние хлопоты без всякой пользы.

– Знаешь что? – вдруг сказал Петр Иваныч, – говорят, на нынешнюю зиму ангажирован сюда Рубини; у нас будет постоянная итальянская опера; я просил оставить для нас ложу – как ты думаешь?

Она молчала.

– Лиза!

– Напрасно... – сказала она робко, – я думаю, и это будет мне утомительно... я устаю...

Петр Иваныч склонил голову, подошел к камину и, облокотясь на него, смотрел... как бы это сказать? с тоской не с тоской, а с тревогой, с беспокойством и с боязнью на нее.

– Отчего, Лиза, это... – начал было он и не договорил: слово «равнодушие» не сошло у него с языка.

Он долго молча глядел на нее. В ее безжизненно-матовых глазах, в лице, лишенном игры живой мысли и чувств, в ее ленивой позе и медленных движениях он прочитал причину того равнодушия, о котором боялся спросить; он угадал ответ тогда еще, когда доктор только что намекнул ему о своих опасениях. Он тогда опомнился и стал догадываться, что, ограждая жену методически от всех уклонений, которые могли бы повредить их супружеским интересам, он вместе с тем не представил ей в себе вознаградительных условий за те, может быть, непривилегированные законом радости, которые бы она встретила вне супружества, что домашний ее мир был не что иное, как крепость, благодаря методе его неприступная для соблазна, но зато в ней встречались на каждом шагу рогатки и патрули и против всякого законного проявления чувства...

Методичность и сухость его отношений к ней простерлись без его ведома и воли до холодной и тонкой тирании, и над чем? над сердцем женщины! За эту тиранию он платил ей богатством, роскошью, всеми наружными и сообразными с его образом мыслей условиями счастья, – ошибка ужасная, тем более ужасная, что она сделана была не от незнания, не от грубого понятия его о сердце – он знал его, – а от небрежности, от эгоизма! Он забывал, что она не служила, не играла в карты, что у ней не было завода, что отличный стол и лучшее вино почти не имеют цены в глазах женщины, а между тем он заставлял ее жить этою жизнью.

Петр Иваныч был добр; и если не по любви к жене, то по чувству справедливости он дал бы бог знает что, чтоб поправить зло; но как поправить? Не одну ночь провел он без сна с тех пор, как доктор сообщил ему свои опасения насчет здоровья жены, стараясь отыскать средства примирить ее сердце с настоящим ее положением и восстановить угасающие силы. И теперь, стоя у камина, он размышлял о том же. Ему пришло в голову, что, может быть, в ней уже таится зародыш опасной болезни, что она убита бесцветной и пустой жизнью...

Холодный пот выступал у него на лбу. Он терялся в средствах, чувствуя, что для изобретения их нужно больше сердца, чем головы. А где ему взять его? Ему что-то говорило, что если б он мог пасть к ее ногам, с любовью заключить ее в объятия и голосом страсти сказать ей, что жил только для нее, что цель всех трудов, суеты, карьеры, стяжания – была она, что его методический образ поведения с ней внушен был ему только пламенным, настойчивым, ревнивым желанием укрепить за собой ее сердце... Он понимал, что такие слова были бы действием гальванизма на труп, что она вдруг процвела бы здоровьем, счастьем, и на воды не понадобилось бы ехать.

Но сказать и доказать – две вещи разные. Чтоб доказать это, надо точно иметь страсть. А порывшись в душе своей, Петр Иваныч не нашел там и следа страсти. Он чувствовал только, что жена была необходима ему, – это правда, но наравне с прочими необходимостями жизни, необходима по привычке. Он, пожалуй, не прочь бы притвориться, сыграть роль любовника, как ни смешно в пятьдесят лет вдруг заговорить языком страсти; но обманешь ли женщину страстью, когда ее нет? Достанет ли потом столько героизма и уменья, чтоб дотянуть на плечах эту роль до той черты, за которой умолкают требования сердца? И не убьет ли ее окончательно оскорбленная гордость, когда она заметит, что то, что несколько лет назад было бы волшебным напитком для нее, подносится ей теперь как лекарство? Нет, он по-своему отчетливо взвесил и обсудил этот поздний шаг и не решился на него. Он думал сделать, может быть, то же, но иначе, так, как это теперь было нужно и возможно. У него уже три месяца шевелилась мысль, которая прежде показалась бы ему нелепостью, а теперь – другое дело! Он берег ее на случай крайности: крайность настала, и он решился исполнить свой план.

«Если это не поможет, – думал он, – тогда нет спасенья! будь что будет!»

Петр Иваныч решительными шагами подошел к жене и взял ее за руку.

– Ты знаешь, Лиза, – сказал он, – какую роль я играю в службе: я считаюсь самым дельным чиновником в министерстве. Нынешний год буду представлен в тайные советники и, конечно, получу. Не думай, чтоб карьера моя кончилась этим: я могу еще идти вперед... и пошел бы...

Она смотрела на него с удивлением, ожидая, к чему это поведет.

– Я никогда не сомневалась в твоих способностях, – сказала она. – Я вполне уверена, что ты не остановишься на половине дороги, а пойдешь до конца...

– Нет, не пойду: я на днях подам в отставку.

– В отставку? – спросила она с изумлением, выпрямившись.

– Да.

– Зачем?

– Слушай еще. Тебе известно, что я расчелся со своими компаньонами и завод принадлежит мне одному. Он приносит мне до сорока тысяч чистого барыша, без всяких хлопот. Он идет как заведенная машина.

– Знаю; так что ж? – спросила Лизавета Александровна.

– Я его продам.

– Что ты, Петр Иваныч! Что с тобой? – с возрастающим изумлением говорила Лизавета Александровна, глядя на него с испугом, – для чего все это? Я не опомнюсь, понять не могу...

– Не-уже-ли не можешь понять?

– Нет!.. – в недоумении сказала Лизавета Александровна.

– Ты не можешь понять, что, глядя, как ты скучаешь, как твое здоровье терпит... от климата, я подорожу своей карьерой, заводом, не увезу тебя вон отсюда? не посвящу остатка жизни тебе?.. Лиза! неужели ты считала меня неспособным к жертве?.. – прибавил он с упреком.

– Так это для меня! – сказала Лизавета Александровна, едва приходя в себя, – нет, Петр Иваныч! – живо заговорила она, сильно встревоженная, – ради бога, никакой жертвы для меня! Я не приму ее – слышишь ли? решительно не приму! Чтоб ты перестал трудиться, отличаться, богатеть – и для меня! Боже сохрани! Я не стою этой жертвы! Прости меня: я была мелка для тебя, ничтожна, слаба, чтобы понять и оценить твои высокие цели, благородные труды… Тебе не такую женщину надо было…

– Еще великодушие! – сказал Петр Иваныч, пожимая плечами. – Мои намерения неизменны, Лиза!

– Боже, боже, что я наделала! Я была брошена как камень на твоем пути; я мешаю тебе… Что за странная моя судьба! – прибавила она почти с отчаянием. – Если человеку не хочется, не нужно жить… неужели бог не сжалится, не возьмет меня? Мешать тебе…

– Напрасно ты думаешь, что эта жертва тяжела для меня. Полно жить этой деревянной жизнью! Я хочу отдохнуть, успокоиться; а где я успокоюсь, как не наедине с тобой?.. Мы поедем в Италию.

– Петр Иваныч! – сказала она, почти плача, – ты добр, благороден… я знаю, ты в состоянии на великодушное притворство… но, может быть, жертва бесполезна, может быть, уж… поздно, а ты бросишь свои дела…

– Пощади меня, Лиза, и не добирайся до этой мысли, – возразил Петр Иваныч, – иначе ты увидишь, что я не из железа создан… Я повторяю тебе, что я хочу жить не одной головой: во мне еще не все застыло.

Она глядела на него пристально, с недоверчивостью.

– И это… искренно? – спросила она, помолчав, – ты точно хочешь покоя, уезжаешь не для меня одной?

– Нет: и для себя.

– А если для меня, я ни за что, ни за что…

– Нет, нет! я нездоров, устал… хочу отдохнуть…

Она подала ему руку. Он с жаром поцеловал ее.

– Так едем в Италию? – спросил он.

– Хорошо, поедем, – отвечала она монотонно.

У Петра Иваныча – как гора с плеч. «Что-то будет!» – подумал он.

Долго сидели они, не зная, что сказать друг другу. Неизвестно, кто первый прервал бы молчание, если б они оставались еще вдвоем. Но вот в соседней комнате послышались торопливые шаги. Явился Александр.

Как он переменился! Как пополнел, оплешивел, как стал румян! С каким достоинством он носит свое выпуклое брюшко и орден на шее! Глаза его сияли радостью. Он с особенным чувством поцеловал руку у тетки и пожал дядину руку…

– Откуда? – спросил Петр Иваныч.

– Угадайте, – отвечал Александр значительно.

– У тебя сегодня какая-то особенная прыть, – сказал Петр Иваныч, глядя на него вопросительно.

– Бьюсь об заклад, что не угадаете! – говорил Александр.

– Лет десять или двенадцать назад однажды ты, я помню, вот этак же вбежал ко мне, – заметил Петр Иваныч, – еще разбил у меня что-то… тогда я сразу догадался, что ты влюблен, а теперь… ужели опять? Нет, не может быть: ты слишком умен, чтоб…

Он взглянул на жену и вдруг замолчал.

– Не угадываете? – спросил Александр.

Дядя глядел на него и все думал.

– Уж не… женишься ли ты? – сказал он нерешительно.

– Угадали! – торжественно воскликнул Александр. – Поздравьте меня.

– В самом деле? На ком? – спросили и дядя и тетка.

– На дочери Александра Степаныча.

– Неужели? Да ведь она богатая невеста, – сказал Петр Иваныч. – И отец… ничего?

– Я сейчас от них. Отчего отцу не согласиться? Напротив, он со слезами на глазах выслушал мое предложение; обнял меня и сказал, что теперь он может умереть спокойно: что он знает, кому вверяет счастье дочери… «Идите, говорит, только по следам вашего дядюшки!»

– Он сказал это? Видишь, и тут не без дядюшки!

– А что сказала дочь? – спросила Лизавета Александровна.

– Да… она… так, как, знаете, все девицы, – отвечал Александр, – ничего не сказала, только покраснела; а когда я взял ее за руку, так пальцы ее точно играли на фортепьяно в моей руке… будто дрожали.

– Ничего не сказала! – заметила Лизавета Александровна. – Неужели вы не взяли на себя труда выведать об этом у ней до предложения? Вам все равно? Зачем же вы женитесь?

– Как зачем? Не все же так шататься! Одиночество наскучило; пришла пора, ma tante, усесться на месте, основаться, обзавестись своим домком, исполнить долг… Невеста же хорошенькая, богатая… Да вот дядюшка скажет вам, зачем жениться: он так обстоятельно рассказывает…

Петр Иваныч, тихонько от жены, махнул ему рукой, чтоб он не ссылался на него и молчал, но Александр не заметил.

– А может быть, вы не нравитесь ей? – говорила Лизавета Александровна, – может быть, она любить вас не может – что вы на это скажете?

– Дядюшка, что бы сказать? Вы лучше меня говорите… Да вот я приведу ваши же слова, – продолжал он, не замечая, что дядя вертелся на своем месте и значительно кашлял, чтоб замять эту речь, – женишься по любви, – говорил Александр, – любовь пройдет, и будешь жить привычкой; женишься не по любви – и придешь к тому же результату: привыкнешь к жене. Любовь любовью, а женитьба женитьбой; эти две вещи не всегда сходятся, а лучше, когда не сходятся… Не правда ли, дядюшка? ведь вы так учили…

Он взглянул на Петра Иваныча и вдруг остановился, видя, что дядя глядит на него свирепо. Он с разинутым ртом, в недоумении, поглядел на тетку, потом опять на дядю и замолчал. Лизавета Александровна задумчиво покачала головой.

– Ну, так ты женишься? – сказал Петр Иваныч. – Вот теперь пора, с богом! А то хотел было в двадцать три года.

– Молодость, дядюшка, молодость!

– То-то молодость.

Александр задумался и потом улыбнулся.

– Что ты? – спросил Петр Иваныч.

– Так: мне пришла в голову одна несообразность…

– Какая?

– Когда я любил… – отвечал Александр в раздумье, – тогда женитьба не давалась…

– А теперь женишься, да любовь не дается, – прибавил дядя, и оба они засмеялись.

– Из этого следует, дядюшка, что вы правы, полагая привычку главным…

Петр Иваныч опять сделал ему зверское лицо. Александр замолчал, не зная, что подумать.

– Женишься на тридцать пятом году, – говорил Петр Иваныч, – это в порядке. А помнишь, как ты тут бесновался в конвульсиях, кричал, что тебя возмущают неравные браки, что невесту влекут как жертву, убранную цветами и алмазами, и толкают в объятия пожилого человека, большею частью некрасивого, с лысиной. Покажи-ка голову.

– Молодость, молодость, дядюшка! Не понимал сущности дела, – говорил Александр, заглаживая рукой волосы.

– Сущность дела, – продолжал Петр Иваныч. – А бывало, помнишь, как ты был влюблен в эту, как ее… Наташу, что ли? «Бешеная ревность, порывы, небесное блаженство»… куда все это девалось?..

– Ну, ну, дядюшка, полноте! – говорил Александр, краснея.

– Где «колоссальная страсть, слезы»?..

– Дядюшка!

– Что? Полно предаваться «искренним излияниям», полно рвать желтые цветы! «Одиночество наскучило»…

– О, если так, дядюшка, я докажу, что не я один любил, бесновался, ревновал, плакал… позвольте, позвольте, у меня имеется письменный документ…

Он вынул из кармана бумажник и, порывшись довольно долго в бумагах, вытащил какой-то ветхий, почти развалившийся и пожелтевший листок бумаги.

– Вот, ma tante, – сказал он, – доказательство, что дядюшка не всегда был такой рассудительный, насмешливый и положительный человек. И он ведал искренние излияния и передавал их не на гербовой бумаге, и притом особыми чернилами. Четыре года таскал я этот лоскуток с собой и все ждал случая уличить дядюшку. Я было и забыл о нем, да вы же сами напомнили.

– Что за вздор? Я ничего не понимаю, – сказал Петр Иваныч, глядя на лоскуток.

– А вот, вглядитесь.

Александр поднес бумажку к глазам дяди. Вдруг лицо Петра Иваныча потемнело.

– Отдай! отдай, Александр! – закричал он торопливо и хотел схватить лоскуток. Но Александр проворно отдернул руку. Лизавета Александровна с любопытством смотрела на них.

– Нет, дядюшка, не отдам, – говорил Александр, – пока не сознаетесь здесь, при тетушке, что и вы когда-то любили, как я, как все... Или иначе этот документ передастся в ее руки, в вечный упрек вам.

– Варвар! – закричал Петр Иваныч, – что ты делаешь со мной?

– Вы не хотите?

– Ну, ну: любил. Подай.

– Нет, позвольте, что вы бесновались, ревновали?

– Ну, ревновал, бесновался... – говорил, морщась, Петр Иваныч.

– Плакали?

– Нет, не плакал.

– Неправда! я слышал от тетушки: признавайтесь.

– Язык не ворочается, Александр: вот разве теперь заплачу.

– Ma tante! извольте документ.

– Покажите, что это такое? – спросила она, протягивая руку.

– Плакал, плакал! Подай! – отчаянно возопил Петр Иваныч.

– Над озером?

– Над озером.

– И рвали желтые цветы?

– Рвал. Ну тебя совсем! Подай!

– Нет, не все: дайте честное слово, что вы предадите вечному забвению мои глупости и перестанете колоть мне ими глаза.

– Честное слово.

Александр отдал лоскуток. Петр Иваныч схватил его, зажег спичку и тут же сжег бумажку.

– Скажите мне, по крайней мере, что это такое? – спросила Лизавета Александровна.

– Нет, милая, этого и на Страшном суде не скажу, – отвечал Петр Иваныч. – Да неужели я писал это? Быть не может...

– Вы, дядюшка! – перебил Александр. – Я, пожалуй, скажу, что тут написано: я наизусть знаю: «Ангел, обожаемая мною...»

– Александр! Навек поссоримся! – закричал Петр Иваныч сердито.

– Краснеют, как преступления – и чего! – сказала Лизавета Александровна, – первой, нежной любви.

Она пожала плечами и отвернулась от них.

– В этой любви так много… глупого, – сказал Петр Иваныч мягко, вкрадчиво. – Вот у нас с тобой и помину не было об искренних излияниях, о цветах, о прогулках при луне… а ведь ты любишь же меня…

– Да, я очень… привыкла к тебе, – рассеянно отвечала Лизавета Александровна.

Петр Иваныч начал в задумчивости гладить бакенбарды.

– Что, дядюшка, – спросил Александр шепотом, – это так и надо?

Петр Иваныч мигнул ему, как будто говоря: «Молчи».

– Петру Иванычу простительно так думать и поступать, – сказала Лизавета Александровна, – он давно такой, и никто, я думаю, не знал его другим; а от вас, Александр, я не ожидала этой перемены…

Она вздохнула.

– О чем вы вздохнули, ma tante? – спросил он.

– О прежнем Александре, – отвечала она.

– Неужели вы желали бы, ma tante, чтоб я остался таким, каким был лет десять назад? – возразил Александр. – Дядюшка правду говорит, что эта глупая мечтательность…

Лицо Петра Иваныча начало свирепеть. Александр замолчал.

– Нет, не таким, – отвечала Лизавета Александровна, – как десять лет, а как четыре года назад: помните, какое письмо вы написали ко мне из деревни? Как вы хороши были там!

– Я, кажется, тоже мечтал там, – сказал Александр.

– Нет, не мечтали. Там вы поняли, растолковали себе жизнь; там вы были прекрасны, благородны, умны… Зачем не остались такими? Зачем это было только на словах, на бумаге, а не на деле? Это прекрасное мелькнуло, как солнце из-за туч – на одну минуту…

– Вы хотите сказать, ma tante, что теперь я… не умен и… не благороден…

– Боже сохрани! нет! Но теперь вы умны и благородны… по-другому, не по-моему…

– Что делать, ma tante? – сказал с громким вздохом Александр, – век такой. Я иду наравне с веком: нельзя же отставать! Вот я сошлюсь на дядюшку, приведу его слова…

– Александр! – свирепо сказал Петр Иваныч, – пойдем на минуту ко мне в кабинет: мне нужно сказать тебе одно слово.

Они пришли в кабинет.

– Что это за страсть пришла тебе сегодня ссылаться на меня? – сказал Петр Иваныч. – Ты видишь, в каком положении жена?

– Что такое? – с испугом спросил Александр.

– Ты ничего не замечаешь? А то, что я бросаю службу, дела – все, и еду с ней в Италию.

– Что вы, дядюшка! – в изумлении воскликнул Александр, – ведь вам нынешний год следует в тайные советники…

– Да видишь: тайная советница-то плоха…

Он раза три задумчиво прошелся взад и вперед по комнате.

– Нет, – сказал он, – моя карьера кончена! Дело сделано: судьба не велит идти дальше… пусть! – Он махнул рукой.

– Поговорим лучше о тебе, – сказал он, – ты, кажется, идешь по моим следам…

– Приятно бы, дядюшка! – прибавил Александр.

– Да! – продолжал Петр Иваныч, – в тридцать с небольшим лет – коллежский советник, хорошее казенное содержание, посторонними трудами зарабатываешь много денег, да еще вовремя женишься на богатой… Да, Адуевы делают свое дело! Ты весь в меня, только недостает боли в пояснице…

– Да уж иногда колет… – сказал Александр, дотронувшись до спины.

– Все это прекрасно, разумеется кроме боли в пояснице, – продолжал Петр Иваныч, – я, признаюсь, не думал, чтоб из тебя вышло что-нибудь путное, когда ты приехал сюда. Ты все забирал себе в голову замогильные вопросы, улетал в небеса… но все прошло – и слава богу! Я сказал бы тебе: продолжай идти во всем по моим следам, только…

– Только что, дядюшка?

– Так… я хотел бы тебе дать несколько советов… насчет будущей твоей жены…

– Что такое? это любопытно.

– Да нет! – продолжал Петр Иваныч, помолчав, – боюсь, как бы хуже не наделать. Делай, как знаешь сам: авось догадаешься… Поговорим лучше о твоей женитьбе. Говорят, у твоей невесты двести тысяч приданого – правда ли?

– Да, двести отец дает да сто от матери осталось.

– Так это триста! – закричал Петр Иваныч почти с испугом.

– Да еще он сегодня сказал, что все свои пятьсот душ отдает нам теперь же в полное распоряжение, с тем чтоб выплачивать ему восемь тысяч ежегодно. Жить будем вместе.

Петр Иваныч вскочил с кресел с несвойственною ему живостью.

– Постой, постой! – сказал он, – ты оглушил меня: так ли я слышал? повтори, сколько?

– Пятьсот душ и триста тысяч денег… – повторил Александр.

– Ты… не шутишь?

– Какие шутки, дядюшка?

– И имение… не заложено? – спросил Петр Иваныч тихо, не двигаясь с места.

– Нет.

Дядя, скрестив руки на груди, смотрел несколько минут с уважением на племянника.

– И карьера и фортуна! – говорил он почти про себя, любуясь им. – И какая фортуна! и вдруг! все! все!.. Александр! – гордо, торжественно прибавил он, – ты моя кровь, ты – Адуев! Так и быть, обними меня!

И они обнялись.

– Это в первый раз, дядюшка! – сказал Александр.

– И в последний! – отвечал Петр Иваныч, – это необыкновенный случай. Ну, неужели тебе и теперь не нужно презренного металла? Обратись же ко мне хоть однажды.

– Ах! нужно, дядюшка: издержек множество. Если вы можете дать десять, пятнадцать тысяч...

– Насилу, в первый раз! – провозгласил Петр Иваныч.

– И в последний, дядюшка: это необыкновенный случай! – сказал Александр.

Хаджи-Мурат — Л. Н. Толстой — 9781784351007

Царство божие внутри вас... — Л. Н. Толстой — 9781784351113

Записки из подполья — Ф. Достоевский — 9781784350472

Бедные люди — Ф. Достоевский — 9781784350895

Повести и рассказы — Ф. Достоевский — 9781784350901

Двойник — Ф. Достоевский — 9781784350932

Вечера на хыторе близ Диканьки — Н. Гоголь - 9781784351755

Рудин — И. С. Тургенев — 9781784350222

Записки охотника - И. С. Тургенев — 9781784350390

Нахлебник - И. С. Тургенев — 9781784350246

Отцы и дети — И. С. Тургенев - 978178435123

Ася — И. С. Тургенев — 9781784350079

Мать — Максим Горький — 9781909669628

Конармия — Исаак Бабель — 9781784350062

Одесские рассказы — Исаак Бабель - 9781784351748

Человек-амфибия — А. Беляев - 9781784350369

Рассказ о семи повешенных и другие повести — Л. Н. Андреев — 9781909669659

Жизнь Василия Фивейского — Л. Н. Андреев — 9781784351182

Леди Макбет Мценского уезда и Запечатленный ангел - Н. С. Лесков - 9781909669666

Очарованный странник — Н. С. Лесков — 9781909669727

Некуда — Н. С. Лесков -9781909669673

Мы - Евгений Замятин- 9781909669758

Санин — М. П. Арцыбашев — 9781909669949

Двенадцать стульев — Ильф и Петров - 9781784350239

Золотой теленок — Ильф и Петров - 9781784350468

Мастер и Маргарита — М.А. Булгаков - 9781909669895

Записки юного врача — М.А. Булгаков — 9781909669680

Роковые яйца — М.А. Булгаков — 9781909669840

Горе от ума — А. С. Грибоедов - 9781784350376

Рассказы для детей - Д. Хармс - 9781784350529

Евгений Онегин (Либретто) — 9781909669741

Пиковая Дама (Либретто) — 9781909669918

Борис Годунов (Либретто) — 9781909669376

Руслан и Людмила (Либретто) — 9781784350666

Жизнь за царя (Либретто) - 9781784351250